三月清明，有鱼提灯。
溯归故里，远不可寻。
三月清明，有鱼提灯；
葬之半途，悲之幽魂。

白姬馆

缥缈

PIAO MIAO

典藏版

① 提灯卷

白姬绾 著

青岛出版集团 | 青岛出版社

图书在版编目（CIP）数据

缥缈 ： 典藏版. 1 / 白姬绾著. -- 青岛 ： 青岛出
版社, 2025. -- ISBN 978-7-5736-2921-0

Ⅰ. Ⅰ247.5

中国国家版本馆CIP数据核字第20244RZ152号

PIAOMIAO1（DIANCANG BAN）

书　　名	缥缈1（典藏版）	
作　　者	白姬绾	
出版发行	青岛出版社（青岛市崂山区海尔路182号）	
本社网址	http://www.qdpub.com	
邮购电话	18613853563	
责任编辑	李文峰	
特约编辑	侯晓辉	
校　　对	高秋颖	
装帧设计	千　淼	
照　　排	梁　霞	
印　　刷	三河市良远印务有限公司	
出版日期	2025年6月第1版　2025年6月第1次印刷	
开　　本	16开（640mm×920mm）	
印　　张	22.5	
字　　数	380千	
书　　号	ISBN 978-7-5736-2921-0	
定　　价	49.80元	

编校印装质量、盗版监督服务电话 4006532017　0532-68068050

目 录

· 2 ·

第五折　来世草

盛唐，长安。

西市坊间，有一座神秘虚无的缥缈阁。

缥缈阁中，贩卖奇珍异宝、七情六欲。

缥缈阁在哪里？

无缘者，擦肩难见；

有缘者，千里来寻。

世间为什么会有缥缈阁？

众生有了欲望，世间便有了缥缈阁。

引 子

月夜，荒寺。

一尊残破的佛像立在正殿之中，月光透过坍塌了一半的屋顶，洒在佛像上。佛像慈悲肃穆，宝相庄严。

一名女子站在佛像边，不知看向何方。她身旁有一只黑猫，正蜷缩着身体睡在佛像座下。

女子穿着一袭白色罗裙，挽着雪色披帛，月色勾勒出她婀娜的身形，妖娆婆娑。她斜绾着倭堕髻，髻上插着一枝半开的白玉兰，脖颈的曲线纤细而优美，肤白如羽，唇红似莲。

月光洒在女子身上，她的身影一半在阴影里，另一半在月色中。

光与影交织，黑与白错乱，真与假重叠，虚与实缥缈。

"时辰也到了，他应该来了。"白衣女子"喃喃"自语。

"喵——"黑猫叫了一声，起身伸了一个懒腰。

就在这时，荒寺之外传来了脚步声。

荒烟蔓草之中，一名风尘仆仆的中年旅人踏着月色走入了寺庙。

旅人已年过半百，双鬓染白。他身形消瘦，穿着一身半新不旧的长衫，踏着一双芒草鞋，手里拿着探路的竹杖，背上背着一副行囊。

山路崎岖，舟车劳顿，旅人有些疲惫，不过他的眼神明亮而充满活力。

旅人走过很多地方，他的志向是朝碧海而暮苍梧，踏遍天下名山胜水，收集各种奇闻轶事。这一次，他已出门三载，踏遍大江南北，却只收集到一些民俗奇趣，并没有精彩的故事。

旅人打算在破败无人的荒寺中借宿一晚，却不料荒寺之中早已有人。

佛座之下，一名白衣女子侧身坐着。她抱着一只黑猫，静静地望着从屋顶漏下的月光。

白衣女子看见旅人，微微翘了翘嘴角。

旅人看见白衣女子，说道："啊，原来已经有人借宿了，还是一位姑娘，老夫唐突了。"

男女有别，为了避嫌，旅人转身要走。

白衣女子却笑道："等一等，我只是在这儿等人而已，一会儿就走了。这方圆十里，都是荒山野岭，再无可遮风挡雨之地，你还是留下吧。"

旅人一听，便止步了。

"那就叨扰了。"

旅人似乎已经习惯了在荒寺之中夜宿。他找了一个避风的角落，放下行囊。接着，他走向一个破败的供桌，十分娴熟地拆下一些木材，打算生火。

他把篝火生在了他与白衣女子的正中间，现在虽然是初夏，但夜里还是风寒露重，需要篝火取暖。

白衣女子与黑猫安静地望着旅人的一举一动。

"姑娘在等什么人？"旅人问道。

白衣女子笑道："一个朋友。等他来了，我们就上路。"

"姑娘从哪儿来？要到哪儿去呢？"

"我从天地而来，要往山海而去。"

旅人笑道："原来姑娘跟老夫一样，也是这个世间的旅行者。"

白衣女子笑了，说道："我只是这个世界的过客而已。"

"每个人都是这个世界的过客，也是光阴的过客。"

旅人解开行囊，拿出笔墨纸砚，摆在地上，又拿出冷饼、肉干之类的干粮，也放在了地上。他摇了摇随身携带的鹿皮水囊，里面已经没有水了。

旅人想起刚才走进来时，在院子里看见了一口荒废的古井，便拿着水囊走了出去，打算碰碰运气，看古井中还有没有水。

白衣女子和黑猫望着旅人走出去。

旅人来到荒废的古井边，探头一看，发现古井之中干涸无水，杂草丛生。他有些失望，打算今晚忍耐一下，不喝水了。

突然，古井之中传来"汩汩"的流水声。

旅人再朝古井望去时，发现井中水波荡漾，映照着天空的明月。

"啊，运气真好。"

旅人走遍大江南北，研究山势水脉，知道随着地脉运动，有时候水井的地下泉眼会被暂时性堵塞，有时又会突然疏通，这都是正常的自然现象。

只是，有点儿巧合。

旅人打完水，回到了荒寺之中。

白衣女子仍旧抱着黑猫，安静地坐着。

旅人道："姑娘等的人还没来吗？"

白衣女子道："他马上就到了。"

旅人坐下，滴水研磨之后，拿起毛笔，就着篝火的光芒，挥笔在纸上记录着什么。

白衣女子问道："你在写些什么呢？"

旅人抬头，说道："老夫在记录今天的见闻。老夫一生的志向是遍访山川河流、平原大海，描绘山水，记录民俗，更重要的是，收集故事。"

"啊，收集故事呀。"白衣女子笑道。

旅人笑道："可惜，最近没有收集到什么有趣的故事。"

白衣女子笑道："这个世界有各种各样的人，各种各样的人会产生各种各样的欲望，人的欲望会滋生出各种各样的故事。"

旅人笑道："听起来很有意思，可是不知道去哪儿能获得这各种各样的故事。"

白衣女子道："我有一本笔记，正好记载了各种各样的故事，送给你吧。"

白衣女子拿出一本笔记，隔着篝火，递给旅人。

旅人急忙接过。

笔记很厚，纸张泛黄，封面上写着"缥缈"二字。

"这是我记录的一些笔记，都是道听途说的故事，都是虚无缥缈的事情。"白衣女子道。

旅人惊道："这是姑娘的心血，这对你一定很重要，老夫愧不敢受。"

白衣女子道："今夜你我相遇，便是缘分。这本笔记与你有缘，它属于你。更何况，它对我来说，已经不重要了，也不需要再记录了。"

"为什么？"

"因为我可以回我的国家去了。这些闲来无事记下来消遣的文字，已经没有什么意义了。"

"姑娘不是中土人士吗？"

"不是。我跟你一样，也是一位远离故土，在远方修行的旅人。不同的是，你在山水之中修行，而我在人心之中历练。"

"姑娘的国家在哪儿？"

5

"海之中。"

旅人知道陆地之外有四海，四海之中有很多个国家，心中猜想这个白衣女子可能来自某个海国。

"你真的要把这么珍贵的笔记送给老夫吗？"

白衣女子点点头，说道："我们都是旅人，而你又在找寻故事，那我就把故事给你。"

"谢谢。"

"丁零——丁零——"

就在这时，荒寺之外忽然响起了摇铃的声音。

"喵——"黑猫竖起了耳朵，叫道。

白衣女子笑道："我等的人来了。"她起身，黑猫也跳了下来，伸了一个懒腰。

旅人也站起身来，说道："老夫送姑娘一程。"

"不必了。再见。"白衣女子笑了笑，转身离开了。

黑猫也跟在白衣女子身后，一步一步地离开了。

旅人有点儿好奇白衣女子等的是谁，迟疑片刻，追了出去。

白衣女子早已离开了荒寺。

旅人站在荒凉的院落之中，视线越过坍塌的院墙，正看见白衣女子和一名青衫书生在山路上逐渐远去的背影。夜色的缘故，他没有看见那只黑猫，但想必也跟在两个人身边。

这么晚了，他们还要踏着夜色去往海之国。山高路远，道阻且长，祝他们一路平安吧。

旅人回到荒寺中，在篝火边坐下，拿起白衣女子赠送的笔记，翻开泛黄的纸页，便见两行字。

"一切诸果，皆从因起。

"一切皆为虚幻，不可说。"

旅人继续往后翻看，发现这是一本写古之书，里面的故事都发生在遥远的唐朝。

山野荒寺，篝火燃烧，旅人安静地坐着，一页一页翻着这本名为《缥缈》的笔记。

第一折　返魂香

第一章 双 鲤

"这位后生，快醒醒，到长安了！"一阵推搡，将躺在青草堆上熟睡的元曜推醒。他恍恍惚惚地睁开眼睛，正好看见一张鹤发鸡皮、凸牙豁唇的脸靠近。

"啊啊！妖怪？！"元曜大吃一惊，一头扎向青草堆里，语带哭腔地道，"妖怪大人，不要吃小生！小生太瘦，不好吃……"

赶车的老翁不高兴了，说道："光天化日，哪有妖怪？！老朽来长安城货草料，你这后生半路搭了老朽的便车，也不说一句感谢的话，上了车就倒头大睡，睡醒了就作怪！喏，到城门了，下车吧！"

元曜闻言，从草堆中抬起头。马车正好停在驿路上，前方不到一百米处，正是长安城的右南门——启夏门。

时值盛唐武后光宅年间，东都洛阳，西京长安，俱是风烟鼎盛，繁华旖旎，尤其是长安，号称当时东方世界最大的都市，与西方大秦国罗马遥相呼应，如同镶嵌在世界最东方和最西方的两颗明珠。大秦、波斯、楼兰、天竺、倭国、高丽等国的贵族、商人、僧侣，均不辞万里辛劳，慕名云集长安，或瞻仰大唐风物，或贸易奇珍异宝，或传播宗教信仰。

人烟云集之处，不免凝聚着七情六欲和贪嗔痴三毒，情欲中繁衍妖魔，嗔痴中滋生鬼魅。长安，亦是一座百鬼夜行、千妖伏聚的魔都。[①]

[①] 编者按：作者用丰富的想象力为读者虚构了一个发生在唐朝的传奇故事。作品中描写了各种妖魔、鬼魅等，借鉴了中国古代志怪小说的表现形式，整体构思属于志怪小说的文学创作范畴。现实世界中并无鬼怪，书中描写的世界虽光怪陆离，但其精神内核是积极的，引人向善的。希望读者在阅读过程中，能感受到中国传统文学想象力的瑰丽和文学形象的多面性。

元曜从马车上跳下来，仍然不敢看老翁。他深深地作了一个揖，说道："多谢老伯。"

老翁咧开豁唇，笑了："闻着你一身酸腐味，莫不是进京赴考的士子？"

元曜仍然低头道："小生正是为了赴考而来长安。"

老翁疑惑地道："你既没有行李书卷，又没有仆从，而且落魄到要搭老朽的便车，估计也没有盘缠。科举明年正月举行，现在才三月，这一整年时间，你莫非想露宿街头？"

元曜低声道："小生家贫，没有仆从，在洛阳时，行李盘缠都被人骗了。不过，小生有一门远亲住在长安，此次前来既为赴考，也为投亲。"

老翁道："这样啊，那后生你自己保重。恕老朽直言，你上庭褊狭，命宫泛浊，是容易招妖聚鬼的面相啊！若要化解，近日内，你须得避水！"

元曜抬头看了老翁一眼，立刻又垂下了头道："谢谢老伯指点。"

老翁挥了挥手，说道："去吧，后生。"

元曜作了一揖，转身向启夏门走去。驿路边有简陋的茶肆，商客旅人在茶肆中歇脚，笑语喧哗。

老翁说是货草料，却不进长安城里。他在原地将马车掉了头，拉着满满一车青草又按原路返回了。

听到身后车轮声渐远，元曜才回过了头，望向老翁赶马车的背影。老翁一身灰色短打，银发梳成髻，本该是双耳的地方，却长着一双长长的兔耳。

老翁蓦然回头，与元曜遥遥相望，笑了笑，凸牙豁唇，正是兔面。

元曜吓得赶紧转身，继续向城门走去。

马车在驿道上缓缓行走，茶肆中歇脚的人、驿道上来往的人，似乎都没发现赶车的是一个兔首人身的老人。

老翁说得不错，元曜确实八字逢煞，命结妖缘鬼分。从小，他就能够看见别人看不见的东西，在树下井底掩面哭泣的女子，茶楼酒肆中兽面蓬尾的客人，在街头巷尾踽踽独行的妖怪。

元曜胆小，却总逢妖。今天上午，他在山道上赶路，遇上了这只拉草料入长安城贩卖的兔妖。为了能够在日落前赶到长安，他就壮着胆子，硬着头皮搭了兔妖的车。一路上，小书生提心吊胆，不敢看兔妖，也不敢多话，总算颠簸到了长安。

已是黄昏时节，昼与夜模糊了边界，另一个世界缓缓醒来。

元曜走进启夏门，心中感到奇怪，这只兔妖千辛万苦地拉来草料，为什么不进城，又折了回去？

忽然，元曜听见一阵哈欠声，似乎有人刚刚睡醒。那人道："郁垒，这六十年来，那只老灰兔天天拉草料来，在城门口绕一圈，又沿着原路回去。他不嫌枯燥无趣，我看得都累了。"

另一个声音道："神荼，谁说不是呢？可是，谁叫那只老灰兔不知天高地厚，想要偷缥缈阁的宝物？那个女人实在可怕，让那只老灰兔永远不得踏入长安，已经是很轻的惩罚了。那只灰兔不敢入城，却又放不下执念，只好天天来城门前。呵呵，妖和人其实一般痴执哩！"

神荼道："那个女人？缥缈阁，龙……"

郁垒[①]道："嘘！她的名字，是禁忌。"

元曜循声抬头，但见两扇城门上，一左一右，正趴着两个凶恶丑陋、狰狞可怖的鬼。那个叫神荼的鬼用一双铜铃般的赤目瞪着他，吐出的舌头是毒蛇的芯子。

"娘呀！"元曜吓得脸色煞白，跌坐在地上。

城门外戍守的士兵不知道出了什么事情，有两个跑进来喝问道："怎么了？！你这书生坐在地上做什么？！"

元曜指着城门上，颤声道："城门上有……有厉鬼！"

两名士兵抬头，城楼石墙泛黄，朱漆城门厚实，铜钉光色暗淡，哪里有什么厉鬼？

士兵立刻呵斥元曜道："京畿重地，你这书生休得胡言乱语！当心治你个妖言惑众、扰乱民心之罪！"

元曜再抬头望去，神荼、郁垒仍旧趴在城门上，对着他吐出蛇芯，笑得凶恶狰狞。

元曜骇然，急忙爬起来，一溜烟跑进了城，不敢再回头看。

"疯子！"两名士兵骂了一声，走回原地戍守。

神荼趴在城门上，不满地道："这个书生真是失礼，居然把我们当成了厉鬼，我们可是镇守鬼门的神，虽然位分低了一些，相貌丑了一些。"

郁垒翕动鼻翼，笑道："这个书生很有趣，他的灵魂中有水的味道。"

---

① 神荼、郁垒，《山海经》中，能够制伏恶鬼的两位神人，模样丑怪凶狠，后世把他们奉为门神。

元曜从启夏门进入长安，穿过安德坊、安义坊，来到了宽阔的朱雀大街。朱雀大街以平整的青石铺路，路面十分广阔，可供八乘并行。街道两边的房舍鳞次栉比，人烟鼎盛。

　　此时此刻，天色已经擦黑，人来车往的街衢也渐渐地安静下来，即将到宵禁的时辰了。

　　大唐律例，宵禁之后，百姓不可以在街上乱走，犯夜者按律处罚，轻则鞭笞三十，重则杀头。

　　元曜思忖，今天只能先找一个地方住下，明天再去投亲了。他站在保宁坊抬头四顾，不远处有一间名曰"吉祥"的小客栈，客栈门前的红灯笼发出温暖的光芒。

　　元曜摸了摸腰间的双鱼玉佩，走向吉祥客栈。行李盘缠被人骗走之后，他身上只剩下这个双鱼玉佩还能典当几贯钱了。

　　元曜进入客栈，要了一间房，安顿下来。

　　店小二将晚饭端进客房里时，元曜问道："请问小哥，你可知道当朝礼部尚书韦大人的府邸在哪里？"

　　店小二打量了元曜一眼，但见他身形修长，穿着一袭半旧的襦衫，气质温雅敦厚。他的容颜十分平凡，但一双黑眸十分明澈。

　　店小二一边摆饭菜，一边问道："客官问的可是韦德玄韦大人？"

　　元曜道："正是。"

　　店小二道："韦大人住在崇仁坊。客官去了崇仁坊，很容易就能打听到了。客官莫非要去拜访韦大人？"

　　元曜道："小生是韦大人的远亲，想去投亲。"

　　"原来客官是韦大人的亲戚。"店小二摆好饭食，躬身笑道，"客官您慢用，小的先告退了。"

　　吃完晚饭，洗漱完毕，元曜上床安歇。他侧卧在床榻上，望着桌上的一盏孤灯，听着街上传来的打更声，想着明天该怎样去尚书府投亲。

　　渐渐地，元曜眼皮沉重，坠入了梦乡。

　　恍惚中，元曜下了床榻，出了客栈。

　　圆月高悬，街衢空寂，元曜走在长安城的街道上，踏着月光而行。一阵似有若无的流水声不知从何处传来，吸引了他的注意。

　　元曜穿街过坊，循着流水声而去，目之所见，空无一人。

　　流水声渐渐清晰，峰回路转处，出现了一条河、一座石桥、两轮圆月。

水之月，是天之月的倒影。

石桥横如虹，桥上站着一名白衣女子。

女子穿着一袭月白色绣浮云罗裙，挽着雪色鲛绡披帛，月色勾勒出她玲珑有致的身形，妖娆婆娑。她临河而立，手持一线垂向河中，似在垂钓。

元曜心中奇怪，夜深人静，怎么会有女子站在石桥上垂钓？莫不是……鬼魅？！

虽然有些害怕，但鬼使神差地，元曜抬脚向石桥上走去。

女子面河而立，神情专注，似乎没有察觉有人走近。从侧面望去，她斜绾着倭堕髻，髻上插着一枝半开的白玉兰，脖颈的曲线纤细而优美，肤白如羽，唇红似莲。

元曜惊奇地发现，女子手中的钓线是碧绿如丝绦的细长柳条。柳条垂入水的地方，正是水中圆月的中心。但见女子纤手微抬，柳条在夜色中划过一个半弧，三粒晶莹剔透、大如鸽卵的水珠就正好落入了放在桥柱上的白玉盘中。

令人惊异的是，滚入白玉盘中的水珠竟不散作水，而如透明的珍珠，一粒粒滑向玉盘凹下的中央。停住时，水珠仍旧浑圆饱满，似有光泽在流转。

荷叶状的白玉盘中，已经有小半盘水珠了。在月光的照耀下，水珠剔透莹润，美如梦幻。

"啊！这是什么？！"元曜吃惊之下，脱口而出。

女子回过头，望向元曜。她有一双暗金色的瞳，左眼角有一颗朱砂泪痣，血红宛如相思子。

金色瞳孔？

人怎么会有金色瞳孔？！

莫非，又是"那个"？！

元曜吓了一大跳，急忙揉了揉眼睛，再次定睛望去。

白衣女子仍旧站在那里，金瞳微睨，似笑非笑地望着他。

女子道："这叫水精珠，是河流吸收天地日月之气凝聚而成的精华。水精珠只在月圆之夜浮现在水之月中。"

"好神奇的东西！"元曜赞叹道，一时间忘了害怕，跑过去对着白玉盘中的水精珠左瞧右瞧。

元曜回头，对着女子作了一揖，说道："小生姓元，名曜，字轩之。刚才唐突了，还请姑娘见谅。"

女子笑了笑，没有回答，她转过身去，将柳条垂入水月中。不一会儿，柳条扬起，银光闪没，又是三颗水精珠跌入白玉盘中。

元曜一直站在桥上，望着女子垂钓，也不离去，也不说话。

渐渐地，圆月偏西时，白玉盘中已经盛满了水精珠。

女子抬头，见已是三更天色，笑道："元公子，你该回去了，生魂离体太久，会伤元神。"

元曜不解："哎？"

女子笑了笑，也不解释，上下打量了元曜一眼。她狭长的凤目在看到双鱼玉佩时，闪过了一丝精光。春秋时期的古玉，玉髓浸碧，玉色通透，有一抹寒烟萦绕其上。生烟玉是栖灵之所，正是她要的东西。

女子唇角勾起一抹狡黠的笑，那是西市中奸诈的商人盘算着低价收购胡人手中的宝石时特有的不动声色的笑。

"元公子觉不觉得我用柳条垂钓十分有趣？"

元曜点头道："是很有趣。"

女子笑着布好圈套，说道："其实，这柳条不仅能钓水精珠，还能钓鱼。今夜与元公子相遇，也是缘分，不如我钓一尾鲤鱼送给公子，可好？"

投以木桃，报以琼瑶。

元曜果然将头伸进了圈套里，说道："这……这如何使得？小生一贫如洗，并没有回礼相赠……啊，鱼？！对了，小生还有一块双鱼玉佩，姑娘如果不嫌弃，就请笑纳。"

元曜解下玉佩，双手奉上。

女子也就笑纳了，嘴里却道："元公子客气了。"

古玉入手，传来一阵灵动的震颤，玉烟化作两尾长着翅膀的飞鱼，想要挣脱玉的束缚。女子相当满意，这正是她要的东西。

女子笑道："我做生意一向童叟无欺，元公子既然送我双鱼玉佩，那我就钓两尾鱼送给你吧。"

做生意？！元曜正在奇怪，但见女子纤手一扬，柳条入水。

不一会儿，柳条渐渐下沉。

居然真有游鱼咬住柳叶？！元曜正在吃惊，又见女子一抬手，一尾两尺长的大鱼被柳条扬出水面。

鲤鱼飞向元曜，女子道："元公子，接着。"

元曜急忙伸手接住，将大鲤鱼抱了一个满怀。

可能是大鱼太沉，细柔的柳条承受不了，在鲤鱼抛向元曜时，柳条断为了两截。

女子轻呼道："哎呀，柳条断了！真伤脑筋，没有柳条，怎么钓另一尾鲤鱼？"

元曜抱紧在怀里挣扎摆尾的鲤鱼，说道："一尾就够了！这么大的鱼，小生可抱不住两尾。"

女子笑道："既然你只要一尾，那我也不勉强你。玉佩归我，鲤鱼归你，咱们两讫了。"

女子端起白玉盘，走向石桥对面，白衣融入了夜色里。

元曜想追上女子，怀中挣扎的鲤鱼却突然张口，向他的脸上吐了一朵水花。

被冰凉的水花一激，元曜一下子睁开了眼，眼前仍旧是简陋的客栈、冷寂的残灯、迷蒙的夜色。原来，只是南柯一梦。

元曜怅然若失，心中仿佛空了一块，他伸手去摸双鱼玉佩，却摸了个空。他惊愕地坐起身，借着微弱的灯火望去，脚边赫然横着一尾两尺长的大鲤鱼。

"啪！"元曜狠狠地扇了自己一耳光，火辣辣地疼。

元曜惊愕，继而笑了。算了，从小到大，奇怪的事情他遇到太多了。今晚的经历，权当是用双鱼玉佩换了一尾大鲤鱼吧。

元曜笑了笑，抱着鲤鱼，美美地一觉睡到天明。

第二天会账时，元曜没了玉佩，就用大鲤鱼抵。

客栈掌柜倒也厚道，称了大鲤鱼的重量，还给了元曜十文钱。

三春天气，阳光明媚，长安城中车水马龙，人声喧哗。

元曜离开客栈，一边打听一边走，到了过午时分，才走到了位于东市附近的崇仁坊，找到了礼部尚书韦德玄的府邸。

元曜是襄州人氏，父亲元段章曾经做过吏部侍郎，因为上书反对高宗立武氏为皇后，元段章被武氏一党记恨，后来因事获罪，被贬出长安，去了荒僻的襄州。

元段章一贬就是二十年，流落乡野，不复重用。他心中郁愤，在元曜十四岁那年一病而殁。从此，元曜和母亲王氏相依为命，守着几亩薄田勉强度日。元曜十七岁时，王氏也病故了。

王氏去世时，元家已是家徒四壁，一贫如洗。临死前，王氏嘱咐儿子道："长安礼部尚书韦德玄当年与你的父亲同朝为官，相交甚厚，韦德玄的正妻王氏与为娘是堂姐妹，是你的姨娘。元、韦两家曾经结下秦晋之好，韦家小姐非烟是你未过门的妻子。为娘闭了眼后，你可去长安寻韦氏，一者完婚，二者寻个前程……"

王氏殁后，元曜守丧三年，才按母亲的遗嘱，变卖田产，凑齐盘缠，去往长安。

元曜站在尚书府门前，但见朱门巍峨，伏兽庄严，门庭上悬着一方石光匾，书着"韦府"二字。

元曜踌躇了一下，才拾级而上，向门前守卫的家奴揖道："小生元曜，想拜会韦大人，烦请小哥通报一声。"

两名家奴见元曜衣衫破旧，便挥手道："去去去，哪里来的穷酸？我家大人日理万机，岂是你想见就见的！"

元曜赔着笑脸道："小生远道而来，特为拜访姨父韦大人，烦请小哥劳步，通传一声。"

家奴冷笑道："原来又是一个来认亲的！书生，你可知道韦府中一个月要乱棍打出几拨认亲的骗子？"

元曜与家奴理论，说道："小生不是骗子，韦夫人王氏与家母乃是姐妹。"

年轻的家奴乐了，讥笑道："还说不是骗子？我家主母明明是郑氏，哪来的王氏？"

一直没作声的年长的家奴道："王氏是前主母，十二年前已经殁了。王氏殁后，庶室郑氏才成为主母。这书生看起来倒也实诚，不像是骗吃骗喝的无赖之徒，你进去替他传一声吧。"

年轻的家奴不乐意了，撇嘴道："你自己怎么不去？替前主母的亲戚传话，如果被主母知道了，免不了一顿板子。"

想起剽悍刻薄的郑氏，年长的家奴也犹豫了，说道："人老了，腰酸腿痛，禁不起这一进一出的折腾，还是你年轻人腿脚灵便。"

元曜见两名家奴互相推诿，念及自己落魄潦倒，连下人也欺负他，心中不禁悲伤愤懑。他本想就此拂手离去，但想起母亲临死前的殷殷嘱咐和如今流落长安身无盘缠的窘况，只得忍气折腰，再次低声请两个人劳步通传。

两名家奴仍旧推诿，年轻的已经开始赶人。

三个人正在韦府前闹腾纠缠，一名骑着高头骏马的俊逸公子被一群仆从簇拥着走向韦府。两名家奴见状，丢了元曜，笑脸逢迎："公子去城外狩猎，这么早就回来了？"

"公子乃神箭手，今日可猎到了什么珍禽？"

俊逸公子不过弱冠年纪，仪容俊美，气宇轩昂。他穿着一身狩猎的窄袖胡服，更衬得身姿英武挺拔。仆从牵鹰驾狗，拿箭捧壶，簇拥在他身边。

俊逸公子打了一个哈欠，在马背上懒洋洋地道："刚走到通化门，突然觉得无趣，不想去打猎了。"

他的俊目扫过元曜，他问家奴道："这是什么人？刚才远远的，就听见你们在喧哗。"

俊逸公子姓韦，名彦，字丹阳，是韦德玄的长子。韦彦的生母就是已故的王氏。算起来，他应该是元曜的表弟。

老年家奴急忙道："这位书生自称是老爷的亲戚，想要小人进去通报。"

韦彦轩眉一挑，上下打量了元曜一眼，说道："哦？亲戚？你这书生是我家哪门子的亲戚？"

元曜行礼道："小生姓元，名曜，字轩之。从襄州来，是……"

韦彦露出古怪之色，打断元曜，说道："襄州的元曜？你就是那个元曜？！"

元曜反而蒙了："小生是哪个元曜？"

韦彦咳了一声，说道："就是与我妹妹定亲的那个元曜啊！"

元曜脸一红，说道："这是家父在时定下的亲事……"

韦彦翻身下马，将缰绳扔给家奴，携了元曜进入府中，笑道："我叫韦彦，字丹阳，算起来，可是你的妻兄呢。好妹夫，随我进去吧。"

元曜闻言，脸涨得更红，随着韦彦进府。

第二章　非　烟

韦府中重楼叠阁，驭云排岳，说不出的华丽富贵。

元曜被韦彦带入一座临水的三层阁楼中，因为是从侧面进入，没看到这座楼的名匾。楼外松柏密植，挡了光线，阁楼内的大厅中十分幽暗，冷气森森。

元曜举目环视大厅，但见大厅中悬挂着大大小小许多笼子，笼子里关着各种鸟类，却十分安静。大厅北面立着一架梨木水墨屏风，南面墙上镶嵌着一面云纹铜镜，镜前不远处的一张罗汉床上，盘着一堆很粗的麻绳。

韦彦指着罗汉床，对元曜道："妹夫稍坐片刻，我去请父亲大人出来。"

元曜的脸又是一红，他道："韦兄还是叫小生轩之吧，父母之命，尚未成礼，韦兄这样叫，恐坏了小姐的清誉。"

韦彦似在忍笑，点头："轩之倒是一个知书识礼之人，你也叫我丹阳吧。"

元曜走到罗汉床边，刚要坐下，那堆粗麻绳动了动。

元曜以为自己眼花了，定睛望去，立刻烫着了脚一般，跳了起来，惊恐万端地道："蛇！蛇！有蛇？！"

原来，罗汉床上的粗麻绳是一条麻花巨蟒。蟒蛇抬目瞥了惊恐的书生一眼，继续安眠。

韦彦笑道："轩之别怕，它叫麻姑，是我从西市的天竺人手中买回的沙蟒。麻姑很听话，不会乱咬人。"

元曜惊魂未定，说道："麻姑？麻姑不是汉武帝遇见的神女吗？不会乱咬人，那它还是会咬人的吧？！"

韦彦拍了拍蟒头，笑道，"我的麻姑不是神女，是蛇女。她只在饿的时候咬人。"

韦彦指了指自己的脖子，阴森地笑道："咬这儿。不过，你不用担心，现在它已经吃饱了。轩之，你在此稍候，我进去请父亲大人出来。"

元曜不敢与沙蟒独处，想要阻止韦彦离去，可是韦彦已经转入了内室，不见了踪影。

元曜无奈，只得远远走开，站在临水的轩窗前等候。

这一候，就是两个时辰。

韦彦一进去，就石沉入水，不见踪迹。

韦德玄更没出来。

这座阁楼安静得诡异，连一个来往的下人都没有。

元曜又累又饿，又提心吊胆。他生怕罗汉床上的麻姑醒来，爬向自己。

元曜度日如年，如煎似熬。为了消磨时间，他抬头观察笼中的鸟类。这一看之下，他又是一身冷汗。

王孙贵族豢养的宠鸟大多是鹦鹉、夜莺、金丝雀之类的，因为它们羽毛华艳、啼声婉转，这近百只鸟笼里关着的却是猫头鹰、夜枭、乌鸦之类的黑暗不吉、安静哑声的鸟类。怪不得，大厅中安静如斯！

元曜擦了一把额上的冷汗，这座阁楼的主人的喜好实在是怪僻。

南面墙上的云纹铜镜闪动着金色的粼光，似一汪潭水。

铜镜后，有一间雅室，雅室中有一张华美的罗汉床，床上倚坐着一名华衣公子。他端着夜光杯，一边品着西域葡萄酒，一边透过铜镜望着站在轩窗边的元曜。

一墙之隔，内外两个房间。从外厅看，铜镜只是一面普通的铜镜，但从内室中能透过铜镜，将外厅的情形尽览眼底。

华衣公子正是韦彦。

韦彦一口喝尽杯中暗红的美酒，笑道："这面从缥缈阁买来的吐火罗国古镜果然很有趣，白姬那个奸诈的女人可要了我足足五百两银子呢。"

一名美艳的书童跪坐在罗汉床前。他一边替主人的空杯斟满美酒，一边细声道："大家都说缥缈阁很诡异，那位被唤作白姬的女人也许是妖魅。"

韦彦笑道："只要能让我觉得有趣，妖魅又如何？南风，过几天，你再跟我去缥缈阁转一转，找几样更有趣的东西回来。"

南风应道："是，公子。"

斟完酒，南风抬头望了一眼铜镜外，元曜还傻傻地伫立在窗户边。

南风掩唇笑道："公子，你真坏，老爷明明在南边书房，你却把他带到这北边的燃犀楼，骗他巴巴地苦等。不过，他真的是未来的姑爷吗？"

韦彦笑着反问："你觉得呢？"

南风笑了笑，细声道："我觉得很悬，这书生潦倒落魄，相貌又只能算是端正，老爷也许会同意，夫人和小姐肯定不会同意。"

韦彦嘴角勾起了一抹笑，说道："二娘向来势利，一心想和武家攀亲，想将非烟嫁给骠骑将军武恒爻。非烟这丫头又有以貌取人的怪癖，只要是美男子，无论和尚道士、贩夫走卒，她都不嫌弃。去年春天，她和江城观的道士私奔，跑去洛阳看牡丹花会，还是我千里迢迢地把她追了回来。这个书呆子如果想成为我的妹夫，可算是难如登天，外加自陷火坑啊。"

南风笑了笑，说道："南风从小服侍公子，这还是第一次见公子您关心一个人。"

韦彦也笑了，黑眸深沉。

"南风，你错了，我不会关心任何人。在这个世界上，我只关心我自己。我带他来燃犀楼，只是觉得他有趣，借他消磨无聊的时光而已。他是死是活，能否娶非烟，都与我无干。"

南风轻轻一笑，并不言语。

两个人又观察了一会儿元曜，南风觉得有些无趣，说道："唉，这个死心眼的书呆子，您让他等着，他就真的一动不动地等着，真是无趣。我还以为没人时，他会有些鄙俗之态，逗我们解闷呢。"

韦彦似乎也腻了，脑中灵光一闪，阴阴一笑道："你去把帝乙放入前厅，他就会动了。"

南风一惊，美目中有犹豫之色。

"公子，这……这不好吧？"

韦彦品了一口美酒，望向元曜，说道："没关系，他站在窗边，窗外是池塘。快去，放开帝乙，我现在觉得无趣，让这个书呆子逗我开怀一笑吧。"

"是，公子。"南风不敢违逆，起身而出。

从正午到日头偏西，元曜一直站在窗边，他生性再敦厚，此刻也知道韦彦在愚弄自己，心中生起几许怒意，几许悲哀，几许苍凉。

二十年来，他也算是尝尽了人世艰辛，浮生无常的滋味。父亲官场失势，家道逐渐衰落，亲戚疏，朋友远。父母相继离世，从此形单影只，孤苦一人。他遵从母亲遗命，典卖家产，背井离乡。到了韦府，却又被下人欺、亲人骗。

三月风寒，元曜的心也冰凉，有万千种悲辱在心中沉浮，只觉得眼中酸涩，想要落泪。就在眼泪即将落下时，元曜忽然觉得身后有什么东西在靠近，很轻，很慢，几乎没有脚步声，但就是有什么东西在靠近。

元曜蓦然回头，只见一只吊睛白额的大老虎龇牙咧嘴地缓缓走近。

元曜脸色"唰"地变得煞白，热泪夺眶而出，叫道："虎……虎——"

"嗷呜——"老虎继续走近。

元曜吓得攀上窗沿，哭道："虎……虎兄，你不要过来！"

老虎不懂人语，仍在走向元曜。

元曜也顾不得窗外是水，攀着窗沿就跳了下去，"扑通"一声，落进了池塘里。

元曜入了水，才想起自己是旱鸭子，在水中扑腾着哭喊："救命！救……救命——"

"哈哈——哈哈哈——"韦彦看见元曜的窘样，在铜镜后捧腹大笑。过了一会儿，听见元曜在水中扑腾求救，他倏地站起身来，说道："这书呆子怎么不会游泳？！"

韦彦旋风般卷了出去，南风急忙跟上。

韦彦来到窗户边，听见扑腾呼喊声渐弱，看见元曜已经沉下水塘，也不管帝乙蹭他的手，向他撒欢，急忙跃了出去，跳进水中捞人。

"公子，三月水寒，当心着凉！"南风阻止道，但是韦彦已经跳了下去。

元曜已经是气若游丝，奄奄一息。

韦彦赶紧派人找来大夫，扎针急救，折腾到上灯时分，小书生才算回过命来。

韦彦明明松了一口气，但目光仍是黑沉。

"我只是看在他的母亲和我的母亲是姐妹的分上，才不想他死，并不是关心他。在这个世界上，我只关心我自己。"

灯烛摇晃，夜色沉沉，没有人回应韦彦的自语。

次日，元曜醒来，韦彦胡编了几句借口，说道："昨天真不巧，我去找父亲大人，父亲大人却刚出门去同僚家赴宴了。我追去禀告，但宴会中有重要的客人，我碍于情面，也只好留下。因此，我就没能马上回来。我本来遣了家童回来告诉你，但这小奴一路上贪玩，居然忘记了。谁知道，燃犀楼中，帝乙又没有锁好，跑出去惊吓了你，真是十分过意不去。轩之，都是我不好，不该让你一个人待在燃犀楼里。"

元曜心性纯善，从不疑人，听了韦彦的解释，立刻就相信了他，并为昨天怀疑他欺骗自己而感到十分愧疚。

"没关系，丹阳不必自责，小生已经没事了。"

元曜笑容无邪，目光纯澈，韦彦心中一虚，赶紧转开了头。

"轩之，你先安心休养，等你能下床了，我就带你去见父亲。"

三天后，元曜整衣洁冠，正式拜见韦德玄。

韦德玄已经过了知天命的年纪，白面微须，气质敦儒。元曜十二岁那年，韦德玄因为公干路过襄州，曾去他家探望故旧，两个人彼此早已相识。

元曜和韦德玄相见，叙了半日旧话。忆起元曜过世的父母，想起往昔两家的交情，韦德玄洒了几滴老泪，又勾起了元曜的满怀伤绪。

元曜言及奉母亲遗命来长安，一来为了明年参加科考，二来为了昔日定下的亲事。韦德玄听到第二件事，一下子不说话了，顿了半晌，才开口道："贤侄远道而来，就在此安心住下，温书备考。其他的事情，以后再慢慢计议。"

元曜知道，如今元家已经衰败没落，不及韦氏如日中天。韦家的千金小姐如何能下嫁他这个穷困落魄的书生？他只是遵从母命行事，并不强求美事必成，能成固然好，不成也是天命。

元曜只念人恩情，不记人负心。此刻，他只感激韦德玄顾惜旧情，收留自己。

小书生作了一揖，说道："多谢世伯收容。"

元曜告退后，韦德玄皱着眉，背着手踱到内室。

一名华衣艳饰、珠光宝气的中年美妇手持团扇从屏风后转出，对着韦德玄冷哼道："哼，我都听见了，不管怎么样，非烟不能嫁给这个穷小子。我的女儿，必得嫁一个权贵之人。前些天，骠骑将军武恒爻要续弦，我已经将非烟的生辰八字托媒人送去了。武恒爻是武后的侄子，年轻有为，前途无量，此事如果能成，咱们就和武家攀上了亲。有了武家做靠山，你以后的仕途也会更加通畅无阻。"

韦德玄一怔，说道："什么？武恒爻要续弦？那个'痴心武郎，一生意娘'的武恒爻？"

韦郑氏一笑道："意娘已经死了七年了，武恒爻可不就要续弦了。男人都是一个德行，也许有痴情种，但绝无专情人。"

韦德玄道："夫人，女儿的终身大事，你尚未跟老夫商量，怎么就把生辰八字送到武家去了？"

韦郑氏又一笑，说道："老爷，你主外，妾身我主内，这些家内之事，我就自己做主了。"

韦德玄道："可是，当年老夫已经与元家定下了亲事，将非烟许配给了元家世侄，许多旧日同僚都是见证人。如今，元家世侄找上门来，老夫怎能食言悔亲，惹人闲话？"

韦郑氏柳眉一挑，不高兴了。

"别跟我提这门亲事，这是你那位好夫人在时定下的，你让她给你生个女儿嫁到元家去。这门亲事，我可不认，非烟是我的女儿，她的终身大事由我说了算。"

当年，韦德玄与元段章是同僚兼好友，两个人的夫人又是堂姐妹。元夫人生下元曜后，韦夫人正身怀六甲。韦夫人觉得自己怀的是女儿。

在元曜的满月酒宴中，韦德玄指着妻子隆起的腹部，玩笑般地对尚在襁褓中的元曜道："贤侄，世伯指她与你为妻，可好？"

韦德玄本是戏言，但元段章、元夫人当真了，三天后就送来了聘礼。韦德玄觉得不妥，毕竟还不知道自家孩子是男是女，韦夫人却很高兴，纳下聘礼，又送了回礼。韦德玄也没反对，亲事就这么定下来了。

可是谁知，韦夫人临盆，生下的是男孩儿，也就是韦彦。两家只好约定，韦德玄如果再得女儿，就嫁与元曜为妻。直到去世，韦夫人也没有女儿。韦德玄的侧室郑氏倒是生了一女，即非烟。按两家的约定，韦非烟成了元曜的未婚妻子。

韦德玄想起往事，念及亡妻，心中不免伤感，见韦郑氏埋怨亡妻，遂道："她都已经过世多年了，你还和她生什么闲气？唉，现在到底该怎么办？悔婚二字，老夫万万说不出口。"

韦郑氏冷笑道："你说不出口，我去说。这穷酸书生，收留他，给他一饭果腹，一瓦栖身，已经是咱们韦家积德了。他还癞蛤蟆想吃天鹅肉？他想娶我女儿，等下辈子吧。"

韦德玄向来惧内，一把拉住了韦郑氏，哀求："夫人，你且不要去说，一切从长计议。"

韦郑氏用团扇拍掉韦德玄的手，笑道："这可从长不了，非烟的生辰八字已经送去武家了，最迟一个月后就会有回信。还是趁早说了，让这个穷酸死了心，别再做白日梦了。"

韦德玄道："武恒爻续弦还是有些不可思议。"

武恒爻是长安城中最痴情、专一的男子，他非常爱他的妻子意娘。七年前，意娘病逝时，他念着"生同衾，死同穴"，自刎在她的坟前。幸好，武恒爻的伤不致命，被武后以灵药救了。

这七年来，武恒爻日夜思念意娘，据说他每天在家里会对着虚空呼唤意娘的名字，和虚空同食同寝，仿佛她还活着一样。

武恒爻的痴心专情，已经被长安街头巷尾的小儿们唱成了童谣。

"痴心武郎，一生意娘。生时同衾，死愿同葬。"

韦德玄觉得非常不可思议，再次问韦郑氏："你说他怎么突然要续弦了呢？非烟嫁给武恒爻，只怕有些不妥。"

韦郑氏笑道："有什么不妥？现在的天下可是姓武，武后又对武恒爻青眼有加，怎么看他都是乘龙快婿。"

见韦德玄仍然皱眉不语，韦郑氏再次笑道："老爷放心，武恒爻再怎么痴情，意娘也已经死了，他既然肯续弦，自然也是回心了。非烟嫁过去，不会受冷遇、受委屈。"

韦德玄叹了一口气，说道："老夫是怕委屈了武恒爻。唉，非烟这丫头……你我上辈子究竟作了什么孽，怎么生出了一个这么不省心的女儿！"

想起爱女韦非烟，韦郑氏也叹了一口气，安慰丈夫的同时，顺便为女儿护短。

"非烟花容月貌，聪明伶俐，哪里不好了？虽然她对美男子有些痴癖，但知好色则慕少艾，人之常情。想我当年，不也……"

韦德玄闻言一惊，指着韦郑氏，说道："想你当年？！你当年莫非也隔三岔五地与美男子夜半逾墙，花园私会？每年都和和尚道士私奔，去游山玩水？！"

韦郑氏赔笑道："老爷，你可别冤枉妾身，妾身从未与和尚道士私奔。"

韦德玄刚松了一口气，却又想起了什么，指着韦郑氏，说道："只是从未与和尚道士私奔，那夜半逾墙，花园私会之事，还是有的？"

韦郑氏无语，也火了，骂道："明明在说非烟的事情，你这死老头子怎么总是扯到老娘身上？"

"不是你先说'想我当年'的吗？"

"老娘只是随口一说，你这么较真干什么？"

"你……唉，唯女子与小人难养也！"

"哎，姓韦的，你给老娘说清楚，谁是小人？！"

"夫人……下官错了……"

…………

屋中夫妻对吵，都没注意屋外一名梳着双螺髻、穿着榴红长裙的丫鬟正伏在花格窗边偷听。她一边听，一边掩口胡卢。最后，她蹑手蹑脚地跑开了。

丫鬟一溜烟跑走，穿过亭台楼阁、假山浮桥，来到一处繁花盛开的院落，走上了一座华美的小楼。

画屏轻展，熏香缭绕。一名绾着同心髻、发髻上斜簪着海棠、额上贴着梅妆的少女倚在美人靠上，手里拿着一卷书。她的五官和韦彦的五官有几分相似，但更加女性化的风娇水媚。此人正是韦家小姐，韦非烟。

"白璧玉人，看杀卫玠；独孤郎，侧帽风流……唉，君生我未生，我生君已殁，恨不早生几年，错过了这些美男子，真是万分遗憾啊！"韦非烟抛开了手中的坊间传奇读本，伸了一个懒腰，起身逗弄一只鹦鹉，"小鹦鹉，你说是不是呢？啊啊，我什么时候才能遇见一个绝世美男子呢？"

鹦鹉扑着翅膀学舌，惟妙惟肖："白璧玉人，看杀卫玠；独孤郎，侧帽风流……美男子！美男子！我要遇见美男子！"

韦非烟莞尔。

梳着双螺髻的丫鬟一阵风般卷了进来，笑如春花，说道："小姐，有喜事！"

韦非烟回头，喜道："红线，莫非你又发现哪家有绝色美男了？"

红线苦着脸道："小姐，你饶了我吧，我要是再带美男子翻墙入府，老爷非揭了我的皮不可！再说，如今长安城中的美男子也都是张五郎、张六郎^①之类的敷粉涂脂之流，你不是不喜欢这一类型的吗？"

韦非烟叹息道："唉，奈何世间无宋玉、潘安，也只能凑合着看张氏兄弟了。"

红线急忙道："可别，张氏兄弟出入宫闱，结交的都是公主命妇，我可没那么大的本事把他们拐进府里来。再说了，上次花朝日，张六郎乘香车游长安，你让他当街出丑，他还记恨着你，你最好别招惹他了。"

韦非烟以扇遮面，美目含怨，说道："那日他坐在香车上，这么多贵妇淑媛向他扔瓜果，又不只我一个人，他为什么独独记恨我？"

红线嘴角抽搐，说道："小姐，别人扔的是鲜花、鲜果，你扔的可是鲜鸡蛋。"

韦非烟叹了一口气，眉带春愁，说道："谁叫那天一路行去，尽是王孙美男，鲜花、鲜果都扔完了，轮到他只剩鸡蛋了。而且，鸡蛋也是我的心意啊。"

红线一身恶寒，说道："算了，不说这些了。嘻嘻，我刚才在夫人房外偷听，小姐你有喜事了！"

韦非烟逗弄鹦鹉，不以为意，说道："除非天赐我绝色美男子，其他还有什么可喜的？"

红线直冒冷汗，说道："小姐，你的夫婿来府里了，这也算是喜事吧？就是那个与你从小定亲的元曜。"

韦非烟回头，笑问道："可是美男子？"

"不知道。"红线摇头，继而笑道，"不过，他就住在府里，你想见他还不容易吗？"

韦非烟嫣然一笑道："那现在就去看看？"

红线颇显为难，说道："他住在大公子的燃犀楼……"

韦非烟柳眉微挑，说道："什么？元曜住在哥哥那里？哥哥一向自私冷酷，不爱与生人结交，他怎么会结纳元曜？莫非他是在打元曜的什么鬼主意？"

红线道："不知道，反正听说大公子与他挺亲厚。小姐，你真的要去吗？燃犀楼里蛇蝎遍布，猛兽蛰伏，还真叫人瘆得慌。"

---

① 张五郎、张六郎，即张易之、张昌宗，武则天与太平公主的宠臣。

说到燃犀楼，韦非烟也寒了，说道："嘶！那座鬼楼，我可不去，看了麻姑、帝乙和那些晦气的鸟儿，我就几天不舒服。"

韦非烟想了想，有了主意，笑着道："红线，老样子，我写一张花笺，你带过去给元曜。夜深人静，月色迷蒙，深闺小姐与俊美书生花园私会，互诉衷肠。"

红线一头冷汗，说道："小姐，你又玩这一套！唉，你怎么就玩不腻呢？如果再被老爷逮住了，可别说是我传的信，否则，老爷这次一定会揭了我的皮。"

第三章　缥　缈

元曜辞别韦德玄，回到燃犀楼时，韦彦正穿戴整齐要出门。

韦彦见元曜回来，就邀他同行。

"走，轩之，我带你去一个地方。"

元曜问道："什么地方？"

韦彦笑道："缥缈阁。一个好地方。"

说话间，韦彦和元曜已经出了韦府，出了崇仁坊，向西市而去。

韦彦没有骑马，也没有带随从，两个人徒步走在三月柳絮纷飞的长安街头，身边车水马龙，行人如织。

元曜忍不住问道："缥缈阁是什么地方？"

韦彦道："天上琅嬛地，人间缥缈乡。缥缈阁在西市，是一家货卖奇珍异宝的店铺，它家卖的各种妙物都很有趣。"

元曜突然想起自己初入长安，路过启夏门时，城门上两个恶鬼的谈话，那只载他来长安的灰兔似乎是因为偷了缥缈阁的宝物，六十年不得入长安城。

"丹阳，这缥缈阁是……是……在长安城中开多久了？"元曜本想问，这缥缈阁是不是一家妖店，但话到嘴边，还是改了口。

韦彦闻言，想了想，颇感疑惑。

"呃，奇怪，我怎么不记得它是从什么时候开的呢？"

元曜又问道："缥缈阁是什么……什么人开的？"

韦彦笑道："缥缈阁的主人是一名女子，她自称姓白，但从不言名，大家就叫她白姬。等会儿见到她，你不要被她的外貌迷惑了。她其实是一只老狐狸，东西两市的商人中没有比她更奸诈贪财的。"

说话间，二人已经走过含光门。韦彦带着元曜走进商贾众多的西市，在复杂的巷陌之中穿行，最后二人进入了一条幽僻的小巷。

小巷中没有人家，只有三月疯长的春草和氤氲缭绕的白雾。一踏入小巷中，就如同踏入了另一个世界，连西市中此起彼伏的喧嚣声都渐渐在耳边模糊、远去。

走了约一百米，韦彦一展折扇，回头对元曜笑道："轩之，到了。"

元曜一怔，抬头望去，伫立在他眼前的是一座长安城中随处可见的二层小楼。小楼的正门上悬着一方虚白匾，木黑无泽，字白有光，以古篆体书着"缥缈阁"三个字。小楼的左右门柱上，刻着一副对联："红尘有相，纸醉金迷百色烬。浮世无常，爱恨嗔痴万劫空。"

缥缈阁四扇古旧的木门大开，隐约可以看见里面有花瓶、古董、玉玩摆在货架上。

韦彦已经举足踏了进去，元曜急忙跟上。

缥缈阁的店面不大，也没有什么奇特的地方，格局布置都与其他古玩斋的一样，货架上的物品有古董字画，还有西域各国的宝石、香料、金器、卷轴等。

一名黑衣少年倚在柜台边吃着什么。听见有人进来，他抬起头，伸出粉红的舌头，舔舐了一下嘴角的食物残渣。

黑衣少年下巴很尖，眼睛很大，容颜十分清俊，只是瞳孔细得有些诡异。

元曜望向柜台，发现黑衣少年正在吃的东西是一碟香鱼干。

黑衣少年看见韦彦，笑道："韦公子又来了，这次您想买些什么？"

韦彦一挥折扇，说道："离奴，可新到了什么有趣的玩物？"

离奴笑道："这离奴可不清楚，您得问主人。"

韦彦道："白姬呢？有客人来了，她怎么不出来？"

离奴指了指里间，笑道："刚才武恒爻大人来了，主人正在里面招呼他呢。要不，韦公子先随便看看？"

韦彦"嗯"了一声，就去货架之间赏玩各种宝物了。

"轩之，你来看，这是西域的醍醐香……"韦彦拿起一个木匣，侧头对元曜道，却没看见元曜。

韦彦四处望去，只见小书生站在摆放玉器的货架前，呆呆地望着一个双鱼玉佩，神色古怪。

元曜望着双鱼玉佩，心中惊异万分。这个玉佩他再熟悉不过，正是那晚似梦非梦中，用柳条钓水精珠的白衣女子以大鲤鱼跟他换走的！

这东西怎么摆在了缥缈阁的货架上？！

元曜所站位置左边就是里间，门并未掩上。他转目向左望去，一扇画着彩蝶戏牡丹的屏风阻挡了视线，但是透过薄薄的屏风，可以看见两个对坐的侧影：一名是纤柔婀娜的女子，另一名是威武挺拔的男子。按照离奴所言，应该就是白姬和武恒爻。

白姬的声音很低，偶尔说一两句话，也是缥缈如风，听不真切。

武恒爻的声音稍大，话语急促如走珠，由于带有浓厚的并州口音，只能听得出只言片语："意娘……生辰八字……返魂香……"

韦彦拍了拍元曜的肩膀，问道："哎，轩之，你在做什么？"

"啊？！"元曜吓了一跳，回头望向韦彦，露出讪讪的笑容，搪塞道，"没……没做什么，小生在看玉，这双鱼玉佩的成色真不错。"

韦彦拉走元曜，说道："玉有什么意思，过来看看，这些是西域运来的神奇香料，点燃之后，能梦入异境。异境在沙漠之中，有金殿玉池，还有高鼻碧眼的美人环绕，相当美妙销魂。"

韦彦、元曜品了一会儿香，里间传来响动，武恒爻出来了。

武恒爻是一个相貌英俊、身姿挺拔的男子，穿着一身素净的湖蓝色长袍。他从里间出来，径自走出缥缈阁，脸上似有无限的心事，眼中似有无尽的哀伤。

不一会儿，白姬也从里间走了出来。她轻摇纨扇，自言自语。

"相思煎为返魂药，深情刻作长生文。人心之幽微，人性之曲折，真是难以洞悉。"

元曜举目望去，但见一名白衣黑发的女子摇着纨扇缓缓走出。女子眉目如画，左眼角下，一颗朱砂泪痣红如滴血。他认出了她，正是月夜石桥上钓水精珠的女子。不过，她的眼眸不再是诡异的金色，而是普通的黑色。

白姬看见元曜、韦彦，不由得一怔，似乎没有料到外面有人。

韦彦笑道："白姬好悠闲，今天不做生意，倒吟起诗来了。"

"嘻嘻，闲来无事，也风雅一下。韦公子什么时候来的？这一次，韦公子又想买些什么？"白姬望向韦彦，似笑非笑。她又望向元曜，嘴角的笑意更深了，说道："还有这位公子，进入缥缈阁就是有缘人，你想要什么？"

你想要什么？

也许是因为白姬的声音缥缈如梦，这五个字带着一种神奇的、蛊惑人心的魔力，让潜伏在人内心深处的各色欲望都开始蠢蠢欲动，喷薄欲出。

韦彦道："白姬，把能够让我觉得有趣的东西都拿出来。"

元曜讷讷地问道："小生是不是在哪里见过白姬姑娘？"

白姬笑着回答元曜："也许，是在梦中见过吧。"

韦彦见状，用折扇轻拍了一下元曜的肩膀，撇嘴道："我说妹夫，你可不能见异思迁，辜负了我妹妹。"

元曜的脸"唰"的一下红了，窘得手足无措。他说道："丹阳，你不要胡说，小生哪里见异思迁了？！不对，小生还没与非烟小姐完婚！丹阳，你不要坏了非烟小姐的清誉……"

韦彦在扇后偷笑，白姬也笑了。

小书生觉得自己像一只羊，而眼前的两个人明显是狼。

韦彦对白姬道："白姬，快把新奇有趣的玩物拿出来吧。"

白姬笑道："真不巧，三月不是上货的时节，西域、东海、南疆的商旅都还在路上。韦公子如果觉得店中的物件无趣，我前几天闲来无事，用水晶珠织了一卷珠帘，相当有趣，要不要看一看？"

韦彦一收折扇，颇感兴趣地笑道："哦？如何有趣？"

白姬眨了眨眼，说道："月圆之夜，每一颗水晶珠里都会浮现出一张人脸，都是长安城中溺水而亡的人的脸。说不定，韦公子还能看见相熟的面孔呢。"

韦彦十分感兴趣地道："拿出来让我看看。"

白姬笑道："在里间，请随我来。"

韦彦随白姬进入里间，随口问道："这样的水晶帘，多少银子？"

"一千零一两。一颗珠子一两，正好一千零一颗。韦公子是熟客，手工费我就不收了，把人脸弄进水晶珠里，可是相当耗费时间和精力呢。"

"一千零一两银子？倒也不算天价。"

"不，是黄金。"

"你怎么不去抢？！"

"抢劫哪有宰人乐趣无穷……嘻嘻，韦公子说笑了。一两黄金换一张人脸，已经很便宜了，那可是货真价实的人脸，不仅五官俱全，表情上还有喜、怒、哀、乐，甚至还会发出笑声和哭声。夜深月圆、万籁俱寂时，您在燃犀楼里秉烛观赏，可是相当有气氛、有乐趣啊！"

"嗯，先看看再说。"

"好！"

白姬和韦彦走进里间去看水晶帘，留下元曜独自站在原地。

离奴倚在柜台后，继续吃小碟里的香鱼干。他望了元曜一眼。

"喂，书呆子，我讨厌你！你身上有水的味道。"

"啊？！"元曜一惊，望向离奴。

离奴一边吃鱼干，一边伸出粉红的舌头舔舐唇角："书呆子，离爷远一点儿！不然，爷就像吃鱼干一样吃了你。"

离奴邪魅一笑，露出两颗长长的獠牙，说不出地吓人。

元曜大惊，踉跄后退，冷不防脚下一滑，仰天向后跌去。他站的地方离放置玉器、瓷瓶的货架很近，这一跌倒，撞翻了货架。货架倒下时，又带翻了另一个放着西域古镜、杯盘的货架，但听得一片"噼里啪啦"之声，彩釉瓶、琉璃杯、翡翠环、琥珀盘、玉螺镜……全都摔在地上，砸得粉碎。

元曜惊得魂飞魄散，跌坐在满地的残金碎玉中，脑子里只剩下一片空白。

元曜没有发现，许多奇形怪状、如同轻烟一般的东西从碎裂的宝器中缓缓升起，挣扎着逃出缥缈阁，消失在了长安城的各个方向。

白姬、韦彦听见响动，从里间走了出来。

看见满地狼藉，白姬一脸心痛，韦彦一脸惊愕。

白姬问道："这是怎么回事？"

离奴已经恢复了清俊少年的模样，指着吓呆了的小书生道："主人，这位公子摔了一跤，带倒了货架，就成这样了。"

元曜一惊，指着离奴，气急之下，说不出一句完整的话："你……你，明明是你……"

离奴一脸无辜地打断了元曜："公子可别诬赖我，我一直站在柜台后，可没到货架那边去。"

元曜无言，只得望向韦彦，欲哭无泪："丹阳，小生……"

韦彦望着摔碎的奇珍异宝，脸色煞白："轩之，你……"

白姬倒是笑了，她细长的凤目中闪过一抹奸诈的幽光。

"韦公子，这位公子是你什么人？"

韦彦只得答道："轩之是我的表兄，客居在我家。"

白姬笑道："东西已经碎了，伤神也是枉然。两位公子不必将此事挂在

29

心上，影响挑选宝物的心情。等我清点整理之后，会派人将账单送入韦府。到时候，二位按价付银即可。放心，看在韦公子是熟客的分上，零头我会抹去的。"

韦彦一阵头晕目眩，以他对白姬的了解，知道这个奸商一定会趁机狠宰一笔，到时候只怕是卖了麻姑、帝乙，都不够清账的。

元曜唯有抬袖抹泪，无助地望着韦彦。

韦彦的脸色十分难看，他勉强安慰小书生道："无妨，无妨。"

发生了这种意外，韦彦也没有了淘宝的兴致，随便转了转，就拉着元曜离开了。

韦彦、元曜离开之后，白姬走到满地残金碎玉中，拾起了一块断裂的翡翠如意。如意的碎片死气沉沉，没有任何灵性。

白姬苦笑道："都逃走了啊！这个呆子知不知道因为他这一失足，长安城中又要增加多少鬼魅妖灵？又有多少人要与异界产生纠葛呢？"

离奴在柜台边道："这些都是主人辛苦收集回来的，如今散入八方，再想找回来可就不容易了。"

白姬道："一切皆因他而起，自然也该由他而了。放心，他一定还会再来缥缈阁的。"

白姬扔掉翡翠，走向里间，头也不回。

"离奴，不要以为我不知道，虽然是他失足，但你也逃不了干系。把店面收拾干净，等我列好账单，你送去韦府。嗯，东西的价格我得往最高了写。"

白姬话音刚落，一只毛色黑亮，瞳孔尖细的猫从柜台边蹿出，来到满地残片中。它用嘴和爪子刨着碎玉断金，与其说是在清理，不如说是在玩耍，一会儿滚，一会儿跳，乐不可支。

白姬懒洋洋的声音从里间传出："离奴，如果日落前不收拾好，三个月内别想吃香鱼干了。"

"喵——"黑猫叫了一声，似在抗议。

傍晚，韦府，燃犀楼。

房间中，元曜从左边踱到右边，又从右边踱到左边，长吁短叹，泪湿衣袖。

刚才，缥缈阁的离奴已经送来了账单，摔碎的物品列了满满三张纸，折合约有两千两黄金。据说，这还是白姬看在韦彦是缥缈阁的熟客的分上，给出的最低价。

元曜身无分文、寄人篱下，哪里赔得出这笔巨资？韦彦虽然没说话，但从他浏览账单时煞白的脸色来看，这笔钱对他来说也不是能够轻易拿出来的。

元曜愧恨难当，觉得无颜苟活，解下了腰带，抛向了房梁。

红线已经是第四次来燃犀楼了，下午为了替小姐传花笺，已经跑了三次，但是元曜与韦彦一直出门未归。这次再来，仆人终于说元公子在房间里。

红线提心吊胆地来到三楼，生怕撞到帝乙，踩到麻姑，好不容易平安地来到了元曜的房间外。她见窗户没有关，心想：未来的姑爷既然想来长安求功名，那一定正在房间里发奋苦读，便蹑手蹑脚地来到窗边，探头探脑地向里望去，想先看看姑爷的品貌。

红线探头向房间里望去，原本"怦怦"跳动的心一下子跳快了三拍。

房间里，一个愁眉苦脸的书生正踮脚站在凳子上，把头往从房梁上悬下来的腰带里套。

"啊！兀那书生，休得自寻短见！"红线一急，从茶馆说书人口中听来的话本台词脱口而出。

元曜刚将头套进腰带里，又觉得自寻短见不是男儿所为，而且自己一死，韦彦就得背负这笔债，无论如何，自己不能连累了他。自己闯的祸，就得自己来承担。

元曜刚要拿开腰带，突然从窗口冒出一个脑袋，怪腔怪调地朝他喊，吓得他脚下一滑，凳子一下子翻倒在地上。

元曜只觉得脖子倏然一紧，人就已经挂在了半空中。他的脸涨得红中泛青，他难受得无法呼吸，只能拼命地蹬腿："救……救命……"

红线失声惊呼："来人啊！快来人啊！元公子上吊了！"

红线的惊叫声引来了不远处的韦彦、南风。

韦彦疾步走过来，从窗口望见挂在半空中手舞足蹈的小书牛，急忙闯进去将他放下："轩之，你怎么这么想不开？！"

"喀喀喀……喀喀……"元曜想说什么，但是刚缓过气来，只能一个劲儿地咳嗽。

韦彦安慰道："轩之休急，我明日再去缥缈阁一次，向那个黑心的女人杀杀价。你摔碎的那些东西，顶多就值一千两黄金。"

一千两黄金！元曜欲哭无泪。他全身上下，只有用大鲤鱼会账时，客栈掌柜给的十文钱。

韦彦又安慰了元曜几句，便起身离去。南风也跟了出去。

红线站在窗外，怔怔地望着元曜，心中十分失望。这个书生根本就不是美男子，他的容貌只能算是端正，一副怯懦良善的模样，既无风流潇洒之姿，也无顶天立地之态。不过，唯有那一双清澈的黑眸，明亮得仿佛一尘不染，好像能映照出人世间的一切阴暗。

元曜抬头望向红线，声音沙哑地道："姑娘是谁？为何出现在小生的窗前？"

红线这才回过神来，走进房间里，从衣袖中拿出花笺递给元曜。

"奴婢名叫红线，是非烟小姐的婢女。小姐命我送花笺给元公子，请元公子今夜子时三刻在后花园的牡丹亭中相会。"

纯善的小书生再次吓了一跳，惊道："什么？非烟小姐约小生夜半相会？！这……这不合礼数，万万不可！"

"元公子爱来不来。"红线翻了一个白眼，丢下花笺，走出了房间。根据她多年来为小姐"猎美"的经验，这个小书生一定没戏。她的任务只是传信，赴不赴约随他的便。

红线离开之后，元曜尚未从缥缈阁的债务烦恼中解脱，又陷入了牡丹亭夜半私会的苦恼中。去赴约吧，他一个饱读诗书的儒生，怎么能去做这等仲子逾墙之事？不去赴约吧，又怕伤了韦非烟的颜面，辜负了她的一片心意。

元曜胡思乱想了一通，终于还是决定赴约。他安慰自己，只是说两句话，非礼勿视，非礼勿动，也不算是太于礼不合吧？如果被人发现，大不了他当场撞死，以全非烟小姐的清誉。

忐忑不安地等到子时，元曜借着月光摸下了燃犀楼，潜行到了后花园，来到了牡丹亭。他在韦府中住了将近半个月，已经熟悉了各处的道路。

月色明朗，万籁俱寂。

元曜到得有些早，韦非烟还没来。他只好在牡丹亭中等候，四周一个人也没有，假山、巨石、花丛、树林影影绰绰。一阵夜风吹过，树叶"沙沙"作响。

元曜提心吊胆，"度日如年"，好不容易挨到了子时三刻，只见花园小径的尽头，两盏灯火缓缓而来。

元曜不由得一愣，韦家小姐可真大胆，半夜与男子花园私会，居然还敢提灯？不过，怎么有两盏灯？

元曜定睛望去，但见月光之下，花径之中，两名女子缓缓走来。一名走在前面，身着鹅黄衣衫，步态婀娜，提着一盏红色宫灯。另一名走在后面，一身红衣，步履飘忽，提着一盏幽幽青灯。

不多时，两名女子已经走上了牡丹亭。

元曜偷眼望去，鹅黄衣衫的女子绾着同心髻，额上贴着梅花妆，眉目与韦彦的眉目有几分相似。红衣女子看不清模样，因为她全身上下都罩在一件连头斗篷中，连脸也隐在风帽下。她手中的青灯发出碧幽幽的火焰，将斗篷映得红艳似血。

元曜赶紧行了一礼，不敢抬头。

"小生姓元，名曜，字轩之。敢问，谁是非烟小姐？"

韦非烟一怔，脸上露出古怪之色，左右看了看，奇怪地道："自然是我啊！公子就是元曜？"

元曜的脸一红，仍然不敢抬头，他答道："正是小生。"

韦非烟掩唇笑道："元公子总是低着头做什么？难道是我太丑陋，不入公子之眼？"

"不，小姐美如天仙，小生只是不敢唐突佳人。"元曜赶紧道，随即抬起头来。

韦非烟笑吟吟地望着元曜，那名提着青灯的红衣女子风帽低垂，静静地站在一边。

元曜心中奇怪，这红衣女子莫非是白天送信的红线？不对！红线身形娇小，没有这么高挑。也许，是另一个贴身服侍韦非烟的丫鬟？一定是。不过她这身打扮，实在有些诡异瘆人。

韦非烟看清了元曜的模样，十分失望。唉，世间的绝色美男子怎么就这么难寻？

元曜十分紧张，小心翼翼地问道："小姐簧夜相召，不知有何赐教？"

话刚出口，元曜就想扇自己，这实在不是现在这种情况下应该用的措辞和语气。

韦非烟果然一愣，说道："赐教？！我有什么赐教？让我想想……"

她正在思索，牡丹亭下的巨石后突然蹿出了一个高大的黑影。

元曜定睛望去，是一名手持朴刀的彪形大汉。

大汉鬼魅般向牡丹亭逼来，手里的朴刀森寒如水。他恶狠狠地道："都别动！谁动，老子杀了谁！"

元曜吓得魂飞魄散，颤声道："有……有贼！"

贼人在元曜、韦非烟面前舞动着明晃晃的朴刀，恶形恶状地道："你们两个谁敢喊叫，老子就杀了谁！"

元曜盯着刀子，双腿哆嗦，小声道："小生不敢，好汉饶命！"

韦非烟望着贼人，皱了皱眉，没有说话。

贼人道："告诉老子，银库在哪里？"

元曜苦着脸道："小生不……不知道……"

韦非烟道："我也不知道。"

贼人望向韦非烟，见是一名明艳少女，顿时露出了猥亵的笑容。

"老子转悠了半天，腿都累断了，也没有找到银库。罢了，今夜劫不到银子，劫走一个美人儿，也不算是白来一遭。"

元曜吓得脸色煞白，明明害怕得要死，却还是挡在了韦非烟的身前，说道："你……你休想对小姐无礼！"

"你这手无缚鸡之力的书生，滚一边去！"贼人蒲扇般大的手一把推向元曜，将他摔了出去。

元曜被狠狠地摔在地上，头撞上了亭柱，疼得眼冒金星。他正好跌在提着青灯的红衣女子脚边，她的裙裾拂在他的脸上，有丝绸的冰凉质感。

元曜一把抓住红裙，对那女子道："快去找人来救你家小姐！"

红衣女子却没有动，也没有说话，只是静静地站在黑暗中。

第四章　青　灯

贼人推开元曜，走向韦非烟，淫笑道："美人儿，乖乖地跟老子走，老子一定好好疼你……"

韦非烟望着面目丑陋的贼人，仰天叹了一口气，说道："唉！一个不如一个。老天啊，为什么你总不让我遇上绝世美男！"她冷冷地望向贼人："算你这厮走运，今夜我不欲张扬，你给我安静地滚出韦府！"

贼人一愣，狞笑道："美人儿好大的口气，看来，老子只好用强了！"

贼人话音刚落，已经饿虎扑食一般向韦非烟扑去，想将她扛上肩头，带出韦府。可是，韦非烟脚下如同生了根一般，贼人使尽了吃奶的力气，怎么也扛不动她。

贼人满头大汗，韦非烟笑道："好了，轮到我了。"

说着，韦非烟抓住贼人的手腕，只是稍微一用力，这个壮如铁塔的大汉就被她摔了出去。

元曜惊得眼珠子差点儿掉出来，指着身形娇弱的韦非烟道："你……你……"

韦非烟似乎有些羞赧，以袖掩面道："我天生神力，吓到元公子了吗？唉，曾经有好几位美男子都被我的神力吓跑了。"

贼人从地上爬起来，恼羞成怒，面露凶光，持刀劈向韦非烟。

"老子杀了你！"

朴刀寒光凛凛，元曜看得真切。他当即忘了惊愕，什么也顾不得了，扯着嗓子大喊："来人啊！快来人啊！有贼人闯入府中了！"

"元公子，你不要叫，招来了家丁和护院，你我可就说不清了！"韦非烟急忙阻止元曜叫喊，但已经来不及了。

贼人的刀近在眼前，韦非烟侧身避过，抬足踢向贼人的手腕。贼人吃痛松手，朴刀掉落，韦非烟抬手劈向贼人的颈间，贼人应手而倒。

贼人倒地的瞬间，元曜差点儿惊掉下巴，指着韦非烟说不出话来："你……你……"

听见元曜的惊呼声，韦府的家丁、护院提着灯笼匆匆而来。

韦非烟望着渐渐逼近的一群人，揉着额头，苦恼地道："我天生神力，又在机缘巧合之下，从小蒙异人指点，习得了一身武艺。我独自对付两三个强盗、山贼没有问题。唉！家丁和护院都提着灯笼过来了，你我已经无处藏身，父亲大人一定又要气得背过气去。"

韦府的家丁、护院举着火把，提着灯笼围上来。此时的牡丹亭中，只剩下一脸愁容的韦非烟、满面惊愕的元曜，还有倒在地上不省人事的贼人，提着青灯的红衣女子已经不知去向。

韦德玄、郑氏在众人的簇拥下匆匆赶来。

韦德玄一见韦非烟和元曜，深更半夜，孤男寡女，立刻知道女儿的老毛病又犯了，当场一口气没提上来，双眼一翻，背过气去。

众人急忙施救。

郑氏掐了半天韦德玄的人中，韦德玄才悠悠转醒。他指着韦非烟和元曜，有气无力地道："这……这究竟是怎么回事？地上躺着的是什么人？"

元曜万分羞愧，恨不得找一个地缝钻进去，哪里敢回答？

韦非烟小心翼翼、避重就轻地答道："禀父亲大人，地上躺着的是贼人。他半夜入府行窃，恰好被女儿撞见，就将他击昏了。"

韦德玄气道："住口！你一个待字闺中的千金小姐，深更半夜不在绣楼里安寝，跑到牡丹亭来做什么？！还与贼人相斗！成何体统？！还有你，元世侄，你不在燃犀楼里安歇，深夜来这后花园做什么？你是一个读书人，也当知道礼义廉耻，该知道什么当为，什么不当为，你……你太让老夫失望了！"

元曜万分惭愧，恨不得一头撞死，根本不敢答话。

韦德玄又数落女儿道："非烟，你要气死老夫，是不是？唉，老夫究竟造了什么孽，怎么生出你这么个女儿！"

韦非烟也不敢答话。

郑氏见女儿挨骂，又开始护短了。

"好了，好了，老爷你就少说两句吧。女儿纵然有千般不是万般错，不是还捉住了一个贼吗？她如果不来这牡丹亭，哪里能捉住这贼人？"

韦德玄指着郑氏，气结道："唉，你是说她不守《女诫》，半夜乱跑，不仅没有过，反倒有功了？"

韦郑氏道："妾身可没这么说。老爷，你主外，贼人和元世侄就交给你了。妾身我主内，非烟，跟娘走，不要在此妨碍你爹处理事情。"

韦非烟巴不得马上逃走，急忙笑道："是，娘。"

母女两个携手离去，韦德玄叹道："妇道人家，就知道护短！女儿都是让你给惯坏了！"

韦德玄命护院将贼人押下去，明早送交官府，又数落了元曜几句，才回去休息了。可能因为韦家小姐私会惯了，一众下人也都见怪不怪了，纷纷打着哈欠散去。

元曜举目望去，在散去的奴仆婢女中，仍旧没有看见那个提着青灯的红衣女子。

第二天下午，元曜正在房中苦恼缥缈阁的债务，大开的窗户外，突然冒出一个脑袋，"元公子？"

元曜抬头道："啊，红线姑娘，你怎么来了？"

红线笑道："我奉小姐之命，来给元公子带几句话。"

想起昨夜之事，元曜就怕，急忙摆手道："不，不，这半夜逾墙之事，打死小生，小生也不敢再干了！"

红线直冒冷汗，暗暗腹诽：以你的相貌，就是你想，我家小姐也不乐意。

"元公子误会了，小姐不是让我送花笺，而是见公子您是一个老实人，让我带几句忠告给您。"

元曜恭敬地道："小姐有何箴言？"

红线左右望了望，见四下无人，才压低了声音道："小姐说，大公子居心叵测，是一个冷酷自私的人。元公子您良善、老实，与他相交，可要警之、慎之，否则被他卖了都不知道。"

元曜一怔，说道："这……这……小姐何出此言？丹阳对人诚恳热情，是一个大好人啊！"

红线叹了一口气，怜悯地望着元曜道："元公子，您才是一个大好人啊！小姐也是一番好心，我的话也带到了，元公子自己保重，我告辞了。"

元曜讪讪地道："啊，既然如此，请替小生谢过非烟小姐。"

红线点点头，就要离去。

元曜突然想起了什么，问道："对了，红线姑娘，昨夜与非烟小姐一起赴约的红衣女子，也是小姐的贴身丫鬟吗？她为什么蒙头遮面、忽隐忽现？"

红线回过头来，疑惑地道："元公子在胡说些什么？昨夜，明明是小姐独自去牡丹亭赴约的。"

元曜心中一阵恐惧。也不知答了一句什么，红线径自去了。

转眼又过了三天。

这三天里，元曜过得浑浑噩噩的，整天闷在房间里温书。天明时书本翻在哪一页，上灯时书本仍旧在哪一页。他脑子里想的全是白姬、缥缈阁以及那笔巨债，根本无心读书。

这天下午，元曜还是无法静心读书，最后决定去缥缈阁。正当他收拾停当，准备出门时，几天不曾露面的韦彦居然来找他了。

"咦，轩之，你要出去吗？"韦彦笑道。

"是，小生想去缥缈阁请白姬宽限一下还债的时间。丹阳，你来找小生有事？"

韦彦笑道："哈，真巧，我也正是来邀你一起去缥缈阁。"

"那就一起去吧。"

"好，一起去。不过现在还早，坐一会儿再去也不迟。"

元曜一愣，只好道："也好，那就坐一会儿再去。"

韦彦坐下，随手翻看元曜放在桌上的《论语》，赞道："轩之的字写得笔走龙蛇，遒劲有力，真有名家的风范！"

元曜谦虚地道："马马虎虎，丹阳过誉了。"

韦彦十分有兴致，拉着元曜，要他当场写几个字。

元曜推却不过，只得提笔问道："丹阳要小生写什么？"

"就写你的名字。"韦彦笑道。趁元曜侧头蘸墨时，他从袖中拿出一张折叠的纸，悄悄地放在桌上。

元曜将狼毫蘸饱墨汁，问："写在哪儿？"

韦彦将纸推过去，说道："喏，写在这里吧。"

元曜单纯善良，此刻又有些心不在焉，没有多想便龙飞凤舞地写了。

韦彦的嘴角浮出一抹阴笑，事情比想象中的更简单、更顺利。他望着元曜，心中冷笑：真是一个纯善的家伙，世界上怎么会有如此没有戒心的人呢？！

韦彦赞道："果然是好字，价值千金的好字啊！轩之，时间也不早了，不如我们去缥缈阁吧。"

元曜求之不得，笑道："再好不过。"

趁元曜不注意，韦彦将写有元曜名字的纸藏入了袖中。

韦彦、元曜出了韦府，步行去西市。

路上，韦彦没头没脑地道："缥缈阁虽然有些诡异，但是有许多相当有趣的宝物。轩之，你待在缥缈阁里，一定不会觉得无聊。"

元曜听得奇怪，不明白韦彦什么意思："啊？"

韦彦继续道："白姬虽然十分奸诈，但也算是一个佳人。美人为伴、红袖添香，那可是令人羡慕的旖旎生活，世人求都求不来。所以，轩之，我其实是为了你好。"

元曜更奇怪了："啊？"

说话间，两个人已经拐进了小巷里，脚下是疯长的春草，身边是缥缈的白雾。

韦彦叹了一口气，说道："轩之，你是世家子弟，又是读书人，初次卖身为奴，也许会不太习惯，但是过个三年五载，也就慢慢适应了。不急，反正是终身为奴，你可以慢慢花时间去适应、习惯。"

元曜心中一紧，打断韦彦道："谁？谁要卖身为奴？卖给哪家为奴？"

两个人已经站在了缥缈阁前，韦彦指着四扇大开的木门道："轩之，你要卖身为奴。真是不好意思，我把你卖给了缥缈阁，卖身契你刚才也签了。"

在唐朝，人大体分为贵族（王族、士族），平民，奴隶三等。一旦身为奴隶就低人一等，连平民也不算，等同于牲畜。奴隶不仅没有人身自由、没有人格尊严，甚至被主人打死也不得申冤。

元曜本是没落贵族，突然一下子降到了奴隶，不仅是人格上受到了羞辱，更在家族尊严上受到了伤害。清傲的贵族宁可死去，也决不愿意做奴隶。即使之前一直为债务苦恼，甚至有悬梁自尽的冲动，元曜也从没想过卖身为奴。更何况，奴隶不能参加科举，不能步入仕途。人一旦沦为奴隶，此生也就被烙下了卑微、低贱的烙印，永世不得翻身。

元曜眼前一阵晕眩，突然明白了什么，摇摇晃晃。

"我刚才签的是……是卖身契？！丹阳，你可害苦了小生！"

韦彦急忙扶住元曜，说道："轩之，白姬说，如果你入缥缈阁为奴，那么你打碎那些宝物的账就全都一笔勾销。放眼长安，无论歌奴、舞奴、胡奴、昆仑奴，都远远不如你的身价，你也算是奴隶中的贵族嘛！这么一想，你的心情是不是好些了？"

元曜闻言，恨不得掐死韦彦。

韦彦见元曜脸色铁青，突然眼圈一红，滚出了几滴泪。他一边举袖擦泪，一边道："轩之，你不要生气，我出此下策，也是迫不得已。我只在翰林院中任了一个闲职，薪俸微薄，有心替你还债，却是力不从心。唉，都是我没用，不能偿还缥缈阁的债务，才害得你卖身为奴。"

缥缈阁的宝物是元曜自己失手打碎，与韦彦并没有关系。元曜听他这么说，哪里还能继续生气？他只能泪流满面地想：罢了，罢了，都是自己的命不好，合该有此一劫。

缥缈阁，里间。

一架绘着彩蝶戏牡丹的屏风旁，白姬与韦彦、元曜相对而坐。一张落款处有元曜签名的卖身契，摊开放在了三个人之间的青玉案上。

白姬与韦彦正在说话，而他们话题的主人公元曜，就愁眉苦脸地静坐在一边，仿佛东西市中被卖的羔羊。

白姬似笑非笑地看了元曜一眼，十分满意地收下了卖身契。

“那么，我就将他留下了。”

韦彦道：“好，那就这样吧。”

商谈完毕，韦彦告辞。

元曜呆呆地坐在原地。小书生再一次觉得自己像一只羔羊，而白姬和韦彦是吃人不吐骨头的狼。

韦彦道：“轩之，你就留在缥缈阁吧。你的衣物与书籍，我会遣人给你送来。”

元曜茫然地点头。

白姬送韦彦离开。

临出缥缈阁时，韦彦轻声对白姬道：“我已经让他签下了卖身契，按照约定，水晶帘能给我了吗？”

白姬笑道：“没问题，明天我就让离奴将水晶帘送去韦府。”

韦彦满意地离去了。

白姬望着韦彦的背影，嘻嘻诡笑：“真是一个自私、贪婪的人啊。”

白姬回到里间，元曜仍旧坐在原地，但是神色已经从茫然恢复了正常。他清澈的眼眸中并无怨尤和沮丧，仍旧清明坚定：“白姬姑娘。”

白姬在元曜的对面坐下，笑道：“你叫我白姬就可以了。轩之，以后我就这么叫你，可以吧？”

“当然可以。”元曜点头。他站起身来，侍立在一边。看来，他已经从茫然错愕中回过神来，接受了自己的新身份。

白姬一边喝茶，一边饶有兴趣地看向元曜。

“韦彦欺骗你，害你沦为奴隶，误你一生功名，你对他没有怨尤，没有憎恨？”

元曜笑了笑道：“丹阳欺骗小生，肯定有他的原因和苦衷。小生不怪他，他是一个好人。小生被韦府的家奴欺侮，是他带小生入府。小生被帝乙惊吓落水，是他跳下水救了小生。小生打碎了贵阁的宝物，也是他为小生费心。来到长安的这段日子，他对小生真的很照顾。小生很感激他。”

白姬笑道：“我从来没见过像你这样奇特的人。”

元曜笑道：“小生不过是芸芸众生中的一个平凡人罢了。”

白姬微微睨目，看着元曜，仿佛在鉴赏一件新奇而有趣的宝物。

“你是一个很有趣的人。”

没来由地，小书生打了一个寒战。

白姬问道：“轩之，你会些什么？”

元曜道："小生会读书。"

"除了读书，你还会些什么？"

元曜想了想，说道："除了读书，小生什么也不会。不过，不会的东西，小生可以慢慢学。"

白姬点点头，没有说话。

元曜试探着问道："小生必须在缥缈阁中待一辈子吗？"

白姬笑道："你不必待一辈子，等到缘分尽了，你看不见缥缈阁了，就可以离开了。"

元曜奇怪地问道："看不见缥缈阁？"

白姬笑了，笑得神秘。

"很多人都看不见缥缈阁。只有有缘的人，才能走进缥缈阁里。"

元曜不是很明白白姬的话。他想起从小他就能够看见一些奇怪的东西，他对看不见那些东西的人说起时，那些人都笑他疯。那些奇怪的东西，尽管除了他没有人能看见，但确确实实存在着。看不见，并不意味着不存在，只是有的人无缘看见。他想：白姬的话，应该就是这个意思吧。

白姬带元曜熟悉缥缈阁的环境。

缥缈阁的格局与东西两市中所有商家的格局一样，一楼分为正厅、里间、后院。正厅即是店面，摆了琳琅满目的宝物。里间用来招待熟客、特殊客人，也陈列着少量珍宝。后院是一片荒草萋萋的空地，一棵花开纷繁的绯桃树突兀地立在一口古井边。后院有大小不一的笼子，笼子中豢养着或中土、或西域的奇异鸟兽，大部分鸟兽元曜从未见过。

白姬指着古井道："记住，每逢十五，不要靠近那口井。"

元曜心中觉得奇怪，但还是点了点头。

"知道了。"

白姬领着元曜，从里间的楼梯上到二楼，来到了仓库。仓库中是一排一排的多宝橱，堆满了比楼下大厅中更多的古玩，由于光线太过沉暗，宝物上也积满了厚厚的灰尘，看不出是些什么东西。

白姬点上一支蜡烛，带元曜在仓库中转了转，告诉他："金玉在东，字画在西，香料在南，珠宝在北，中间是扇、屏、炉、鼎、塔之类的。记住位置，以后免不了让你来取东西。"

元曜点头记下。

白姬、元曜继续向前走，在微弱的烛光中，浮现出一座通往三楼的楼梯。

元曜一愣，三楼？从外面看，这缥缈阁明明只有两层。

元曜感到十分奇怪。

白姬的容颜在烛火中显得缥缈如雾气，但她语气十分郑重地道："轩之，无论任何时候，都不可以踏上那个楼梯，切记！切记！"

元曜心中疑云重重，却只能点头道："知道了。"

仓库的隔壁是白姬的香闺。按礼数，元曜应当回避，但是白姬并不介意，仍领他进去走了一圈。房间素净而简约，除了一方铜镜台、一扇绘着仕女游春的屏风，几乎没有什么摆设。

西边的墙上，倒是挂着一幅水墨卷轴画。画中山峦起伏，远山、近山互相重叠，意境极是清幽。山峦间腾起几缕袅袅炊烟，绵延不绝地飘荡着。元曜本以为是画上的烟雾，但仔细望去，那炊烟并非静止不动，而是在不断地袅袅升起。

元曜大惊道："烟……烟怎么在动？！"

白姬笑道："那是终南山的道士们在炼不老仙丹呢。"

突然，元曜的身后传来了三名少女银铃般清脆的笑声。

"哈哈，有人来了。"

"嘻嘻，可惜是个呆子。"

"是呢，傻头傻脑的，还有一股酸味。"

元曜急忙回头，说笑声却戛然而止。房间中空荡荡的，除了他和白姬，没有一个人。刚才发出笑声的女人，明显不是白姬。

元曜的目光定格在那扇绘着仕女游春的屏风上。屏风上碧浪潺潺，倒映杨柳，三名妩媚的宫装仕女正笑吟吟地站在牡丹花丛中。

元曜一头冷汗。莫非是屏风上的少女在说话？屏风上的人怎么能说话？这缥缈阁到底是什么地方？怎么这么诡异？！

元曜看向白姬。

白姬神秘一笑，笑而不语。

时光匆匆，转眼之间，元曜已经在缥缈阁中住了十天。

因为不辞而别终归不礼貌，在韦彦再次来到缥缈阁淘宝时，元曜写了一封措辞恭敬的书函，托韦彦转交给韦德玄，一者表达对韦德玄之前收容自己的感激，二者作为辞别。

韦德玄得信后，念及两家的旧谊，遣韦彦给元曜送来了一些银两，作为馈赠。但对元曜和韦非烟的婚事，韦德云仍是只字不提。

元曜在缥缈阁中待得越久，越觉得此处有一种难以言说的诡异气氛。

缥缈阁中，只有白姬、离奴、元曜三个人。白姬很懒，白天没有生意的时候，总是窝在二楼睡觉。她偶尔会深夜外出，鸡鸣时才回来。第二天，货架上就会多出一两样新宝物。元曜觉得十分奇怪，她在宵禁后外出，为什么从来不曾犯夜？

白姬的旧乐趣是宰客。与缥缈阁结下浅缘的普通客人之中，不乏达官显贵、王孙帝女，白姬舌绽莲花，连哄带骗，这些人往往出了天价，还觉得自己买得便宜。很久以后，小书生才知道，对于买"愿望"的特殊客人，白姬从不提价钱，只说一物换一物，时机到了，她就会拿走代价。而这些人，付出的代价更大。

白姬的新乐趣是奴役元曜。她一会儿让他去东市瑞蓉斋买糕点，一会儿让他去西市胡姬酒肆中沽酒，一会儿让他把仓库中的奇珍异宝摆出来，看腻了又让他一件一件地收进去。因为身为奴隶，元曜只能含泪当牛做马，不敢有一句抱怨之言。

离奴是一个很爱干净的少年，无论什么时候，他总是衣衫整洁，发髻一丝不乱。他喜欢偷懒，爱吃鱼干。离奴非常不喜欢元曜，白姬在眼前时，他不敢发作，白姬一离开，他就对元曜凶神恶相，呼来喝去。元曜有些害怕他，只能忍气吞声。

大多数时候，缥缈阁门可罗雀，有时候甚至一连数日也没有一个客人上门。白姬也不太在意，只是轻轻地道："该来的，总会来，有缘者自会走进缥缈阁里。"

子夜时分，月光如水。

缥缈阁一楼的大厅中，铺在地上的一张席、一床被，就是元曜的床。大厅中空旷寒冷，里间要更窄小暖和一些。白姬本来安排元曜与离奴同睡里间，但离奴讨厌元曜，将他赶了出来，独自霸占了里间。

元曜正睡得迷迷糊糊，忽然有敲门声传入耳中。

元曜一下子惊醒，心中感到有些奇怪，已是宵禁的子夜，怎么会有人敲门？

元曜侧耳倾听，四周万籁俱寂，正当他以为是幻觉，准备再次合眼的时候，敲门声又响起来了。

不会是小偷吧？元曜有些害怕，但还是起身披衣，壮着胆子来到门口，隔着木门颤声问道："谁？"

门外响起一名女子的声音，温婉且有礼。

"妾身意娘，与白姬约好，今夜子时来拿返魂香。"

一听女子的答话，元曜顿时放下心来，但还是觉得有些奇怪：意娘，这个名字怎么有些耳熟？她为什么白天不来，偏偏晚上来？这个时间街上已经宵禁了，她怎么能随意走动？

奇怪归奇怪，元曜还是打开了门。一阵阴冷的夜风卷入，他不禁打了一个寒战。

一名红衣女子提着青灯，静静地站立在门口。她全身上下都罩在连头斗篷中，看不清面目，唯一从袖中伸出的指尖，很白很白。

元曜心中一惊，这不是那夜在韦府牡丹亭中一直跟在韦非烟身后的红衣女子吗？

元曜道："姑娘请进，小生这就去禀报白姬。"

意娘步入缥缈阁，敛衽为礼道："有劳了。"

意娘的言谈举止彬彬有礼，散发着一种高贵娴雅的气韵，与白天来缥缈阁中挥金猎宝的长安贵妇们没有什么区别。

元曜稍稍放下了心，留下意娘在大厅里等候，自己进去通报了。

第五章 红 衣

月光如水，从轩窗中透入缥缈阁，照亮了安静的里间。

青玉案旁的一席、一被上，空空如也。原本应该睡在这里的离奴不知踪影，只有一只黑猫四脚朝天，翻着圆滚滚的肚皮，睡得正香甜。

咦？离奴哪里去了？难道是如厕去了？他的床上怎么会有一只黑猫？元曜暗自思忖，离奴向来爱干净，他如厕回来，看见一只野猫睡在自己的被子上，一定会很生气。他今夜睡不好，明天一定又会对自己呼来喝去。

元曜走过去，拎起熟睡的黑猫，从窗子扔了出去。

黑猫被摔了出去，"砰"的一声，如麻袋砸地。

"喵——"一声凄厉而愤怒的猫叫，划破了长安城的静夜。

元曜怕野猫又爬进来，关死了窗子。

关好窗后，元曜转过身来，正要上楼，却见白姬举着一盏灯火，袅袅走下楼来。灯火中，她眼角的朱砂泪痣红如滴血。

"轩之，你在做什么？"

"哦，离奴老弟如厕去了，一只野猫爬上了他的床。小生怕离奴老弟回来之后生气，刚刚将野猫扔了出去。"

白姬抚额："……"

"白姬，刚才来了一位名叫意娘的女客人。她说与你有约，正在外面等候。"

白姬道："我知道，你将她带进来吧。"

"是。"

元曜带意娘进入里间时，青玉案上已经燃起了灯火，地上铺着的离奴的寝具也都不见了踪影。

白姬跪坐在青玉案边，对意娘笑道："请坐。"

意娘将青灯放下，跪坐在白姬的对面。

白姬吩咐道："轩之，去沏一壶香茶来。"

"是。"元曜垂首告退，走到门口时，无意间回首。

牡丹屏风上，两名女子的侧影有如皮影戏。

意娘可能觉得此时再蒙头遮面，未免有失礼仪，抬手将风帽掀下，说道："妾身听武郎说，您已经答应给我们返魂香，助我们长相厮守，永不分离。"

元曜心念一动，突然知道为什么意娘的名字会这么耳熟了。他第一次来缥缈阁时，无意中听见与白姬在里间相会的武恒爻口中念着意娘。

白姬的声音缥缈如风。

"我不是神，也不是佛，我从不助人。缥缈阁的规矩是'一物换一物'。我给你们返魂香，你们也要给我我想要的东西。"

元曜不敢再偷听下去，赶紧去沏茶。

元曜沏好茶，端入里间。白姬与意娘仍旧对坐说话，青玉案上多出了一个镂刻云纹的檀香木匣。

元曜垂着头，将托盘中的一盏茶放在白姬面前，另一盏放在意娘面前。

意娘彬彬有礼地道："谢谢。"

"不客气。"元曜道。

意娘已经掀下了风帽，元曜有些好奇她长着什么模样，遂偷眼瞥去。

灯烛之下，一袭红衣裹着一架白骨端庄地坐着，那颗骷髅头正用黑洞洞的眼眶注视着他。

元曜的三魂吓掉了两魂半，仅剩的理智让他踉跄后退，失声惊呼："鬼！有鬼——"

意娘用手——不，应该说是雪白的臂骨，将风帽再次戴上，掩去了骷髅头，抱歉地道："妾身真是失礼，惊吓到公子了。"

白姬轻轻地道："轩之，如此大呼小叫，实在是有失礼数。"

"可可……是是是……"元曜惊魂未定，牙齿发颤，说不出一句完整的话。

白姬叹了一口气，说道："算了，轩之，你先下去吧。"

"好……"元曜茫然道，随即又惊恐地道，"不，不要，外面太黑，小生害怕！"

白姬只好道："那你就留在这里。"

"好。"元曜不自觉地靠近白姬。他偷偷瞥了一眼意娘，心中非常恐惧。

白姬对意娘歉然笑道："真是抱歉，这是新来的仆役，还没有习惯缥缈阁，有些失礼了。我们继续吧。"

意娘通情达理地道："没关系。对了，妾身刚才说到哪里了？"

白姬笑道："正说到您和武将军的往事。"

意娘叹了一口气，说道："妾身与武郎青梅竹马，两小无猜，长大后结为夫妇，也是恩爱无间。我们发誓生死不离，相惜到白头。可是，妾身福薄，先他而去。世人都说人鬼殊途，身死缘尽，但是妾身不信，他也不舍。妾身不饮孟婆汤，不过奈何桥，守着这副残骨与他缠绵相守了七年。如果可以，妾身和武郎都愿意永远如此。可是，如今这副残骨大限已到，即将归于尘土。妾身徘徊人间七年，已经不能入轮回道，这副残骨一旦溃散，妾身的魂魄将无处寄托，也无法归地府，等待妾身的将是灰飞烟灭，永堕虚无。唯有返魂香，才能让妾身免去魂飞魄散之劫，更能履行当年的承诺，与武郎相守到白头。"

"一炷秘香幽冥去，五方童子引魂归。既然得到返魂香是你的愿望，那我就将它给你。"白姬说着，将青玉案上的木匣打开，匣中有三炷返魂香，大如燕卵，黑如桑葚。"从你进入那具躯体开始，三炷返魂香，每七日熏一炷，二十一日后，你就能在那具躯体中返魂重生。"

"啊！白姬，谢谢您！"意娘的声音里充满惊喜，她随即哽咽道，"您的大恩大德，妾身与武郎没齿难忘。"

白姬轻轻道："不必言谢，我只是在做生意而已。你们得到返魂香，我得到我想要的东西。"

意娘疑惑地道："您要的究竟是什么东西？至今为止，您并未告诉我们您想要什么。"

白姬笑道："我要的东西，时机一到，我自会拿走。"

意娘又坐了一会儿，才起身告辞。

白姬让元曜送客，元曜听了意娘的故事，倒也没有一开始那么恐惧了，反而有些怜悯这个深情的女人。不，女鬼。

元曜送意娘出门，红衣枯骨，步履飘忽。她紧紧地抱着装有返魂香的檀木匣，用力到指骨几乎嵌进木头中，仿佛那就是她生命的全部希望。

元曜一直不敢看意娘，只是埋头走路。待得意娘出门，他才松了一口气，低声道："走好。"

意娘没有立刻走，她回身将手伸向元曜。一段干枯的臂骨，五指苍白嶙峋，提着那一盏荧荧青灯。

"妾身惊吓了公子，这盏青灯就送给公子，作为赔罪之礼吧。"

元曜硬着头皮接了。

"谢谢。"

意娘笑道："不客气。"

意娘转身离去。

元曜提着青灯，怔怔地站在原地。

月光下，白骨裹红衣，渐行渐远，融入了夜色之中。

元曜关好大门，回到里间。他心中有万千疑惑想向白姬询问，但里间的灯火已经熄灭，白姬已经不在了。

青玉案旁铺着离奴的寝具，席被上空无一人，一切都如同最初的模样。

元曜一下子愣住了。莫非，刚才的一切其实是一场梦？没有夜客来访，没有红衣枯骨，没有返魂香？可是，手中的青灯告诉他一切不是梦，刚才确实有一架枯骨来缥缈阁中买走了返魂香。可是，他定睛看去，手中哪里有什么青灯？明明是一朵青色睡莲，花瓣层叠，犹带露珠。

元曜失魂落魄地回到大厅，躺在榻上，闭目睡去。

第二天，缥缈阁中一切如常。

清晨，元曜打开店门之后，离奴才回来，也不知道他昨夜去了哪里，更不知他怎么摔断了腿。今天，离奴走路一瘸一拐，看小书生格外不顺眼，一直对他呼来喝去。

三春天气，阳光明媚，缥缈阁中却生意冷清。

白姬使唤元曜搬了一张美人靠去后院，然后她就躺在上面晒太阳。离奴准备了一壶西域葡萄酒、一只玛瑙杯，正要一瘸一拐地送去后院，看见元曜心不在焉地拿着鸡毛掸子拂扫货架上的灰尘，立刻将送酒的活儿推给了他。

"喂，书呆子，把这酒送去后院给主人。"

"哦，好。"元曜乖乖地答应，放下鸡毛掸子，接过了托盘。

离奴单手叉腰，指着元曜，凶巴巴地道："书呆子，今天爷腿疼，你送完酒之后就去集市买菜，知道了吗？"

元曜不乐意地道："古语有云，君子远庖厨。小生怎么说也是一个读书人，买菜做饭一向是离奴老弟你的事情，为什么要小生去？"

离奴挥舞着拳头，气呼呼地道："爷现在一瘸一拐，都是谁害的？！少啰唆，让你去，你就去！"

你昨晚溜去了哪里，为什么摔断了腿，小生哪里知道？关小生什么事？元曜心中委屈，却不敢违逆离奴，只得讪讪地道："好吧，可是要买些什么菜呢？"

离奴想了想，说道："小香鱼、大鲤鱼、鲫鱼、鲈鱼都行，既然是你买菜，你喜欢哪一种，就买哪一种吧。"

元曜哭丧着脸道："小生都不喜欢。为什么缥缈阁中一日三餐都吃鱼？"

离奴拉长了脸，说道："因为爷掌勺，爷喜欢！快去给主人送酒，送完酒之后，就去集市买鱼，不要一天到晚只知道偷懒！"

元曜苦着脸，端起酒走向后院。

尚在走廊中，元曜就已经听见后院传来一阵悦耳的乐音。他仔细听去，有琵琶声、古筝声、箜篌声、笛子声、箫声。许多乐器合奏成一曲繁华靡丽的乐章，泛羽流商，袅袅醉人。

这样华丽的曲子只有在宫廷歌宴中才能听得到吧？为什么会从缥缈阁的后院传来？

元曜满腹疑惑，疾步向后院走去。

刚一踏入后院，元曜不由得眼前一花，嘴不由自主地张大，手也几乎要端不住托盘。

宽阔的草地上，芳草萋萋，落英缤纷。白姬笑着倚坐在美人靠上，身边围坐着一群衣饰华丽、容颜俊美的男女。这些人中，有飘逸的白衣卿相，有端庄的帝女贵妇，有疏狂的游侠少年，有清媚的闺阁少女，有风流的王孙公子，有妖艳的胡姬舞女。这些形貌各异的人正望着庭院的中央。

庭院中央，一群乐师模样的绿衣人坐在草地上，手持琵琶、古筝、箜篌、笛子、箫等乐器演奏。七名金衣赤足的美丽舞娘正踏着乐曲的节奏翩翩起舞，耳坠双络索，青丝缠璎珞，说不尽的妖娆婆娑。

元曜穿过衣香鬓影，走向美人靠上的白姬。他心中疑惑万分。缥缈阁中什么时候来了这么多客人？他一直在大厅里，怎么都没看见？另外，那些豢养在后院的珍奇鸟兽都到哪里去了？为什么只剩下空空的笼子？

白姬看见元曜，笑道："轩之，你来得正好。漫漫午后，无以消磨，大家就举行了一场春日宴。来，来，一起来品乐赏舞。"

一名面若绯桃、梳着乌蛮髻的少女笑吟吟地接过了元曜的托盘，为白姬斟酒。一名高鼻棕眸、褐衣卷发的胡姬笑着拉元曜坐下。

元曜懵懵懂懂地坐了。

春草柔软如毯，桃花飘飞若絮，乐声美妙绕耳，舞姿曼妙醉人，身边美人环绕，元曜只觉得自己置身在梦幻之中，如此美好，如此愉悦。

元曜不自觉地侧头望向白姬，想确认她也在自己的梦里。不知道为什么，没有她的梦境，他会觉得怅然若失。

白姬仿佛知道元曜的心思，笑道："浮生一梦，雪泥鸿爪。你在我梦中，我在你梦中，谁之于谁，都不过是梦中说梦。"

元曜茫然地道："好玄奥，小生听不懂。什么是梦中说梦？"

白姬浅尝了一口玛瑙杯中的美酒，笑了笑道："梦中说梦啊，简单来说，就是你我在此说梦。好了，不要再管梦的问题了。春日宴中，应当品乐赏舞，不要因为谈玄，就错过了眼前的真实。"

元曜点头道："白姬所言甚是。"

白姬、元曜沉浸在乐舞中，春日午后的时光如流水般过去。当绿衣乐师华美的乐章换作轻缓的雅乐，金衣舞娘旖旎的舞步变得轻灵时，白姬轻轻地问元曜："轩之，你不觉得恐惧吗？"

元曜从乐舞中回过神来，奇怪地道："小生为什么要觉得恐惧？"

白姬道："你不恐惧？一般来说，经过昨晚的事情，普通人都会感到恐惧和不安，不敢再留在缥缈阁。"

元曜望着白姬，轻轻一笑道："小生恐惧，却又不恐惧。"

白姬不解地道："恐惧，却又不恐惧？这是什么意思？"

元曜笑了笑，说道："这意思，大概和梦中说梦一样吧。"

白姬望了元曜一眼，嘴角勾起一抹玩味的笑意，说道："轩之，你真是一个有趣的人。"

元曜挠头，不明白自己哪里有趣了。从小到大，从私塾里的同窗，到家中的仆人，大家都觉得他是一个无趣的人。

白姬品了一口玛瑙杯中的美酒，问道："如果夜里再有意娘那样的客人上门，你不会觉得害怕吗？"

"小生会礼貌地接待，绝不会失了礼数。"

"……"

"白姬，你怎么了？小生说错了吗？"

"不，我只是在想，轩之你的脑子里是不是少了一根筋。"

"怎么会呢？小生从没觉得脑子里少了东西啊？！"

白姬抚额："……"

"白姬，你怎么了？"

"算了，品乐赏舞吧。"

"好。"小书生欢快地道。

也许是阳光太温暖，也许是乐声太柔缓，元曜渐渐觉得困倦了。耳边的乐声缓缓远去，舞娘的身影也慢慢模糊，他伏在褐衣卷发的胡姬膝上睡着了。

元曜醒来时，已近黄昏。他仍然置身在芳草萋萋的后院中，只是绿衣乐师、金衣舞娘都不见了。草丛之中，绿色的螳螂、蚱蜢、绿虎甲在跳来跳去。绯桃树下，七只金色的蝴蝶在翩跹飞舞。

白姬和那群衣饰华丽、容颜俊美的男女也都不见了。凄迷的春草中，大大小小的笼子里，缥缈阁豢养的羽毛华艳的鸟兽们又都回来了，它们或眠或醒，或伏或立，悠闲而自得。

元曜感到头下毛茸茸的，侧目望去，正好对上了一双棕色的眸子。他吓得翻身而起，才发现那是一只西域的褐色卷毛狗，正是豢养在后院准备货卖的宠物。

元曜心中奇怪，自己怎么枕在它身上睡着了？白姬呢？春日宴呢？

元曜正在懵懂中，离奴一瘸一拐地走了过来。离奴双手叉腰，凶巴巴地道："到处找你都找不到，原来是溜到后院来偷懒了！喂，书呆子，鱼买回来了吗？"

元曜一拍脑袋，说道："唉，小生忘了。"

见离奴的脸色渐渐泛青，小书生急忙起身开溜。

"小生现在就去集市。"

元曜一溜烟跑了，离奴在后面跺脚道："已经是吃饭的时间了，集市早就散了，哪里还有鱼卖？！"

褐色卷毛狗一见离奴，突然一跃而起，向他扑来。

离奴大惊失色，逃跑不及，被扑翻在地上，哭着骂道："死书呆子，你在后院偷懒也就罢了，干吗把狗放出笼子？！爷最怕狗了，谁来救救爷！"

元曜隐约听见离奴在后院哭喊，以为他腿脚不灵便摔倒了，急忙折回来看他。谁知放眼望去，哪里有离奴的身影？只有一只黑毛野猫被褐色卷毛狗扑倒在地上，正发出一声呜咽："喵呜——"

奇怪，离奴呢？离奴哪里去了？元曜摸了摸头，也懒得理会猫狗打架，径自奔向集市去了。

月圆如镜，夜风微凉。

也许是下午睡得太足的缘故，元曜在地上翻来覆去也没有困意。他翻身坐起，双足对盘，结了一个跏趺坐，闭目学老僧入定。

"嘻嘻。"耳边传来一声女子的轻笑。

元曜睁开眼。

白姬不知何时站在了大厅中，正笑吟吟地望着他。

白姬道："我正好要出门，轩之既然睡不着，不如陪我出去走一走？"

元曜犹豫："现在已经过了子时，在街上走会犯夜。"

白姬走向元曜，笑得神秘。

"没关系，我们不会犯夜。"

元曜还在犹豫，白姬拍了一下他的肩膀，说道："走吧，轩之。"

不知怎么回事，元曜就站了起来。离得近了，他才发现白姬穿着一袭绣着白牡丹的曳地长裙，挽着一道白蝶敛翅的绫纱披帛，梳着乐游髻，鬓上簪着一朵盛开的白牡丹。平日淡扫蛾眉的女人，今夜难得地细涂鹅黄，精点口脂，两边唇角还以螺黛点着靥妆，整个人如同暗夜中盛开的一朵白牡丹，华美中透着几缕幽艳。

元曜一怔，心中暗想：她这般盛装华服，莫非是要去哪里赴宴？可是这深更半夜，哪户人家会开宴会？

"白姬，我们去哪里？"

白姬简单地道："去看意娘。"

元曜一惊，意娘已经是死人，去哪里看她？去郊外的坟地吗？可是，这个时间怎么能出城？再说，去坟地看骷髅，需要盛装打扮得如同去皇宫赴宴一样吗？

"白姬，你这般盛装，倒像是去赴宴，而不像是去上坟啊！"

白姬笑了笑，嘴角的两点靥妆透着一种说不出的妖娆魅惑。

"赴宴？轩之，你说对了，今夜月圆，长安城中倒真有一场盛宴呢！我们走吧。"

元曜道："你且等一等，小生去找一盏灯笼。深夜出门，还是点一盏灯笼，免得摔倒了。"

白姬指了指柜台上净色瓷瓶中插着的青色莲花，说道："不必去找了，这盏青灯不就很好吗？"

净瓷瓶中的青莲正是昨夜意娘送给元曜的青灯。

白姬走到柜台边，取了莲花。

元曜摸了摸头道："这是睡莲，不是青灯。"

元曜的话尚未说完，他就已经吃惊得张大了嘴，因为白姬手中的青莲又变成了一盏青灯。

白姬笑吟吟地道："轩之，拿着。"

"啊！好。"元曜吃惊地接过青灯，提起来凑近了细看，没有变成青莲，还是青灯。青灯中间还有一截蜡烛，青色的火焰在幽幽地跳跃着。

第六章　非　人

月圆似明镜，夜云仿佛香炉中溢出的一缕缕轻烟，将明镜衬托得缥缈如梦。

元曜跟着白姬走过延寿坊、太平坊，去往朱雀大街。月光很明亮，街上很安静，偶尔会碰见巡逻的禁军。

第一次遇见禁军，元曜下意识地想逃，但是禁军披坚执锐，踏着整齐的步伐走过，对他视而不见。于是，渐渐地，他也不害怕了。

过了益尚坊，向右转，就来到了朱雀大街。朱雀大街是长安城的中轴线，也是长安最宽阔的街道。

此刻已近丑时，元曜料想朱雀大街上必定空寂无人。然而，没有想到，他们刚转过尚德坊，他的眼前就出现了熙熙攘攘、人声喧哗的场面。

元曜停住脚步，抬头望着月亮。

白姬奇怪地道："轩之，你在看什么？"

元曜道："小生在看天上挂着的是不是太阳。这不是白天吧？！"

白姬掩唇笑道："当然不是。你仔细看看，这是一场夜晚的盛宴呢。"

元曜擦了擦眼睛，仔细向两边张望。不细看还好，这一仔细看，他只觉得头皮一瞬间炸开，心中的恐惧如夜色般四散蔓延。

从元曜身边经过的行人，有舌头垂到肚脐的女子，有眼珠吊在脸上的孩子，有脖子扭曲成一个诡异弧度的老人，还有穿着囚服、捧着头颅行走的男子。

街边陈列着各种摊位，有肉摊、布摊、面具摊、灯笼摊、纸鸢摊……元曜正好经过卖肉的摊位，只见一块巨大的木案上陈列着心、肝、肠、胃等脏器。

元曜心中疑惑，这些是什么动物的脏器？猪？牛？羊？

一个青面獠牙的恶鬼站在砍肉的案台后，挥舞着手里的菜刀，对元曜笑道："这位书生，买点儿人肉炖汤喝吧？很补的。"

元曜脸色煞白，急忙摇头道："不……不……不用了……"

卖肉的恶鬼手起刀落，斩开了木案上的一物，殷勤地笑道："不买肉，那买点儿人脑吧？都说吃什么补什么，你这书生头脑空空，正该多吃点儿这个呢！"

一股腥味弥漫开来，元曜捂嘴便吐。他这一吐，真不凑巧，正好吐在一名华衣贵妇的裙裾上。

元曜急忙道歉道："对……对不起……小生不是故意的……"

华衣贵妇皮肤很白，两道蚕眉，一点樱唇，发髻高耸入云，簪珠佩玉，气质高贵而优雅。她穿着一身花纹繁复的孔雀紫华裳，约有两米的裙摆长长地拖曳在地上，在夜色中泛着点点幽光。

贵妇回过头，轻轻一笑，雍容高贵。

"没关系。这位公子，妾身的裙裾皱了，你能替妾身将它理平吗？"

元曜晃眼一看，贵妇拖曳在地上的裙裾确实有褶子了。他正因为弄脏了贵妇的裙子心怀愧疚，急忙道："好，小生愿意效劳。"

元曜将手伸向地上的华裙，却被白姬阻止。

白姬笑着对贵妇道："佘夫人，这家伙笨手笨脚的，还是我来吧。"

佘夫人一怔，瞳中幽光闪了闪，笑道："原来他是白姬你的人，那这次就算了。"

佘夫人转身离去，步履高贵而优雅。

当佘夫人走到明亮的月光下时，元曜才发现她的华裳上密密麻麻地爬满了蛇蝎，蛇皮和蝎壳上泛着剧毒才有的幽蓝色冷光。

这时，一个摇摇晃晃的僵尸不慎踩到了佘夫人的裙裾，密密麻麻的蛇蝎沿着僵尸的脚蜿蜒而上，迅速地覆盖了僵尸的全身。僵尸痛苦地挣扎着，以肉眼可见的速度，渐渐化作了一架白骨。

元曜牙齿打战，惊道："白姬，她……她是什么人？"

"缥缈阁的客人。"白姬轻轻地道，见元曜的脸色变得惨白，又道，"放心，她不常来。"

白姬、元曜继续向前走。

元曜看见一名书生模样的男子一边背着《论语》，一边飘："曾子曰：'吾日三省吾身，为人谋而不忠乎？与朋友交而不信乎？传不习乎？'"

同是读书人，元曜觉得亲切，就多望了他几眼。

书生飘来，对元曜揖道："这位兄台，看你的模样也是读书人，要和小生探讨一下《论语》吗？"

元曜咽了一口唾沫，问道："你……你是鬼吗？"

书生闻言，十分生气地拂袖飘走了。

"哼，又是一个愚俗之人！岂不闻，子不语怪力乱神？"

路边的一棵槐树下，坐着一名身段窈窕的女子。她纤手执笔，正在专心致志地画着什么。元曜正在奇怪，却见那女子站起来，开始一件一件地脱衣裳。

非礼勿视。元曜急忙转头，白姬却又将他的头转了过去，笑道："轩之，看着，待会儿会很有趣。"

元曜再次望向槐树下的女子，她已经全身不着寸缕了。女子低垂着头，双手环向后背。她皮肤雪白，酥胸丰满，双腿修长，腰肢纤细，十分美丽诱人。

元曜有点儿口干舌燥，但见那女子动了动，又脱下了一件衣裳。

元曜心中吃惊，不会吧，她已经不着寸缕了，还有什么能够脱下？！

元曜定睛望去，顿时头皮发麻。女子脱下的"衣裳"是人皮。

女子扔了旧皮，拿起新画的人皮，如同穿衣一般，裹在了身上。不过瞬间，模糊的血肉变成了另一名赤裸的女子。

女子白肤细腰，芙蓉如面柳如眉，举手投足间风情万种。

女子回眸，见元曜正望着自己，勾唇一笑，千娇百媚。

"公子，奴家有些头晕，你可否过来扶奴家一把？"

元曜已经吓得头晕了，哪敢上去扶她？他拔腿就跑，踉踉跄跄地追上白姬，哭丧着脸道："白姬，这里究竟是什么地方？真是吓死小生了！"

白姬笑道："这里是朱雀大街。"

"小生知道这里是朱雀大街，可是眼前这些东西究竟是怎么回事？"

白姬神秘一笑，唇角的靥妆将她衬托得诡魅如妖。

"月圆之夜，妖鬼夜行，就是这么一回事了。"

元曜舌拙不下地道："他们都是妖鬼？"

白姬道："也不全是。按佛经中的叫法是非人。一切人与非人，皆是众生。"

"什么是非人？"

"佛经中，非人是指形貌似人，而实际不是人的众生。"

元曜咽了一口口水，问道："你……你也是'非人'吗？"

白姬没有直接回答元曜，只是轻轻地道："天龙八部①，应该也算非人吧。"

元曜还想再问什么，两个人身后此时却响起了马蹄声、车轮声、踏步声。踏步声十分整齐，像是王侯出行时摆驾的仪仗队。

白姬、元曜回头，果然看见一排甲胄鲜明的仪仗队正在缓缓行来。路上的千妖百鬼纷纷退避，白姬也拉着元曜避到了路边。

元曜奇怪地问道："这样的阵仗，莫不是帝王出巡？"

白姬睨目一望，笑道："确实是骊山来的帝王出巡呢。"

等仪仗队走近了，元曜才发现他们竟是真人大小的土俑，一个个作将士打扮、栩栩如生、精神抖擞。不过土俑的装束不像是大唐武将，倒像是先秦时的风格。

仪仗之后，缓缓驶来一辆肃穆的四乘马车，装饰着帝王的龙幡，拉车的四匹骏马也是土俑。

元曜暗自思索着白姬的话——骊山来的帝王？圣上应该在大明宫，怎

---

① 天龙八部，佛教术语。八部包括"一天众、二龙众、三夜叉、四乾达婆、五阿修罗、六迦楼罗、七紧那罗、八摩睺罗伽"。许多大乘佛经叙述佛向诸菩萨、比丘等说法时，常有天龙八部参与听法。文中的白姬，属于龙众。

么会去骊山？又怎么会夜巡？

四乘马车在元曜面前停了下来，车中传来一个威严而浑厚的男声："好久不见了。"

"啊？！"元曜惊奇，车中人在和自己说话吗？不，不可能，虽然没有看见车中人，但只听声音中的气度，只看仪仗队的气势，他肯定自己不认识身份这般高贵的人物，对方莫不是认错了人？

元曜正在疑惑，只听身边的白姬轻轻笑道："陛下上一次来缥缈阁是在九百年前，可惜您想要的东西缥缈阁中没有。您的愿望，白姬无力实现。"

车中人道："白姬，你曾说缥缈阁中虽然没有不死药，但是东海有蓬莱山，蓬莱山上有不老泉。朕依你之言，遣徐福去东海，但是终究没能等到他从蓬莱山取回不老泉水。"

白姬轻轻地道："一切皆有缘法，不可强求，更不可逆天。"

车中人道："其实，死也并没有朕生前想象的那般可怕。至少，朕死后终于明白为什么朕许下富可敌国的财富，你也不肯去东海蓬莱山取不老泉，也明白了世间为什么会有缥缈阁。"

白姬从容地道："我不是不肯去东海，而是不能去。众生有了欲望，世间便有了缥缈阁。"

车中人道："龙不能入海，倒真是世间最痛苦的惩罚。时候不早了，朕该回骊山了，有缘再会。"

白姬笑道："有缘再会。"

仪仗起步，马车起驾，骊山来的帝王渐渐远去，消失在了朱雀大街上。

白姬收回目光，对犹自呆立的元曜道："走吧，你还在看什么？"

元曜回过头，颤声道："白姬，他……他……骊山……徐福……不死药……他不会是那位陛下吧？秦……"

"嘘！"白姬将食指置于唇上，笑道，"他已故去，非人禁止言名，这是这个世界的规矩。"

元曜有些激动。他虽然是一个读书人，却一向佩服秦皇汉武的雄才伟略。

"他……陛下，也会来缥缈阁吗？"

白姬笑道："有缘者，都会来缥缈阁。"

元曜跟着白姬走到丰安坊时，已经圆月西沉了。虽然走了很长一段时间，不知为什么，元曜一点儿也不觉得累。丰安坊十分僻静，与百鬼夜行的朱雀大街仿佛是两个世界。

武恒爻的别院就坐落在丰安坊。一年之中，武恒爻几乎很少住在位于永兴坊的官邸，而是长住在这安静偏僻的别院中。

借着月光望去，元曜看见一座荒草丛生的宅院。

宅院占地很大，但院墙上、大门上朱漆剥落，杂草蔓生。这里不像是富贵人家的别院，倒更像是一座废弃的寺院。

元曜敲了敲门上的铜环，久久无人来应门。他猜想要么是家仆早已经睡死，要么就是没有家仆。

元曜为难地望向白姬，说道："没有人来应门，怎么办？"

白姬沉思了一会儿，说道："爬墙吧。"

踏着石墙上凹凸不平的地方，元曜颤巍巍地攀上了墙头，骑坐在墙檐上。虽然院墙不到三米高，但是对于手无缚鸡之力且饱读圣贤书的小书生来说，爬墙可以算是一件摧残身心的苦差事。

元曜拉着苦瓜脸，对提着青灯站在院墙下的白衣女子道："白姬，这……这不妥吧？要是被人看见了，把我们当作贼，可是跳进黄河也洗不清了！"

"唉，轩之，你都已经坐在墙上了。横竖都洗不清了，你还是赶快跳下去吧。"

小书生想拉一个共犯，说道："白姬，你不上来吗？"

白姬含糊地道："你先下去，我就能进去了。"

小书生"哦"了一声，咬着牙壮了一会儿胆子，还是不敢往下跳。白姬在下面等得有些不耐烦。忽然，一阵疾风吹来，小书生如同墙头草，一下子被吹翻过去。

元曜从墙头跌落，摔在地上。

幸而墙下是草地，杂草柔软，小书生不曾受伤。

小书生揉着大腿站起来，疼得直叫唤："哎哟哟，好好的，怎么起风了？摔死小生了！"

元曜巴巴地抬头望墙，等着白姬翻墙进来。

等了好一会儿，墙头没有任何动静，大门外却响起了敲门声。

"轩之，开门。"

"你先下去，我就能进去了。"元曜一瘸一拐地打开门，看着白姬提着青灯优雅地走进来时，终于明白了这句话的意思。

别院中碧草萋萋，花树杂生，连光滑的石径都几乎被疯长的花草淹没。白姬和元曜沿着小径，走向别院深处亮着灯火的厢房。

元曜好奇地问道："这里看上去好荒凉，似乎连一个仆人都没有。武将军身为朝廷重臣，真的住在这里？"

坊间传言，意娘死后，武恒爻总是当她还活着，每天对着虚空说话，与虚空对坐饮食，与虚空抚琴联诗，赏花品茗，仿佛意娘还活着一样。同僚们因为他的痴异举动，纷纷讥笑他、疏远他。仆人们觉得害怕，也都逃离了官邸。连武后也认为他得了邪症，心生怜悯。

白姬轻轻地道："也许，武将军就是喜欢这里的幽静，才住在这里。只有住在这远离尘器的别院，不受世人指点，他才能和亡妻安静地在一起吧。"

"可是，这里也太荒凉了。这些花草树木，怎么也得找几个园丁来修剪一下吧？"

"轩之，你不觉得这荒凉也未尝不是一种生机勃勃吗？被归置得很好的庭院，反而失去了生机。"

"这里哪有什么生机？连一个仆人也没有啊！"

"青草、绿苔、浮萍、藤萝、芭蕉、绣球花、芍药、夜虫、游鱼、栖鸟、野狐……这些不都是生机吗？嘘，轩之，你听，夜风中有很多声音在呢喃细语，人们如果能够听懂它们的对话，就可以知道今年是不是风调雨顺、五谷丰登，也可以知道别处正在发生的事情。"

元曜侧耳倾听，除了几声瘆人的夜鸦叫，什么也没听见。

白姬、元曜走过浮桥，亮着灯的厢房出现在两个人面前。元曜正要上前，却被白姬拉住，两个人站在一丛茂密的芭蕉树下，远远地观望。

厢房的轩窗大开，隐约可以看见里面的情形。

厢房中，灯火辉煌。武恒爻穿着白色长衫，跪坐在地上，用拨子弹琵琶，一身红衣的骷髅踏着珠玉般的琵琶调缓缓起舞，以曼妙的姿态起舞，说不出地诡异骇人。

武恒爻的脸上带着温柔的笑容，他深情地望着起舞的意娘。意娘偶尔也低首回眸，以黑洞洞的眼眶注视着他，情意绵绵。

明明是很诡异的场景，元曜却觉得有一种琴瑟和谐、鹣鲽双飞的美感。一人一鬼，尘缘已断，仅凭着一丝不灭的执念和欲望，仍旧做着世间相爱至深的情侣。

元曜有些感动，也有些悲伤。

一曲舞罢，武恒爻与意娘相携而坐，互相依偎。武恒爻执着意娘的手，温暖的人手扣着冰冷的白骨，十指交缠，深情如初。

白姬叹了一口气，说道："轩之，我们回去吧。"

"啊？你不是特意来拜访意娘的吗？怎么不见她就要走？"

"算了，见了她也没有用。她的欲望太强烈，她不会改变。"

元曜不明白白姬的话，见白姬提着青灯走远，也只好跟了上去。他最后回头望向厢房，武恒爻和意娘相依相偎的身影带着一种凄艳的美。

回去的路上，白姬没有说话，只是安静地走着。

元曜忍不住问道："白姬，你今晚拜访意娘，是想劝她改变心意吗？难道，让她返魂重生，与武恒爻相守一生，不好吗？"

白姬轻轻地道："时光倒流，死而复生……这些违背天道的事情，都是禁忌，都是逆天。逆天而行，打乱天罡秩序，必将付出可怕的代价。"

"什么可怕的代价？"

"比永堕虚无，更加可怕的代价。"

元曜打了一个寒战，说道："那你……你为什么还给他们返魂香？"

"因为那是他们的爱欲。缥缈阁，就是因为众生的欲望而存在。"

回到缥缈阁，元曜赫然发现一名书生正盘膝结跏趺坐，坐在大厅中的寝具上。走近一看，怪了，竟是他自己。

这书生是自己，那自己又是谁？

元曜正在迷惑，白姬又拍了一下他的肩膀："轩之，回去吧。"

元曜一下子失去了意识。

东方响起了一声悠长的鸡鸣，夜之华宴接近尾声，非人的喧嚣渐渐沉寂，人的喧嚣伴随着泛白的天空缓缓拉开了序幕。

白姬吹灭了青灯，青灯又变成了青莲。她将青莲插入净瓷瓶中，走进里间。离奴的寝具上，一只黑猫翻着圆滚滚的肚皮，正四脚朝天，呼呼大睡。

白姬打着哈欠走上楼梯，说道："好困，该睡一会儿了。"

第七章　帝　乙

时光飞逝，春去夏来，转眼已是仲夏。

小书生老实本分地在缥缈阁做杂役，忍受着一主一仆的奴役，满腹委屈也不敢反抗，只能趁着夜深无人之际，在缥缈阁外的柳树上挖一个洞来倾诉。

功名于他是无望了，用白姬的话来说："轩之，你此生没有富贵之命，如果强求，只怕还会有灾厄。你如果本分一生，倒能安然终老。"

因为父亲的遭遇，小书生对功名本来也看得颇淡，也就不再想去参加科举考试了。不过，他还是常常捧着书本看，缥缈阁中有不少珍贵的古卷，他就做了"书虫"。偶尔，他也会吟两首或壮志未酬，或伤春悲秋的酸诗，惹来离奴的白眼和嘲笑。

从春天到夏天，发生了不少事情。

仲春时节，韦德玄客气地请小书生去韦府做客，吞吞吐吐地绕了半天，又洒了几滴老泪，小书生才明白韦家是要他解除与韦非烟的婚约。因为韦家小姐已经另许别家了，而且婚期在即。

小书生虽然伤心，但还是同意了。

韦德玄抹着老泪信誓旦旦地道："元世侄，婚约虽然解除了，但是韦家与元家的情谊永在！"

韦德玄又送了小书生许多金银，说道："这些银两，聊作世侄客居长安的资费。"

小书生客气而委婉地拒绝了。

暖春四月，花满长安时，韦家小姐出阁，嫁给了骠骑将军武恒爻。小书生幽居缥缈阁，并不知道这个消息。

夏木阴阴，火伞当空，一声声蝉鸣从缥缈阁外的柳树上传来，更显夏日午后的寂静与燥热。离奴懒洋洋地趴在柜台上，无精打采，对最爱吃的香鱼干也没有了胃口。

元曜拿着鸡毛掸子给一只一人高的曲颈彩釉瓶掸灰。彩釉瓶上绘的是十里碧荷的景致，元曜靠近花瓶时，似乎能嗅到清芬怡人的荷香，感到一股带着氤氲水汽的夏风扑面而来，说不出地舒适惬意。

小书生的酸劲上涌，他摇头晃脑地吟了一首诗。

"千里碧荷翡翠冷，红莲凋尽白莲生。十顷烟湖晴川美，一脉水香净心灯。"

离奴听到了，骂道："书呆子，你不好好干活，又偷懒吟诗！啧啧，什么破诗，酸死了！"

小书生一边挥舞着鸡毛掸子，一边辩解道："小生一边掸灰一边吟诗，哪有偷懒？小生的诗里一脉水荷之香，怎么会有酸味呢？"

离奴不耐烦地道:"少啰唆,爷说你偷懒,你就是偷懒;爷说你的诗一股酸味,你的诗就是一股酸味!"

离奴在白姬和客人面前,都是一副恭顺乖巧的模样,可是在小书生面前,他扬眉吐气,翻身成了"爷"。小书生不敢忤逆"离奴大爷",只好忍气吞声,乖乖地掸灰。

"丁零零——"一阵清脆的铃铛声从缥缈阁外传来。

元曜回头望去,一只五色华羽,眼纹如火焰的鸟儿飞进了缥缈阁里,脖颈上系着一枚小铃铛。

彩鸟在大厅中盘旋了一圈,径自飞去了里间。

元曜担心彩鸟带倒了玉器和古玩,拿着鸡毛掸子想去撵,被离奴一把拦住。

离奴道:"你打它做什么?那是给主人送信的。"

"给白姬送信的?飞鸟传书吗?这是什么鸟?小生从来没有见过这种鸟。"

"这是朱盘鸟,是毕大公子的爱宠,肯定又是陶五公子闯祸了才遣它来报信。"

"毕大公子?陶五公子?他们是什么人?"小书生好奇地问道。

"毕大公子、陶五公子都是主人的侄子,主人有九个侄子呢。每隔十年,九位公子会从东海运送各种宝物来缥缈阁。陶五公子一上岸,就爱闯祸。"

离奴的话未说完,白姬就揉着额头从里间走了出来,一脸郁闷。朱盘鸟停在她的肩头,低首以喙梳理着五色华羽。

"轩之,出了一些事情,我和离奴必须去洛阳几天。你独自留在缥缈阁,没有问题吧?"

小书生心中不安,不敢独自待在诡秘的缥缈阁,便央求道:"不如小生也同你们一起去吧?"

离奴撇嘴,吓唬小书生道:"你去了,会被洛阳的妖鬼吃得连骨头都不剩!"

小书生打了一个寒战。

白姬道:"轩之,你还是留在缥缈阁吧。"

小书生只好道:"那……好吧。"

白姬和离奴当天傍晚就离开了,留下小书生看守缥缈阁。

这一天，天气炎热，小书生懒洋洋地学离奴趴在柜台上。

一阵脚步声响起，有客上门。

小书生蓦地抬起头，一扫疲惫之色，热情地笑道："客人想要些什么？"

走进缥缈阁里的华服公子吓了一跳，洒金折扇一展，半遮笑脸。

"轩之，看来你已经很适应现在的生活了。我还以为你失了姻缘，又失了自由之身，一定会意志消沉、萎靡不振。"

来者，正是将小书生卖进缥缈阁里的韦彦。

元曜道："原来是丹阳，好久不见了。"

韦彦又来猎新宝，可惜元曜并不了解韦彦的诡异喜好，推荐了几样，韦彦都不满意。得知白姬出了远门，韦彦说什么也要拉小书生回韦府去喝酒叙旧。小书生推却不过，被他硬拉上了马车。

韦府，燃犀楼。

韦彦和元曜从下午喝到傍晚，相谈甚是投机。

从韦彦口中得知韦非烟嫁的人是武恒爻时，元曜没来由地觉得不妥，继而心中发怵。他还记得，春天时，红衣白骨的意娘从缥缈阁中买去了返魂香。百鬼夜行之夜，他和白姬在丰安坊的武家别院中，看见武恒爻与意娘缠绵恩爱的样子。武恒爻决意以返魂香与意娘再续前缘，长相厮守，又怎么会突然娶了韦非烟？

小书生试探着问道："非烟小姐，不，武夫人现在过得可好？"

韦彦一抖折扇，有些不满。

"琴瑟和谐，恩爱美满。现在，长安城里都传成了佳话，说武氏夫妇情深到同行同止、形影不离呢。本来我还准备看非烟那丫头的笑话，但她现在仿佛换了一个人似的，路上遇见美男子，都遮了车帘，退避三舍。五月中旬，二娘生了重病，她回娘家来探望过一次。真是奇怪，她竟变成了一个贤淑雅静、气韵高华的贵妇人，我几乎都快不认识了，实在不像是原本那个刁蛮古怪的丫头。"

元曜的脑海中浮现出白姬给意娘返魂香时的话语。

"一炷秘香幽冥去，五方童子引魂归。既然得到返魂香是你的愿望，那我就将它给你。从你进入那具躯体开始，三柱返魂香，每七日熏一柱，二十一日后，你就能在那具躯体中返魂重生。"

返魂香、意娘、非烟小姐……难道意娘利用返魂香，寄魂在了非烟小姐身上？如果真是这样，那非烟小姐的魂魄去了哪里？难道香消玉殒了？！

元曜不敢再想下去。虽然韦家贪图权势而悔婚，但他并不怪他们。对曾经给他忠告的韦非烟，他也没有恶感，很希望她能够幸福。

眼看天色擦黑了，元曜本想告辞离去，韦彦却执意留他住一晚再走。元曜推却不过，也担心走到半路就宵禁了，就留下了。想起当初拉他来长安的老灰兔的凄凉下场，他并不担心有谁会夜盗缥缈阁。即使真有盗贼闯入缥缈阁盗宝，按照白姬的说法，那也算是一种缘分吧。

子夜时分，他睡得迷迷糊糊，窗户"吱呀"一声开了。因为夏日炎热，元曜睡前并没有锁死窗户，以为是夜风吹开了窗，也没有在意，翻了个身，又睡了过去。

突然，一团毛茸茸、软绵绵的东西轻击他的脸。元曜以为是蚊子，用手去拂，手一下子拍在一个毛茸茸的庞然大物上。

元曜蓦地睁开眼睛。

黑暗中，有两只碧幽幽的东西在发光。

元曜的瞌睡早已吓飞到九霄云外，手掌上的温软触感告诉他，眼前的庞然大物是一只动物。

月亮滑出乌云，为人间洒下一片清辉。

月光中，伏在元曜的床头并用爪子拍元曜脸的东西现出了身形，竟是一只吊睛白额的大老虎。老虎体形健硕，双目如灯，口中喷着腥膻的热气，让人心寒。

元曜还认得它，惊道："帝乙……啊啊啊……"

元曜即将爆发的尖叫，被帝乙用毛茸茸的爪子堵在了嘴中。

"元公子不要叫，我没有恶意。"

老虎口吐人言，居然是一个娇滴滴的女声？！这个女声似乎在哪里听过，元曜想了想，吃惊地道："非烟小姐？！"

老虎放开元曜，伏在床头"嘤嘤"地哭了。

"元公子还记得我，真是令我感动。我还以为，世界上已经没人记得我了。"

元曜惊魂刚定，又生疑惑，问道："这到底是怎么回事？非烟小姐，你怎么变成了帝乙？"

老虎哭得更伤心了，泪眼婆娑地道："我不是变成了帝乙，而是魂魄寄在了它的身上。此事说来话长。我有点儿怕黑，元公子你先将灯点上，我们秉烛夜谈好了。"

鬼魂也怕黑？！元曜起身，点上了灯。

元曜盘膝坐在床上，老虎蜷尾耷耳，伏在床的另一边，一人一虎开始了夏夜怪谈。

最初的怪事，发生在韦非烟出阁前的第七天。

那一夜，韦非烟照常在绣楼里安寝，睡前在铜镜前卸妆时，冷不防一眼望去，发现镜中的自己竟是一架白骨。她吓得脑中一片空白。突然，有一个女人的声音在她耳边盘旋："妾身借小姐的身体一用，事出无奈，请勿见怪。"

韦非烟尚未答话，就一下子失去了知觉。

韦非烟第二天醒来，身体没有任何异样，神志也正常。只是，屋中弥漫着一股奇异的香味，非花香、非药香、非墨香，是一股说不出来的香味。

韦非烟在水墨屏风后发现了一具裹着红衣的白骨，白骨一见阳光，就化作了飞灰，唯留一袭泼溅似血的红衣。

韦非烟大惊，急忙将这件事情告诉了韦德玄和郑氏。韦氏夫妇都不相信会有这般怪事，只当她是出嫁在即，心情紧张，产生了幻觉。

又过了七天，婚礼当天。婚宴过后，武恒爻、韦非烟夫妇相携进入洞房。韦非烟坐在床边，武恒爻站在香炉边，不一会儿，室中弥漫起一股奇异的香味，非花香、非药香、非墨香，是一种无法用言语形容的，不属于尘世间的香味。

香味吸入肺腑，韦非烟失去了知觉。在失去知觉前的一瞬间，她听见武恒爻在叫她："意娘……"

婚后的前七天，韦非烟半梦半醒，浑浑噩噩，常常无端地失去知觉。失去知觉后的她，有时候身处一片混沌中，走在一条没有尽头的小路上，不知今夕何夕。有时候她却浮在半空中，能够看见"自己"和武恒爻恩爱和谐。

婚后第七天，武恒爻又焚起了香，韦非烟又闻到了那股诡异的香味。这一次，她没有失去知觉，而是离开了身体。仿佛蝉蜕皮、蝶羽化一般，她离开了自己的皮囊，却没有死亡。更奇怪的是，"武夫人"仍旧好好地生活着，周围的人都没有察觉到她已经不见了。

灵魂离开身体之后，韦非烟有些害怕，也有些悲伤。她不明白发生了什么事情，只是每日每夜地随风飘啊飘，没有人看得见她，她也没有寄身处。

有一天，她飘到了江城观，正好被曾经结伴去洛阳看牡丹的小道士看见了。小道士是李淳风的徒孙，有一些斩妖除魔的道行，能够看见她。听了韦非烟的遭遇，小道士十分同情，也颇念旧情，决定帮韦非烟寻一个栖灵之所。

恰好第二天，韦彦和一班纨绔子弟来郊外狩猎，路过江城观，进来歇息。韦非烟请小道士将她的魂魄附在哥哥身上，小道士同意。但是，小道士是一个糊涂人，在念移魂咒时，忘了几句，韦非烟没能进入韦彦的身体里，反倒进了伏在韦彦旁边的帝乙的身体里。

"不过，你好歹不用飘了，也能够回韦府了。"小道士拍着帝乙的头，安慰龇牙咧嘴的老虎。

韦非烟成了帝乙，回到了韦府。

事情就是这样。

灯芯"噼啪"一声爆了一下，火焰明明灭灭地跳动着。

老虎泪流满面地对元曜道："我不要一辈子当老虎，元公子你可得帮帮我！"

元曜听完事情的经过，惊得舌挢不下。意娘真的借了非烟小姐的"尸"返魂？她和武恒爻算是神仙眷侣，得偿夙愿了，但无辜的非烟小姐魂无所寄，未免太可怜了。

"非烟小姐，你既然能够说话，又身在韦府，为什么不向韦世伯、韦夫人说出原委？"

老虎哭道："父亲大人最恨怪力乱神的事情，我如果去向他说，他一定会乱棍打死我。至于娘亲，五月的时候，我晚上跑去跟她诉过一次苦，刚开口，就把她吓晕了。第二天，她就病得卧床不起，一个劲儿地说家里闹虎妖，叫了好些和尚来念经、道士来画符。我再也不敢惊吓她了！"

元曜见老虎哭得伤心，顿生怜悯之心，说道："那丹阳呢？你住在燃犀楼，与他离得最近。古语有云，长兄如父，你向他说过吗？"

"哼！"老虎冷哼一声，说道，"就算当一辈子老虎，我也不会向他说。元公子，你有所不知，我们兄妹从小就是死对头，喜欢看彼此的笑话。他如果知道我变成了老虎，一定会笑掉大牙，我就一辈子也没法抬头做人了！"

"唉！"对于这对神奇的兄妹，元曜也不知道该说些什么。

"元公子，你一定要帮我！"老虎扑向元曜。

元曜躲闪不及，被扑倒在床上，手舞足蹈地挣扎。

"好说，好说，非烟小姐，你先放开小生！"

老虎固执地道："不，你先答应帮我，我才放开。我好不容易才等到一个可以帮我的人。"

小书生喘不过气来，只好道："小生答应帮你就是了。"

老虎两眼冒绿光地道："你怎么帮我？"

"小生带你去缥缈阁找白姬，她一定有办法。"

老虎泪汪汪地道："缥缈阁的白姬？我听韦彦那家伙说过，她确实是一个很神奇的人。看来，只好拜托她了。"

小书生和老虎又聊了一些闲话，不知不觉，东方渐白。

突然，老虎一跃而起，扑向昏昏欲睡的小书生。

小书生躲闪不及，又被扑倒，无奈地道："非烟小姐，小生已经答应帮你了，你又扑小生做什么？"

老虎吼叫了一声，韦非烟的声音渐渐地缥缈模糊："这次不是我啊！元公子，忘了告诉你，一到白天，我就会睡去，帝乙就会醒来。"

这一次，换小书生泪流满面地大叫道："非烟小姐，你怎么不早说……？救……救命！啊啊啊……"

一声凄厉的惨叫，夹杂着一声沉厚的虎啸，回荡在清晨的韦府上空。

第八章　因　果

第二天，元曜向韦彦编了一个理由，要借帝乙几日："也许是白姬、离奴不在，缥缈阁中的动物十分躁动。帝乙是百兽之王，小生想借它几天，带回去镇宅。不知丹阳能否答应？"

韦彦很大度地道："既然轩之开了口，我岂能不允？你现在就带帝乙走吗？"

"不！不！"小书生急忙摇着缠满绷带的手道，"黄昏时分，小生再带它走。"

傍晚，元曜带着帝乙回到缥缈阁，将它安置在了后院的铁笼里。

白姬和离奴尚未回来，元曜只好耐心地等待。不知道为什么，帝乙来到缥缈阁之后，无论白天还是夜晚，韦非烟再也没有现身过。

元曜感到十分奇怪，也很担心，只盼白姬早点儿回来。

三天后，白姬和离奴总算回来了，令小书生感到诡异的是，他们不是从外面回来，而是从缥缈阁中似乎不存在的三楼下来的。

当时，元曜正点着蜡烛，在二楼的仓库中翻找古卷来消磨漫漫夏夜。通往三楼的楼梯上忽然传来了脚步声，元曜猛然回头，只见白姬和离奴正从楼梯上下来。

元曜一惊，古卷从手中滑落。

白姬的脸上，带着笑意。

离奴凶巴巴地道："书呆子，主人不在，你又偷懒了吧？"

小书生一激动，疾步迎上前去，说道："白姬、离奴老弟，你们终于回来了！"

小书生忘情之下，即将踏上楼梯。白姬不动声色地拉着他走开，笑道："轩之，看你的样子，似乎发生了什么事情吧？先下去再说吧。"

"好。"元曜答应。

白姬、元曜、离奴离开了仓库。黑暗中，只剩下通往似乎不存在的三楼的阶梯，发出幽幽的诡异的光泽。

里间中，元曜对白姬说了韦非烟的遭遇。

白姬静静地听着，不时喝一口离奴沏的香茶。

"白姬，你去看看非烟小姐，不知道为什么，一进入缥缈阁之后，她就不再开口说话了。"

白姬轻轻一笑道："不必了。从帝乙进入缥缈阁时起，非烟小姐已经不在它身上了。"

元曜感觉很奇怪："哎？"

白姬没有解开元曜的疑惑，反而说起了别的："轩之，你知道武恒爻为什么在众多的新娘候选人中选择了非烟小姐吗？"

元曜想了想，突然灵光一动，记起第一次来缥缈阁时，偷听到的武恒爻和白姬对话的只言片语。

"莫非是因为生辰八字？"

白姬点头道："没错。我曾经对你说过，不是所有的人都能够走进缥缈阁里，有一些人，命数特异，即使有迫切的欲望，也永远无法走进缥缈阁里。非烟小姐就是这样的命数，而她的哥哥韦彦公子，则拥有与她截然相反的命数，即使没有迫切的欲望，也能够走进缥缈阁里。意娘借返魂香重生，并不是借居在任何人的身体里都可以，而是必须生辰八字特异的人才可以。也是机缘巧合之下，她找到了非烟小姐。"

元曜想起，他与韦非烟在牡丹亭里夜会时，意娘就跟在她身边。现在回想起来，他终于明白了当时意娘为什么跟着非烟小姐。从一开始，意娘就选中了她，准备以返魂香为媒介，占据她的身体，彻底取代她。

元曜突然对武恒爻和意娘的做法有些生气，他们自己是鹣鲽双飞了，非烟小姐的一缕芳魂却孤苦伶仃地飘荡在世间，既不是人，也不是鬼，回不了人世，也到不了黄泉。这未免太自私了。

如果之前元曜对武恒爻和意娘凄美的爱情尚有一丝同情和感动的话，此刻却只对他们的自私感到不满。为了自己的幸福，就可以剥夺另一个毫不相干的人的幸福吗？非烟小姐何其无辜！

元曜问白姬道："非烟小姐的魂魄进不了缥缈阁，那会在哪里？"

白姬道："巷口有一棵老槐树，她或许在那里吧。槐树，是鬼栖之木。"

元曜试探着问道："白姬，你有没有办法让非烟小姐回到自己的身体里？"

白姬抬头，望向元曜道："有，但我不会那么做。"

"为什么？"

"我在等因果。返魂香是'因'，我在等'果'，'因果'就是我想要的东西。"

元曜有些生气地道："能做到，却又袖手旁观，难道你没有恻隐之心吗？非烟小姐实在太可怜了。"

白姬笑道："恻隐之心？轩之，我连心都没有，还说什么恻隐之心？"

没有心？！元曜吃了一惊。

灯火之下，白姬似笑非笑的脸显得有些阴森，仿佛是一具没有生命的、永远保持一个表情的人偶。

元曜不寒而栗。

"不过，集齐与恒河沙数相等的'因果'之后，我就有心了，也可以成佛了。这是西方极乐天中那个人许给我的诺言。"白姬缓缓地道，声音缥缈。

与恒河沙数相等的"因果"是多少？十亿？百亿？千亿？那么多的因果，得用多漫长的岁月才能够集齐？不，那根本不可能集齐。许她这个诺言的人，根本就是在捉弄她吧？

元曜望着白姬，问道："迄今为止，你集齐了多少因果？"

白姬轻轻地道："三千。"

果然，不到恒河沙数的千亿分之一。

元曜道："你帮助非烟小姐达成她的愿望，不是又多了一个因果？"

白姬轻轻地道："她无法踏进缥缈阁里，对我来说，她没有'因'，更无'果'。"

元曜闻言，提了一盏灯笼，飞快地走到巷口。远远地，他果然看见老槐树下立着一个纤瘦袅娜的倩影，很薄很淡，如同一抹幻影。

"非烟小姐？"

韦非烟回头，面色凄然。

"元公子，你不是要带我去缥缈阁吗？你怎么把我丢在半路不管了？"

"小生现在就带你去缥缈阁。"元曜拉住韦非烟，匆匆走向缥缈阁。

虽然，白姬说韦非烟进不了缥缈阁里，但他不相信。缥缈阁明明就在那里，怎么会进不去？只要韦非烟走进了缥缈阁里，有了"因"，白姬就一定会实现她的愿望，让她回到自己的身体里。

元曜一只手提着灯笼，另一只手拉着韦非烟，来到了缥缈阁前。

夜色中，古旧的阁楼显得有些诡异，左右门柱上的楹联发出月光一样的柔光。

"红尘有相，纸醉金迷百色烬。浮世无常，爱恨嗔痴万劫空。"

缥缈阁的一扇大门半开着，保持着元曜出去时的样子。

"非烟小姐，随小生进去吧。"

"进去哪里？"韦非烟犹豫地问道。

"哎？"元曜惊愕回头道，"这里就是缥缈阁，当然是进缥缈阁里了。你……你看不见门吗？"

"哪儿有门？这里什么都没有，只有一面墙壁啊！"

元曜颓然。

果然，有些人永远也走不进缥缈阁里。

七月流火，天气转凉。八月白露，九月霜降。日子过得飞快，转眼已经到了鸿雁南飞的十月。没有鸿鹄之志的小书生继续待在缥缈阁里混日子，看白姬以"因"换"果"。

白姬不肯破坏返魂香的因果，所以韦非烟一直以幽灵之身徘徊，在东西两市看碧眼高鼻的胡人美男，在长安城各处寻觅绝色男子。飘累了，她就栖身在缥缈阁巷外的槐树上，倒也自得其乐，甚是逍遥。

白姬给了元曜一根头发，让他转交给韦非烟，让她系在手腕上。元曜不明白原因，白姬也不解释。后来，元曜才从离奴口中得知原因。

"那样一来，她身上就有主人的味道了，也就不会被以鬼魂炼丹药的邪门道士，或者别的法力高深的非人给害了。"

"主人可是长安城中活得最久、道行最深的非人，爷是第二。"离奴拍完主人的马屁后，又没节操地自吹自擂。

元曜暗暗翻了一个白眼，转身掸灰去了。

从春天到秋天，白姬又得到了不少因果。元曜作为旁观者，也知道了白姬和离奴是非人，甚至知道了离奴其实就是曾经被他丢出缥缈阁的黑猫。

也许是因为从小就能看见别人看不见的奇异生灵，也许是因为天生大脑少了一根筋，元曜不但不害怕白姬和离奴，也渐渐地不再害怕缥缈阁以及子夜上门的各种客人。他甚至觉得与白姬和离奴待在缥缈阁里，比待在世态炎凉、尔虞我诈的浮世更纯净、温暖与亲切。

"喂！书呆子，快去集市买鱼去，不要一天到晚就知道偷懒！"离奴的吆喝，打断了元曜美好的错觉。

元曜回头，撇嘴道："为什么要小生去集市？离奴老弟你不是也闲着呢吗？"

离奴倚着柜台，悠闲地吃着碟子里的鱼干，说道："谁说爷闲着呢？爷忙着呢，还有三碟鱼干要吃。少啰唆。爷让你去，你就去！不要一天到晚只知道偷懒！"

不知道究竟是谁一天到晚只知道偷懒！当然，这句话只是腹诽，小书生绝对不敢说出来。

元曜怏怏地去往集市。经过小巷外的槐树下时，他看见韦非烟双手托腮，正坐在树根上发呆。

元曜停下了脚步，打招呼道："非烟小姐，你在做什么？"

韦非烟道："数蚂蚁。"

小书生不解地道："你数蚂蚁做什么？"

"无聊，数蚂蚁消磨时间。"韦非烟瞥了一眼元曜手里的菜篮，笑了，"元公子，你又被离奴使唤了啊？"

元曜苦笑道："是啊，没办法，离奴老弟总是这样。"

韦非烟叹道："元公子，你太善良了……咦？"

韦非烟望着元曜的身后，表情瞬间变得僵硬，嘴唇微微地抽搐着。

元曜好奇，循着韦非烟的目光转过了头，只见一辆华丽的马车停在了巷外，一名美丽的贵妇被丫鬟搀扶下了车。

那名贵妇正是"韦非烟"。

不，应该说，是附着意娘魂魄的韦非烟。

白姬一直在等待返魂香的因果，元曜也在等待。如今，终于到了收获"果"的时候了。

"韦非烟"，不，姑且叫她意娘，远远地看见元曜，袅袅地走了过来。

"元公子，好久不见了。你怎么一个人站在巷口吹风？"

韦非烟就坐在槐树下，怔怔地望着意娘，但是意娘看不见她。

元曜笑道："武夫人好。小生正要去集市。武夫人怎么会来这里？"

意娘脸色十分憔悴，眼中沉淀着深切的悲伤。

"妾身来找白姬。"

她得偿夙愿，返魂重生，已经与武恒炙双宿双飞了，难道还有什么不满吗？元曜好奇地问道："夫人还有何求？"

意娘没有回答元曜，径自走向了深巷。一阵秋风，卷来了她的呢喃细语，让小书生心惊："也许，当时没有得到返魂香，妾身永堕虚无，反而更好。"

元曜从集市回到缥缈阁时，意娘已经离开了。

里间，金菊屏风后，白姬坐在青玉案边，她的面前摊开了一沓裁好的纸。她手持蘸满朱砂的笔，在纸上写着什么。

元曜走近一看，纸上写着："魂兮归来。"

白姬行事素来诡异，元曜也不敢多问。

元曜站了一会儿，看腻了白姬练字，终于开口问出了自己想知道的问题。

"白姬，意娘为什么来缥缈阁？"

白姬没有抬头道："来缥缈阁的人，自然是有所求。"

"她求什么？"

白姬抬起头，望向元曜，黑眸深沉如夜。

"求死。"

元曜吓了一跳，问道："她为什么要求死？她好不容易达成夙愿，返魂重生，可以与武恒炙长相厮守了，为什么要求死？"

白姬低下头，继续写着"魂兮归来"。

"长相厮守，只是一个美好的愿望罢了。人心太过幽微曲折，会随着时间和境遇的推移而改变。而爱欲，也很微妙，会让人心变得更加复杂离奇。"

小书生一头雾水地道："小生听不懂……"

白姬笑道："简单来说吧，重生后的意娘觉得武恒爻不再爱她了，她也不再爱武恒爻了。"

白姬微睨着黑眸，望着青玉案对面的虚空。

一个时辰前，意娘坐在那里以袖拭泪，"喃喃"泣诉。

"曾经，武郎不顾世人的指指点点，坚持要与已经成为非人的妾身在一起。尽管在别人眼中，他是在和虚空说话，如同疯人。可是，我们的生活很愉快，心心相印。如今，我们能够长相厮守了，他却常常显得心不在焉。而妾身自己也觉得同样是弹琵琶、跳舞、吟诗、赏花，这些曾经觉得特别美好的事情，如今变得平淡乏味了。为什么？为什么会这样？！而且有时候，他竟会在梦里叫妾身'非烟'。妾身是意娘啊！非烟小姐的身体比妾身年轻貌美，也许武郎早就忘了意娘长什么模样了。妾身也觉得武郎不是曾经的那个武郎了，再也找不回曾经的感觉了。如今，妾身与武郎已是相看两厌，都不知道该怎么相处下去了。也许，当时没有得到返魂香，妾身永堕虚无，反而更好。至少，武郎会永远记得妾身，妾身也不会厌弃武郎。"

小书生不解地道："他们明明那么相爱，连生死都无法将他们分开，如今得偿夙愿，为什么反而两相厌了？"

白姬收起了笔，说道："平淡和时间，会消磨爱欲。"

"反倒是坎坷，能让爱欲长久吗？"小书生摇头，弄不懂爱欲。

白姬没有回答，而是叠好写着"魂兮归来"的黄纸，仿若自语地道："她来求死，我答应了她。"

小书生双腿发软地道："你……你杀了她？"

白姬笑道："怎么会？我只是应她所求，答应在她死后，将她的身体还给非烟小姐。"

"啊？"

"把身体还给韦非烟，是她最后的愿望。"

元曜道："她要寻死，你为什么不阻止她？"

白姬"喃喃"道："我不能阻止，因为那是她的愿望。"

当天晚上，武夫人悬梁自尽。

子夜时分，缥缈阁外有人敲门："咚咚咚——"

元曜起身开门，一名清婉的红衣女子静静地站在门外。

"元公子。"

元曜从声音中听出来者是意娘，大吃一惊："武夫人？！"

意娘微笑点头，从袖中拿出一纸书信，递给元曜。

"如果武郎再来缥缈阁，请将此信交给他。"

元曜接过信，说道："好。"

意娘盈盈拜了三拜，转身消失在了黑暗的陋巷中。

一阵夜风吹来，元曜打了一个寒战。他垂下头，望着手中的信，心中无端地涌起一阵悲伤。

三天后，武恒爻果然来到了缥缈阁，白姬接待了他。

里间，金菊屏风后，白姬与武恒爻对坐在青玉案旁，元曜侍立在一边。

"武将军想求什么？"

武恒爻俊目通红，面色憔悴。

"返魂香。"

"为谁返魂？"

"吾妻意娘。"

"意娘魂在何方？"

武恒爻茫然地道："不知道。"

白姬轻轻问道："生时已相看两厌，死后为什么却想返魂相见？"

武恒爻落下泪来，说道："她死后，我才发现我不能没有她。"

"很遗憾，这一次，她对人世再无欲念。她的魂魄已归地府，进入六道轮回，返魂香已经没有用了。"

武恒爻如遭雷击，怔怔地说不出一句话。

元曜见状，从袖中拿出意娘留下的信，递给武恒爻，说道："武夫人说，如果你再来缥缈阁，就将这封信交给你。"

武恒爻急忙拆开信，看完之后，失声痛哭。

武恒爻失魂落魄地离开了缥缈阁，连信都忘了拿走。

元曜有些好奇，拾起了掉落在地上的信，只见上面写着："豆蔻娉婷只十三，郎骑竹马绕玉鞍。七年白骨红衣泪，返魂可记妾容颜？"

元曜心中涌起了一阵悲伤，说道："武恒爻和意娘是青梅竹马的恋人，少年时，应该是他们最快乐的时光吧。"

白姬静静地站着，没有说话。

"武夫人"死后的第三天夜里，白姬带着元曜、韦非烟来到了武家官邸，为韦非烟的躯体招魂。元曜这才发现，白姬那天写的"魂兮归来"，竟是符咒。

白姬点燃一炷冥香，将符咒贴在韦非烟躯体的额头上，口中念念有词。韦非烟的魂魄渐渐变得透明，仿佛被风吹散的朝雾，消失无踪。

韦非烟的躯体缓缓睁开了眼睛，说道："啊啊，我似乎做了好长的一个梦。"

武夫人韦非烟返魂复活的消息，在长安城中不胫而走，成为了坊间奇谈。不久，武恒爻抛下娇妻和万贯家业，出家为僧、云游四方的消息，又在长安城中一石激起千层浪。但是，帝京之中，各色人物云集，每天都有新鲜、离奇、诡异的事情发生。没过多久，武氏夫妇的事情就已经成为旧闻，无人再忆起。

第九章　尾　声

十一月，缥缈阁。

元曜打扫大厅时，在货架下拾起了一枝枯萎的青色睡莲。他突然又想起了返魂香，想起了子夜时分，提着青灯造访缥缈阁的红衣骷髅，心中有些悲伤。

白姬望着元曜手中的青莲，说道："这青灯，还在？"

"意娘却不在了。"小书生伤感地道。

白姬轻轻地道："至少，这一次武恒爻永远也不会再忘记她的容颜了。"

"武恒爻出家，对嫁给他的非烟小姐来说，未免太不负责任了。"小书生为韦非烟抱不平。

韦彦的声音突兀地从缥缈阁外传来。

"谁说对她不公平？那丫头现在逍遥得不得了，再也没有人约束她四处猎美了。父亲大人觉得颜面无光，叫我去劝她收敛一些，谁知我刚走进武宅里，就被她叫下人给轰了出来。她说她现在是武夫人，父亲大人管不着她了！家门不幸啊家门不幸，见笑，见笑！"

元曜擦了擦冷汗，说道："哪里，哪里，非烟小姐只是对美男子痴迷了一些，其实是一个好人。"

韦彦和元曜打过招呼之后，转身问白姬道："缥缈阁中，可新到了什么有趣的玩物？"

白姬的眼中闪过一抹亮色，她笑得十分热情："最近新到了九只骷髅杯，非常有趣。"

韦彦颇感兴趣地道："怎么个有趣法？"

白姬眨了眨眼，说道："它们的材料是死人的头骨，做工极其细致。从大到小，分别是不同年龄的人的头骨雕琢而成。用骷髅杯来饮西域葡萄酒，有一种饮血一般的乐趣呢。"

兴趣诡异的韦彦动了心，说道："拿出来让我看看。"

白姬笑道："在里间，韦公子请随我来。"

韦彦随白姬进入里间，问道："这样的骷髅杯，要多少银子？"

"韦公子是熟客，我也就不报虚价了，一套九只杯子，一共九十两。这是最便宜的价格了。雕琢人骨的工艺，相当耗费精力和时间呢。"

"九十两银子，倒也不算太贵……"

"不，是黄金。"

"你怎么不去抢？！"

"抢劫哪有宰人更乐趣无穷……？嘻嘻，韦公子说笑了。十两黄金换一只骷髅杯，已经很便宜了，那可是货真价实的人骨，上面还有血纹呢。夜深月圆，万籁俱寂时，您在燃犀楼中一边以骷髅杯饮血酒，一边观赏水晶帘里的人脸，一定相当有趣。"

"嗯，先看看再说。"韦彦有些动心了。

"好。"白姬诡笑。

听着白姬与韦彦一唱一和地走进里间，元曜不禁笑了。似曾相识的对话，让他想起第一次来缥缈阁时的情形。

缥缈阁，究竟是为了什么而存在？是为了世人的欲望，还是为了白姬的因果？现在，他还无法明白，但是只要待在缥缈阁中，他迟早会明白的吧？

一阵风吹过，夹杂着细雪纷纷，冬天又到了。

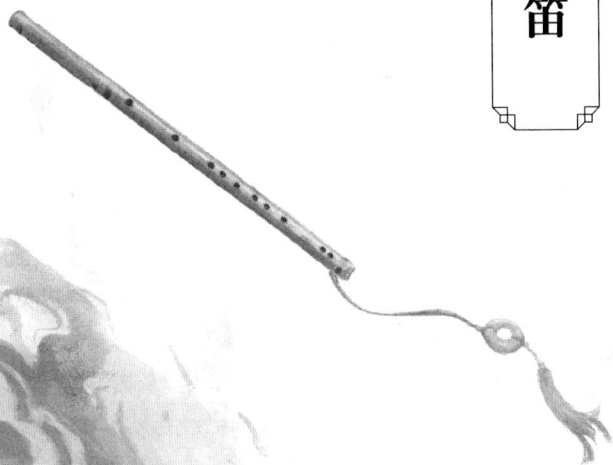

第二折　婴骨笛

第一章　蜃　井

仲夏，长安。

西市。缥缈阁。

烈日炎炎，蝉鸣声声，让人觉得燥热难耐。也许是天气太热了，今天缥缈阁没有一个客人上门。

夏日的午后总是让人倦怠，元曜一边拿着鸡毛掸子给古董掸灰，一边鸡啄米似的打瞌睡。

一只黑猫悄无声息地从里间走出来，灵巧地跃上半人高的柜台。它伸出粉红色的舌头舔了舔爪子，用碧色的瞳孔瞥了一眼元曜，胡子抖了一下，蓦地口吐人言："爷一会儿不盯着，你这书呆子又开始偷懒了？！"

元曜吓了一跳，瞌睡虫也飞走了，分辩道："小生哪有偷懒？小生又是看店，又是掸灰，倒是离奴老弟你从早饭后就一直在后院的树荫下偷懒睡觉！"

"少啰唆！爷说你偷懒，你就是偷懒，不许还嘴！"离奴理亏气不亏，嘴角的獠牙闪过一道寒光。

元曜不敢还嘴，哼哼了两声，埋头掸灰去了。

元曜再回头时，柜台上的黑猫已经不见了踪迹，一个面容清秀、瞳孔细长的黑衣少年站在柜台后面。

离奴懒懒地倚在柜台后，监视元曜掸灰，不时地挑刺，嘲笑他笨、呆、傻、懒。元曜也不回嘴，心中默默地背《论语》，横竖只当耳边是猫叫。

元曜和离奴正对峙间，有人走进了缥缈阁里。

离奴望向门口，瞳孔闪烁了一下，嘴角扬起一抹微笑："客人想要些什么？"

元曜回头，望向大热天里顶着暑气而来的客人。

来客是一名男子，身材中等，相貌平平，年龄在四十岁开外，穿着一身半新不旧的丝绸长衫。

"这里是……缥缈阁？"男子勉强笑了笑，一副愁眉不展、心事重重的样子。

离奴彬彬有礼地笑道："不错，这里正是缥缈阁。客人是想买古玩玉器，还是想买宝石香料？"

"不！"男子摇头，打量了一眼四周，神色有些好奇，不经意间又露出一丝忐忑、恐畏。他试探似的问道："有人告诉我，在这里可以买到想要的任何东西，这里的主人可以替人实现任何愿望？"

离奴笑得深沉，说道："看来，客人是来买'愿望'的了。"

男子舔了一下嘴唇，否认道："我只是遇到了一点儿难以解决的麻烦……如果方便，我想见一见缥缈阁的主人。"

离奴礼貌地颔首道："请稍候，我这就去请主人出来。"

离奴虽然这么说了，但是站着不动，对元曜使了一个眼色。元曜知道他懒得动，想使唤自己去请白姬，也懒得跟他计较，放下鸡毛掸子，走向了里间。

元曜进入里间，绕过了屏风。这架屏风很有趣，屏风上的图案春天是牡丹，夏天是荷花，秋天是金菊，冬天是寒梅。经过荷花屏风时，元曜伸手点了一下一只停在幼荷上的蜻蜓，那只红色的蜻蜓受了惊，振翅飞走了，又停在了一朵莲蓬上。

元曜觉得很好玩，开心地笑了笑，走上楼梯。

按惯例，这个时辰，白姬应该在午睡。

元曜来到白姬的房间前，大声道："白姬，有买'愿望'的客人来了，请你下楼相见。"

元曜叫了几遍，房间里没有任何动静。他抬手敲门，手刚碰上门，门就开了。原来，门虚掩着，没有关紧。

元曜走进房中，房间素净而简约，除了一方铜镜台、一扇仕女游春图案的屏风，几乎没有什么摆设。挂在西边墙上的水墨卷轴画十分清幽，画中的山峦中仍在袅袅不绝地冒着烟雾。白姬曾说，那是终南山的道士们在炼不老仙丹。

元曜刚走到床边，就觉得一股凉意迎面袭来，浸入骨髓，让人神清气爽。在这暑热难当的夏日，让人惬意的冷气来自床中央的一方比棋盘略大的寒玉石。一条手臂粗细的白龙盘成一圈，正睡在寒玉石上。

白龙眼睛微合，鼻翼轻轻翕动，犄角盘旋如珊瑚，通体雪白晶莹，柔软如云朵。元曜忍不住想伸手戳它一下，但看了看它锋利的爪子，又不敢了。

白龙睁开眼，金色的瞳孔扫了元曜一眼，懒懒地开口。

"是轩之啊。怎么？到吃晚饭的时间了吗？"

元曜直冒冷汗地道："刚吃完午饭，还不到一个时辰。"

白龙"哦"了一声，闭上眼睛继续睡。

"我就说嘛，肚子还没饿，怎么就要吃晚饭了。"

元曜突然觉得离奴的懒不是没有原因的，有其主，必有其仆。最近生意冷清，又是炎夏，除了吃饭，白姬和离奴一个盘卧寒玉床，另一个蜷眠树荫下，唯有小书生起早贪黑、任劳任怨地看守店面以及伺候这两只懒妖。

眼看白龙又要睡过去了，元曜急忙道："白姬，有客人来买'愿望'，请你下楼相见。"

白姬又睁开了眼，瞳中金光流转。

"知道了。"

元曜退了出去。在退出房门的瞬间，他不经意地回头一瞥，一名肤白如雪、浑身赤裸的妖娆女子正好从床上站起来。

元曜不禁怔住。

白姬回头，对呆呆的小书生诡魅一笑。

小书生吓得一个激灵，脸上莫名其妙发红，急忙低头走了。

荷花屏风后，青玉案旁，白姬和中年男子相对跪坐。

元曜端来凉茶，分别奉给了白姬和客人。

奉茶毕，小书生正要退下，白姬向他指了指放在一边的桃形蒲扇。小书生会意，乖乖地拿起巨大的蒲扇，站在一边给两个人扇风。

白姬看了客人一眼，说道："看客人印堂青黑，命宫泛浊，最近恐怕颇有灾厄。"

男子本就愁苦，听了此言，几乎要哭。

"实不相瞒，崔某最近遭小人算计，被恶鬼缠身，性命就在旦夕之间。崔某来缥缈阁，是想买'平安'。"

白姬端起凉茶，轻呷一口，说道："说来听听。"

男子闻言，打开了话匣子，娓娓道来。

男子姓崔，名循，在中书省为官，现任中书舍人。与崔循同在中书省任职的右散骑常侍何起，一向与崔循不和睦，互相鄙薄。

两个月前，中书侍郎因为年迈，告老还乡。中书侍郎一职空缺了下来，继任者会在崔循和何起之中二选一。

崔循和何起都很想得到中书侍郎之职。何起心术不正，为了除掉升官的敌手，勾结了一个从南国来的邪教术士，驱使小鬼暗害崔循。

近日来，只要一到子夜，崔循的宅邸里就有小鬼出来作祟。深更半夜，万籁俱寂，这群小孩子模样的恶鬼在崔宅中跑来跑去。它们或剜家禽的眼珠子吃，或变出可怕的模样吓唬婢女，或把从旷野拾来的骷髅、动物腐烂的尸体朝仆人乱丢。崔府的仆婢们吓得要死，甚至连崔循身怀六甲的妻子也因为小鬼的恶作剧从楼梯上摔了下来。幸而上苍保佑，她只是脚踝崴伤了，母子都平安。至于崔循，也吃尽了被小鬼捉弄、吓唬的苦头。

因为忧心忡忡、心神不宁，崔循在公务上出了几次岔子，眼看这中书侍郎之位恐怕就要与他失之交臂了。

崔循无计可施之时，有人告诉他，缥缈阁可以解决一切烦恼，实现一切愿望。于是，崔循找来了。

白姬听了，莞尔一笑："缥缈阁是卖古董字画的地方，驱鬼降魔什么的，崔大人应该去佛寺和道观。"

"那些和尚、道士都不管用！"崔循愁眉苦脸地道。他先后请了几拨和尚、道士来家里作法驱鬼，但是邪教术士的法力似乎更高一些，小鬼们没有被收服，反而吓跑了和尚、道士。

"白姬，缥缈阁中有没有能够驱走小鬼的宝物？"

白姬沉吟了一会儿，笑道："倒是有一件。不过，因为年代久远，它一直压在仓库中。崔大人稍坐片刻，容我去取来。"

崔循很高兴，激动地道："太好了。请快去取来。"

白姬带元曜去取宝物。元曜以为是去二楼的仓库中取，没想到白姬竟带他来到了后院，驻足在绯桃树边的古井旁。

古井中水波幽幽，透出阵阵寒气，古井边的木桶中浸着一个圆滚滚的大西瓜。大西瓜是小书生早上买回来的，浸泡在冷水中，准备晚上消暑吃。

元曜心中奇怪，崔循还巴巴地等着白姬取宝物，她来古井边做什么？

白姬走到绯桃树下，伸出纤纤玉手，在树干上敲了三下。不一会儿，一只蛤蟆从树底的一个洞中跳了出来。蛤蟆约有巴掌大小，鼓鼓的眼睛、大大的嘴巴，背上的花纹五彩斑斓。

"蜃君，开门。"白姬轻轻地道。

"呱呱——"蛤蟆跳到古井前，张开了大嘴，吐出绵绵不绝的白色烟雾。很快，白色烟雾笼罩了古井，古井渐渐看不见了。

一阵风吹来，白雾散开，古井不见了。原本是水井的地方，变成了一道通往地下的门。朱门暗红如血，上面挂着一把兽纹的辟邪青铜锁。

元曜惊奇得咋舌。

蛤蟆跳过来，从口中吐出一把钥匙。

白姬对元曜道："轩之，你去开门。"

元曜从惊愕中回过神来，弯腰拾起钥匙，走向朱门。

元曜打开青铜锁，拉开了朱门。

一阵墨黑的瘴气从地下涌出，瞬间包围了元曜。

元曜被黑气笼罩，不能视物，只觉得一阵夹杂着血腥气的恶臭味扑鼻而来，耳边此起彼伏着杂乱诡异的声音，有撕心裂肺的哭喊声，有令人头皮发麻的尖叫声，有夜枭般桀桀的笑声。

元曜打了一个寒战，心中觉得无限恐怖。

蛤蟆跳到元曜身边，张开了大嘴，开始吸食墨黑色的瘴气。瘴气以肉眼可见的速度被蛤蟆吸尽，随着瘴气散尽，夹杂着血腥气的恶臭味也淡了，嘈杂的诡异之音也远去了，一级一级的石阶浮现在元曜的眼前，望不到尽头。

白姬提起裙裾，来到元曜身边："走吧，轩之。"

白姬拾级而下，元曜急忙跟上。蛤蟆站在古井化成的朱门边，"呱呱"地叫着，看着白姬、元曜消失在了地底。

地道中幽凉浸骨，越往下走，光线越暗。就在元曜快要看不见脚下的石阶时，白姬的手上亮起了一圈光晕，柔和而明亮。

元曜望向白姬的手，只见她的掌心躺着一颗比拇指略大的夜明珠。夜明珠散发出柔和的光芒，照亮了脚下的路。

"白姬，这里是什么地方？"元曜忍不住问道。

"井底。"

"我们来井底干什么？"

"轩之还没有来过这里吧？这里是缥缈阁的另一个仓库。这个仓库中放的宝物与二楼仓库中放的宝物相比，稍微有些不同。"

"有什么不同？"元曜好奇。

"古井下的东西，都是世间的不祥之物。它们不能放在地上，不能和人接触，因为它们本身带着暴戾、憎恨、杀伐之气，容易凝聚瘴疠的阴气，滋生一些邪恶的'魑''魅'。魑魅之类的魔物最喜欢侵蚀意志不坚定的人心，以他们内心滋生的阴暗欲望为食。"

"刚才的黑烟和那些奇怪的声音，就是从不祥之物中滋生的瘴气和魑魅吗？"

白姬点头。

小书生拍胸定魂后，庆幸道："幸好蛤蟆兄吸走了瘴气和魑魅，不然小生肯定被魑魅吃掉了。"

白姬掩唇而笑："对魑魅来说，轩之恐怕不是美食。"

"为什么？"

"因为轩之的脑袋中少了一根筋啊！"

小书生的心地太过纯善，没有阴暗的欲望滋生。食人欲望的魑魅寄生在他身上，只怕会饿死。

"胡说！小生哪有少一根筋？！"元曜不满地说。

越往下走，越是寒冷，阴森瘆人。

元曜背脊发寒，说道："好诡异的寒气，让人头皮发麻。"

白姬道："这不是寒气，这是宝物的怨气。"

宝物也有怨气？小书生觉得奇怪，问道："宝物为什么有怨气？"

"如果我把轩之关在井底几十年、几百年，乃至几千年，不见天日，没有自由，你的怨气恐怕会比宝物的怨气更大。"

"白姬，你不要吓唬小生！"元曜恐惧地靠近白姬，生怕她突然不见了，把自己丢在这不见天日的井底。

"嘻嘻。"白姬诡异地笑了。

说话间，两个人走到了石阶尽头。石阶尽头有一片宽敞的平地，在黑暗中看不到边界。从夜明珠照亮的范围来看，一排排巨大的多宝槅整齐地摆放着。多宝槅的格局布置看上去和二楼仓库的大同小异，只是架上的宝物都被封印在了大小不同的木匣中，有的挂着兽纹铜锁，有的贴着咒文条幅。

黑暗的井底阴气森森，寒气阵阵。元曜跟着白姬走在木架之间，寻找她要找的东西。白姬长裙曳地，行动无声，整个地底只有元曜的脚步声空洞地回响着。

"一百多年没下来了，我也忘记那东西放在哪里了。"白姬"喃喃"道。她一路行去，在木架间游走，目光左右睃巡，始终没有看见想找的东西。

元曜不知道白姬要找什么，帮不上忙，只是默默地跟着她走。

元曜浑浑噩噩地走着，突然间，有什么东西扯住了他的衣衫。他低头一看，原来是一个小孩子。

小孩子两三岁的样子，面若银盆，眼如葡萄，浑身赤裸裸的，只系着一个红色的兜肚。他冲元曜笑了笑，伸出白如藕节的手，拉住了元曜的衣衫。

"啊？！"元曜惊疑。井底哪来的小孩子？这里寒气逼人，他只穿着一件兜肚，不冷吗？还是，又是"那个"？！

元曜倒抽了一口凉气，假装没看到那个小孩子，抬步继续往前走。

小孩子不肯放元曜走，一边笑，一边往元曜身上爬。

"别闹，放开小生！"小书生被吓到了，去拉孩子，想甩开他。

"咯咯！"小孩子不依不饶，死死地抱住元曜的大腿，冲他挤眉弄眼地笑。

第二章　骨　笛

元曜生了气，吓唬小鬼道："你再不放开，小生就把你送到钟馗①那里去！"

小鬼抱得更紧了，张开口，咬向元曜的大腿。

"哎哟哟！痛死小生了！"元曜手舞足蹈，大呼小叫。

白姬回头道："轩之，你在干什么？"

小书生哭丧着脸道："有只小鬼咬小生的腿……"

"小鬼在哪里？"白姬走回来。

小鬼咬了元曜一口之后就不见了，小书生指天指地，指不出个所以然。

白姬的目光落在了元曜腿边的一个木匣上。她走过去，将木匣从木架上取下，笑了："找到了，就是它。"

元曜觉得奇怪，凑过去问道："这是什么？"

白姬笑得神秘："婴骨笛。"

---

① 钟馗，又称"赐福镇宅圣君"，传说中擅长捉鬼、除邪的人物。

"什么是婴骨笛？"

白姬声音缥缈，缓缓地道："婴骨笛自然是婴孩的骨头做成的笛子。"

元曜的背脊有冷汗流下，他说道："刚才咬小生腿的小孩子难道就是……？"

"嘻嘻，轩之，这个婴鬼一定很喜欢你。"

"不要啊，小生不要他喜欢我，啊啊——"小书生抱头哀号。

白姬和元曜沿原路返回。白姬走在前面，元曜捧着木匣走在后面。甬道里阴风瘆人，又捧着婴骨笛，元曜双腿有些发抖。

"白姬，闹得崔大人家宅不宁的小鬼也是婴鬼吗？"周围安静得诡异，小书生没话找话，想以声音来驱赶恐惧。

"小鬼和婴鬼稍有不同。"

"有什么不同？"

"小鬼是南国术士以法术操控的古曼童，也就是出生时夭折或者因故丧生的孩童的灵魂。巫师将他们的骸骨或者尸油保存起来，以符咒驱使他们的灵魂为自己做事。古曼童都是孩子心性，不会作大恶，大多只是恶作剧吓唬人，闹得人家宅不宁罢了，而婴鬼……嘻嘻……"白姬诡异地笑了，不再说话。

"婴鬼怎么了？"元曜追问。

"啊！到出口了，不知道崔大人有没有因为等得不耐烦而先走了。"白姬提着裙裾，走出甬道，没有理会元曜的追问。元曜赶紧跟上，生怕她会把自己留在井底。

白姬指示元曜关上地门，挂上辟邪铜锁。元曜锁好地门后，将钥匙还给了蛤蟆，蛤蟆一口吞入腹中，蹦蹦跳跳地回到树洞里去了。

一阵风吹过，草浪起伏，树叶摇落。

元曜回头一看，地门消失不见了，古井仍然是古井。井边的木桶里，碧幽幽的大西瓜正浸泡在冰凉的水中。

"今晚的西瓜一定又甜又可口。"白姬笑了笑，走向草丛中。

元曜捧着木匣跟上。

崔循在里间等得有些不耐烦了，神色焦灼不安。看见白姬回来，他一下子弹了起来，急道："白姬，宝物找到了吗？"

白姬笑吟吟地道："找到了。我先打开让你看一看。"

木匣为纯黑色，一尺见方，开口处贴着一些封条。封条的纸张已经老旧泛黄了，上面用朱砂书写的鬼画符一般的文字却还是鲜明刺眼。

崔循急切地望着木匣，想知道里面是什么。

白姬伸出纤手，一道一道地撕开封印。她每撕开一道封印，嘴角的诡笑就加深一点儿。

元曜忍不住向后退了几步。他看得很清楚，白姬每撕开一道封印，黑匣中就会逸出一股可怕的黑气。在最后一道符咒被撕掉时，黑气如流水一般涌出来，将白姬和崔循包围。黑气仿佛有生命、有知觉，它们趋安避危，绕开了白姬，化作藤蔓缠上了崔循的脚，还爬上了他的腰。

崔循浑然不觉，全神贯注地望着黑匣。

白姬似乎不经意地抬手，将凉茶泼在了地上。黑色的瘴气迅速地被吸入茶中，黑藤仿佛被一股强大的力量拉离了崔循，进入了茶水中。转眼之间，地上的黑气消失殆尽，只剩一小摊黑色水迹。

崔循丝毫不知道自己在鬼门关转了一圈，只是迫切而焦急地盯着木匣。

白姬打开木匣。

一支白森森、光秃秃的短笛，静静地躺在木匣中。

崔循的眼神亮了一刹那但转瞬间又黯淡了，他说道："这……这是个什么东西？短笛？！"

"婴骨笛。"白姬颔首。

"哈哈，那群讨厌的小鬼在我家里捣蛋，难道我还要买乐器回去给他们助兴？！"崔循以为白姬捉弄他，感到很愤怒。他满怀希望地以为木匣里装的是纯金佛像、翡翠浮屠之类的镇宅宝物，谁知道竟是这么一截白森森、光秃秃的短笛。

白姬似乎看穿了崔循的心思，笑道："崔大人少安毋躁。这婴骨笛正是驱除小鬼的法器，比佛像、浮屠更有用。"

崔循半信半疑，伸手拿起婴骨笛，只觉得冰凉浸骨，不禁打了一个寒战。

"为什么要叫婴骨笛？难道它是用婴孩的骨头做成的吗？它真能驱逐小鬼？"

白姬点头："婴骨笛是用婴孩的腿骨做成的。它绝对可以驱走小鬼，崔大人尽可拿回家一试。小鬼再来捣乱，你吹响婴骨笛，就会见效了。"

"真的吗？难道小鬼怕笛声？"崔循好奇地问道。

白姬笑了笑，没有直接回答。

"崔大人回家试了，就知道了。"

"好吧，崔某拿回去试试。这个笛子要多少银子？"崔循死马当作活马医，反正如今也束手无策，不如拿这婴骨笛试试。

白姬笑道："此物不卖。崔大人驱走小鬼、全家平安之时，还望归还。"

"好，如果能驱走小鬼，家宅平安，崔某一定带着厚礼前来致谢，归还婴骨笛。"

白姬似笑非笑地望着崔循，目光意味深长。

不知为何，元曜隐隐觉得不安。但究竟为什么不安，他也说不出所以然。

崔循带着婴骨笛告辞离开。元曜送崔循出门，站在缥缈阁门口，望着崔循匆匆走远。一个错眼间，元曜似乎看见一个穿着红色兜肚的小孩儿搂着崔循的脖子，趴在他的背上。

小孩儿回过头，对元曜诡异一笑。

"咯咯——咯咯咯——"小孩子纯真无邪的笑声，回荡在空无一人的小巷中。

元曜回到里间时，白姬还坐在青玉案旁，地上那一小摊乌黑的水渍不见了，青玉案上多了一颗黑珍珠。

白姬拈着珍珠，对着阳光欣赏道："轩之，韦公子怎么许久不来缥缈阁了？难道你们吵架了？"

这颗以戾气凝聚而成的乌珠，可以高价卖给喜欢诡异玩物的韦彦，这是白姬此刻正在考虑的事情。

"丹阳去徐州公干了，要秋天才会回长安。"元曜道。

"这样啊，如果等到秋天，乌珠就没有灵力了。"白姬有些失望，大声唤道："离奴——"

一只黑猫闻声而来，无视小书生，跑到白姬身边，蹭她的手。

"给。"白姬伸手抚摩猫颈，将手中的乌珠放在猫的嘴边。

黑猫张口吞食了珠子，仿佛吃了极美味的东西，伸出粉舌舔了舔唇，意犹未尽。

黑猫蹭着白姬的手，似乎还想要。

白姬笑道："没有了。别淘气了，去看店。"

黑猫乖乖地出去了。

走过小书生身边时，黑猫狠狠地剜了他一眼，估计是觉得他又在偷懒了。

元曜仰头装作没看见。

"白姬，婴骨笛究竟是怎么回事？"元曜忍不住问道。在古井中，白姬避而不答，他实在很好奇，也隐隐为崔循担忧。因为，怎么看婴骨笛也不是吉祥的东西。

白姬抬眸，轻轻地道："婴骨笛是西域传来的禁忌法器。制作婴骨笛的方法，可以算是最残忍的了。巫师设邪神祭坛，在黑巫术的咒语中，用七种残酷的极刑将一个健康的小婴孩折磨至死。这么做，是为了积累婴孩心里的怨恨和暴戾，他们临死前感受到的恐惧、绝望、愤怒、怨恨越深，死后成为婴鬼的力量也就越强大。小孩儿的年龄通常在三岁以下，因为年龄越小，死后化作的婴鬼就越凶残。据说，暗界最可怕的婴鬼是一个不到半岁的婴儿。他生前被折磨至死时，只剩下一架骷髅和少许残破的内脏。婴孩死后，巫师用他的腿骨挫成短笛，在笛子上刻上了驱使灵魂的密教咒文。在黑巫术仪式中死去的孩子，灵魂过不了忘川，到不了彼岸，无法往生。他们在婴骨笛上栖身，被吹笛人驱使，为他们做事。"

"一个小孩子的鬼魂，能够为人做什么事？"元曜问道。

白姬神秘地笑道："在西域，婴骨笛又被称为'万事如意，无所不能'之笛，婴鬼能够为主人做什么事情，轩之你自己去猜想吧。"

元曜猜道："难道婴鬼也像崔大人遭遇的小鬼一样，会跑去主人的仇家家里捣蛋恶作剧？"

白姬诡笑道："嘻嘻，小鬼之于婴鬼，如同家畜之于猛兽。婴鬼不会恶作剧，只会杀人。"

元曜一惊。

时间过得很快，转眼过了七天。这天下午，白姬出门了，行踪无人知晓。离奴又在后院的树荫下偷懒打盹，元曜倚在柜台后看书。

此时有人走进了缥缈阁里。

元曜抬头一看，是崔循。

崔循身后还跟着两名手捧礼盒的仆人。

元曜急忙迎了过去，说道："崔大人，好久不见，家中可平安无事了？"

崔循精神抖擞地笑道："一切都平安无事了。白姬在吗？"

元曜道："真不巧，她出去了。"

"她什么时候能回来？"

"不知道。她临走时没有交代。"

"这样啊。崔某还有公事要办，不能在这里耽搁太久。哦，这些薄礼请笑纳，权作让崔某家宅平安的谢礼。"

崔循让家人将两个礼盒放下，一盒金银珠玉、一盒绫罗绸缎，珠光宝气，晔晔照人。

崔循一边说着"礼物寒微，不成敬意"之类的话，一边告辞了。

元曜殷勤相送，但又觉得哪里好像不对劲。

等送完崔循，回到缥缈阁时，望着那两盒价值不菲的谢礼，小书生才一拍脑袋回过神来。难怪小书生觉得少了点儿什么，原来是崔循没有把婴骨笛还回来，而且只字未提婴骨笛的事。

怎么会这样？之前说好的，家宅平安之后，他就归还婴骨笛，难道忘记了吗？一定是他忙着去处理公务，所以忘记了。说不定，他忙完公事之后，想起来了，就会把婴骨笛还回来了。

元曜这么想着，也就不再将此事放在心上了，继续安静地看书。

过了许久，离奴睡醒了，悠闲地晃了出来。离奴看见两盒珠宝绸缎，问小书生道："这是谁送来的？"

元曜把崔循来过的事情告诉了离奴，担忧地道："崔大人似乎忘了归还婴骨笛……"

离奴冷笑道："呆子！他哪是忘了还，他是根本就不想还。"

元曜道："怎么会？"

离奴反问道："怎么不会？"

元曜"扑哧"一声笑了，摇头晃脑地道："离奴老弟，你这恐怕是以小人之心度君子之腹了。"

黑猫招呼道："书呆子，你过来。"

小书生巴巴地靠过去，问道："离奴老弟有何赐教？"

黑猫爪利如刀，一爪抓向元曜的脸，气呼呼地道："臭书呆子，以小人之心度君子之腹？你才是小人！爷活了一千五百年，从非人界到人界，还从来没有谁敢说爷是小人！"

小书生捂着火辣辣的脸，眼泪汪汪，不敢出声。

黑猫跳上货架，在一面铜镜前照了照，说道："世界上有爷这么正气凛然的小人吗？！"

月色朦胧，夜露凝霜。

白姬回到缥缈阁时，离奴和小书生正坐在后院纳凉，于是白姬也坐了下来。小书生将浸泡在井水里的西瓜捞了出来，然后将切好的西瓜放在玛瑙盘里，端了上来。

白姬拿起一片西瓜，问道："今天崔循来过了？"

元曜回答道："来过了。崔大人送来了许多谢礼，但他似乎忘了归还婴骨笛。"

白姬并不奇怪，嘴角勾起一抹笑。

"忘了还？那就算了吧。"

元曜不安地道："不如，小生明天去崔府提醒崔大人，让他归还婴骨笛？婴骨笛是不祥之物，只怕崔大人会反被婴鬼所害。"

白姬笑得颇有深意，说道："婴鬼的力量再强大，也终归只是小孩子，而且是寂寞的小孩子。他们会将驱使自己的人视作父母，他们渴望宠爱，渴望温暖，渴望关怀。婴鬼不会伤害崔大人，哪有渴望父母来疼爱的孩子会伤害父母？婴鬼求得眷爱的方式是向主人炫耀自己的力量，那是无所不能的力量，是可以为主人实现一切欲求的力量。"

白姬的声音带着一种撼动人心的魅惑，元曜心中一惊。

黑猫将头从西瓜中拔出来，冷笑道："这就是崔循不还婴骨笛的原因了。他八成是尝到了甜头，想驱使婴鬼为他做更多的事情！人都是一样，贪得无厌，得陇望蜀。笨书呆子，婴骨笛不祥，可是谁在乎呢？只要欲求能够实现于朝暮间，哪怕饮鸩止渴、作茧自缚，也有人愿意如此。"

元曜道："小生还是想去崔府，试一试劝说崔大人。"

"唉，轩之，你太善良了。"白姬叹了一口气，说道，"好吧，你明天去崔府时，顺便将崔循带来的礼物送回去。他如果不肯归还婴骨笛，那就算了，但是礼物一定要留在崔府。"

"为什么？"元曜不解。这条奸诈贪财的白龙还肯把已经吞下的金银珠宝吐出来？

"做人不能太贪心，做妖也一样。收了因果，还要收钱财，未免太不厚道、太折福寿了。"白姬诡异地笑了。

第三章　瓜　鬼

第二天，元曜准备去崔府还礼，但是他一个人拿不动两个大礼盒，就想叫离奴同去。

胡十三郎

"臭书呆子，爷是跟着你跑腿的奴才吗？！"黑猫挠了小书生一爪子，气呼呼地骂道。

小书生哭着奔上楼去找白姬。

白姬懒懒地盘在寒玉石上，让元曜去后院的草地上捉两只蟋蟀上来。元曜捉了一只蟋蟀，因为死活捉不到另一只，就捉了一只绿色的蚱蜢凑数。

白姬对着蟋蟀、蚱蜢吹了一口气，两个衣着整洁的年轻家仆就出现在了元曜的眼前。一个黑衣，另一个绿衣，黑衣的威武高大，绿衣的眉清目秀。

"两个时辰。"白龙含糊地说了一句，又盘回寒玉石上养神去了。

什么两个时辰？元曜怀着疑问，带着两名新家仆，顶着毒辣的日头去崔府还礼了。

崔循的宅邸在崇义坊。因为崔循在礼盒中留下的帖子上写明了崔府的地址，元曜很快就找到了崔府。

崔府今天似乎有喜事，朱门前的车马络绎不绝，衣着簇新的仆人在门口笑脸迎客，来往的客人们脸上也都喜气洋洋。

元曜还没打听明白，崔府的家仆见他领着仆人，带着礼盒，便不由分说地将他塞进府里去了。

元曜一头雾水地跟着宾客们往里面走，来到了一座布置华美的大厅里。等坐了在了摆满佳肴的宴席上时，元曜才从邻座的客人口中打听清楚今天的喜事究竟是什么。原来，崔循荣升了中书侍郎，他的夫人又在三天前喜得麟儿，可谓是双喜临门。今天恰逢黄道吉日，崔循设宴，请亲朋好友前来一聚。来得早不如来得巧，元曜恰好赶上了崔府的喜宴。

元曜坐在席间，远远看见崔循在主席上向宾客举杯致谢。此时的崔循意气风发，喜色满面，与之前来缥缈阁求助时的愁苦模样相比，简直判若两人。

是婴骨笛改变了他的厄运吗？这么看来，婴骨笛也并不是不祥之物嘛！元曜暗暗想道。可是，一想到婴骨笛的来历，他又是一阵头皮发麻。无论如何，婴骨笛终归太过阴邪了。

元曜酒足饭饱之后，出了宴厅，想找崔循说话。

元曜来到庭院，恰好看见崔循在回廊下和几名儒雅的男子谈笑。元曜认得其中一名年约五十岁的男子，正是他的世伯——当朝礼部尚书韦德玄。元曜刚来长安时，曾经寄住在韦府。虽然他和韦家小姐的婚约告吹了，但两家世交的情谊还在。

元曜想和崔循搭话，于是走了过去，朝众人一揖，对崔循道："崔大人。"

崔循看见元曜，神色突然变得有些不自然。

韦德玄抬头看见元曜，微微吃惊地道："这不是元世侄吗？你怎么会在崔府？听彦儿说，你现在在西市和胡人合伙做珠宝买卖？"

不是胡人，是非人！不是合伙，是当奴仆！不是买卖珠宝，而是以买卖珠宝香料为幌子，在买卖一些匪夷所思的东西！元曜在心中一一纠正，口里却道："是。多日未曾登门拜望世伯、聆听教诲，望世伯见谅。"

"哪里的话。元世侄如果有空，倒可以多来家中与彦儿聚聚。"

"小生一定常去。"元曜诺诺答应。

"元世侄怎么会在崔府？"

元曜刚要回答，崔循抢先道："崔某上个月在西市缥缈阁里买了一支笛子，尚未付银，今日这位老弟大概是赶着吉时来催账了。哈哈哈！"

"哈哈哈……"众人也都笑了起来。

崔循唤了一名家仆，说道："带元公子去书房奉茶，我一会儿就过去。"

元曜猜想崔循不想当着同僚的面谈论婴骨笛，也就向众人作了一揖，跟着仆人走了。

元曜的出现，让众官员的话题转移到了缥缈阁上。

这个说："缥缈阁在哪里？老夫总是听人说起，但找遍了西市也找不到。"

那个说："就在西市啊，怎么会找不到？入夏时，晚生从缥缈阁买了一只净水玉瓶，将荷花插入瓶中，一个月都不会凋谢！"

"不对啊，老夫在光德坊住了二十五年，西市没有老夫不熟悉的地方，哪里有什么缥缈阁？"

"西市的巷子很多，总有你漏掉的地方。缥缈阁肯定在西市的某处，虽然我没有去过，但是上个月拙荆从缥缈阁买了几样首饰，她还夸白姬言语婉转，为人也很厚道呢。"

于是，那个说缥缈阁不在西市的人立刻被众人的口水淹没了。最后，弄得他自己也糊涂了："是吗？如此说来，可能是老夫记错了。嗯，仔细想想，西市似乎是有一家缥缈阁。"

假作真时，真亦假；无为有时，有还无。

元曜跟着崔家的家仆走向崔循的书房。

路上，家仆对元曜说了一件刚刚发生在下房的怪事。

今日崔府开喜宴，专门辟了一个跨院给宾客带来的下人们歇脚、吃饭。当时，一群下人围在一起吃饭、谈笑，好不热闹。突然，一名黑衣、一名绿衣的下人，变成了一只蟋蟀、一只蚱蜢跳走了。众人大惊失色，纷纷说白日见鬼了。崔府的管家急忙出来辟谣，说是大家眼花了云云。因为下人们互不认识，也说不清变成蟋蟀、蚱蜢跳走的是哪一家的下人，这件事也就不了了之了。

"这位公子，你说这事奇怪不奇怪？"家仆问元曜。

"奇怪，挺奇怪的……"元曜直冒冷汗。他这才明白白姬口中的两个时辰是什么意思。掐指一算，他出来也有两个时辰了。

崔循的书房雅致而安静，因为周围遍植绿树，挡住了光线，还显得颇为阴森。家仆领元曜到了书房，奉了茶之后就离开了。

因为在席间吃得太饱，元曜觉得此时有困意袭来。他坐了一会儿，还是决定站着等崔循。崔循的书桌上放着许多书，小书生爱书成癖，忍不住走过去瞧。他本以为会是四书五经之类的圣贤书，谁知却是西域传来的巫术、咒术之类的书。

元曜心中一惊。崔循是一个知书识礼的文人，又是朝廷命官，怎么会读这些不入流的邪书？

"砰！"一颗石子打在了元曜的后脑勺儿上。

"哎哟！疼！"小书生回头，却没看见人。

"砰！砰！砰！"又是几颗石子打在了元曜的头上、背上，疼得他几乎流出了眼泪。

"是谁在恶作剧？！"元曜生气地道。

"咯咯，咯咯咯……"小孩子清脆无邪的笑声从头上传来。

元曜抬头，只见房梁上趴着一个小孩儿，脸若银盆，眼如葡萄，全身只穿着一个红色兜肚。他笑嘻嘻地望着元曜，手上还抓着一颗石子。

"原来是你！婴鬼，你今天得和小生一起回缥缈阁！"

"咯咯，不回去。"小孩儿脆生生地道。他对准元曜的头，把手上的石子扔了过去。小书生躲闪不及，正中额头。

"这由不得你！"元曜揉着额头上的包，生气地道。

"我不回去！回去了，又得一个人待在黑暗冰冷的井底。在这里，父亲很疼我、很爱我，我会帮他做很多事，他也舍不得让我回去。"

元曜刚要说什么，书房外传来了脚步声。

"咯咯——咯咯咯——"婴鬼笑着消失了。

崔循走进书房里，看见元曜后，拱手道："刚才无法脱身，让元公子久候了。"

"哪里哪里。"小书生客套道。

"元公子今天是为了什么事前来，崔某大概也能猜到。这么说吧，元公子如果来要银子，一切好说。如果来要婴骨笛，恕崔某不能归还。"

元曜道："崔大人，当初说好婴骨笛不卖，只是借你一用，等你家宅平安之后，归还缥缈阁。"

崔循冷笑道："当初有这样说过吗？崔某怎么不记得了？"

"崔大人，你……"小书生一时无言。

"来人啊！"崔循大声道。

一名家仆闻命而来。

"阿福，你去账房取五百两银子，给这位元公子。元公子，上次送去缥缈阁的谢礼，加上这五百两银子，怎么也可以抵得上婴骨笛的价钱了。当然，白姬如果觉得不够，崔某还可以再添一些。"

元曜急忙道："崔大人，这不是银子的问题，而是婴骨笛乃是不祥之物……"

崔循一摆手，打断了元曜的话。

"元公子不必多说，即使是不祥之物，崔某也要留下婴骨笛。还请转告白姬，请她成全。"

照这个情形看，崔循是铁了心不还婴骨笛了。

元曜叹了一口气，拱手一揖，说道："算了算了，银子就罢了。崔大人，您好自为之。小生告辞了。"

元曜推却了银两，告辞离开崔府，心里闷闷的。他突然想起了离奴的话。

"这就是崔循不还婴骨笛的原因了。他八成是尝到了甜头，想驱使婴鬼为他做更多的事情！人都是一样的，贪得无厌，得陇望蜀。笨书呆子，婴骨笛不祥，可是谁在乎？只要欲求能够实现于朝暮间，哪怕饮鸩止渴、作茧自缚，也有人愿意如此。"

难道只要能助自己达成心愿，哪怕是邪魅，人们也会捧在手心里、爱若神明，舍不得放手？

元曜回缥缈阁时，路过太平坊，有一户朱门大宅在办丧事，从围墙外都能听见里面传来的悲切的哭声。从街坊口中，元曜得知办丧事的是右散骑常侍何起家。三天前，何起暴毙，和他走得很近的南国术士也在当晚死了。

"何常侍和南国术士，是崔循驱使婴鬼杀的吗？"晚上在缥缈阁后院纳凉时，元曜问白姬。

白姬倚坐在美人靠上，月白色的披帛长长地拖曳在地上，随着草浪起伏，如同流动的水。

"应该是吧。"白姬对这件事情并不关心，甚至也不在乎婴骨笛是否拿回来了。她在乎的是放在玛瑙盘里的圆滚滚、碧幽幽的大西瓜。

白姬美目微眄，说道："轩之，今天的西瓜很特别。"

元曜道："这瓜是小生从崔府回来时，在街边的一个瓜农那里买的，和平常一样花了六文钱，哪里有什么特别？"

白姬笑而不语。

离奴嚷道："书呆子，快把瓜切了，主人还等着吃呢。"

元曜拿起胡刀，剖开西瓜。

刀锋如水，没入瓜中时，一缕青烟从瓜中逸出。

西瓜一剖为二，中间本该是红色瓜瓤的地方空空如也，仿佛谁从里面把瓜瓤给掏空了。

从西瓜中逸出的青烟渐渐幻化成九个小孩子。九个小孩子都是五六岁的年纪，有男有女，形貌迥异。他们"咯咯"地笑着，围着元曜转圈，唱着童谣。

"大西瓜，大西瓜，滚落坟头卧软沙。敲碎绿碗盛红肉，蛟蛇魑魅笑哈哈。"

元曜吓了一跳，问道："白姬，这些小孩子是什么人？"

白姬掩唇而笑道："他们是小鬼。"

"别……别闹！"元曜推开了一个想往他身上爬的小鬼，问道："他们怎么会出现在缥缈阁？"

"是轩之带他们进来的啊！他们在西瓜里，轩之把西瓜买回了缥缈阁。"白姬摇扇而笑。

一个小鬼看见离奴化作的黑猫，垂涎欲滴，想伸手去剜离奴的眼珠子吃。黑猫乍毛，身形变大了数倍，形如猛虎，身姿矫健，尾巴变成了九条，在身后迎风舞动。

夜色中，九尾猫妖口中喷着青色的火焰，碧色的眼睛灼灼逼人。九个小鬼吓得一哄而散，又化作一缕轻烟，钻回西瓜里去了。

元曜吃惊地望着被自己一剖为二的西瓜又合成了完整的一个，仿佛他从来没有切开过一样。

离奴也恢复了黑猫的模样，在草地上打了一个滚，扑草丛中的流萤去了："喵——"

草地上，被九尾猫妖吐出的碧火灼烧过的地方一片荒凉，寸草不生。

"刚才……那是离奴老弟吗？！"元曜惊道。

白姬笑道："那才是离奴本来的模样。"

"他怎么会有九条尾巴？"

"猫有九命，化作九尾。"白姬以扇掩唇。

"白姬，这西瓜怎么办？为什么西瓜里会有小鬼？"

白姬的鼻翼动了动，她说道："我嗅到了咒术的味道。这西瓜是怎么回事，还是让西瓜自己来告诉我们吧。轩之，今夜月色正好，不如出去走走？"

"可是，会犯……"元曜话未说完，白姬突然拍了拍他的肩膀。

元曜一下子站了起来，在元曜身后，另一个元曜正跪坐在草地上，手拿胡刀，保持着切西瓜的姿态。

白姬笑道："魂魄离体，就不会犯夜了。"

元曜道："虽然不会犯夜了，可是去哪里弄清楚西瓜的事呢？"

"你在哪里买的西瓜？"

"光德坊和延康坊的交界处。"

"抱着西瓜，我们去光德坊和延康坊的交界处吧。"

月光清亮，夜风徐徐，陷入睡梦中的长安城阒寂如死。

白姬和元曜踏着月光，来到了光德坊和延康坊的交界处。当然，此刻这里寂静无人，瓜农早已收摊离去。

"现在，该怎么办？"元曜问白姬。

"把西瓜放下，它自己会告诉我们它从哪里来。"

元曜觉得很奇怪，但还是把西瓜放在了地上。大西瓜安静地躺在地上，没有开口说话的迹象。

元曜怀疑地道："小生觉得，它不会告诉我们它从哪里来。"

白姬笑了笑道："轩之，你不问它，它怎么会告诉你？"

"啊？！问一个西瓜？！"

白姬笑道："是啊，问一个西瓜。"

元曜皱了皱眉，问道："喂，西瓜，你是从哪里来的？"

西瓜依旧静默。

96

"轩之，要有礼貌。"白姬提醒道。

元曜一怔，耐着性子，向西瓜作了一揖，问道："敢问西瓜大人，你来自何处？"

元曜活了二十年，虽然妖鬼见了不少，怪事遇过很多，但是还从来没有听见过西瓜说话。他决定洗耳恭听。然而，令元曜失望的是，西瓜没有说话。它回答元曜的方式十分沉默，也十分有效。西瓜在地上滚动了起来。

"跟着它走吧。"白姬笑道。

西瓜在前面滚动着，白姬和元曜跟在后面。碰见巡逻的禁卫军时，西瓜就停下来。禁卫军从元曜和白姬身边走过，仿佛看不见他们，也看不见西瓜。

西瓜将白姬和元曜带到了僻静的永和坊，停在了一座荒寺前。

白姬、元曜跟着西瓜走进荒寺里，从荒烟蔓草、断壁残垣，和倒塌得缺了一半身体的佛像来看，这座寺院已经废弃很多年了。

寺院后面有一大块空地，不知道被谁辟作了瓜田。西瓜的来处大概就是这里了。距离瓜田不远处，曾经是僧舍的地方引起了白姬的注意。她微微翕动鼻翼，说道："有奇怪的味道。"

元曜想起白姬之前的话，问道："咒术的味道？"

白姬诡魅一笑，说道："不，是骸骨和尸油的味道。"

"白……白姬，你不要吓唬小生！"元曜双腿发软。

白姬走向僧舍。

元曜想了想，也疾步跟上。因为一个人留在原地的话，他更加害怕。

白姬在僧舍前大约十步远的地方蓦地停住了脚步。

元曜走得急，没有刹住脚步，径自走了过去。明明眼前什么也没有，他却似乎撞上了一堵墙壁，被弹了开去。

元曜奇怪地道："咦？！怎么回事？！"

白姬道："是术士的结界。轩之，退后。"

元曜赶紧退后几步，站在了白姬身后。

白姬伸出手，轻轻地触碰结界，虚空中的结界在她手底下渐渐地显现出神奇的脉络，无数元曜看不懂的文字和符号化作光斑旋转流动。

"拉咪沙尼阿咪拉轰——"白姬口中念着一句不知道是什么的咒语，元曜听见虚空中传来冰层破裂的声音，那些旋转流动的文字和符号顷刻间黯淡了，继而消失不见。

白姬继续往前走，元曜随后跟上。

这一次，前方没有了透明的墙壁。

白姬来到僧舍前，伸手推开了腐朽的木门。

"吱呀"一声，门开了，一股难以言喻的恶臭扑鼻而来，元曜胃中一阵翻涌，几乎欲呕。

白姬皱了皱眉，走进了僧舍中。

元曜捏着鼻子跟上。

由于屋顶年久失修，月光从瓦缝中漏入，依稀可以看见室内的情形。室中的青龙方位供奉着一尊阴沉的神像，神像下面摆着少许祭品：一只用人的颅骨雕刻成的酒樽，里面隐隐有黑褐色的血迹；一只活生生地被匕首插死的壁虎；一瓮正在蠕蠕爬动的黑色虫子。室中白虎的方位悬挂着九个黑乎乎的东西。

元曜好奇地走过去，想看看究竟是什么。这一看之下，他的三魂吓掉了两魂半，惊呼出声："娘呀！"

原来，那九个黑乎乎的东西是九具残缺不全的孩童尸体。每一具童尸上都用朱砂写上了奇怪的咒文，或在脸上，或在手臂上，或在背脊上。

白姬道："这里应该就是和何常侍一起死去的南国术士的落脚处，九具童尸就是那九个小鬼。"

元曜问道："这九个孩子也是像做婴骨笛的婴儿一样，被人杀死的吗？"

白姬摇头道："不，他们是自然死亡的孩子，术士不过是从土中挖出了他们的尸体。驱使含恨而死的小鬼，戾气太重，会反噬术士。"

"小鬼们怎么会跑到西瓜里去了？"元曜想起之前的事，问道。

"也许，是婴鬼杀死南国术士的那一晚，小鬼们为了躲避婴鬼，遁进了西瓜里。也许，是术士临死前为了保护小鬼们不被婴鬼吃掉，魂飞魄散，永堕虚无，而把他们藏在了西瓜里。"

"白姬，你觉得更可能是哪一种情况？"

白姬笑了笑道："后者的可能性更大。"

"为什么？"

"因为术士死了，小鬼们还活着。通常，主人在危急关头，被其驱使的魂灵没有权利偷生，都会随主人死去。除非主人爱他们，不忍让他们'死'。轩之，你哭什么？"

"南国术士其实也是一个心地善良的好人。"小书生感动得泪流满面。

白姬抚额道："轩之，一个心地善良的好人是不会做挖出孩童的尸体、驱使小鬼害人这种折损阳寿、惹人唾弃的事情的。"

"坏人做好事，那就更让人感动了。"小书生继续泪流满面。

白姬永远不懂小书生的思维逻辑，也就不再理会他。她抬头打量四周，满意地笑了："今晚的收获很丰盛。"

白姬从袖中拿出一沓纸人，放在红唇边，吹了一口气。

纸人一张一张地飘落在地上，每一个落地的纸人都化作了一个没有五官的白衣人。每一个白衣人都垂首站立着，等候白姬的吩咐。

白姬兵不血刃地将这个诡异的地方劫掠一空，神像、颅骨杯、蛊虫瓮、小鬼的尸体都被白衣人拿走了。

阒寂的月夜，一队没有脸的白衣人捧着这些可怕的东西飘荡在长安城的街道上。

元曜抱着西瓜走在白衣队伍的末尾，感到压力很大。他终于明白白姬是怎么扩充她的百宝仓库的了，果然月黑风高的夜晚，就适合做一些无本的买卖。

第四章　狐　嫁

时光如梭，转眼到了夏末。元曜在缥缈阁中的生活一如往常，只是有一点不同——自从白姬将小鬼们的尸体拿回来放在二楼的仓库里之后，深夜常常有一群孩子在仓库中跑来跑去，笑闹声不绝。对此，小书生十分头痛。

白姬似乎忘记了婴骨笛的事情，也不关心崔循的近况。元曜倒是还担心着崔循，时不时地去打听他的近况。

其实，根本不用刻意去打听，元曜也能从街头巷尾的议论中得到崔循的消息。每一个人说起崔循，都是一脸的羡慕。因为，他的境遇实在是太顺了。

六月时，崔循从中书舍人升为中书侍郎。七月，中书令因为得了疯魔之症，在大殿上胡言乱语，惹怒了武后。武后一怒之下，将中书令贬谪江州，命崔循接任中书令一职。

中书令是中书省最高的职位，相当于宰相。短短两个月内，崔循就从一个小小舍人一跃成为中书令，实在让人羡慕。

崔循不仅官运亨通，财运也很不错。太平公主有几件难以解决的事情，一众妄图趋附她的官员都无法解决，崔循却奇迹般地一件不漏地为她办好了。太平公主大悦，赏了崔循很多财物。

从六月到七月，崔循在长安城附近置办了许多田产和庄院，还新纳了几名绝色小妾，可谓是富贵俱全、风流尽享。

而与此相对的，朝中的官员、太平公主府的清客中，凡是和崔循政见不合，或者说崔循坏话的人，无一不是莫名其妙地遭遇了灾厄。他们或疯魔，或重病，或暴毙，下场凄惨。

元曜每每听到这样的消息，总是心中郁郁。很明显，崔循是在驱使婴鬼伤害别人，满足自己的私欲。

元曜对白姬道："白姬，你为什么放任崔循不管？他在利用婴鬼害人啊！"

白姬轻轻地道："我既不是神，也不是佛，为什么要管世人是不是受害？"

"可是，是你把婴骨笛从井底拿出来给了崔循。"

白姬望着天空中变幻的浮云，说道："我只说借给他一用，是他自己一直不肯归还。他种下了'因'，我需要他的'果'。"

"他做了这么多坏事，总觉得被他伤害的人很无辜。小生看不下去了。小生要去崔府，向他要回婴骨笛。"小书生义愤填膺，马上就要去崔府。

白姬拦住了元曜："轩之，你不能去。"

"为什么？"元曜问道。

白姬的表情有些可怕："因为我不许。任何人都不可以破坏我要的'因果'。这是我经营缥缈阁唯一的意义。"

元曜从来不曾见过白姬露出这么凝重可怕的神色，心中一悚，不敢再去崔府了。但是，他还是心有不甘地道："难道就这么一直放任崔循害人？"

白姬轻轻地道："物极必反，天道轮回，没有人会一直顺风顺水下去。害人者，终会被人所害。婴鬼再强大，也会遇见比它更强大的事物。"

元曜听不懂白姬的话，难道她的意思是放任崔循继续害人？

白姬诡笑道："贪心和欲望越盛，风水逆转起来就越迅速。以崔循如今的贪婪，'果'很快就会成熟了。"

元曜背脊一寒。

时光飞逝，转眼已经立秋。

这天午后，下了一场太阳雨，明亮的雨珠在阳光下晶莹剔透，十分美丽。小巷中的苍藤、青藓上凝结了雨珠，分外幽翠。

白姬又出门了，离奴在里间偷懒睡觉。小书生倚在缥缈阁门口，欣赏这场颇为稀罕的太阳雨。

突然，小书生看见小巷尽头飘来了一团火焰。

雨里怎么会飘火？

小书生揉了揉眼，定睛一看，哪里是火焰，分明是一只红色的小狐狸。

小狐狸来到了缥缈阁前，先抖干了皮毛上的雨珠，才踏进缥缈阁里。

小狐狸端正地坐好之后，怯生生地望着元曜，开口道："某姓胡，在家中排行十三，大家都叫某胡十三郎。公子看起来眼生，敢问公子是……？"

元曜回过神来，作了一揖，说道："小生元曜，字轩之，今年才在这缥缈阁里做杂役。胡十三郎可是来买古玩的？"

小狐狸摇头，羞涩地道："不是。今日某家三姐出嫁，家父命某前来请白姬参加婚宴。家父说，山野人家，婚礼寒微，还请白姬不要嫌弃，一定要赏光。"

元曜的嘴不由自主地张大了。小时候，他曾听人说"天上太阳雨，山中狐嫁女"，没想到果真如此！

"可是，白姬现在出门未归。"

小狐狸怯生生地问道："她去了哪里？"

"不知道。她出门前没有说。"

小狐狸水汪汪的眼睛中流露出了失望的神色："请不到客人，家父会责骂某的。"

元曜听见小狐狸会挨骂，同情地道："对了，离奴老弟在家，说不定他可以跟你去参加婚宴。"

小狐狸一听，不仅不喜，反而冷哼了一声，说道："某才不要请那只又自大，又讨厌的臭黑猫！"

"自大又讨厌？胡十三郎，爷可全听见了！"黑猫从里间晃出来，轻盈地跃上柜台，俯视着小狐狸，有意无意地舔着锋利的爪子。

"听见了又怎样？别的妖怪怕你这只臭猫妖，胡十三郎可不怕你！"小狐狸也露出了锋利的爪子。

离奴大怒，一下化身为一头猛虎大小的九尾猫妖，身姿矫健，口吐青色火焰。离奴的獠牙和利爪泛着寒光，九条妖尾凌空舞动，离奴大声道："胡十三郎，今天爷要吃了你！"

元曜吓了一跳，认为以小狐狸的瘦小模样，还不够给妖化的离奴塞牙缝。

虽然元曜有些害怕离奴，但还是挺身挡在了可怜巴巴的小狐狸身前。

元曜劝道："离奴老弟，你冷静一些。十三郎是客人，你吃了它，白姬会生气的。"

"元公子，你且让开，让某来好好教训教训这个不知天高地厚的猫妖！"元曜觉得身后有些不对劲，因为胡十三郎的声音不是从下面传来，而是就在他的耳边。

元曜回头，又是一惊——那只可怜兮兮的小红狐狸不见了，在他身后的狐妖竟比离奴还大一些。火狐尖嘴獠牙，额绕白纹，眼睛赤红如血，口中喷出红莲业火，身后摇动着九条巨大的狐尾。

"啊！"小书生只觉得双腿发软，眼前发黑。

"哼！爷最恨其他长着九条尾巴的东西！"离奴龇着牙，猛地扑向十三郎。

"某也看不惯除了九尾狐族，还有别的东西长着九条尾巴！"火狐一跃而起，张口咬向离奴。

元曜软倒在地上。黑猫和火狐在他头上打得激烈，一会儿黑光闪过，一会儿红光闪过，两只妖兽喷出妖火，烧焦了元曜的头发。

"离奴老弟、十三郎，你们不要打了，不管几条尾巴，也当以和为贵！"元曜抱着头，苦苦劝道。可是，没有人理他。

元曜的衣袖不知被离奴，还是被十三郎的利爪撕破了。元曜吓得一头冷汗，这一爪要是再往上半寸，他可能就身首异处了。

"危墙不可立，危地不可居……"元曜抱着头，连滚带爬地逃出了缥缈阁。

缥缈阁外，太阳雨已经停了。

碧空如洗，风和日丽。

元曜匆匆地走在小巷中，打算出去避一避，傍晚再回来。他实在没有想到那只怯生生的小狐狸打起架来竟如此生猛。唉，看来，不仅"人不可貌相"，妖更"不可貌相"。

"砰！"元曜闷头走路，冷不防在巷口和一个走得很急的人撞了个满怀。

元曜抬头，看清来人后，又是一惊："崔大人？！"

来人正是崔循。

崔循比之前胖了一圈，但脸色很憔悴，眉宇间有难掩的愁苦、焦虑和惊慌。

崔循一见元曜，一把拉住他，急道："元公子，快带崔某去见白姬！否则，崔某就活不下去了！"

元曜惊疑。崔循为了一己私欲，私占婴骨笛不还，驱使婴鬼为非作歹，打压政敌，活得比谁都滋润，怎么会活不下去？

"崔大人，你这是怎么了？"

"唉，一言难尽。你先带崔某去见白姬再说。"崔循拉着元曜往回走，要去缥缈阁。

元曜想起缥缈阁中"猫飞狐跳"，利爪来、妖火去的场景，害怕地道："白姬今天出门了，崔大人暂且回去，改日再来吧。"

"那崔某去缥缈阁等她回来。"崔循执意要去缥缈阁，并且硬拖了元曜回去。

小书生挣扎不开，被崔循又拖了回去。

"崔大人，今天不宜进缥缈阁，一只猫和一只狐狸正在里面打架，我们恐怕会被误伤。"小书生抱着缥缈阁前的柳树，死活不肯进去。

"元公子不要开玩笑了，崔某真有急事要见白姬，别说是一只猫和一只狐狸正在里面打架，就是一只老虎和一只狼正在里面打架，崔某也要进缥缈阁。"崔循不信邪，硬拖着小书生进缥缈阁。

元曜没有崔循力气大，被他硬拖进了缥缈阁里。

"哎？！"元曜进入缥缈阁，微微吃惊。两只恶斗的凶兽不见了，白姬正跪坐在凶兽相斗的地方。她脸色十分不悦，左手拎着一只黑猫，右手拎着一只小狐狸。

"喵呜——"黑猫在白姬的手中挣扎，似乎还想去挠小狐狸。

小狐狸则安静而羞涩地垂着头，似乎知道自己不该在别人的地盘上撒野。

缥缈阁中的几个货架被推倒了，珍宝碎了一地，墙上的几张古画也被烧焦了。

"元公子，你不是说白姬不在吗？"崔循责怪地望了元曜一眼。

"小生……"元曜语塞。

白姬抬起头，望了崔循、元曜一眼，笑道："崔大人怎么来了？真是难得。我刚回来，想是和轩之错过了，他并不知道我回来了。"

崔循尴尬一笑，说道："崔某这次前来，是为了归还婴骨笛。"

元曜一怔。崔循如今官运亨通、既富且贵，全是借了婴鬼之力，怎么会突然想起归还婴骨笛了？难道他终于醒悟了，知道驱使婴鬼害人有损德行，决定改过自新了？

白姬深深地看了崔循一眼，说道："崔大人先去里间稍坐，待我将这两个不听话的小东西关好就进去。"

"好。"崔循拱了拱手，先进里间去了。

白姬将黑猫和小狐狸放下。

小狐狸怯怯地坐着，黑猫龇牙咧嘴，又要扑上去撕咬。

白姬呵斥道："离奴，不许无礼！还不快去给崔大人送茶。"

黑猫不敢忤逆主人，夹着尾巴走了。临走前，黑猫狠狠地剜了小狐狸一眼。

小狐狸怯生生地望着白姬，羞涩地道："对不起，都是某不好，某不该把缥缈阁弄得一团糟。"

白姬摸摸小狐狸的头，似乎并不在意一团糟的缥缈阁。

"十三郎今天怎么会来缥缈阁？"

后来元曜才知道这条奸诈的白龙不计较缥缈阁被砸的原因——她早把这笔损失记在了离奴的头上，离奴因为今天的九尾之争，在卖身契上又加了五百年。

"啊，差点儿忘记了！"小狐狸伸爪一拍头道，"今天某家三姐出嫁，家父让某来请您赴婚宴。家父说，山野人家，婚礼寒微，还请白姬不要嫌弃，一定要赏光。"

"今天缥缈阁有客人，恐怕我不能去了。"白姬歉然道。她起身走到货架旁，拿了一个朱漆小盒。白姬将朱漆小盒递给小狐狸，说道："这是一对鸳鸯点翠步摇，替我送给三娘，祝她与夫君百年好合。"

小狐狸礼貌地道："某先替家姐谢过白姬了。既然缥缈阁有客人，那某就先告辞了。"

然后小狐狸行了一个礼，叼起朱漆小盒，离开了缥缈阁。

元曜呆呆地看着小狐狸走远，咋舌道："妖怪也会婚丧嫁娶吗？"

白姬掩唇而笑："妖和人一样，都有七情六欲，都有手足、夫妇之情，自然也有婚丧嫁娶了。"

白姬和元曜来到里间。

崔循跪坐在青玉案旁，喝着离奴端上来的茶。黑衣少年神色郁郁地侍立在一边。

白姬来到崔循对面，跪坐下来，说道："离奴，去把外面清扫干净。"

"是，主人。"离奴躬身退下。

白姬看着崔循道："崔大人，您刚才说，要归还婴骨笛？"

崔循放下茶盏，从袖中摸出一个笛匣，放在青玉案上。他打开笛匣，有些尴尬地道："这个……婴骨笛已经断了。"

白森森、光秃秃的婴骨笛，已经断作两截。

原来，是弄断了才还回来。元曜对崔循有些失望。

"这是怎么回事？"白姬问道。

崔循咬了咬牙，决定和盘托出："实不相瞒，事情是这样的……"

自从崔循尝到了婴骨笛带来的甜头之后，便欲罢不能。在朝中，他利用婴鬼替他肃清异己，凡是和他政见不合的人，或者在武后面前说他坏话的人，都莫名其妙地遭受了厄运。

最近，崔循听说上官婉儿在武后面前说他与妖魔为伍，祸乱朝廷。武后非常宠信上官婉儿，对崔循有了猜忌和不满。崔循很生气，驱使婴鬼去大明宫加害上官婉儿。可是，这一次不如平时那般顺利，婴鬼去了大明宫之后，再也没回来。婴骨笛也突然断为了两截。第二天上朝时，他看见上官婉儿一如往常地侍立在武后身边。

白姬的手拂过断笛，她轻轻地道："骨笛断，婴鬼亡。婴鬼想必是在大明宫中遇见了厉害的人物，已经无法再回来了。"

"啊？那我该怎么办？没有了婴鬼，我可怎么活？如今武后已经开始疏远我，上官婉儿和别的大臣都对我不满，这可怎么是好？"崔循又急又愁。习惯了婴鬼的庇护，突然没有了婴骨笛，他觉得恐慌无助，坐立难安。他突然拉住白姬的衣袖，顿首恳求："白姬，缥缈阁里一定还有婴骨笛吧？求求你卖给我，多少银子都无所谓。崔某的命就悬在了婴骨笛上，你不能见死不救啊！"

"缥缈阁中，已经没有婴骨笛了。"白姬冷冷地道。

崔循脸色灰白，颓然坐下。

白姬诡异一笑，又道："不过，做一支婴骨笛并不费功夫。"

崔循蓦地抬头，看向白姬。他的脸上闪过各种复杂的情绪，惊疑、惶恐……最终，他扑口问道："设下邪神祭坛，在仪式中用七种酷刑杀死一个婴孩，就可以得到一支婴骨笛吗？"

白姬掩唇笑道："看来，崔大人对婴骨笛并不是一无所知嘛！"

崔循木然道："自从得到婴骨笛之后，崔某读了一些关于巫蛊、咒术之类的书，也结交了几位异国的术士，故而有些了解。"

白姬望着崔循，笑而不语。

元曜心惊肉跳，崔循不会是想……？

元曜刚要开口说什么，白姬看了他一眼，他顿时觉得身体像是被什么东西钉住了，嘴巴也仿佛被什么东西封住了，不能动，也不能发出声音。

崔循沉默了良久，似乎终于下定了决心。

"崔某知道该怎么做了。"

白姬笑了。

"告辞。"崔循起身离开。

即将走出里间时，崔循突然回过头来，犹豫了一下，还是问白姬道："怎样才能让婴鬼比大明宫中的人物更厉害？"

"听说，如果婴鬼和施术者有血缘关系，他死前的怨恨会更重，死后的力量也会更强大。"

白姬的声音缥缈如风。

崔循如遭雷击。他怔了一会儿，转身走了。

崔循走了之后，元曜才开始能够动弹和说话，但是此时的他已经无话可说，只是怔怔地看着白姬。

白姬用手指摩挲着断掉的婴骨笛，诡异地笑了。

二楼依稀传来一群孩子奔跑的脚步声、笑声，他们在唱着童谣。

"缥缈乡，缥缈乡，月下枯骨白衣凉。千妖百鬼皆幻影，三更幽梦草上霜。"

第五章 忘 川

晚上，白姬、元曜、离奴在后院乘凉，白天来过的小狐狸又来了。小狐狸叼了一个小竹篮，竹篮里放着一壶酒。

小狐狸怯生生地道："家父说，愧蒙白姬厚礼相赠，山野人家寒微鄙陋，没有拿得出手的宝物回赠，唯有珍藏的几坛水酒还可见人。望白姬不要嫌弃，收下薄礼。"

白姬笑道："如此，替我谢过九尾狐王。"

小狐狸羞涩地道："您客气了。"

白姬抬头望了一眼星空，河汉清浅，天星如棋。

"天尸①东遮，荧惑守心。今夜，鬼门外能看见忘川？"白姬问小狐狸。

小狐狸点头道："某刚才从鬼门进城来，确实能看见忘川，许多迷路的孤魂野鬼都在乘舟往彼岸跋涉。"

白姬笑了笑。

送回礼的使命完成，小狐狸起身道："那某告辞了。"

小狐狸离开后，白姬突然对元曜道："轩之，忘川现于鬼门之外，可是百年难得一见的事情。我们去看看？"

"好。"小书生不敢不去。虽然，他觉得鬼门、忘川之类的，不是适合人看的东西。

白姬将仓库里的九具童尸用白绢包成一个大包袱，让元曜背着，自己挎了一个柳条编织的篮子，篮子里放着小狐狸送的酒，还有两只玉杯、一盒朱砂、一支笔以及那支断掉的婴骨笛。

元曜背着包袱，哭丧着脸道："去什么鬼门，看什么忘川也就罢了，为什么要背着尸体？"

白姬笑道："人多更热闹一些嘛。"

元曜生气地道："除了小生，哪里还有别人？小生最近总在怀疑，这个世界上除了小生是不是就没有'人'了。"

自从进入缥缈阁，元曜就一只脚踏在人间，另一只脚踏在幽冥，颠倒了昼夜，错置了阴阳，百鬼皆化形，千妖聚万相，连世界都变得有如幻梦般不真实。

"轩之啊，看来你得去韦府住几天了，不然你可能真会模糊了人界和非人界的边界。"白姬道。无论如何，人和非人不是同类，元曜不可能永远待在缥缈阁里。终有一日，他会回到人群中，再也看不见缥缈阁，看不见白姬，看不见离奴。

白姬、元曜走到通化门时，夜深人静，通化门紧紧关闭，有禁卫军在守夜。

白姬带元曜避开正门，来到一处僻静的城墙边。

元曜以为白姬又要他爬墙，抬头望了望数丈高的城墙，连连摆手道："这一次，打死小生，小生也爬不上去了。"

---

① 天尸，鬼宿四星中的星团，晦夜可见，又名"积尸气"。

白姬从柳篮中取出朱砂、毛笔，用毛笔蘸朱砂，在城墙上画了一扇门。

白姬用手一推，门竟然开了。

"走吧，轩之。"白姬走出城外。

元曜吃惊之余，急忙跟上。

白姬和元曜朝东北走了约半里远，一片鲜艳而诡异的血红色花海和一条缓缓流动的河流出现在两个人眼前，河面上烟雾缭绕，河水呈血红色，河底密密麻麻全是人脸。元曜只觉得一阵晕眩，几乎要跌下河去。

"轩之，不要看河底，会被摄去魂魄。"白姬扶住了元曜。

"这是什么河？小生怎么不记得通化门外有这么一条河？"

"这是忘川。今夜天尸东遮，荧惑守心，忘川现于鬼门之外，这是百年难得一见的事情。记住，不要看忘川河底，不要沾忘川水，否则就会沉入幽冥，不能再回人间。"

元曜舌挢不下。

血红色的彼岸花肆虐地盛开着，摇曳着，蔓延向遥远的天际，无边无涯。彼岸花没有花叶，卷曲细长的花瓣有如轮回。微风吹过，彼岸花海起伏如波浪，亡灵的歌声幽幽地从地底传来。

白姬选了一片临水的空地，拿出朱砂和笔，画了一个巨大的符阵。符阵画好之后，白姬让元曜将九具童尸放入阵中，同时她也从篮子里取出了断裂的婴骨笛，放入阵中。

"轩之，去摘四朵彼岸花来。"白姬吩咐道。

"好。"元曜虽然不知道白姬在做什么，还是乖乖地去了。

元曜来到彼岸花丛中，开始摘花。在他摘下第四枝彼岸花时，花下的土壤中缓缓伸出了一只白骨森森的手。这只骷髅手一把抓向了元曜的脚。然而，元曜的鞋子和裤腿上沾了少许朱砂，是他在放九具童尸入朱砂阵时，不小心沾上的。白骨仿佛碰上了什么可怕的事物，倏地缩回地底去了。

"啊？！"元曜摘下第四枝彼岸花时，觉得脚下似乎有什么异样。他低头一看，却什么也没有。他暗笑自己又产生错觉了，然后便拿着花走了。

白姬将四朵彼岸花放在青龙、白虎、朱雀、玄武四个方位。忘川在朱砂阵的东北方位，而白姬站在西南方位。她双手结了一个法印，口中念念有词。

不一会儿，彼岸花上升起四缕血红色的烟雾，从四个方位向朱砂阵中心汇合，红烟纠缠出螺旋般的纹路，一如曼陀罗的花纹。

九具童尸和婴骨笛上升起了一缕白烟。十缕白烟沿着红烟的纹路，被引向东北方位的忘川。

九个小鬼出现在朱砂阵中，笑闹不绝。断裂的婴骨笛旁，那个只穿着一个红色兜肚的婴鬼也沉默地站着。他的头颅已经断了。

元曜觉得，婴鬼的眼神有些悲伤和寂寞。

不知何时，从忘川的上游漂来一叶浮舟。

十个孩子走向忘川，登上浮舟，沿着河水漂流而下。彼岸花随风起伏，亡灵在夜空中唱歌。

浮舟顺着忘川漂下，孩子们站在舟上拍手唱着童谣。

"曼珠沙，曼珠沙，谁人幽魂不归家？坟头婴灵歌声远，提灯引魂黄泉下。"

元曜望着浮舟渐渐行远，再也看不见了。

一阵风吹来，朱砂阵中的九具骸骨和一支婴骨笛都灰飞烟灭，消散无痕。

白姬松了一口气，擦了擦额上的汗珠。

白姬一向悠然自若，元曜从来不曾看见她露出如此吃力的神色，不禁有些奇怪。他自然无法知道，解开不能进入轮回的魂灵禁锢，引渡背负罪孽的婴鬼和小鬼们去往彼岸，进入六道轮回，即使借助今夜的天时、地利，也还是需要耗费很大的妖力。

"白姬，他们去哪里了？"

"彼岸。"

"彼岸在哪里？"

"轩之踏进忘川里，就知道了。"白姬诡笑。

"不，小生还不想去彼岸。"元曜赶紧道。

白姬在朱砂阵中坐下，说道："轩之，给我倒一杯酒。"

"好。"元曜来到篮子边，拿出小狐狸送的酒。

酒壶很精巧，不过七寸高，元曜暗暗觉得狐狸一家子真小气，这一点儿酒能够倒满一杯吗？

淡碧色的醇酿从壶中倾出，倒入玉杯中，散发出醇厚且清新的酒香。

居然倒满了一杯？！

元曜将酒递给白姬。

白姬品了一口，展颜而笑道："九尾狐族酿的美酒可是世间极品，连天界的神仙都喝不到呢。轩之，你也来喝一杯吧。"

"好。但是，恐怕不够一杯了。"元曜摇晃着酒壶道。

"你倒倒看。"白姬笑道。

元曜拿起另一个玉杯，开始倒酒。奇迹般地，本来应该空了的酒壶中，源源不绝地倒出了碧色的酒。

"这是怎么回事？"小书生吃惊道。

白姬喝了一口杯中的酒，笑道："只要九尾狐家的酒窖不空，这乾坤壶中永远都会有喝不完的美酒。"

元曜尝了一口酒，觉得似乎是某种山果酿成的，甘洌醇厚中夹杂着一丝清芬香甜。入喉之后，五脏六腑仿佛被一股温柔的清泉洗涤，说不出地舒服。

白姬和元曜坐在朱砂阵中，一杯接一杯地喝酒。

月光下，彼岸花无边无际，如血色般蔓延。

忘川中白雾缭绕，不时有一两只浮舟漂向下游，浮舟上站着形形色色的人或非人，随波向彼岸泅渡。

白姬望着忘川下游虚无的尽头，"喃喃"道："比起被禁锢在人间受人驱使，去往彼岸，才是鬼魂最好的归宿，尤其是临死前满怀痛苦与怨恨的婴鬼。"

"白姬，你一直说要把童尸高价卖给丹阳，今夜却把小鬼渡往彼岸。其实，你也是一个心地善良的好人。"元曜感慨道。

白姬的脸一红，她说道："啰唆！我才不是什么心地善良的好人，我只是嫌那群小鬼每夜跑来跑去，吵得我睡不着觉，才借着今夜的天时、地利，把他们送去彼岸。"

"咦？白姬，你的脸为什么红了？"

"啰唆！那是酒的缘故！"

"反正，你是一个心地善良的好人。"

"再啰唆，我就把你丢进忘川里！"

第六章　婴　鬼

小鬼们被白姬渡往彼岸之后，元曜本以为终于可以在深夜安静地睡觉，不被脚步声和笑闹声打扰了。谁知，一连七日他都陷入了一个噩梦中，焦焚恐惧，如煎似熬。

噩梦中，他身处一间光线昏暗、乌烟瘴气的大房间里，房间正中央供奉着一尊狰狞的神像，四周的墙壁和地上用鲜血写满了奇怪的符咒。

一个浑身赤裸的男婴躺在神像下，周围丢弃着各种刑具。

一条布满荆棘的锁链紧紧地束缚着男婴，鲜血从荆棘上滴下，有如绽放的花。

元曜汗毛倒竖，胃中一阵翻涌。

男婴望着元曜，瞳孔渐渐涣散无神。

他眼睛渐渐闭上，心脏也停止了跳动。

元曜吓得屏住了呼吸。

突然，男婴又睁开了眼睛。他的眼睛黑如曜石，没有眼白，眼眶边淌下一滴滴鲜血。他的口中渐渐长出锋利的獠牙。他已化身为厉鬼。

婴鬼纵身而起，扑向元曜，开始撕咬他的喉咙。

鲜血，无尽地蔓延。

"啊——"元曜惊醒，冷汗湿襟。

元曜刚开始庆幸这恐怖的场景只是一场梦时，就看见枕边不远处，一双碧幽幽的眸子在黑暗中直勾勾地注视着他。

"啊——"元曜再一次受惊，抓起枕头就拍那个东西，"妖魔退散！"

那东西一跃而起，黑暗中划过一道光亮，元曜的脸上便开始火辣辣地疼。

"臭书呆子，敢拿枕头拍爷？！"离奴怒吼道。

元曜捂着被离奴抓破的脸，眼泪汪汪。

"离奴老弟，你深更半夜不睡觉，站在小生的枕边做什么？吓死小生了！"

"你以为爷愿意？主人让爷来告诉你，去仓库中取一个檀香木盒。动作快一点儿，主人和爷要出门。"

"这深更半夜的，你们要去哪儿？"元曜一边穿上外衣，一边问道。

"崔府。"白姬从里间走出来，轻轻地答道。

元曜心中一惊，问道："去崔府做什么？"

白姬笑道："今天，时机已经成熟了，我去拿崔循的'果'，顺便去取婴骨笛。钎之，要不要去？"

小书生刚从噩梦中惊醒，哪敢一个人待在缥缈阁里？他忙不迭地点头："去，去！"

缥缈阁外，月光清冷。

离奴现出九尾猫妖的原形，白姬坐在离奴背上，月白色的披帛在夜风中翻飞，有如仙人。

"轩之，上来。"

元曜望着离奴庞大的身形和口中喷出的青色火焰，有些恐惧："这……这……离奴老弟……"

离奴骂道："臭书呆子，主人让你上来，你就上来，还磨蹭什么？！"

元曜急忙跳了上去。

九尾猫妖驮着白姬、元曜，去往位于崇义坊的崔府。

月光下，猫妖四足生风，轻灵地飞跃在鳞次栉比的屋舍之上，元曜坐在白姬身后，惊奇地望着身边迅速变换的景物。

离奴驮着白姬、元曜来到崇义坊，元曜虽然不明白发生了什么事，但是远远就看见崔府上空凝聚着一团诡异的黑气。

妖气！不知为何，元曜脑海中浮现出这两个字。

崔府妖气最浓的地方在东北角的一座跨院，离奴便驮着白姬、元曜跃向东北方向。在经过崔循夫妇住的内院时，一间灯火未熄的房间中，隐约可以看见一名妇人的身影。

妇人的声音十分焦虑，十分不安。

"老爷带着勖儿在东北院做什么？这都已经七天了，他称病不上朝，中书省也不去，也不让下人靠近东北院，真是叫人担心。"

一名丫鬟安慰道："夫人，您不要担心了，老爷想必是带着公子在斋戒敬神，听说老爷在东北院还设了祭坛。"

"我还是放心不下。明天我怎么都得去东北院看看。"

"夫人请安心，明天再说吧。时候也不早了，请早点儿安歇吧。"

元曜闻言，心中一阵阵发寒，想起崔循最后一次来缥缈阁时，他和白姬的对话。

"怎样才能让婴鬼比大明宫中的人物更厉害？"

"听说，如果婴鬼和施术者有血缘关系，他死前的怨恨会更重，死后的力量也会更强大。"

难道，崔循真的……杀了自己的儿子？！

不，不，元曜告诉自己，这绝对不可能。那可是崔循的亲生儿子，他怎么能忍心将儿子折磨至死，让儿子的灵魂永为鬼奴？！

离奴停在东北院。这里寂静如死，白姬沿着回廊走向尽头，元曜跟在白姬身后。

回廊的尽头，有一间燃着烛火的房间。虽然从不曾来过这里，元曜却觉得这里的场景很熟悉，似乎在哪里见过。

白姬推开门，元曜看见房间里的布置，蓦地想起这就是他刚才在梦里看见的场景！狰狞的神像、缭绕的烟雾、血红的符咒……一切的情形都和他在梦中看见的一样，符咒画成的法阵中，一具残破的婴儿尸体赫然在目，也和噩梦中的场景一模一样。

崔循倒在阵外，他的身下有一摊血迹，一个双瞳血红的婴鬼正在撕咬他的脖子。

"啊！"元曜吓得双腿发抖。

婴鬼听见声音，抬起头来，它的獠牙上还挂着血肉。

婴鬼望着白姬、元曜、离奴，脸上露出愤怒而狰狞的表情，嘴里发出可怕的声音。

白姬不仅不害怕，反而笑了。

"真是一个有活力的孩子，比之前那个要强大多了。离奴，捉住它。"

"是，主人。"离奴道。

猫妖纵身而起，扑向婴鬼，口中吐出青色火焰。婴鬼龇牙，反扑而上。一妖一鬼迅速地缠斗在一起，难解难分。

元曜望着倒在血泊中的崔循，问白姬道："这是怎么回事？你不是说婴鬼不会伤害主人吗？崔大人怎么会……？"

白姬诡然一笑，说道："婴鬼不会伤害主人，但是会伤害杀死自己的人。婴鬼成形之后，满怀临死前的怨恨和愤怒，必然会反噬术士。通常，只有修为高深、有能力抵御婴鬼反噬的老术士才敢尝试这个禁忌的仪式。普通术士贸然行事，只会成为婴鬼的第一个牺牲。"

"之前在缥缈阁，你并没有告诉崔大人婴鬼这么危险……"

"啊！我忘记了。"白姬笑道，"不过，即使警告他了，他也还是会尝试吧。因为婴骨笛是'万事如意，无所不能'之笛啊！"

"你……你分明是想害崔大人！"

白姬冷冷地道："崔循弄坏了婴骨笛，他自然要还一只回缥缈阁。不是我要害他，这是他的'业'。从头到尾，一直是他自己在做选择，在造'业'，怎么会是我害他？"

是啊，从头到尾，一直都是崔循自己在做选择。如果他在驱走小鬼、家宅平安之后，按约归还婴骨笛，事情就不会变成现在这样。如果他不利用婴鬼为非作歹、满足私欲，事情就不会变成现在这样。如果他能够收敛贪婪，不遣婴鬼去大明宫加害上官婉儿，如果他没有贪恋欲望、丧心病狂，为了再得到一只婴骨笛而虐杀儿子……那么，今天的一切就不会发生。

元曜壮着胆子，去查看崔循是不是还活着。

崔循身体冰凉，形貌恐怖，已然死去多时了。

"阿弥陀佛，阿弥陀佛……"小书生被吓到了，急忙放开崔循的尸体，口中连连念佛。

元曜放开崔循尸体的瞬间，一个黑乎乎的东西闪电般向他掠来，粘在了他的身上。

元曜低头一看，竟是婴鬼。小书生动了崔循的尸体，令婴鬼大怒。婴鬼张开血盆大口，咬向元曜的脖子。

元曜眼前一黑，昏死过去。

"啊啊——"元曜再次惊醒时，天色已经大亮了。他正躺在缥缈阁的大厅中，睡在自己的寝具上。

阳光透过窗户照进缥缈阁中，元曜的耳边传来了尘世的喧嚣。他陷入了恍惚，难道昨晚竟做了两次结局相似的噩梦？！他和白姬、离奴夜入崔府，崔循虐杀儿子、反被儿子变成的婴鬼杀死，都是一场梦吗？！

元曜松了一口气，太好了，那些残酷、丑陋、邪恶、悲伤的事情，都是一场梦。

"喂！书呆子，都日上三竿了，你还赖在床上，不起来看店？"离奴穿戴整齐、神清气爽地走进大厅里，看模样已经在井边梳洗过了。

"小生这就起来。"元曜惭愧得一跃而起。

"爷去集市买菜，今天不吃鱼了，吃猪肝。"

元曜觉得太阳从西边出来了，因为在离奴的掌勺下，缥缈阁一日三餐全是鱼。

"为什么今天吃猪肝，不吃鱼？"

离奴道："主人说你受伤了，得给你补一补。"

元曜觉得奇怪，问道："小生受伤了？"

"是啊，你忘了，昨晚在崔府，你的脖子差点儿被婴鬼咬断，流了很多血。当然，多亏了主人法力高深，多亏了爷英明神武，把婴鬼制伏了，才把你给救活了！"黑衣少年叉腰笑道，"书呆子，还不赶快叩头感谢爷的救命之恩！"

元曜这才觉得脖子有点儿痛，跑到货架上的铜镜前一照，发现颈部被纱布一层层包着，裹得像个大馒头。

原来，昨晚发生的一切并不是梦。

元曜心中五味杂陈，呆呆地站着。

离奴见小书生只顾着发呆，不理会自己，也就去集市买菜了。

元曜梳洗妥当之后，打开了缥缈阁的大门。

今天，又有谁来买欲望？

元曜脖子上的伤看上去挺严重，但是不知道为什么，他几乎没有疼痛的感觉，浑身也很有力气，能吃能睡能干活。所以，小书生不得不打消了趁着受伤躺几日的念头。

一连三天，白姬都没有露面。

离奴说，白姬正在房间里挫婴骨笛。就是从崔府带回来的婴尸上取一根腿骨，打磨成一支短笛。然后在骨笛上刻下驭鬼的咒语，吹笛的人就可以驱使婴鬼为自己做事了。

元曜觉得头皮一阵发麻，打死不敢上二楼。

长安城中，崔循在自家惨死、儿子失踪的事情掀起了轩然大波。有人说，这是妖魔作祟，害了崔氏父子。有人说，崔循沉迷于异教邪法，将儿子作为祭品献给了邪神，自己也死了。崔夫人受不了这个打击，疯了。

崔循的政敌纷纷弹劾崔循行为不检、贪赃枉法，罪状罗列得很清楚，证据确凿。武后大怒，下令抄了崔循的家。崔循崛起得迅速，败落得更快。起落之间，有如幻梦。

第七章　尾　声

傍晚时分，夕阳西沉。

元曜站在缥缈阁后院，看西边天空中云卷云舒。

"轩之。"有人在元曜的耳边轻声唤道。

元曜一惊，回头看到白姬不知何时来到了后院，正笑吟吟地望着自己。

"轩之，伤好些了吗？"

"好多了，已经没事了。"元曜道。

白姬的手中，捧着一个贴满符咒的木匣。

这三天，白姬一直在二楼做婴骨笛，连三餐都是离奴送去房间里。元曜望着白姬手里的木匣，头皮又开始发麻。

"走，轩之，陪我去井底放东西。"白姬道。

"好。"元曜不敢不答应。

来到井边，敲树唤蜃，取出钥匙，打开地门。等黑色的瘴气被蜃吸食殆尽之后，白姬、元曜沿着台阶走了下去。

"轩之，你神色郁郁，似乎有心事？"白姬问道。

元曜垂头走路，说道："一想到崔大人，小生就觉得难受。狐狸尚懂天伦之情，嫁女邀客，其乐融融，崔大人身为一个人，竟然为了满足私欲，狠心杀子。"

白姬轻轻地道："这是他的'因果'，轩之不必放在心上。"

"小生还是觉得很难受。"

白姬、元曜下到井底。白姬来到上次拿走婴骨笛的地方，将手中的木匣放下。

白姬对元曜笑道："既然轩之心中郁闷，那么今晚就随我去翠华山九尾狐家参加宴会吧。"

"宴会？狐狸家又嫁女儿了吗？"元曜觉得奇怪。今天没有下太阳雨啊！

"不是狐嫁女，今天是九尾狐王的生日，他的子孙们为他举行了夜宴，邀请了长安城中的千妖百鬼，会很热闹、很有趣。轩之，你去不去？"

"啊，要去要去，小生最爱凑热闹了。"

"那就一起去吧。"白姬笑了，转身离开。

元曜正准备跟上白姬，有什么东西拉住了他的衣服。他低头一看，看见了一个不过两三个月大的婴儿。

婴儿粉雕玉琢，眉目可爱，脖子上还挂着一把长命锁。他抓着元曜的衣服，冲着元曜"咯咯"地笑。

"啊啊——"元曜吓得大叫。

"轩之，怎么了？"白姬回头。

"鬼……婴鬼又抓住小生的腿了……"

"啊哈，看来这个婴鬼也很喜欢轩之呢。"白姬笑眯眯地道。

"啊！小生不要婴鬼喜欢啊——"小书生哀号的声音传到了地面上，蹲在地门口的蛤蟆吓了一跳，"呱呱"跳开。

夕阳西下，铃虫微鸣，天色黑了下来，非人的世界缓缓苏醒。

第三折　竹夫人

第一章　空　色

长安。

曲江池。芙蓉园。

仲春时节，熏风如沐，曲江池畔有许多游人在踏青赏花。一座八角玲珑亭中，几名华衣公子正在吟诗，众人谈笑风生。

在这堆人中，一名衣衫朴素的书生和一名白衣僧人比较显眼。

这位书生正是元曜。他今天去韦府送韦彦订的西域秘香，恰逢韦彦正要去芙蓉园赏花，就硬拉着他一起来了。

元曜叹了一口气，觉得等自己回缥缈阁之后，离奴又要骂他偷懒了。

韦彦喝了一口杯中的美酒，笑着对元曜道："轩之，眼前的景色这么美，你怎么唉声叹气的？"

元曜小声地道："小生怕回去以后挨骂。"

韦彦一展折扇，皱眉道："白姬真是刻薄，即使你卖身为奴了，她也不能成天使唤你，一天假也不给你吧？"

韦彦似乎完全忘记是他将小书生卖进缥缈阁里的了。

另一边，几名华衣公子正在看那白衣僧人写字。白衣僧人很年轻，容貌英俊，气质脱俗。元曜也走过去看，只见僧人的字遒劲飘逸、风骨神俊，心中不由得赞叹。

这名僧人法号怀秀，是青龙寺①的住持，也是长安城中最有修为的僧

---

① 青龙寺，位于唐朝长安城延兴门内的新昌坊，即乐游原上。青龙寺建于隋文帝杨坚的开皇二年，原名"灵感寺"。在故事中的武后光宅年间，这座寺院叫"观音寺"，直到唐睿宗李旦的景云二年，才改名青龙寺。青龙寺是唐代密宗大师惠果长期驻锡之地。日本著名留学僧空海法师事惠果大师于青龙寺，空海后来成为创立日本真言宗的始祖。著名的入唐八家中的其中六家（空海、圆行、圆仁、惠运、圆珍、宗睿），都曾先后在青龙寺受法。

人。据说，他从小就受戒出家，天资聪颖，八岁通读经典，十岁明晓佛意，十三岁时在无遮大会上辩佛，驳得几位得道高僧哑口无言。十五岁时，他就成了青龙寺的主持。他心地慈悲，行止端正，大家都很喜欢他。他智慧通彻，学识渊博，大家都很崇敬他。

怀秀写得一手好字，长安城中人们常常向他求字，仿佛只要将他的墨宝悬挂在静室中，就能从中悟出禅理。今天，韦彦等士族子弟在芙蓉园踏青，恰好怀秀经过，大家就拉着他求墨宝。怀秀从来不拒绝结善缘、度众生，也就留下来给众人写字。

"定慧等持，意中清净。"

"净心守志，断欲无求。"

"修心不二，则天去私①。"

"形骸非真，天地易幻。"

怀秀一一给众人写下去，元曜在最后。大概是词句穷了，或者是写得乏了，怀秀随手写下了"色即是空，空即是色"送给小书生，字迹流畅，一气呵成。

"多谢怀秀禅师。"小书生捧着墨宝道谢。

"阿弥陀佛，善哉善哉。"怀秀双手合十，回礼道。

韦彦看见元曜的墨宝，一展折扇，笑了："轩之，这是怀秀禅师对你的箴言，你可不能被白姬的美色迷惑了，当心被她吃得连骨头都不剩。"

元曜的脸一红，他说道："丹阳，你不要胡说！"

就在这时，八角玲珑亭外走过两名妖娆美丽的女子，杨柳蛮腰，风情万种。一众青年男子都忍不住转头去看，为之神魂颠倒。直到看不见女子娉婷的背影，听不见女子盈盈的笑语，大家才回过头来。只有怀秀没有去看。他静静地站着，似在垂首念佛。

元曜不由得暗赞怀秀的品性和修为。

宴会下午才散，元曜抱着墨宝回到缥缈阁时，已经是傍晚了。

从夕阳西下到弦月东升，离奴絮絮叨叨地将小书生骂了个狗血喷头。小书生不敢辩驳，只能默默地忍受。

掌灯之后，元曜闲来无事，摊开了怀秀的墨宝观看。

---

① 则天去私，意为"遵照天理，去掉私心"。

"色即是空，空即是色。"元曜轻轻地念道。

"嘻嘻，轩之，你想出家了？"一个清婉的女声从背后响起，吓了元曜一跳。

元曜回头一看，白姬手持团扇，笑着站在他的背后。白姬今天一天都不在缥缈阁，不知道干什么去了。

元曜道："哪里，小生还不想出家呢。"

"不想出家，那你念叨什么禅语？"白姬走到货架边，从衣袖中拿出一个东西，放在了一块端砚的旁边。

元曜定睛望去，那是一个竹制的臂搁①，通体碧绿，雕刻着牡丹图案，小巧而雅致。

"小生得到了一幅墨宝，是青龙寺的怀秀禅师写的，你来看看。"

"怀秀？那个长安城中最有德行的年轻和尚？"白姬走过去，观看怀秀的墨宝。

"是啊，你看怎么样？小生觉得他的字看起来有一种超尘脱俗的意境，想来他也是一位超尘脱俗的人。"

白姬凤目微睑，红唇一挑，说道："未必。"

"什么未必？"元曜不解。

白姬笑而不语。

在元曜卷起卷轴时，白姬说了一句："世界上根本不存在没有欲望的人，有所区别的，只是善意的欲望和邪恶的欲望。"

夜深人静，元曜躺在寝具中，迷迷糊糊地做了个梦。

"色即是空，空即是色"八个字在元曜的脑海中不断地盘旋，一阵幽冷的风吹过，他一个激灵醒了过来，翻身坐起。

月色如水，万籁俱寂，有什么冰凉的东西滑过了元曜的脖子。一具温暖香软的身体贴上了元曜的背脊，还伸出双手环抱他、抚摩他。

元曜心中恐惧，低头望去，在他腰间游移的那一双手白如冰雪、柔若

---

① 臂搁，古代文人用来搁放手臂的文案用具。除了能够防止墨迹沾在衣袖上，垫着臂搁书写的时候，也会使腕部感到非常舒服，特别是抄写小字体时。因此，臂搁也称腕枕。竹制的臂搁有"竹夫人"的雅称。

无骨，明显是一双女人的手。

谁？谁在他后面？是白姬吗？

元曜缓缓回过头去，两瓣丰满的红唇贴在了他的耳边，吐气芬芳如兰。

元曜只觉得浑身的热血都冲上了脑袋，他的脸涨得通红。与此同时，他看清了身后的人。

那是一名丰满而美艳的女子，她穿着一身天青色薄衣，香肩半露，酥胸隐现，青丝披散如一匹光滑的黑缎。

"公子怎么独自安眠？"女子在元曜的耳边道。

元曜答道："小生一直都是一个人睡，离奴老弟有洁癖，不让小生和他一起睡。"

女子的唇扫过元曜的耳朵，她的声音中充满了诱惑。

"那奴家来陪公子。"

不解风情的小书生一把推开了女子，说道："孟子曰，男女授受不亲。姑娘请自重。"

青衣女子"扑哧"笑了。她挑起元曜的下巴，伸舌舔了舔唇，说道："公子，你真可爱，奴家想一口吃了你……"

元曜吓了一跳，推开女子，旋风般冲进了里间。

里间的寝具上，一只黑猫四脚朝天，翻着肚皮睡得正香甜。

元曜一把拎起黑猫，大力摇晃。

"离奴老弟快醒醒，大厅里有一个女鬼要吃小生！"

黑猫迷迷糊糊地道："不许吃书呆子……"

元曜心中感动，谁知黑猫接着说梦话道："书呆子是爷的夜宵，谁都不许吃！"

元曜忽然很想流泪。

黑猫从元曜的手中滑落，掉在柔软的被子上，继续睡觉。

元曜指望不上离奴，又不敢去打扰白姬，只好壮着胆子，踱回了大厅。

大厅中月光如水，十分安静，青衣女鬼已经不见了。

元曜在寝具上躺了一会儿，还是觉得害怕。他起身来到了里间，挨着黑猫一起睡下了。

第二天早上，离奴醒来时，看见正在自己的被子里呼呼大睡，还流着口水的元曜，气得胡子发抖。离奴伸出锋利的爪子，狠狠地挠向小书生，骂道："臭书呆子！你什么时候睡进来的？！别把口水滴在爷的被子上！"

吃过早饭，店中闲来无事时，元曜向白姬说起了昨晚遇见女鬼的事情。

白姬问道："那女鬼长什么模样？"

元曜挠头道："那女鬼长得很美，穿着一身青色的衣裳。"

"青色的衣裳……"白姬用手拂过货架上的竹制臂搁，红唇挑起一抹诡笑，说道："轩之，你昨晚睡觉时，一定在想空和色的问题吧？"

元曜奇怪地道："咦，你怎么知道？"

他昨晚确实在琢磨怀秀的墨宝。

"嘻嘻，轩之，以人类的寿命算来，你的年纪也不小了，也到了该成亲的时候了。不如，你就和昨晚见到的竹夫人成亲吧？她一定很喜欢你。"

元曜的脸涨得通红，他说道："不要胡说。小生怎么可以和女鬼成亲？"

白姬笑眯眯地道："你不喜欢女鬼，那就一定是已经有意中人了。说吧，轩之，你看中了哪家的姑娘？我去替你做媒，将她娶来缥缈阁。当然，聘礼得从你的工钱里扣。"

元曜红着脸道："不要胡说，小生哪有意中人？等等，白姬，你为什么突然这么热心地想给小生娶妻？"

白姬掩唇笑道："嘻嘻，因为轩之娶妻生子之后，我就会有许多小轩之可以使唤了，等小轩之们长大之后娶妻生子，我又有许多小小轩之可以使唤了。"

离奴伸出粉红的舌头，舔了舔嘴唇，说道："小书呆子和小小书呆子一定比书呆子美味。"

元曜一身恶寒，暗暗发誓，宁愿出家为僧，也绝不让这两只妖怪的如意算盘打响。

今天，缥缈阁中的生意又十分冷清。白姬在后院晒太阳，离奴在大厅里吃鱼干，元曜拿着鸡毛掸子给古董掸灰。

突然，有人走进了缥缈阁里。

元曜侧头看去，原来是韦彦来了。韦彦还带着一名风神秀逸的僧人，正是怀秀。

韦彦看见元曜在掸灰，一展折扇，笑了："轩之真勤劳。"

离奴笑着迎了上去，问道："韦公子，您今天又想买什么宝物？"

韦彦笑道："今天不是我想买东西，是这位怀秀禅师想买一方好砚。白姬去哪里了？"

离奴笑道："主人在后院，我这就去请她过来。韦公子和怀秀禅师请先随便看看。"

离奴虽然这么说了，自己却不动，只是对元曜使了一个眼色。元曜知道离奴懒得动，想使唤自己去请白姬，只好放下鸡毛掸子，走去后院。

元曜走在走廊里，还没接近后院，就听见后院中有几个女人在笑。

这个说："嘻嘻，以后缥缈阁中真的会有许多小书呆子和小小书呆子吗？"

那个道："哈哈，一群小书呆子蹦蹦跳跳，一定非常好玩，非常热闹。"

"哎哎，一个书呆子已经很酸了，一群书呆子的话，缥缈阁中就会有更呛人的酸腐味了。"

"哈哈——"大家一起笑了起来。

元曜很生气，撸起袖子，准备去和在背后说他酸腐的人理论。可是，他来到后院时，眼前只有碧草萋萋的庭院和白姬，并没有其他人。

白姬白衣赤足，正坐在草地上晒太阳。她脚边有三只长毛兔在吃草。

咦？说他坏话的人到哪里去了？元曜疑惑。

白姬微微睖目，望着元曜，笑道："轩之，怎么了？"

"没事。白姬，丹阳带着怀秀禅师来了，请你去前厅。怀秀禅师想买一方好砚。"

"怀秀？那个写'色即是空，空即是色'的和尚？"白姬站起身，穿上了木屐。

"是，正是怀秀禅师。"

"有趣。"白姬笑了。

"什么有趣？"元曜不解。

"怀秀和尚能踏进缥缈阁里，这本身就很有趣啊！"白姬掩唇诡笑。

白姬和元曜来到大厅时，韦彦和怀秀正在货架边看砚台。怀秀的目光盯着砚台边的竹制臂搁，久久没有移开。

白姬看在眼里，笑着走过去，说道："不知怀秀禅师想要一方怎样的砚台？"

怀秀回过神来。他双手合十，垂目道："阿弥陀佛，贫僧想要一方能够写出经文的砚台。"

白姬笑道："难道禅师的砚台写不出经文吗？"

怀秀道："阿弥陀佛，贫僧在为七天后的无遮大会做准备，想抄写一份《妙法莲华经》供奉。可是，不知道为什么，贫僧无论用什么砚台磨墨，总是写不出字。毛笔蘸上墨汁后，写在纸上，就变成了水。水干了之后，了无痕迹。大家都说这是妖魅在作祟，但是贫僧念经驱邪之后，还是写不出经文。眼看，无遮大会就要开始了，贫僧很着急。听韦施主说，缥缈阁中售卖各种奇珍异宝，贫僧就来寻一方能够写出经文的砚台。"

白姬的笑容更深了，她说道："一位高僧写不出经文，确实是一件麻烦的事情。"

韦彦一展折扇，笑道："白姬，快拿一方能够写出经文的砚台给禅师吧，他不会少了你银子的。"

"这倒不关砚台的事。"白姬轻声道。不过，随即她又笑了，随手取下了货架上的端砚，说道："禅师不如买这方砚台吧。这是一方上好的端砚，质刚而柔，纹理绮丽，按上去像是抚摩少女的肌肤，温软而嫩滑。磨出墨汁来写字，黑色浮金，清香馥郁，写下的字永远都不会褪色。"

韦彦笑道："喂，白姬，什么少女的肌肤，禅师是出家人。再说，禅师要买的是能够写出字的砚台，不是写出的字永不褪色的砚台。"

白姬笑道："这端砚当然能够写出字来，禅师可以先试一试。"

怀秀道："阿弥陀佛，那贫僧就先试一试吧。如果能够写出经文，贫僧就买下这方端砚了。"

白姬笑道："轩之，拿清水来。"

第二章　心　线

里间，牡丹屏风旁。

青玉案上，漆黑的端砚摆放在中央，端砚旁边放着一沓藤纸、一支紫毫。

元曜将清水滴入砚台的凹处，拿起墨锭，开始研磨。随着墨汁被研开，空气中弥漫出一股淡淡的香味。

怀秀坐在青玉案边，手持紫毫，浸饱墨汁，开始在藤纸上写字。

"且慢。"白姬笑着制止。

"怎么了？"怀秀问道。

白姬笑道："禅师请把右手伸出来，我想看一看您的手指。"

怀秀犹豫了一下，还是放下了笔，伸出了右手。

元曜望向怀秀的右手。怀秀的右手手指修长，指甲干净，没有任何奇怪的地方。然而，随着白姬的手拂过怀秀的手，元曜看见了奇异的一幕。怀秀的手上缠满了头发一样透明的细线，细线将他的五根手指缠成了五个粗大的茧。

元曜难以想象这样的手指能够写出字来。

白姬的手再次拂过怀秀的手，她用小指的指甲割断了怀秀食指上的一根线。那根线仿佛有生命一般，感知到了危险之后，以肉眼可见的速度退缩了。

转眼之间，五个大茧消失了，怀秀的手指恢复了原状。

元曜目不转睛地盯着怀秀的手，发现细线循着怀秀的手臂、肩膀、锁骨退缩，最后消失在了怀秀的胸口。

怀秀、韦彦仿佛什么也没看见，对一切浑然不觉。

"好了，请禅师写字吧。"白姬笑道。

"愿我来世得菩提时，身如琉璃，内外明澈，净无瑕秽。"怀秀提笔写下了一句《药师琉璃光如来本愿功德经》里的经文，字迹神秀，墨汁染金。

怀秀非常吃惊，因为这是他近日来首次能够写下经文。

白姬笑道："这方端砚，禅师满意吗？"

怀秀回过神来，放下毛笔，双手合十。

"阿弥陀佛，贫僧十分满意，这方端砚贫僧就买下了。"

白姬笑道："古语云，黄金有价，宝砚难求，这方端砚可是世间难得的珍品……"

韦彦打断白姬道："禅师是出家人，你这奸诈的女人可不要宰得太狠了，当心佛祖让你下地狱。"

白姬笑道："哪里，哪里，这方端砚我不收禅师的银子。"

韦彦吃惊，元曜更吃惊，这个奸商明明是一个宁愿下地狱也不愿做赔本买卖的魔鬼，怎么会突然成菩萨了？

怀秀道："这……这如何使得？这方端砚值多少银两？贫僧必须付清。"

白姬掩唇笑道："我不收禅师的银子，只想求禅师写两张墨宝。以墨宝换宝墨是一件雅事，何须金银这等俗物。"

怀秀笑道："那贫僧就抄一本经文赠予施主。"

白姬红唇挑起，眼神狡黠地道："禅师只要写四个字就可以了。"

怀秀问道："哪四个字？"

白姬以团扇遮脸，说道："准入，准出。"

怀秀虽然心中纳闷儿，但还是提笔在藤纸上写下了这四个字。

"多谢禅师。"白姬笑着收下了墨宝，让元曜将端砚装入了一个木盒中，给怀秀带走。

怀秀经过大厅时，又流连到了货架边，望着那个碧绿的竹制臂搁出神。

怀秀"喃喃"道："这只臂搁真漂亮……"

白姬黑瞳潋滟，笑得深沉。

"如果禅师喜欢这个臂搁的话，我就将它连同端砚一起送给您吧。"

怀秀没有拒绝，而是答道："阿弥陀佛，多谢施主。"

元曜觉得今天的太阳一定是从西边出来的，所以这狡猾贪财的女人才会连做两笔赔本买卖。

韦彦和怀秀离开之后，白姬显得非常高兴。她将怀秀留下的墨宝裁成了两半，一半是"准入"，另一半是"准出"，均放进了衣袖中。

元曜忍不住问道："白姬，怀秀禅师手上的线是怎么回事？"

白姬道："那是从他心里延伸出来的线，是他的心线。"

"禅师的心线怎么会束缚他的手，不让他写经文？"

白姬笑道："那就得问他的心了。"

元曜疑惑不解。

白姬掩唇笑道："轩之，竹夫人被怀秀禅师带走了，今夜你就要寂寞了。"

"竹夫人？昨晚的那个青衣女鬼？她什么时候跟怀秀禅师走的？"元曜吃惊。

"竹夫人就是臂搁啊。"

"啊？她不会吃了怀秀禅师吧？！你怎么可以把女鬼给禅师？"

"是怀秀禅师自己喜欢，我才送给他的。再说，竹夫人只是一个臂搁而已。"白姬笑得深沉。

元曜觉得不寒而栗。

转眼过了五天。这天上午，又是清闲无事，白姬把怀秀送给元曜的墨宝挂出来欣赏，离奴倚着柜台吃鱼干，元曜坐在一边看书。

离奴见元曜闲着，不高兴了。

"喂，书呆子，地板脏了，去打一桶水来洗一洗，不要一天到晚总是偷懒不干活。"

元曜无奈，只好放下书本，从井边打来一桶水，挽起衣袖，开始擦地板。

此时有人走进了缥缈阁里，元曜回头一看，是韦彦翩翩而来。

韦彦见元曜在擦地板，一展洒金折扇，笑了。

"轩之，你真勤劳。"

元曜在心里流泪。

白姬回头，笑道："韦公子，今天又来淘宝？"

韦彦笑道："不是，我是受怀秀禅师所托，来给你送无遮大会的帖子。怀秀禅师说，承蒙你赠他砚台和臂搁，请你明天去青龙寺听无遮大会，他有一本手抄的经书送给你。明天的无遮大会上，怀秀禅师会和慈恩寺的虚空禅师辩佛，想必会很精彩。"

白姬接过帖子，笑道："好，我明天一定去。"

韦彦笑道："另外，今天把轩之借给我一天吧。"

白姬挑眉道："你要轩之干什么？"

"我和几位朋友要去芙蓉园开诗会，人太少，拉他去凑个数。"

白姬笑道："没问题，借轩之一天，十两银子。"

韦彦嘴角抽搐地叫道："十两银子？！你怎么不去抢？"

"韦公子说笑了。轩之饱读诗书，博学多才，十两银子一天，已经很便宜了。再说，您让他在诗会上多作几首诗，不就赚回本了吗？"

"好吧，好吧，算你狠，银子记在我的账上，轩之我带走了。"韦彦拖了元曜就走。

白姬笑眯眯地挥手，说道："轩之，你要替韦公子多作几首诗哟。"

离奴望着地上的水桶、抹布，苦着脸道："书呆子走了，谁来擦地板？"

"当然是你擦呀！"白姬伸了一个懒腰，打着哈欠走进里间，准备上楼去午睡了。

离奴跪在地上擦地板，一边诅咒偷懒的小书生，一边后悔之前不该让小书生擦地板。

元曜和韦彦乘坐马车来到芙蓉园，又到了上次的八角玲珑亭中。一众王孙子弟、骚人墨客已经先到了，韦彦说了几句"来迟了，抱歉"之类的话，就拉元曜融入了其中。

三春天气，艳阳明媚。芙蓉园中，百花开得韶艳繁丽，众人品酒、吟诗、谈笑，说不尽的欢乐。

在这样的宴乐中，大家的话题免不了要往街头巷尾的艳谈上靠，有一个住在青龙寺附近的华衣公子道："听说，最近几天，青龙寺中闹女鬼，每晚都有女鬼纠缠怀秀禅师求欢呢。"

众人纷纷好奇地问是怎么回事。

华衣公子道："据青龙寺的僧人说，怀秀禅师抄写经文时，总有一个美艳的青衣女鬼坐在他身边，替他研磨，诱惑他交欢。"

众人更加好奇了，问道："啊？怀秀禅师是什么反应？他被诱惑了吗？"

华衣公子道："怀秀禅师是得道高僧，怎么会被女鬼诱惑，把持不住？他每晚只是全神贯注地抄写经文，心无旁骛。女鬼觉得无趣，也就退了。"

"怀秀禅师有如此定力，能坐怀不乱，真是得道高僧啊！"众人纷纷赞道。

元曜目瞪口呆，美艳的青衣女鬼难道是竹夫人？白姬不是说竹夫人只是一个臂搁而已吗？为什么他看见了青衣女鬼，怀秀禅师和青龙寺的僧人也看见了青衣女鬼？

"轩之，你发什么呆？"韦彦碰了一下元曜。

元曜随口道："小生在想青衣女鬼……"

韦彦一展折扇，笑了，"原来，轩之有这个癖好，喜欢艳鬼。"

元曜的脸红了，他分辩道："丹阳，你不要胡说，小生才不喜欢女鬼。"

傍晚时分，元曜踩着宵禁的鼓声回到了缥缈阁。

白姬和离奴已经先吃过饭了，离奴因为擦了一下午的地板而生气，只给元曜留了两条鱼尾巴。

元曜用筷子夹着鱼尾巴，拉长了苦瓜脸。

"离奴老弟，这鱼尾巴怎么下饭？"

离奴挥舞着拳头，气呼呼地道："你出去逍遥快活，赏花饮宴，爷在缥缈阁里替你擦了一下午地板，累得腰酸背痛。你的活儿爷替你干了，你的晚饭爷当然也要替你吃了，留给你鱼尾巴，已经算是对你不错了！"

小书生不敢辩驳，只好啃着鱼尾巴，吃了两碗饭。

晚上，在后院观星时，元曜将听来的怀秀禅师被女鬼纠缠的事情告诉了白姬。他奇怪地问道："白姬，你不是说竹夫人只是一个臂搁吗？为什么青衣女鬼会出现在青龙寺，还纠缠怀秀禅师？"

"真的出现了？"白姬笑了，没有解答元曜的疑惑，只是道，"色即是空，空即是色。轩之，竹夫人确实只是一个臂搁。"

"可是，小生和怀秀禅师都看见了青衣女鬼。"

"眼前的景象，是由心所生。"

"什么意思？"

"轩之，早点儿睡吧。明天我们去青龙寺参加无遮大会，你去听听禅理，也许就会明白这句话的意思了。"

"好吧。"

第二天，吃过早饭之后，白姬带元曜去了青龙寺，离奴留下看店。

在唐朝，贵族女子参加大型活动时，会穿男装出场。这是当时上流社会的时尚。白姬束发簪缨、腰缠玉带，穿了一身暗绣云纹的窄袖胡服，看上去竟是一个眉目俊美、英姿矫健的男儿。

小书生张大了嘴，下巴半天没有合拢。

"走吧，轩之。"白姬招呼道。

"啊，好。"元曜回过神来，急忙应道。

"白姬，为什么你无论穿男装，还是穿女装，都这么好看呢？"

白姬一展水墨折扇，似笑非笑地道："这大概和轩之无论穿男装，还是穿女装都不好看是一样的道理吧。"

"你不要胡说，小生什么时候穿过女装了？"小书生生气地反驳道。

青龙寺位于乐游原上，坐落在延兴门内的新昌坊中。白姬和元曜坐着马车一路去往青龙寺，马车是一束灯笼草，马匹是一只蚱蜢，马夫是一只蚂蚁。

坐在隐隐浮动着青草香味的马车里，元曜提心吊胆，生怕在车水马龙的大街上，白姬的法术会失效，他们乘坐的马车会突然变回原形。

马车抵达青龙寺时，已经是正午光景了。

青龙寺前停了很多华丽的马车，看来不少长安城的王公贵妇都来观摩这场无遮大会了。也许是因为这场无遮大会的另一个举办方是慈恩寺，而慈恩寺是皇家寺院，信徒多为皇室贵族。

元曜和白姬刚走下马车，从另一辆马车中被丫鬟搀扶着走下来的美丽女子看见了元曜，叫道："元公子？"

元曜侧头，看见了女子和丫鬟，笑道："原来是非烟小姐，不，武夫人和红线姑娘。"

韦非烟笑道："元公子也来听无遮大会？"

元曜道："是。"

韦非烟望了一眼身穿男装的白姬，眼前不由得一亮，迟疑道："这位公子是……?"

去年，在返魂香事件中，韦非烟因为命数特殊，从没有踏入缥缈阁。而且她一生都无法踏进缥缈阁里。她与白姬仅在意娘死后、白姬去招魂的那一夜见过一次。不过，自从灵魂回到了身体之后，她也就忘记了白姬的模样。

元曜刚要回答，白姬已经抢先道："鄙人姓龙，是轩之的朋友。"

不知道为什么，韦非烟的脸上浮现出了两抹娇羞的红晕，她柔声道："龙公子真是举世难寻的美男子。"

元曜觉得不妥，韦非烟有爱美男子的痴癖，她不会把白姬当成美男子了吧?

白姬居然没有反驳，一展折扇，笑道："承武夫人夸赞。"

元曜突然觉得这条龙妖除了懒散、贪财、奸诈，还非常自恋。

第三章 无 遮

元曜、白姬、韦非烟结伴走进了青龙寺里，他们随着人潮走过立着七座浮屠的庭院，来到了大雄宝殿。大雄宝殿中人山人海，无遮大会已经开始了。

庄严肃穆的佛像下，怀秀禅师穿着一袭七彩锦斓袈裟，结跏趺坐坐在蒲团上。怀秀禅师的对面坐着一名白眉老僧，这名白眉老僧是慈恩寺的住持虚空禅师。

怀秀禅师和虚空禅师正在辩佛，一众观摩者围在四周听佛法。

虚空禅师道："阿弥陀佛，世人自色身是城，眼耳鼻舌是门；外有五门，内有意门；心是地，性是王；王居心地上。性在，王在；性去，王无[①]。请问何解?"

---

① 出自《六祖坛经》。

怀秀答道："阿弥陀佛，人之本性，乃是天性，本性存在，心和身体就存在。本性不存在，身体和精神就毁灭了。佛向性中作，莫向身外求。自性迷即是众生，自性觉即是佛。"

虚空禅师和怀秀禅师你一言我一语地开始论佛释法，众善男信女听得如痴如醉，元曜听得昏昏欲睡。

元曜望向白姬，发现白姬正聚精会神地听论佛。他又望了一眼韦非烟，发现韦非烟正聚精会神地望着白姬，脸上不时地泛起诡异的红晕。

元曜额上顿时冷汗如雨，喜欢美男子的韦非烟不会真把白姬当成男子，喜欢上她了吧？！

无遮大会结束时，虚空禅师铩羽而归，没有辩过怀秀。

青龙寺中响起了几声悠长的钟鸣，众善男信女敬了香、拜了佛祖之后，踏着钟声散去了。怀秀派小沙弥请白姬、元曜去禅院。白姬、元曜跟着小沙弥走进了幽静的内院。

怀秀正在禅室中小坐，见白姬、元曜进来，起身行了一个佛礼。

"阿弥陀佛。"

白姬道："今天听禅师说法，真是让人受益匪浅。"

怀秀合十道："施主谬赞了。"

怀秀吩咐小沙弥去沏茶之后，来到了书架边，拿了一本手抄的经书，递给白姬。

"前几日，蒙施主馈赠砚台和臂搁，让贫僧能在无遮大会之前抄完经文，贫僧无以为报，多抄了一份《妙法莲华经》，望施主收下。"

白姬的脸上笑开了一朵花，怀秀的手迹在长安城的贵族中很受欢迎和追捧，这本经书一定可以卖出好价钱。

"多谢禅师。轩之，收下吧。"

元曜走上前，接过了《妙法莲华经》。

白姬瞟了一眼桌案上碧色如玉的臂搁，笑了。

"这个臂搁，禅师满意吗？"

不知道为什么，怀秀额上沁出了冷汗，脸色也渐渐变得苍白。

恰在这时，小沙弥端茶上来了。他将茶分别奉给白姬、元曜和怀秀。

小沙弥递茶给怀秀时，怀秀一时没接稳，茶泼在了金红色的袈裟上。这一件七彩锦斓袈裟是青龙寺住持代代相传的宝物，上面缀着佛家七宝。金、银、琉璃、珊瑚、砗磲、赤珠、玛瑙点缀在袈裟上，金光灿烂。通常只有在重要的场合，怀秀才会穿。

小沙弥大惊，连声道歉。

"住持恕罪，住持恕罪，小僧不是故意的。"

怀秀非常生气，吼道："蠢材，真是蠢材！"

小沙弥垂首道："请住持将七彩锦斓袈裟脱下，小僧这就去井边打水浣洗污渍。"

怀秀皱了皱眉，说道："罢了，罢了，这七彩锦斓袈裟岂能用井水浣洗？西城外三里的紫竹林中，有一脉清澈无垢的美泉，拿去那里浣洗。"

怀秀脱下了七彩锦斓袈裟，让小沙弥仔细叠好，拿去城外紫竹林中浣洗。因为袈裟的事情，怀秀的心情变得非常不好，白姬、元曜也就告辞了。

白姬、元曜走在出青龙寺的路上时，元曜叹道："怀秀禅师真是超凡脱俗的高僧，连洗一件袈裟也这般讲究。"

白姬笑道："五阴空定六尘泯，何须美泉濯僧衣？"

"什么意思？"元曜不解。

白姬笑道："轩之不懂就算了。反正，即使是我最喜欢的一件衣服弄脏了，我也不会专程出城去紫竹林中浣洗。"

那是因为你懒。当然，这句话小书生是不敢说出口的。

白姬、元曜走出青龙寺时，寺门口的马车已经少了许多。元曜意外地发现，韦非烟的马车还没有离开。韦非烟站在马车前，似乎在等什么人。

韦非烟看见白姬，眼前一亮，脆声喊道："龙公子！"

白姬作了一揖，说道："武夫人。"

韦非烟以骨扇掩唇，眼波盈盈，轻声道："我有好茶，想邀龙公子入府品尝，不知道公子肯不肯赏脸？"

元曜忍不住偷偷抹汗。韦家小姐犯了爱美男的痴癖也就罢了，但对象是白姬的话，可就有些惊悚了。

白姬笑道："能与武夫人一起品茶，实乃人生乐事，但无奈龙某今天还有要事，必须回去。轩之正好闲着，不如让他陪您。龙某改日再去府里造访。"

韦非烟听白姬说不去，有些失落，但听她说改天会去，又开心了。

"也好。龙公子改日一定要来。元公子，自从我返魂之后，我还没有向你道谢呢。走，跟我去府中一起喝茶吧。"

元曜推却不过，只好去了。

在元曜乘上韦非烟的马车时，白姬偷偷地对元曜道："轩之，现在武恒爻已经不在了，你还有机会破镜重圆哟。"

小书生的脸涨得通红，他急道："你不要胡说！和小生定亲的其实是丹阳……不，不对，也不能说是丹阳，其实定亲只是一个误会！"

白姬笑道："姻缘天定，怎么能说是误会？轩之，快去吧，武夫人还等着你呢。"

于是白姬回了缥缈阁，元曜跟随韦非烟去武府喝茶。

马车中，韦非烟羞涩地问元曜道："元公子，那位龙公子是什么人？住在什么地方？"

元曜支吾了一会儿，才道："她……她住在缥缈阁。"

"他住在缥缈阁？难道他是白姬的夫君？"韦非烟失望地道。

元曜连连摆手道："不，不，绝对不是。"

"哦，那我就放心了。"韦非烟松了一口气，笑道。

元曜满头冷汗，但又不敢告诉韦非烟实情。最后他决定无论怎样，还是让白姬自己来告诉她真相、澄清误会吧。

元曜害怕韦非烟再询问关于"龙公子"的事情，假装天热，拉开了车窗透气，把脸扭向了外面。

元曜刚把视线投向外面，就和一名骑着高头骏马、带着仆从的华衣公子对上了视线。

"呃，丹阳？！"

那华衣公子正是韦彦。

韦彦也吃惊道："哎，轩之？！"

韦非烟也探过了头，看见韦彦，不冷不热地叫了一声："兄长。"

韦彦和韦非烟兄妹两个一向不和睦，从小就是敌人，喜欢看彼此的笑话。他们的命数也截然相反，韦彦即使没有欲望，也可以随时踏进缥缈阁里，韦非烟即使有强烈的欲望，也无法踏进缥缈阁里。

韦彦不高兴地道："妹妹，你这是想把轩之拐到哪里去？"

韦非烟道："我带元公子去府中喝茶。"

韦彦道："我说非烟，你已经嫁为人妇了。虽然武恒爻不在，但你也要守妇道，怎么可以随意带男子入府喝茶？"

"我乐意。"韦非烟没好气地回道。

韦彦骑马上前，让马车停下。然后他也下了马，掀帘入车，拉下了元曜。

"轩之，不要和她一起胡闹。走，跟我去燃犀楼饮酒。"

韦非烟不让元曜走，下了马车，也拉住了元曜。

"元公子,不要跟他走,跟我去武府喝茶。"

韦彦生了气,使劲地拉小书生,说道:"非烟,你放手!"

韦非烟也生了气,使劲地拉小书生,说道:"韦彦,你放手!"

韦彦非常生气,拼命地拉小书生,说道:"轩之,不要跟她走!"

韦非烟也非常生气,拼命地拉小书生,说道:"元公子,不要跟他走!"

元曜被韦氏兄妹拉扯得忽左忽右,晕头转向。

突然,"刺啦"一声,他的袍子被扯成了两半。韦非烟跌倒在地上,韦彦用力过猛,和元曜抱成一团,也跌倒在地上。

"哈哈——"围观的路人大笑。

红线赶紧去扶韦非烟,关切地道:"夫人,你没事吧?"

韦非烟俏脸通红,以袖遮面。

"元公子,下次再约你一起喝茶吧。"说完,韦非烟被红线扶着回到车中,径自去了。

"好,好。"元曜懵懵懂懂地应道。

韦彦和元曜狼狈地坐在地上,随从赶紧过来扶起两个人。

韦彦很开心地道:"轩之,我总算把你抢过来了。"

元曜垂头望着破损的长衫,泪流满面。他就这一件春秋天外穿的袍子,不知道缝不缝得好。

韦彦带着元曜回了韦府,两个人在燃犀楼里喝酒对弈,吟诗作对,一直到傍晚光景。

元曜知道他今天偷了一天懒,离奴只会给他留鱼尾巴吃,在韦府吃饱了才回缥缈阁。

元曜回到缥缈阁后,果然又被离奴教训了一顿。离奴今天没有给元曜留吃的。元曜反正已经吃过晚饭了,也不太在意。

掌灯之后,元曜找白姬讨来针线,坐在灯下,试图缝补被扯破的衣衫。可是,他根本不会穿针引线,手指上扎得全是血,衣衫也没缝好。

二楼仓库中,白姬和离奴不知道在找什么东西,依稀有翻箱倒柜的声音传来。

元曜觉得自己这件袍子没有办法缝好了,起身去二楼找白姬,打算预支月钱,买一件新衣。

元曜走进二楼的仓库里时,离奴正在搬箱子,白姬"哗"的一声,抬手抖开了一件极华丽的锦袍。灯火太微暗,看不清那是一件怎样的袍子,只能看见缎面上隐隐浮动着黄色水纹。

白姬转过头，问道："轩之，怎么了？有事吗？"

元曜苦着脸道："小生的袍子今天被扯破了，没有办法缝好了，想买一件新袍子。"

白姬笑了，招手道："何必去买新袍子？这里恰好就有一件。来，轩之，过来穿穿看。"

元曜走了过去，看清了袍子时，唬了一跳，说道："这……这……这是龙袍啊！！"

袍子是金黄色的缎面，上面绣着栩栩如生的龙，闪花了小书生的眼睛。

"白姬，穿龙袍是要诛九族的！私藏龙袍，罪同谋逆，也是要诛九族的！白姬，难道你想谋逆？你可不能坑了小生和离奴老弟啊！"

离奴白了元曜一眼，说道："真是没出息的书呆子。如果主人做了皇帝，爷可就是威风凛凛的大将军了。书呆子，你也可以捞一个丞相做一做。"

元曜连连摆手，说道："这样的丞相，打死小生，小生也不做。"

白姬笑道："我做皇帝多没意思，但如果让轩之做皇帝，一定很有趣。"

元曜心中不寒而栗，他觉得比起做皇帝，这条奸诈的白龙一定更喜欢站在看不见的地方操纵皇帝，把皇帝当成一件玩具来玩。

"白姬，这龙袍你是从哪里来的？"

白姬回忆道："这是贞观年间太宗穿过的。他晚年时，用这件龙袍从缥缈阁换走了一件东西。来，轩之，穿穿看合不合身。"

小书生连连摆手，说道："不不不，小生可不敢。"

白姬掩唇笑道："轩之，今晚你穿上龙袍陪我出去办件事情，事情办成了，明天我就给你买一件新袍子。"

元曜好奇地道："去办什么事情？"

"你去了就知道了。"

"为什么要穿龙袍？"

白姬笑得诡秘，说道："到时候你就知道了。"

元曜考虑了一下，为了得到一件新袍子，只好硬着头皮答应了。

"那好吧。"

元曜颤巍巍地接过龙袍，胡乱套在了身上，心中十分害怕。

白姬替元曜理好衣襟，系上了玉腰带。

元曜十分别扭，心中不安，仿佛穿的不是龙袍，而是生满荆棘的枷锁。

白姬隔远了端详，叹了一口气，说道："轩之，都说人靠衣装，可你即使穿上了龙袍，看上去还是一个书呆子的样子。"

看着蔫头耷脑的小书生，离奴笑道："书呆子就算当了皇帝，也是一个没用的呆子。"

白姬和离奴嘻嘻哈哈地笑着，元曜更加局促不安了。

"白姬，你要去哪里就早些去吧。小生穿着这龙袍实在是不舒服，总觉得有一把刀子架在脖子上，凉飕飕的。"

"也好，时间也差不多了。轩之，我们走吧。离奴，你留在仓库里，把东西收拾好。"

"是，主人。"离奴应道。

第四章　燃　灯

白姬和元曜走出了缥缈阁，走出了巷子，来到了街上。

弦月横空，街衢寂静。

走了一会儿，元曜问道："白姬，我们要去哪里？"

"青龙寺。"白姬道。

元曜拉长了苦瓜脸，说道："青龙寺离西市这么远，我们难道要走路去吗？万一路上被人看见小生穿着龙袍，小生就是跳进黄河里也洗不清了。"

白姬掩唇笑道："轩之，你都穿上龙袍了，横竖也洗不清了，就不要再担心了。不过，青龙寺确实太远了，我们走着去的话，回来时天就该亮了。"

元曜提议道："不如，小生去叫离奴老弟来，让他驮我们去。"

白姬诡笑道："你不怕被他吃了的话，就去叫吧。"

小书生不作声了。

白姬、元曜路过一户朱门石兽的住宅前时，元曜因为穿着厚重的龙袍，走路费力，实在走不动了，只能靠在石兽上大口大口地喘着粗气。

"小生实在走不动了……"

"喂，小子，你是谁？你怎么穿着太宗的龙袍？"一个浑厚的声音突然响起。

元曜以为是巡逻的禁军，吓得急忙躲到了石兽背后。

"喂，小子，你踩到老夫的尾巴了！"那声音生气地道。

元曜低头看去，发现自己踩到了一截像是鹿尾巴的东西。他循着尾巴向上望去，看见了一只神奇的动物，对上了一双灯笼般的眼睛。那是一只有着龙头、马蹄、狮眼、虎背、熊腰、蛇鳞的动物。

"呃！"元曜向后跳开，倒吸了一口凉气。他靠着的麒麟石像怎么活过来了？

麒麟瞪着元曜，生气地道："喂，小子，你踩痛老夫了！"

"呃，对不起。"元曜道歉。

"哼，道歉有什么用？"麒麟很生气，要喷火烧元曜。

元曜吓得躲在了白姬身后。

麒麟看见白姬，说道："原来是白姬。"

白姬笑道："这是我新买的仆人，总是笨手笨脚的，请麒麟圣君不要见怪。"白姬从袖中拿出一个白玉错金乾坤圈，递给麒麟，又笑道："我这里有一个白玉错金乾坤圈，正好可以与圣君您的英武之姿相衬，请您收下，算作赔礼。"

麒麟很喜欢这个白玉错金乾坤圈，虽有些不好意思，但还是笑着接了。

"白姬客气了，无功不受禄，这么贵重的东西，老夫怎么能收？"

白姬以袖掩唇，笑道："我正要去青龙寺，无奈路途遥远……"

麒麟热情地道："老夫脚程快，就驮你走一程吧。"

白姬以袖掩唇道："您是半神，这怎么好意思？"

麒麟道："什么半神，不过是神仙的坐骑罢了。白姬不必客气，反正老夫闲着也无聊，就驮你一程吧。"

白姬笑道："既然如此，多谢圣君了。"

麒麟驮了白姬、元曜，四蹄踏着祥云，向乐游原的青龙寺而去。

耳畔风声呼啸，街景飞速倒退，元曜吃惊地张大了嘴。这还是他第一次坐麒麟。他害怕摔下去，死命地抠住麒麟的鳞甲。

麒麟大怒，转头朝小书生喷火，然后吼道："痛死了！臭小子，你想把老夫的鳞甲都抠掉吗？！"

延兴门，新昌坊。

麒麟停在青龙寺前，悄无声息。

白姬、元曜下了地。

麒麟对白姬道："你来青龙寺，一定是为了藏经阁中的地龙珠吧？青龙寺中不仅有佛陀的结界，藏经阁中还有八大金刚看守，为的就是阻挡千妖百鬼盗取地龙珠。妖术强大如你，恐怕也进不去。"

白姬笑道："无妨，我能进去。"

"那好，老夫在此等你们。"麒麟道。

"轩之，我们走。"白姬带元曜走向青龙寺。

青龙寺大门紧闭，元曜正担心白姬又要他翻墙，白姬已经从衣袖中拿出了两个纸人。她将其中的一个递给元曜，说道："轩之，系一根头发在纸人上。"

元曜虽然不明白为什么要这么做，但还是照做了。白姬也拔了一根头发，系在了纸人的脖子上。

元曜将系了头发的纸人递给白姬，白姬将两个纸人放在唇边，吹了一口气。

两个纸人落地，变成了两个没有五官的人。从他们的身形、服饰上看，一个是白姬，另一个是元曜。

两个纸人走向青龙寺，在接触到寺门的一刹那纸人无火自燃，转眼烧成了灰烬。

与此同时，两扇紧闭的寺门开了。

白姬举步走进寺中，元曜急忙跟上。

白姬带元曜绕过大雄宝殿，穿过僧舍，来到了藏经阁。元曜站在藏经阁前，隐约觉得这座古旧的阁楼中透着一股说不出的肃穆气氛，似有紫气环绕、祥云暧曃。

元曜道："小生感觉藏经阁里似乎有了不得的东西。"

白姬道："青龙寺的藏经阁中有一颗地龙珠，吸取了地脉精气，凝为瑰宝，非常珍贵。"

元曜想起了麒麟的话，问道："原来你是来取地龙珠的？"

白姬诡笑道："我已经觊觎它很久了。不过，它是燃灯佛①的东西，一

---

① 燃灯佛，三世佛之一。因为他出生时身边一切光明如灯，所以称为燃灯佛，或称为锭光佛，又作定光如来、锭光如来、普光如来、灯光如来。三世佛是指过去、现在、未来三世的一切佛。过去佛指迦叶佛等过去七佛，或特指燃灯佛，现在佛是释迦牟尼佛，未来佛为弥勒佛。

直由八大金刚看守着，千妖百鬼都难以接近。"

白姬说话的同时，已经和元曜走到了藏经阁的正门前。

突然，黑暗中隐隐发出几道金光，八名金刚现出身形。他们魁梧高大，神色威严，手持金杵、禅杖等法器。为首的一名金刚厉声道："哪里来的妖鬼，竟敢夜闯青龙寺？！"

元曜唬了一跳。这些金刚看起来凶神恶煞，他和白姬不会被他们打死吧？

"白姬，我们还是回去吧，他们人多……"

小书生的话被当作了耳边风，白姬走向了八名罗汉。

冷汗滑落元曜的额头。她想干什么？难道想硬闯藏经阁吗？对方是佛，她只是妖，万一动起手来，她被打回了原形，他还得拖着一条龙回缥缈阁吗？听离奴说，白姬真正的龙形原身非常巨大，从龙头到龙尾可以绕大明宫一圈，不知道他能不能拖得回去，还是必须先回去叫离奴来搭把手？

白姬笑吟吟地走向八名金刚，从衣袖中拿出一张纸，说道："诸位金刚，我不是夜闯青龙寺，而是受青龙寺的怀秀住持的邀请而来。"

月亮从乌云中滑出，清辉如银。

八名金刚看清了纸上的两个字："准入。"

"啊！是怀秀禅师的字呢！"

"怀秀禅师是青龙寺的住持，他都准入了，我们似乎没有理由阻拦……"

"只能让她进去了。"

八名金刚商量之后，分立两边，让出了一条路。

"轩之，走吧。"白姬回头，似笑非笑地道。

"哦，好。"元曜从胡思乱想中回过神来，急忙跟上。

白姬带元曜走进藏经阁里，沿着木质的楼梯向上走。

月光从窗外透入，明亮如水。元曜感觉自己像是游走在梦里，墙壁上的佛教壁画中的人物都活了，佛陀、菩萨、罗汉、圣僧、揭谛、比丘、优婆夷、优婆塞的目光随着白姬、元曜的步伐而移动，元曜甚至能够听见他们的窃窃私语。

"怎么回事？怎么有人和非人闯入？"

"好像他们被怀秀准许进入藏经阁了，金刚不能阻拦……"

"他们一定是冲着地龙珠来的！"

"那是燃灯佛的宝物，怎么能被妖孽拿走？"

…………

"好吵！"白姬皱眉。

元曜战战兢兢地问道："他们是佛陀吗？"

白姬冷冷地道："真佛只在西方极乐天，这些壁画上的妖灵不过是受了香火之后、沾了一点儿佛性的非人罢了。可笑的是，他们却以为自己是佛陀。"

白姬、元曜走到三楼之后，四周蓦地安静下来。

月光清澈，凉风习习，一排排木质的书架上堆满了泛黄的经卷，空气中隐隐浮动着墨香。

金炉不断千年火，玉盏长明万载灯。西方的神龛上供奉着一尊燃灯佛，宝相庄严，神色慈悲。燃灯佛的掌心中托着一枚青色的珠子，光华流转，熠熠生辉。

元曜觉得青珠特别美，尤其是环绕其上的冰蓝色火焰，仿佛一朵盛开的千瓣莲花。青珠躺在莲蕊中央，光洁而美丽。

元曜忍不住伸手，想去触摸那颗青珠，却被白姬制止。

"不要用手碰！地龙珠的灵力非常强大，无论人或非人，都承受不住这股强大的灵气，触之会灰飞烟灭。连我都不敢碰它。"

"那你怎么取走它？"元曜缩回了手，问道。白姬今夜来青龙寺就是为了取走地龙珠，如果不能碰，她怎么取走它？

白姬没有回答元曜，只见她双手合十，向燃灯佛拜了三拜。然后，她双手结了一个法印，虚托着地龙珠缓缓上升。

青色的地龙珠移向了元曜。元曜身上的龙袍在月光下发出暗金色的光芒，他胸口处绣的螭龙威风凛凛、栩栩如生。

地龙珠在元曜的胸口游移时，螭龙突然活了过来。它张开巨口，衔住了地龙珠。一声低沉而雄浑的龙吟之后，含珠的螭龙又变成了刺绣，静止不动。

元曜低头看去，与之前的图样不同，之前闭口的螭龙现在微微张口，口中多了一颗青色的地龙珠。

元曜又抬头望去，燃灯佛的手中少了一颗地龙珠。

白姬笑道："地龙珠，自然要衔在龙的口中。人中帝王，乃是地龙，把地龙珠放在太宗穿过的龙袍上，就可以带走了。"

元曜这才明白白姬让他穿龙袍来青龙寺的原因。

你自己也是龙，你张嘴衔着地龙珠不就好了，干吗要小生提心吊胆地穿着龙袍到处走！当然，这句话小书生是不敢说出口的。

"好了。轩之，走吧。"白姬开心地道。

"哦，好。"元曜回过神来，应道。

白姬、元曜按原路退回。在经过二楼和一楼的壁画时，元曜又听见佛陀、菩萨、罗汉、圣僧、揭谛、比丘、优婆夷、优婆塞的窃窃私语。

"呀，她把地龙珠拿走了！"

"地龙珠是燃灯佛的东西，她居然敢拿走，太可恶了，不能让她离开！"

"她拿了地龙珠，八大金刚一定不会放她走的。"

"可恶的妖孽，不敬佛祖，一定会下地狱。"

…………

"吵死了！"白姬的目光扫过壁画，她冷冷地道。

四周瞬间安静了下来，壁画上的佛陀、菩萨、罗汉、圣僧、揭谛、比丘、优婆夷、优婆塞立刻闭了嘴，噤若寒蝉。

白姬、元曜继续向外走，来到藏经阁的大门时，八名金刚挡住了他们的去路。

"你拿走了地龙珠，吾辈不能放你离去！"

"你虽然可以进来，但是不能出去！"

白姬笑吟吟地从衣袖中拿出一张纸，说道："怀秀禅师不仅允许我来，也允许我离开。"

八名金刚看清了"准出"二字，面面相觑。

"是怀秀禅师的手迹。"

"看来，只能让她走了。"

"那就让她走吧。"

八名金刚商量之后，让出了一条路。

"多谢诸位金刚。"白姬行了一个佛礼，带着元曜离开了。

白姬轻快地飘在前面，元曜走在后面。

"和想象中一样顺利。"白姬开心地道。

元曜担心地道："你拿走了地龙珠，不怕燃灯佛去缥缈阁向你索还吗？"

白姬狡黠地笑道："燃灯佛已经寂灭了十劫①了，怎么会来向我索还？地龙珠名义上是燃灯佛的，实际上却是无主的东西。"

"即使燃灯佛不在了，丢了这么贵重的东西，青龙寺的僧人明天不会去官府报案吗？"

"地龙珠是非人界的宝物，人界很少有人知道它的价值。明天，青龙寺的僧人会发现佛像手上少了一颗珠子，但也只会当成妖孽作祟或者佛祖显灵，说不定会以此为噱头招揽更多的香客，决不会去报案。"

此时已经是二更天了，白姬和元曜经过僧舍时，发现怀秀的禅房中还燃着灯火。

白姬顺着幽暗的长廊飘了过去，有些好奇地道："这么晚了，怀秀禅师还没睡，不知道在干什么。"

"大概是在抄写经文吧。白姬，我们还是赶快出寺吧。万一被僧人们看见了，小生就得被诛九族了！"元曜拖着龙袍，举步跟上，拉长了苦瓜脸。

白姬笑道："我们夜来是客，应该去和主人打个招呼。"

小书生吓了一跳，说道："小生还穿着龙袍呢！再说，我们不请自来，还做梁上君子，怎么好意思去见主人？"

元曜尚未接近禅房，耳边已经传来了奇怪的声音。衣衫"窸窣"作响声、男子粗重的喘息声、呻吟声混杂在一起，在这深夜的寺院中听来，格外诡异。

因为夏夜天热，禅房的窗户没有关上，元曜探头往里一看，脸渐渐涨得通红。

禅房中，灯火下，一男一女两个赤裸的人正四肢交缠着、激烈地交欢。男子是怀秀，女子妖娆美艳，正是竹夫人。

满室春情，香艳旖旎，随着竹夫人发出魅惑销魂的呻吟，怀秀的情欲也逐渐高涨，不断索取着更激烈的感官欢愉。

这一刻，得道高僧忘记了佛，忘记了禅。他的神情如同野兽，他的心堕入了地狱。

元曜面红耳赤地望着禅房，心情复杂。无端地，他想起了怀秀写给他的墨宝。色即是空，空即是色。他一直没有参透怀秀写的这句经文，看来

---

① 劫，佛教用语。佛经上说，一劫相当于大梵天之一白昼，即人间的四十三亿二千万年。

怀秀自己也没参透。情难参透，欲难参透，人性更难参透。

"嘻嘻，有趣。"白姬掩唇而笑。

"什么有趣？"元曜侧过了头，问白姬。

"怀秀禅师很有趣。"白姬诡笑。

"怀秀禅师只是一时被竹夫人迷惑了。"元曜道。他想起之前在缥缈阁时，竹夫人也曾现身诱惑他，但他因为害怕，跑去和离奴一起睡了。

白姬笑道："嘻嘻，哪里有什么竹夫人，那只是一个臂搁啊。"

"哎？"元曜不解，又回头望去，只见禅房中，烛火下，怀秀一袭僧衣，结跏趺坐坐在蒲团上，根本就没有什么竹夫人。

怀秀正在闭目冥想，他的手中拿着碧绿的竹制臂搁，脸上的表情却和刚才元曜看到的一样，被情欲晕染。他的心正沦陷在地狱中，不得挣脱。

元曜吃惊地道："这……这是怎么回事？小生刚才明明看见了竹夫人……"

白姬笑道："那是因为轩之的心里住着一个竹夫人吧。"

小书生反驳道："胡说，小生的心里怎么会住着竹夫人？"

白姬嘻嘻笑道："走吧，轩之。时候不早了，我们该回去了。"

"好。可是，怀秀禅师这副样子，不会出什么事吧？"

白姬瞥了一眼怀秀，说道："那是他的心魔，旁人无法帮他。"

白姬带着元曜离开了。

元曜最后回头看了一眼怀秀，怀秀手中的竹制臂搁翠绿如玉，美丽诱人。

第五章　心　魔

白姬得到了地龙珠，非常开心。她第二天给小书生买了两套新袍子，而且竟然没有扣他的月钱。

元曜穿上了一件新袍子，非常高兴，精神抖擞地干活，摇头晃脑地吟诗。离奴不高兴了，趁小书生不注意，偷了他的另一件新袍子去当铺当了，买了两大包香鱼干。

小书生发现了，生气地质问道："离奴老弟，你为什么偷小生的袍子去换鱼干？"

"爷活了一千五百年，也只穿这一身黑袍，书呆子你最多也就活一百年，哪里穿得了两套袍子？"面对小书生的质问，黑猫一边悠闲地吃着香鱼干，一边如此解释道。

望着离奴锋利的獠牙和爪子，元曜虽然生气，但也不敢多言。这一晚，小书生在缥缈阁外的柳树上挖了一个洞，对着树洞流泪倾诉到二更天，才回去睡下。

这一天下午，白姬出门了，小书生和小黑猫正为了一件小事怄气，韦彦和怀秀来到了缥缈阁。

怀秀依旧一袭僧衣，安静地站着，仿佛遗世独立。不过他的脸色十分憔悴，人也消瘦了许多，精神萎靡。

元曜想起了那晚见到的情形，十分不安。怀秀禅师这般颓靡憔悴，怎么看都非常令人担忧。

从韦彦、怀秀踏进缥缈阁里开始，黑猫就不说话了。黑猫跳上了柜台，懒洋洋地趴着。

"轩之，就你一个人在吗？白姬呢？离奴呢？"

"白姬和离奴老弟都出门了。"元曜只好这样说。

"这只黑猫倒挺精神。"韦彦来到柜台边，拿香鱼干逗弄黑猫。

黑猫懒洋洋地趴着，就着韦彦的手吃鱼干。

韦彦道："今天怀秀禅师是特意来找白姬的，看来来得不凑巧。"

"禅师找白姬有什么事？"元曜好奇地问怀秀。

怀秀的内心似乎正在激烈地挣扎，他挽着佛珠的手紧紧地抓着竹制臂搁，手心甚至沁出了汗。

最后，怀秀道："阿弥陀佛，贫僧来还臂搁。因为一些原因，贫僧必须还回臂搁。"

韦彦笑道："禅师不喜欢这个臂搁，送人或者丢掉也就是了，何必大老远地跑来还？"

怀秀道："这臂搁上附有妖孽，无论贫僧丢多远，臂搁都会自行回到贫僧手中。佛经有云，来处即是归处，贫僧只能将它送回缥缈阁了。"

怀秀虽然这么说了，但手还是死死地抓着臂搁，不知道是不想放下，还是无法放下。

元曜看着消瘦虚弱、精神萎靡的怀秀，觉得竹夫人实在不宜再留在他身边了。白姬说竹夫人只是一个臂搁，但他总觉得臂搁里面住着一个吃人的女鬼。

元曜伸手去接臂搁，怀秀才松手递交。

元曜拿过臂搁，放在了柜台上。不知道是不是错觉，臂搁的颜色比之前翠碧了许多，清幽诱人。

怀秀望着臂搁，神色复杂。他双手合十，行了一个佛礼，说道："阿弥陀佛。"

韦彦逗弄黑猫，觉得有趣，将黑猫拎了起来，笑道："轩之，这只黑猫多少银子？把黑猫卖给我吧。"

元曜虽然很想把离奴送给韦彦，免得自己再受欺负，但还是道："这只黑猫是白姬养着抓老鼠的，不卖。黑猫不祥，乃是凶兽，丹阳不如去后院看看别的祥瑞的兽类？"

韦彦放下黑猫，一展折扇，笑了。

"别的兽类我没兴趣。这只黑猫不卖就算了，下次再有黑猫，给我留一只。我就是喜欢不祥的东西。"

"呃，好。"小书生擦汗。

韦彦和怀秀一起离开了。

怀秀临走之前，还回头看了一眼臂搁，眼神复杂。

"呼——"韦彦、怀秀走后，元曜松了一口气。

"书呆子，你过来。"黑猫坐在柜台上，向元曜招爪子。

元曜巴巴地凑过去，问道："离奴老弟有何赐教？"

黑猫狠狠一爪子挠向小书生。气呼呼地道："你居然敢说爷不祥？你才不祥！你这死书呆子才不祥！"

黑猫怒气冲冲地追着挠小书生，小书生抱头鼠窜，流泪道："离奴老弟，小生错了。"

晚上，白姬回来以后，元曜告诉她怀秀来还臂搁的事情。

白姬笑而不语。

元曜问道："怀秀禅师说，他即使丢了竹夫人，竹夫人也会自行回到他身边，这究竟是怎么回事？难道竹夫人缠上了禅师？"

白姬道："竹夫人只是一个臂搁而已，怎么会缠上怀秀禅师？缠上怀秀禅师的，是他自己的心魔。"

深夜，元曜半梦半醒间，一阵冷风吹来，将他冻醒了。他翻了个身，裹紧了薄被，想继续睡，但余光瞥见了奇怪的一幕——大厅南边的货架旁站着一个人。

元曜的瞌睡虫瞬间飞到了九霄云外，他倒吸了一口凉气，咬住了被角：有贼！

怎么办？是大声呼叫，叫醒离奴和白姬来抓贼，还是自己冒险冲上去？还是自己继续不动声色地装睡？

元曜想了想，还是鼓足了勇气站起来，轻手轻脚地走向贼人。不管怎么说，他也是堂堂七尺的男子汉，怎么能见了贼人就畏缩？他总得上去搏一搏才是。

元曜走近贼人时，不由得有些吃惊，怎么是他？

借着月光看去，站在货架边的人竟然是怀秀。

怀秀面对竹夫人站着，低垂着头，不知道在想什么。

天色太暗，元曜看不清怀秀的神情，但能够看见他的嘴唇不断地翕张，似乎在念着什么。

元曜仔细一听，怀秀竟在念着："色即是空，空即是色。色即是空，空即是色。色即是空，空即是色。色即是空，空即是色……"

怀秀的语速急促如走珠，这句经文在他的口中带着一种可怕的魔意，而非禅意。

元曜突然觉得有些害怕，鼓足了勇气之后，试着叫了一声："怀秀禅师……"

元曜的声音一出，仿佛指尖戳破了空中飘飞的气泡，怀秀的身影刹那间消失不见了。

"哎？！"元曜吃惊。

元曜来到怀秀站立的地方，发现货架上的竹夫人也不见了。

"这是……怎么回事？"元曜站在空无一人的大厅中，奇怪地道。

没有人回答他的疑问。

第二天，元曜向白姬说起了这件怪事。

白姬道："那应该是怀秀禅师的生魂。人的生魂有时候会离开身体，我第一次遇见轩之的时候，轩之不也生魂离体了吗？"

元曜担心地道："怀秀禅师的生魂拿走了臂搁，小生觉得会出事。"

白姬似笑非笑地道："这是怀秀禅师的劫，度过了，则成真佛；度不过，则万劫不复。"

元曜道："难道我们不能帮他度过吗？你说这是他的心魔，别人无法帮助，可是小生觉得只要是人，无论是出家人还是俗世人，都会有心魔，都会有迈不过去的一步，这时候就需要别人来帮他，让他走出心魔。"

白姬笑道："我既不是神，也不是佛，为什么要帮他？"

元曜道："这和是神是佛无关，只因为帮助别人是一件快乐的事情。"

白姬看着元曜道："什么是快乐？"

"你连快乐是什么都不知道吗？"元曜觉得奇怪。白姬明明经常笑，难道她不快乐吗？

白姬又笑道："我连心都没有，怎么会明白什么是快乐？"

元曜仔细看去，发现白姬的眼底完全没有笑意，荒寂如死。在漫长的岁月中，她没有心，不能体会到快乐，这是一件多么悲哀的事情。

元曜问道："白姬，你活了多久了？"

白姬眮目回忆，缓缓地说道："我忘了。大概很久很久了。当我还在海中的时候，看过女娲补天，看过后羿射日，也看过沧海变成桑田。"

元曜咋舌，继而心中涌起莫名其妙的失落。

"不知道那时候，小生在哪里……"

白姬笑道："那时候，轩之大概还在混沌中吧。"

元曜莫名其妙地遗憾，如果那时候他也在就好了，那他就可以陪着她一起看沧海变成桑田。

元曜问白姬道："在你眼中，小生也许就是一只蜉蝣吧？对你来说，一百年也不过是弹指之间。"

白姬道："对龙众来说，人类的一生确实太过短暂，仿佛朝生暮死的蜉蝣。不过，轩之是蜉蝣中最特别的一个。"

"为什么？"元曜奇怪地问道。他明明没有任何特别之处，一走入人群中，好像就会消失不见。

白姬掩唇笑道："因为轩之最呆啊，呆头呆脑的一只蜉蝣，怎么会不特别？"

元曜生气地道："小生哪里呆头呆脑了？！"

白姬"哈哈"大笑，眼中却死寂荒凉，寸草不生。其实元曜最特别的地方是他的心，纯澈无垢，净如琉璃。他的善良、无邪，让所有的人或非人都不由自主地被他吸引，想要靠近他。大概这也是元曜妖缘广结、鬼缘旺盛的原因吧。

"不管有没有心，帮助别人，一定会让你觉得快乐。"最后，元曜这样说道。

白姬笑而不语。

日升月沉，转眼又过了七天。

这天上午，吃过了早饭，白姬、元曜、离奴在缥缈阁发呆。

白姬一边喝茶，一边道："近来生意真冷清，连结浅缘的客人都很少了。"

离奴道："一定都是书呆子的缘故。"

元曜拉长了脸道："离奴老弟，这关小生什么事？"

离奴道："因为你不祥。"

"小生哪里不祥了？！"

"你从头到脚都不祥！"

元曜和离奴正在吵闹，韦彦冷不防进来了。他见元曜正和离奴吵架，一展折扇，笑道："轩之真有精神。"

白姬笑道："韦公子，今天想买什么宝物？"

韦彦道："我今天来不是想买宝物的，而是想和轩之一起去青龙寺。"

元曜问道："去青龙寺做什么？"

韦彦叹了一口气，说道："听说怀秀禅师快不行了，趁着他还有一口气，我们去看看他吧。好歹相交一场，他还赠了咱们墨宝，终归是有情分的。"

"啊？怎么回事？"元曜大惊。

韦彦道："据青龙寺的僧人说，是女鬼作祟，迷惑了禅师。禅师茶饭不思，也不念经礼佛，每天只是抱着一个臂搁冥想。经常有僧人从窗外看见怀秀禅师和一个美艳的女子交欢，但进入禅房，又只发现怀秀禅师一个人在静坐。大家都说，一定是女鬼迷惑了禅师。禅师日渐消瘦，精神萎靡，现在已经卧病在床、气若游丝了。"

元曜十分担心地道："怀秀禅师难道真的快死了吗？"

韦彦道："恐怕回天乏力了。白姬，轩之借我一天。"

白姬笑道："十两银子。"

"你怎么不去抢？"

"韦公子说笑了。不过，如果你也带我同去，今天借轩之就不收银子了。"

"你去干什么？"韦彦奇怪地道。

元曜也觉得奇怪。白姬怎么会想去看怀秀禅师？她一向只关心因果，根本不管别人的死活。

元曜问道："白姬，你是要去拿'因果'吗？"

白姬笑了："不，这次我想去找'快乐'。"

元曜怔住。

元曜想开口问什么，白姬已经进入里间了。

"韦公子稍等，我上楼去换一身衣裳。"

第六章　作　茧

白姬再下来时，已经是一身男装，英姿飒爽。

白姬、元曜乘坐韦彦的马车来到了青龙寺。韦彦说明了来意，知客僧将三人迎入了寺中，带到了怀秀的禅房里。

禅房中，怀秀仰面躺在床上，面如金纸，唇色发白。他眼眶深陷，颧骨突出，整个人几乎已经瘦成了一具骷髅。他的眼睛半睁着，毫无神采，他的手中还紧紧地握着竹夫人。

上次不小心弄脏了七彩锦斓袈裟的小沙弥正在照顾怀秀，往他的嘴里灌米汤，但怀秀牙关紧闭，米汤全都溢出嘴唇，沿着脖子流到了枕头上。

小沙弥叹了一口气，对韦彦、白姬、元曜道："唉，也不知道是什么妖孽作祟，害得住持变成了这副样子。他滴水不进，似醒非醒，已经七天了。大家都开始准备住持的后事了。阿弥陀佛，善哉善哉。"

韦彦望着昏迷的怀秀，皱了皱眉，说道："看禅师这副模样，只怕是真的回天乏力了。"

小沙弥又叹了一口气，站起身来，说道："三位施主稍坐，小僧去奉茶来。"

小沙弥行了一个佛礼之后，下去沏茶了。

元曜望着怀秀，十分担心。他见怀秀还握着竹夫人，就想替他取下来。可是，无论他怎么掰怀秀的手，都取不下来。

"怎么取不下来？"元曜奇怪地道。

"因为竹夫人被他的心线缠住了，他的心魔已经化作'虫'了。"白姬一边说着，一边伸手拂过怀秀的身体。

随着白姬的手拂过怀秀的身体，元曜看见了令人头皮发麻的一幕。

怀秀的身上缠满了密密麻麻的细线，一层又一层，将他裹得像一个粽子。竹夫人也被缠在了怀秀的身体中。仔细看去，透明的细线上爬满了虫子，密密麻麻，蠕蠕而动。这些细小的虫子来自怀秀的身体，它们不断地从他的眼、耳、口、鼻中爬出，覆盖在他的身体上，吸取他的精气血肉。

元曜的额头上沁出了汗珠。

韦彦却似乎什么也没看见，见元曜面露惧色地盯着怀秀，问道："轩之，你怎么了？"

"没……没什么。"元曜道。

白姬对韦彦笑道："韦公子，我听说这青龙寺中有一件非常诡异而有趣的东西。"

韦彦最爱猎奇，顿时来了兴趣。

"什么东西？"

"藏经阁中的壁画。据说，只要用燃烧的火把接近壁画，壁画上的佛像就会动起来，还会说话呢。"

韦彦不信，质疑道："壁画上的佛像怎么可能会动、会说话？"

白姬神秘一笑，说道："我也只是听说，不知道这件事的真伪。"

韦彦笑了，一合折扇，说道："嘿，我去试试就知道了。"

韦彦兴致盎然地去了。

白姬笑了。

元曜担心地道："丹阳真的去了，不会出事吧？"

白姬道："没事的。在佛寺中，壁画上的妖灵不敢害人。"

元曜松了一口气。

白姬吩咐元曜："轩之，去把门和窗关上。"

"好。"元曜虽然不明白白姬要做什么，但还是照做了。

禅房中，窗户紧闭，白姬、元曜站在床边，怀秀躺在床上。怀秀身上爬满了虫子，狰狞而恐怖。

"每个人的身上都寄生着魔虫，心魔重的人魔虫就多，心魔轻的人魔虫就少。"白姬"喃喃"地道。然后她从衣袖中拿出一本书，随手翻开。

元曜定睛一看，发现是之前怀秀赠予白姬的《妙法莲华经》，还是怀秀自己抄写的。

"如是我闻。一时，佛住王舍城、耆阇崛山中，与大比丘众万二千人俱。皆是阿罗汉，诸漏已尽，无复烦恼，逮得己利，尽诸有结，心得自在……"白姬红唇微启，念着经文。

随着白姬缥缈的声音响起，经书上的墨字飞到了半空中，一句连着一句，盘旋飞舞。经文飞向怀秀，缠绕在他的身体上，覆盖了心魔之虫，源源不绝。被经文覆盖的魔虫瞬间僵住，渐渐地被经文缠成了茧。

怀秀的身上以肉眼可见的速度结满了黑色的虫茧，密密麻麻。经书完全成为空白的时候，怀秀身上已经爬满了虫茧，甚至连他的眼白上，也散落着芝麻大小的黑点。

元曜觉得头皮发麻，心中恶心。

这时黑茧突然一个一个地破开，一只只五彩斑斓的蝴蝶钻出了黑茧，振翅而飞。

一大片美丽的蝴蝶从怀秀身上飞起，色彩斑斓的尾翅上不时洒下银红色的磷粉，在半空中交织出一道道梦幻般的光晕。

蝴蝶飞入了空白的经书中，在每一页上都定格成栩栩如生的图画，一本《妙法莲华经》转眼变成了彩蝶绘。

元曜吃惊地张大了嘴。

最后一只蝴蝶飞入经书中时，怀秀身上已经没有了魔虫，却还缠着一层一层透明的心线。

白姬从怀秀身上抽出了一根线，放入掌心。心线在白姬的掌心旋转，速度越来越快，转眼间裹成了一个线团。

当线团滚动到拳头大小时，怀秀身上不再有心线纠缠，心线的一端没入了怀秀的胸口。怀秀胸口处的心线微微颤动，上面似乎还连接着一个正在律动的东西。

"轩之，什么东西最净澈无垢？"白姬问道。

"大概是琉璃吧。"元曜道。他想起怀秀在缥缈阁试墨时写下的经文："愿我来世得菩提时，身如琉璃，内外明澈，净无瑕秽。"

白姬笑道："那么，轩之，从那边的七彩锦斓袈裟上取一颗琉璃下来。"

元曜循着白姬的视线转头，看见了柜子上折叠整齐的七彩锦斓袈裟。他走过去，从袈裟上取下了一颗琉璃。

元曜将琉璃递给白姬，白姬接过琉璃的同时，拉动心线，拉出了怀秀的心脏。那颗鲜红的、血淋淋的心脏还在跳动。

怀秀仍旧昏迷不醒，毫无知觉。

白姬将琉璃放入怀秀的胸中，琉璃没入了怀秀的胸膛。

白姬将怀秀的心脏放在手中，五指合拢，捏碎了。

"人心不如琉璃洁净，却比琉璃温暖。"

白姬的指缝间鲜血淋漓。

元曜心中发怵。

白姬轻轻地道："从今以后，琉璃就是他的心了，他不会再有任何欲念了。"

"什么意思？"元曜问道。

白姬道："从今以后，他将无喜无悲、无爱无嗔，就像他一直向往的那样。"

元曜觉得无喜无悲、无爱无嗔并不是一件值得高兴的事情，因为那样会少了许多温暖和快乐。但是，如果不将怀秀的心换成琉璃，他就会被困死在自己的心魔之中，万劫不复。无论怎样，他能活着，总比死去好。

白姬以法术隐去了血迹和心脏的残片，元曜去打开了窗户和房门。

元曜打开房门时，韦彦飞快地跑回来了。只见韦彦一脸兴奋地道："嘿，果然是真的！我用火把一照，壁画上的佛像全都哭着、抱怨着逃走了。现在，墙壁上只剩一片空白了。"

"嘻嘻。"白姬笑了。

"可惜，知客僧说青龙寺的壁画不卖，不然我还真想买下来，天天用火把烧着玩儿。"韦彦笑道。

白姬笑着提议道："这有何难，韦公子在青龙寺落发为僧，不就可以天天待在藏经阁里了吗？"

韦彦考虑了一下，居然有些心动。

元曜急忙道："丹阳，白姬只是开玩笑的，你不要当真。"

韦彦笑道："轩之放心，我才不会出家为僧。当和尚多没意思，除非你陪我一起当和尚。"

元曜急忙摆手道："不要，不要，小生才不要当和尚！"

就在这时，小沙弥端茶进来了。

"阿弥陀佛，三位施主请用茶。"

三人饮了茶，坐了一会儿，就起身告辞了。

小沙弥客气地相送。

离开禅房时，元曜听见了一声响动，回头一看，只见臂搁从怀秀的手中滑落了。

希望禅师早点儿康复——元曜在心中祈祷。

韦彦、白姬、元曜离开了青龙寺，在安义坊分手。韦彦回韦府，白姬、元曜回缥缈阁。

走在路上时，元曜问白姬道："将怀秀禅师的心换成琉璃，这样做好吗？"

白姬道："我不知道好不好，但如果不这样做，怀秀禅师只怕度不过心魔之劫，会死去。他有慧根，也有佛缘，只是太年轻了，还没有经历过红尘百色，还不能明白真正的'空'，还没有能够应对'劫'的智慧和心境。"

元曜道："小生听不懂你说的话。不过，不管怎么样，怀秀禅师能够活着，就是一件好事。"

白姬笑道："他以后大概再也看不到竹夫人了。"

元曜道："这也是好事。竹夫人会吃人，太可怕了。"

白姬"扑哧"笑道："其实，世上哪有什么竹夫人！"

"对了，白姬，被丹阳用火把赶走的壁画妖灵不会有事吧？"

"那些多嘴多舌的妖灵啊，大概会离开壁画几天，飘在半空中，享受不到香火，忍饥挨饿吧。哈哈哈——"白姬叉腰大笑。

元曜一头冷汗。这狡猾而小气的龙妖绝对是在借韦彦的手捉弄上次得罪她的妖灵。韦彦玩上了瘾，一定会经常来青龙寺烧壁画，那些妖灵只怕会经常飘在半空中，经常忍饥挨饿了。

"不管怎么说，白姬你是一个好人。"

白姬看着元曜，诡笑道："我怎么会是好人？轩之，我是妖，不是人。不过，不知道为什么，我今天心情很不错。"

元曜笑道："那是因为你帮了怀秀禅师。帮助别人，是一件快乐的事情。"

"不对，我心情好，不是因为怀秀和尚。"

"那是因为什么？"

"我一想到那些多嘴多舌的妖灵飘在半空中，享受不到香火，忍饥挨饿，我就心情畅快！哈哈哈——"白姬再次叉腰大笑。

"呃……"元曜直冒冷汗。

青龙寺的怀秀禅师魔症突然好转、身体逐渐康复的奇事，让长安城的一众善男信女更加坚信佛光普照、佛法无边了。青龙寺的香火也更加旺盛了。

怀秀禅师痊愈之后，礼佛更加虔诚专注，对佛理的领悟也更进了一层。他的身上隐隐散发着琉璃般净澈的气质，言谈时字字珠玑、句句箴言，透露着大智慧、大彻悟。众人都称怀秀禅师为"真佛"，许多信徒虔诚地膜拜他，聆听他的禅理，甚至有无恶不作的江洋大盗也因为聆听了他的一番禅理而被感化，放下屠刀，皈依佛门。

怀秀圆寂时八十一岁，他的弟子们火化他的遗体之后，从灰烬中得到了一颗琉璃。大家都说，这颗琉璃是这位得道高僧一生修习佛理的结晶。只有大智大慧、大彻大悟的高僧，才会有一颗琉璃心。佛教中人将这颗琉璃视若珍宝，一直供奉着。

第七章　尾　声

这天下午，闲来无事，白姬挂出怀秀的墨宝来看。

"色即是空，空即是色。"

离奴撵元曜去集市买鱼，元曜去了一个多时辰了，还没回来。

离奴倚在门口，伸长了脖子张望，口中埋怨道："死书呆子，怎么还不回来？一定是又跑去哪里偷懒了！"

又过了半个时辰，元曜才提着竹篮回来了，竹篮里放着三条咸鱼。

元曜一边擦汗，一边道："挤死小生了，今天集市人真多。"

离奴看见咸鱼，拉长了脸，说道："怎么是咸鱼？我不是叫你买新鲜的大鲈鱼吗？"

"小生去晚了，鲈鱼已经卖光了，其他的鲜鱼也都没有了。小生见这家货摊上的咸鱼七文钱一条，买两条还送一条，觉得挺好，就去买了。这家货摊的生意真好，大家都抢着去买，小生等了许久，终于买到了三条。"

离奴用手拎起竹篮中最长的一条咸鱼，咸鱼不过七寸长，很瘦。

离奴撇了撇嘴，说道："这样的咸鱼还要七文钱？爷去买的话，一文钱都可以买七条了！这样的货色，大家怎么会都抢着去买？难道大家都和你一样念书念傻了不成？！"

元曜挠头道："货摊上的咸鱼倒是有一尺来长，还有两尺的。但是买的人太多了，又都是老人、妇人、仆童，小生就只得了这么三条。"

离奴生气地道："难道你一个大男人还挤不过老人、妇人和仆童吗？"

白姬"扑哧"一声，笑道："估计，轩之是站着等老人、妇人、仆童都买完了，才上去买的吧？"

小书生摇头晃脑地道："古语有云，敬老，爱幼，礼让为先。小生乃是一个读书人，怎么能去和老人、妇人、仆童抢咸鱼？"

离奴盯着手中的咸鱼，苦着脸道："这么小的咸鱼怎么够吃？"

白姬伸了一个懒腰，说道："不如把轩之煮了吧。"

离奴瞪了一眼元曜，说道："不要，书呆子比咸鱼还难吃！"

三人正在吵闹，缥缈阁外来了两个女子，但只在外面徘徊、张望，仿佛看不见缥缈阁。

元曜认出了那两个女子，奇道："哎？非烟小姐和红线姑娘？！她们怎么来缥缈阁了？"

元曜和韦非烟、红线相隔不到七步，她们却看不见他。

韦非烟道："缥缈阁应该就在这里了，可是怎么没有呢？我真想见龙公子一面，自从遇见他之后，我每夜都梦见他，总想再见见他。"

红线道："夫人，你不会爱上龙公子了吧？还不知道他是什么人呢！万一他是江洋大盗或者是乱党可怎么办？"

韦非烟的花痴又犯了，脸颊上浮起了两抹红晕，她柔声道："不管他是江洋大盗，还是乱党，我都愿意跟着他。"

"呃！"元曜一头冷汗，回头望向白姬，说道，"非烟小姐万一，不，已经想要嫁给你了，这可怎么办？"

离奴挠头道："主人要娶妻了吗？不对，主人是女人，怎么娶妻？"

白姬深吸了一口气，说道："轩之，把怀秀禅师的墨宝拿去送给非烟小姐，就说龙公子已经离开长安了。"

"好。可是，你为什么不去告诉她你是白姬，不是龙公子？"元曜问道。

白姬笑道："非烟小姐命数特异，非人能不以真身真名去见她，就不以真身真名去见她为妙。放心吧，以非烟小姐的性情，等过一段时间，遇见更多的美男子时，她就会忘了'龙公子'的。"

元曜摘下墨宝，卷起来，准备拿去送给韦非烟。

"色即是空，空即是色。"元曜一边走出缥缈阁，一边念道。

"色即是空，空即是色。"离奴拎着咸鱼去厨房，也这么念道。

"色即是空，空即是色。"白姬站在货架边，笑得诡异。

第四折

无忧树

第一章 天 劫

三月，微雨。

长安，西市。

缥缈阁中，离奴单手支颐，倚坐在柜台边，他的脸色有些忧郁。两碟鱼干放在柜台上，他却完全没有食欲，甚至连小书生趴在一张美人靠上睡午觉，他也懒得去责骂小书生偷懒。

大约过了半个时辰，元曜睡足之后，醒了过来。他见离奴还保持着他入睡前的姿势，不由得一愣，于是问道："离奴老弟，你最近怎么郁郁寡欢的？"

"爷不开心，关你什么事？去去去，集市买菜去，别烦爷！"离奴生气地道。

"哦，好。"元曜起身去厨房拿了菜篮，又到柜台后取了一吊钱，然后问道，"离奴老弟，今天要买什么鱼？"

离奴道："不许买鱼，买青菜、豆腐。从今天起，爷要斋戒吃素了。"

"为什么？"元曜觉得很奇怪。

离奴瞪眼道："问这么多干什么？爷说什么，你照做就是了！"

元曜道："自从来了缥缈阁，每天吃的东西除了鱼，还是鱼，小生已经好久没吃肉了。趁着离奴老弟你斋戒，小生去买些肉来，烦请离奴老弟做给小生吃。"

离奴磨牙道："书呆子，你想吃什么肉？"

元曜美滋滋地想了想，说道："春日宜进补。小生打算去些羊肉，烦请离奴老弟加上香料和蜂蜜烤一烤，一定很美味。"

"做你的春秋大梦去吧！爷斋戒，你还想吃烤羊肉？！爷把你加上香料和蜂蜜烤来吃了！"离奴气呼呼地骂了小书生一顿，把他赶去了集市。

元曜在集市上买了一些青菜、豆腐，又觉得只吃青菜、豆腐晚上肯定会饿，又绕道去光德坊，在一家远近驰名的毕罗店里买了两斤蟹黄毕罗做夜宵。

元曜走在光德坊外的大街上时，熙熙攘攘的人群骚动起来，一列威武的仪仗队在前面开路，路人纷纷退避，让开了一条路。元曜被人群推搡着，退到了路边的屋檐下。

一辆华丽的车辇缓缓而来，几名男装侍女骑在高头骏马上，簇拥着马车。车辇装饰得十分华丽，湘妃竹帘半垂着，金色流苏随风飞舞。从半垂的竹帘缝隙望去，可以看见一个女人优雅的身影。

这是什么人？出行竟有如此排场？元曜心中正疑惑时，听到周围有人窃窃私语。

"是太平公主①……"

"听说，公主这三个月都在感业寺吃斋，为国祈福，真是一位美丽而高贵的公主啊！"

"她这是要去皇宫，还是回公主府？"

"从路线上看，她肯定是回公主府。"

原来是太平公主，怪不得出行有如此大的排场。太平公主是高宗与武后的小女儿，极受父母兄长，尤其是母亲武后的宠爱，权倾长安，被称为"几乎拥有天下的公主"。她的丈夫是高宗的嫡亲外甥，城阳公主的二儿子薛绍。不过，不知道为什么，坊间传言这位要风得风、要雨得雨的公主一直郁郁寡欢，似乎从来不曾快乐过。

元曜活了二十年，还没见过公主，所以不由得探头张望。

突然，一阵风吹过，太平公主的手绢飞出了马车，如同一只翩跹的蝴蝶，迎头盖在了元曜的脸上。

"呃！"小书生眼前一黑，手舞足蹈。

马车停了下来，太平公主低声对一名男装侍女说了句什么。

侍女骑着马，带着侍卫走到元曜跟前，冷冷地道："公主有令，带他过去。"

元曜被抓到了马车前，吓得冷汗浸额，急忙深深地作了一揖，说道："小生……小生参见公主……"

---

① 本书涉及的太平公主、上官婉儿、武则天、张易之、张昌宗等历史人物，请作野史观，请作浮云看，与正史无关，也请不要考据具体的时间和事件。

太平公主翕动鼻翼，隔着竹帘道："你的身上有水的味道，和一个人很像。不，她不是人。天上琅嬛地，人间缥缈乡。你知道缥缈阁吗？"

元曜吃了一惊，垂头道："小生正是从缥缈阁出来，前来集市买菜的。"

太平公主不顾礼仪，伸手掀开了车帘，说道："你抬起头来。"

元曜抬起了头，正好对上一张美丽的脸。

太平公主不过二十四五岁，方额广颐，肤白如瓷，眉若刀裁，唇如点朱。她乌黑如炭的长发梳作倭堕髻，发间偏簪一朵金色的芍药花，华丽而高贵。她的脸上带着愉快的笑意，温暖如阳光，似乎非常快乐。

元曜觉得有些奇怪。坊间传言，太平公主郁郁寡欢，性格阴沉，怎么看起来她好像很阳光、很快乐？

看清了元曜的模样之后，太平公主笑道："不过是一个普通的书生啊。"

元曜又是一愣，不知道是不是因为说了话，太平公主的眼眸黝黑如夜鸦之羽，显得阴沉而抑郁，和她的笑容非常不协调。

太平公主放下了竹帘，说道："书生，回去告诉白姬——三月了，按约定，她该来太平公主府了。"

"嗯？"元曜一头雾水。

太平公主做了个手势，让侍卫赶走了元曜。

太平公主的车辇继续往前走，渐渐远去，只留一地香风。

元曜回过神来时，路人已经渐渐散开。他低头一看，发现手里还捏着太平公主的丝帕，刚才忘记还给太平公主了，太平公主也没有找他要。

仿佛手里捏着的不是丝帕，而是一块烧红的炭，元曜急忙丢了，但瞬间感到不妥，又急忙将丝帕拾起来，放在了菜篮中。

元曜吐出了一口气，提着菜篮回缥缈阁了。

元曜回到缥缈阁时，离奴还倚坐在柜台边发呆，精神萎靡。元曜听见里间隐约传来谈话声、嬉笑声，微觉奇怪地问："有客人吗？"

离奴道："是熟客了。张六郎张公子，来买香粉和口脂。"

在唐朝，贵族阶层的男子们有敷香粉、涂口脂的习惯，这是一种上流社会的时尚和风雅。

元曜一愣，张六郎即张昌宗，他和他的哥哥张易之是武后和太平公主的宠臣，权倾朝野。张氏兄弟仪容俊美，特别是张昌宗，据说他风姿飘逸，可以与仙人王子乔①媲美，人称"莲花六郎"。坊间传言，张昌宗爱美成癖，几乎已经到了扭曲的地步。他不能容忍一切不好看的东西存在，觉得一切不好看的东西都是污秽的、肮脏的。

元曜将菜篮放入厨房，有些好奇这位名动西京的美男子长什么模样，就悄悄地来到里间外，偷偷地探头张望。

这一看之下，小书生差点儿跌倒，急忙扶住了门框。

里间中，牡丹屏风后，一男一女相拥而坐，亲密无间。男子身形挺拔，女子身姿婀娜，只怕就是张昌宗和白姬。

张昌宗挑起白姬的下巴，深情地道："白姬，你真美。"

白姬深情地凝望着张昌宗道："六郎，你也越来越美了。"

"白姬，花丛中最韶艳的牡丹，也比不上你的美丽。香粉和口脂能打个折吗？本公子已经买了很多次了。"

"六郎，莲池中最清雅的莲花，也比不上你的风姿。我已经把零头抹去了，这是最便宜的价格了。再说，这香粉和口脂的妙处，难道不值这个价钱吗？"

张昌宗犹豫了一下，说道："好吧，本公子就出这个价钱。不过，你得答应，除了本公子，不能把这香粉和口脂卖给别人。"

白姬以袖掩唇，深情地道："那是自然，我的心里只有六郎。"

张昌宗深情地道："本公子的心里也只有白姬。"

白姬侧头道："我不信。"

张昌宗道："你要怎样才能相信本公子？本公子对你的深情日月可鉴，恨不能把心挖出来给你看。"

"要我相信，除非六郎……"白姬从衣袖中摸出一支玉簪，递给张昌宗道，"除非六郎把这支玉簪也买下。这是春秋时期的古玉，雕工精细，造型美观，六郎这样的翩翩美郎君用它簪发，更添风姿。"

"多少银子？"张昌宗凝望着白姬，问道。

白姬以袖掩唇，深情地道："看在六郎对我一往情深的分上，这支玉簪就只收你一百两银子吧。"

---

① 王子乔，神话传说中的仙人，本名姬晋，字子乔，周灵王的太子，人称太子晋。他好吹笙、作凤凰鸣。

张昌宗嘴角抽搐地道："这也……太贵了……"

白姬以袖掩面，侧过了头，说道："六郎的心里果然没有我……"

"呃……好吧，本公子买下了。"张昌宗急忙道。

白姬回过头，展颜一笑，说道："六郎真好。"

张昌宗深情地望着白姬，又挑起了她的下巴，说道："白姬，你真美。"

白姬深情地回望张昌宗，声音缥缈而阴森："六郎，你也越来越美了。"

元曜扶着门框，看得一头冷汗的同时，觉得牙根也有点儿发酸。这条龙妖和张昌宗演的是哪一出戏？元曜想悄悄地退出去，可是"吱呀"一声，门被他带动了。

"轩之？"

"谁？"

白姬、张昌宗从屏风后探出身来。

元曜冒着冷汗，想马上溜走，便道："小生只是经过……"

白姬道："轩之，去拿一方锦缎，将这六盒香粉、口脂替张公子包上。啊，还有这支玉簪。"

"好。"元曜垂头应道。

元曜拿了一方锦缎，进来包东西。白姬和张昌宗仍在互相深情地凝望，不着边际地说着情话，一会儿牡丹花，一会儿白莲花。不知怎的，张昌宗又稀里糊涂地花了一百二十两银子买走了一个羊脂玉瓶。

元曜偷眼向张昌宗望去，果然是一个俊美倜傥的男子。之前，元曜以为韦彦已经算是美男子了，不想张昌宗比韦彦更加丰标不凡。只见他墨眉飞入鬓，凤目亮如星，舒袍广袖，龙章凤姿。

张昌宗见元曜在看他，皱眉道："白姬，这是什么人？"

"轩之是缥缈阁新来的杂役。"

张昌宗厌恶地道："他真丑。你也不招一个漂亮些的下人。"

元曜有些生气，正想和张昌宗理论，白姬却笑道："看习惯了，轩之也很好看的。"

不知道为什么，元曜的脸红了。他垂头收拾青玉案上的香粉和口脂，六盒香粉和口脂中有两盒是打开的，香粉惨白，口脂艳红。元曜只觉得一股浓腥、腐臭的味道扑鼻而来，呛得他翻肠欲呕。

这香粉和口脂是用什么做的？怎么这么臭？这么臭的东西，能用吗？

元曜屏息合上盖子，将香粉、口脂、玉簪、花瓶都包入了锦缎中。

张昌宗和白姬诉完了情话，洒泪而别。

元曜拿着锦缎包袱，送张昌宗出了巷子，待他登上马车之后，才回到缥缈阁。

元曜再回到里间时，只见一条手臂粗细的白龙惬意地盘卧在一堆金元宝和大块大块的银锭中。

"六郎刚走，我却恨不得他又来缥缈阁，这大概就是人类所谓的'相思'吧？"白龙口吐人语。

元曜冒着冷汗道："你这哪里是'相思'，明明是想再一次体验'宰客之乐'罢了。"

白龙在金银堆里滚来滚去地道："啊啊，宰客才好玩嘛，这些金银真美，比牡丹花、白莲花美多了。"

元曜道："君子爱财，取之有道。宰客是不对的。对了，你卖给张六郎的香粉和口脂是什么做的？怎么一股浓腥的味道？"

白龙的金眸中泛出清冷的光，白龙淡然道："美人之骨磨的香粉，美人之血蒸的口脂。"

元曜吓得打了一个激灵。

白龙道："人骨香粉和人血口脂都是工艺复杂、很费时间的东西呢。"

"这……这些东西能涂在脸上吗？"元曜颤声问道。

白龙眼中金光流转："当然能，只是一旦用了，就不能停下。如果停止使用的话，脸上的皮肤会渐渐腐烂生蛆。不过，长久使用的话，人骨香粉和人血口脂会让一张平庸的脸变得倾国倾城、俊美无双。轩之有兴趣的话，也可以试试。"

元曜连连摆手，说道："不要，不要，打死小生，小生也不愿意在脸上涂那样的东西。"

白龙睇目，回忆道："西汉末年，我将这种香粉和口脂卖给了一对姓赵的姐妹，结果很有趣。如今卖给张氏兄弟，不知道又会有怎样的结果。"

白龙眼中的寒光，让元曜不寒而栗。

元曜突然想起了什么，说道："今天小生在街上遇见太平公主出行，她似乎知道缥缈阁，还让小生带话给你，说三月了，按约定，你该去太平公主府了。"

"嗯，知道了。"白龙道。

"白姬，你和太平公主是旧交吗？"

"算是吧。在她还是一个阴郁的孩子时，我就认识她了。并且，按照约定，我必须一直守护她，直到她老去、死去。"

元曜很好奇地问道："约定？什么约定？和谁的约定？"

白龙闭口不言。

"主人，晚饭做好了。该用饭了。"离奴走进来，垂首道。

离奴的出现，打破了白姬和元曜之间短暂的沉默。

"嗯，好。"白龙蓦地化为女身，袅袅娜娜地起身道，"走，轩之，吃饭去吧。"

白姬、元曜、离奴坐在后院的回廊中，三人中间摆了一张梨花木案。木案上放着三样菜、三碗米饭。三样菜分别是清汤豆腐、煮青菜、一碟咸菜。

元曜举了半天筷子，愣是吃不下去，却不敢说什么。

白姬低咳一声，问道："离奴，今天怎么全是素菜？"

离奴苦着脸道："主人，离奴也不愿意吃素，可是没有办法。您也知道，这次是七百年一次的大劫，对离奴来说，这可是攸关性命的大事，只能委屈主人也和离奴一起吃七七四十九天的素了。"

"七七四十九天啊……"白姬眼神一黯。

离奴抹泪，哭道："主人，您是八部众，几千年甚至一万年才有一次天劫，自然不明白我等下等妖灵几十年、几百年就有一次天劫的痛苦。"

"作为非人，天劫不可避免，也只有经历了天劫，妖灵才能成长。"白姬伸手摸了摸离奴的头，以示安慰。然后她又道："可是，我从没听说非人历经天劫时必须斋戒吃素。"

离奴又抹着泪道："这是我爹生前告诉我的，他说这样才能平安地度过天劫。他老人家在一次度劫斋戒时，耐不住嘴馋，偷吃了一条鱼，结果被天雷击中，千年道行毁于一旦，变回了一只普通的猫，老死了。我爹临终前一直告诫我，度劫时一定要斋戒吃素。"

"呃，离奴老弟，令尊也许只是恰好被天雷击中，和吃鱼没有关系的。"元曜忍不住插嘴道。原来，离奴最近闷闷不乐，是因为天劫。

元曜曾听白姬说过，妖灵都会有天劫，或几百年一次，或几千年一次，如果度过了，妖力就会更进一层，甚至位列仙班。如果度不过，重则被天雷击中而死，轻则千百年的修行毁于一旦，变回原形。

离奴瞪了元曜一眼，生气地道："我爹说有关系，就有关系！"

元曜不敢作声了。

白姬、元曜、离奴三人继续举箸吃饭，因为菜不合口味，白姬、元曜都没什么食欲，因为忧心天劫，离奴也没什么胃口，三人味同嚼蜡地吃着。

元曜突然想起了什么，说道："啊，小生之前在光德坊买了蟹黄毕罗，小生这就去拿来。"

白姬眼前一亮。

离奴生气地道："不用去了，我已经扔了。从今天起，缥缈阁中不许吃荤腥，只能吃素。"

元曜无力地坐下，小声地道："离奴老弟，暴殄天物，可是会遭雷劈的。"

白姬叹了一口气，说道："偶尔吃得清淡一些，也不错。"

"还是主人好。"离奴笑道。然后他又瞪了一眼元曜，说道："不像书呆子，一天到晚只知道吃！"

元曜想反驳，但又不敢反驳，只好闷闷地扒拉饭。

因为离奴要度天劫，缥缈阁里一连吃了五天的素，白姬吃得奄奄无力，元曜吃得满脸菜色。白姬没说什么，元曜也不敢有怨言。

这一天，离奴向白姬告了假，出门去了，傍晚才回来。离奴一回来，就又向白姬告假道："主人，今天离奴去玄武那里算了一卦。玄武说离奴五行缺土，必须去山里度劫，才能平安。所以，离奴打算请两个月的假，去山里度劫。"

玄武是一只活了一万年的乌龟，住在曲江池，和一条蛇焦不离孟，孟不离焦。玄武是个话痨，和它住在一起的蛇却十分安静。玄武见多识广，非常博学，尤其通晓星象命数、伏羲八卦。而且玄武喜欢烟火俗世，常常化作一个算命先生，游走在长安城中，和挑夫走卒、三姑六婆口沫横飞地讲八卦。人界、非人界的事情没有玄武不知道的，非人有了迷惑的事情都会去找它解惑。

白姬眼前一亮，笑道："没关系，你去吧，去吧。哈哈，哈哈哈——"

元曜也开始傻笑："哈哈，哈哈哈——"

离奴一头雾水地道："咦，主人、书呆子，你们笑什么？"

白姬赶紧敛了笑容，说道："我没有笑啊。轩之，我有在笑吗？"

元曜也敛了笑容，说道："离奴老弟，你就安心地去山里度劫吧，不必记挂缥缈阁。"

离奴忧愁地道："我怎么能不记挂？主人不会做饭，书呆子你又讲究什么'君子远庖厨'。我走了，谁给你们做饭吃？"

白姬、元曜赶紧安慰离奴，说他不必记挂太多，度劫要紧，再怎样他们也不至于饿死。

"那好吧。希望我回来时，你们不要饿瘦了。"离奴忧愁地道。

离奴做了一顿八道菜的素宴，和白姬、元曜一起吃了，算是给自己饯行。

离奴抹泪道："我这一去，也不知道能不能回来。"

白姬笑道："放心，你一定会回来的。"

离奴又抹泪道："世事难料，万一我不能回来，死了的话也就罢了，如果变成了一只普通的猫，主人你一定要把我带回缥缈阁养着。"

"好。"白姬答应道。

"还有，书呆子，那时我没有法力了，你可不能欺负我。"

"好。"元曜答应道。

离奴一把抱住了元曜，流泪道："书呆子，我以前不该总想吃你、总欺负你。如果这次我能安然回来，一定和书呆子你一起睡里间。"

"放心吧，离奴老弟，你一定会平安回来的。"元曜安慰离奴道。

吃过晚饭，离奴收拾出了一个大包袱，里面装着他爹告诉他的能够平安度过天劫的宝物，如锅灰、蒜头、瓦片之类的东西。

离奴踏着夜色，挥泪离开了缥缈阁。

元曜送离奴到巷口，望着一只黑猫背着一个大包袱渐渐走远，心中突然有些不舍。老天保佑，愿离奴老弟能够平安度劫，早日回到缥缈阁。

弦月东升，绯桃盛开，白姬和元曜坐在后院喝酒赏花。

元曜道："白姬，离奴老弟能够平安度过天劫吗？"

白姬神秘一笑，说道："只有天知道。"

"白姬，你也有天劫吗？"

白姬诡笑道："当然有。不过，一万年一次，轩之如果盼着看热闹的话，恐怕是赶不上了。"

第二章　春　雨

第二天，没有离奴做早餐，元曜只好去光德坊买了一斤羊肉毕罗当早餐。

元曜一边啃毕罗，一边问道："白姬，午饭和晚饭怎么办？我们也吃毕罗吗？"

白姬正在考虑的时候，一只纸鹤飞入了缥缈阁，停在了白姬面前。

元曜在缥缈阁里待得久了，也见怪不怪了。这只纸鹤不是哪个非人传来的讯息，就是哪个有道行的人传来的讯息。

元曜吃得正欢，不愿意放下毕罗。

"轩之，打开看看，念给我听。"

元曜只好放下毕罗，拿起纸鹤。他打开一看，上面写着一行秀丽的小楷："三月雨，结界疏，夜难安枕，望入太平公主府。令月拜上。"

白姬陷入了沉思。

元曜好奇地问道："令月是谁？"

白姬道："太平公主。"

元曜咋舌道："原来太平公主的芳讳是'令月'！"

皇族公主，尤其是太平公主这样尊贵的公主，普通人不能得知其闺名。

白姬沉吟了一会儿，对元曜笑道："不如，今天去太平公主府吧。太平公主府的厨师手艺可是一绝，我们吃了这么久的素，正好可以大快朵颐。"

"好。不过，太平公主是有事相托，不是请你饮宴吧？"

白姬笑道："有什么关系，办完了事情，自然要饮宴了。"

"太平公主找你办什么事情？"

"修补结界。"白姬道。

元曜不懂，也就不再问了。

三月多雨，不知道什么时候，外面飘起了密如牛毛的春雨。

白姬看见下雨了，对元曜道："轩之，去楼上取两把紫竹伞。"

"好。"元曜答道，随即又道，"两把伞？如今离奴老弟不在，如果小生也陪你去太平公主府了，谁看店？"

白姬恍然道："啊，我忘了离奴度劫去了。"

白姬想了想，说道："那么，只有烦请另一个人看守店门了。不知道他今天在不在。轩之，你先上去拿伞，我去请看店的人。"

"好。"元曜应了一声，上楼拿伞去了。

白姬移步去了后院。

元曜在仓库里取了两把紫竹伞下来，大厅中多了一个穿着灰袍的男子。男子修眉俊目，仪表非凡，但薄薄的嘴唇有点儿宽。他笔直地站立着，

167

英武挺拔，狷介狂放，给人一种豪爽仗义的感觉。

元曜吃惊地问白姬道："这位兄台是……？"

白姬道："这位是我的远亲，沈公子。"

灰袍男子抱拳道："在下姓沈，名楼。"

元曜作了一揖，说道："原来是沈兄。小生姓元，名曜，字轩之。"

沈楼奇道："咦？你不是姓书，名呆子吗？"

"沈兄何出此言？"元曜一头雾水。

"在下常听那只黑猫一天到晚这么叫你。"

"唉，难道沈兄也住在缥缈阁里？"元曜奇道。他怎么从来没见过沈楼？

"算是吧。在下和白姬是远亲，只是客居。"

元曜和沈楼一见如故，还要细叙衷情。白姬不高兴了，说道："走吧，轩之，再磨蹭下去，都快中午了。"

元曜只好作罢，说道："待小生回来，再和沈兄细叙。"

沈楼抱拳道："书老弟，不，元老弟慢走。"

白姬回头道："沈君，今日就拜托你照看缥缈阁了。"

沈楼抱拳道："白姬放心，在下一定会看好缥缈阁，赴汤蹈火，万死不辞。"

"多谢沈君。"白姬点头，转身离开了。

烟雨蒙蒙，柳色如烟，白姬撑着紫竹伞走在长安城的街道上，元曜跟在她身后。白衣竹伞、古城飞花，与这朦胧的烟雨构成了一幅寂寥而清雅的图画。

白姬、元曜来到太平公主府，两名宫装侍女早已迎候在门口。她们向白姬敛衽为礼，说道："公主已等候多时，请随奴婢入府。"

白姬点头道："请带路。"

白姬、元曜跟随两名侍女进入太平公主府。

元曜很奇怪，两名侍女虽然走在雨中，但衣衫、头发都没有一点儿湿痕。

太平公主府中飞馆生风，重楼起雾，高台芳树，花林曲池，看得元曜眼花缭乱。坊间传言太平公主奢华无度，铺张靡费，看来果真如此。

转过一片翠叶如玉的凤尾竹林，两名侍女带白姬、元曜来到一座临水的轩舍前。

元曜抬头望去，眼前一道飞瀑如白练般垂下，跳动的水珠折射出柔和的光晕。飞瀑下汇聚成一片幽碧的水潭，如同一块滑腻厚重的古玉。水潭边，一架巨大的水车正在"咿呀"有声地转动，水车旁是一座搭建在浅水中的华美的轩舍。

华美的轩舍中，珍珠白的帘幕被春风掀起，隐约可见一座水墨画屏风，屏风后隐约浮现出一个高贵而优雅的身影。

元曜猜测，那应该是太平公主。

八名梳着乐游髻的侍女站在水榭的长廊上，垂首道："公主有请。"

白姬、元曜走上长廊，白姬收了伞，元曜也收了伞，两名侍女接过了伞，退下了。

白姬、元曜继续跟着引路的侍女走在长廊里。

刚一踏入水榭中，两名侍女倏地变成了两个薄薄的、手掌大小的纸人，委顿在了地上。元曜吃惊，仔细一看，纸人是用不浸水的油纸裁的，怪不得淋不湿。

白姬笑道："公主的道术越发精进了。"

远远地，太平公主隔着屏风道："祀人过誉了。"

白姬走向太平公主，元曜跟在她后面，两个人转过水墨画屏风，看见了太平公主。

太平公主穿着一袭胭脂底色的锦缎宫装，红裙上用火色丝线精心绣着九十九朵或开或闭、花姿各异的芍药。绯色抹胸勾勒出她玲珑有致的身姿，半透明云雾状的金色披帛包裹着她雪白细长的胳膊和曲线优美的后背。她那长长的拖曳在地上的披纱，以极细的火绒线绣着无数或飞或停、神秘美丽的蝴蝶。

太平公主坐在锦垫上，低垂着头，飞针走线地绣着一幅约两尺长的刺绣。

白姬、元曜走过来，太平公主没有抬头，仍在飞针走线。

"祀人，你终于来了。"

白姬笑了笑，没有说话。

祀人？祀人是谁？元曜心中奇怪，难道白姬的真名叫祀人？白姬一直说非人禁止言名，太平公主怎么会知道她的名字？

太平公主抬起头，扫了一眼白姬身后的元曜，说道："你是上次的那位书生？"

元曜赶紧作了一揖，说道："小生参见公主。"

"你叫什么名字？"

"小生姓元，名曜，字轩之。"

"元曜？"太平公主笑道，"果真是结妖缘的名字。"

元曜不敢反驳。

太平公主吩咐道："来人，赐座，看茶。"

"是，公主。"两名梳着双螺髻的红裙侍女领命退下。

不一会儿，侍女拿来锦垫，端来香茶。

白姬、元曜坐下喝茶。

白姬道："才雨水时节，公主就让我来补结界，未免太早了一些。"

太平公主一边刺绣，一边道："本公主叫你来，倒不全是为了修补结界。最近有一件奇怪的事情，让本公主觉得不安。"

白姬一边喝茶，一边问道："什么事情？"

太平公主抬起头道："近来，本公主觉得心情特别愉悦，特别欢畅。"

元曜喷出了一口茶，心情愉悦不是一件值得高兴的事情吗？为什么太平公主反而觉得不安？

太平公主继续道："高兴的事情，会让本公主觉得心情快乐。悲伤的事情，也会让本公主觉得心情快乐。不管是什么事情，本公主都忍不住想笑，'哈哈'大笑。前几日，显哥哥的一位宠妃殁了，本公主进宫安慰显哥哥。也不知道为什么，本公主就在满脸泪痕的显哥哥面前'哈哈'大笑起来，显哥哥很生气。母后也把本公主叫去责备了几句。这一定是妖怪作祟，一定是恶鬼要来吃本公主。"

白姬道："长安城中，没有非人能够闯入我布下的结界。如果太平公主府的结界被破坏了，我在缥缈阁中会知道。"

太平公主道："如果不是在太平公主府，那就是在外面碰上了妖孽。年初，本公主奉母后之命，去感业寺吃斋祈福，会不会是在感业寺时碰上了妖魅？"

白姬道："我给您的玉坠，您一直佩戴着吗？"

太平公主点头道："一直佩戴着，从未离身。"

"那么，就不会是恶鬼、妖魅作祟了。"

白姬看了一眼太平公主，微微皱眉道："仔细一看，您似乎和以前有些不太一样了。"

太平公主奇道："哪里不一样？最近，母后、薛绍、高戬和侍候本公主的侍女们，也都说本公主和以前有些不一样了。"

白姬道:"您会开怀地笑了。"

太平公主愣了愣。

白姬低头看了一眼太平公主正在绣的图,问道:"这是什么?"

这幅刺绣刚开工,还没有轮廓,只依稀勾勒出一点儿形状,像花,像树,又像鸟兽。

太平公主道:"本公主最近总在梦里见到一棵树,觉得很美,就想绣出来。"

"啊?那多绣一幅送给我吧。"白姬笑道。

她开始盘算太平公主的刺绣在市面上能抬到怎样的天价。

"休想。"太平公主道。她怎么会不明白奸商心里的盘算。

"今天既然来了,那我就把结界修补了吧,免得春分时又来一趟。"白姬笑道。

太平公主点头道:"只有修补了结界,我才能稍微安心一点儿。"

白姬站起身,走到水榭的栏杆边,栏杆下碧波荡漾。烟雨迷蒙中,水色如玉,白姬伸手从头上拔下发簪,刺破了手指。一滴蓝色的血沿着莹白的指尖滴入水中,荡漾起一圈圈涟漪。

不一会儿,水潭中的水如同烧沸了一般,水波翻滚,波浪滔天。突然,水面"哗啦"一声破开,四条巨大的白龙从水中飞起,蹿上了天空。

白龙周身环绕着冰蓝色的火焰,龙爪坚实锋利如山岳,龙角虬结弯曲如镰刀。白龙张牙舞爪,盘旋在半空中,发出了一声声雄浑而悠长的龙吟。四条白龙在天空盘旋飞舞,消失在了东、南、西、北四个方位。

元曜吃惊地望着天空,张大了嘴。半空中,笼罩在太平公主府的结界现出了形状,柔和如水的结界上,奇怪的文字和符号在飞速流动,光华净澈。四条白龙在结界上游动,渐渐地融入了文字和符号中,消失无踪。

约莫一盏茶的工夫,结界消失不见了。

水榭外,花树中,仍是重楼飞阁,烟雨朦胧。

白姬对太平公主笑道:"结界没有破损多少,看来去年袭击你的非人也变少了。"

太平公主脸色苍白,咬紧了嘴唇,说道:"只是少了,它们还是会源源不断地来。从出生到现在,本公主没有一日安宁。"

白姬道:"这是您的命数,没有办法。"

太平公主望着白姬道:"祀人,你会一直守护本公主,直到本公主死去吗?"

白姬道:"公主,我会遵守约定,在您有生之年,不让任何非人伤害您。"

"那本公主就放心了。"太平公主道。

太平公主设宴招待白姬和元曜。宴席之上，金乳酥、玉露团、金齑玉脍、生羊脍、飞鸾脍、红虬脯、凤凰胎、黄金鸡、鲩鱼炙、剔缕鸡、菊香齑、驼峰炙、醴鱼臆等美味佳肴让人眼花缭乱，食欲大增。

白姬吃得很欢快，元曜也吃得很欢快。酒足饭饱之后，白姬、元曜告辞离去，坐着太平公主安排的马车回缥缈阁了。

马车中，元曜对白姬笑道："小生觉得，我们此行像是骗吃骗喝的神棍。"

白姬笑道："当神棍也很有趣呀。"

"小生想问一个问题。"

"轩之问吧。"

元曜好奇地问道："太平公主为什么总是提心吊胆、害怕妖鬼吃她？难道她曾经做过什么错事吗？"

白姬摇头道："不，太平公主没有做过错事，她是在为她的母亲承担'业'果。"

"武后？"元曜吃惊。

白姬点头道："武后。"

元曜不敢妄自议论武后的事情，陷入了沉默。

白姬笑道："说起来，太平公主和轩之很像。"

元曜吃惊道："哎？哪里像？"

"你们都和非人有夙缘。不过，太平公主的遭遇是武后的业报，聚集在她身边的都是怨戾的恶鬼，或者为复仇，或者为泄愤，想要折磨她、杀死她。而轩之嘛，大概是因为你的名字叫元曜，所以才这么有妖缘吧。"

"这关小生的名字什么事情？太平公主真可怜，必须为她的母亲承受这么多。怪不得坊间传言，她一直郁郁寡欢。"元曜怜悯地道。

从小到大，总是有一堆可怕的恶鬼环伺在侧，伺机折磨自己、杀死自己，这样提心吊胆、步步惊心，如处阿鼻地狱，只是想一想都不寒而栗。

白姬道："太平公主也算是一个坚强的人了。她对她的母亲没有任何怨言，反而她的母亲对她充满了愧疚，想要保护她、弥补她。于是，武后和我定下了契约。我认识太平公主已经二十多年了，从来没有看见她开怀地笑过，她是一个不会笑的孩子。"

元曜觉得，如果换成他处在太平公主的境地，他也肯定不会笑。一个时刻与恐惧、死亡、忧虑做伴的人，怎么会笑呢？

元曜道："今天太平公主笑了，好像还很开心。"

"所以我才有点儿担心，她自己也觉得不安。"白姬陷入了沉思，自言自语地道，"这似乎不像是非人作祟的迹象。"

马车中陷入了沉默。

元曜似乎还有话想问，白姬看穿了他的心思，说道："轩之，你还有什么问题？"

"白姬，祀人是你的名字吗？"

白姬一愣，转头望向车窗外，顾左右而言他。

"啊，轩之，雨停了。"

"白姬，原来你叫祀人？好有意思的名字。"

"轩之，我们今天的晚饭吃什么？"

"咦，我们不是刚吃过晚饭吗？"

"明天的早饭吃什么？"

"明天再说吧，祀人。"

"不要再叫我的名字了！"

"为什么？祀人很好听啊！"

"因为我讨厌这个名字。"

"为什么？"元曜奇道。

"不许再问了！不然，我就吃了你！"不知道是不是有其主必有其仆的缘故，或者反之，白姬的口气突然变得很像离奴的口气。

"嗯！"小书生乖乖地闭了嘴。

第三章　无　忧

白姬、元曜回到缥缈阁时，沈楼正倚在柜台边打瞌睡。

白姬见状，轻声咳嗽了一下。

沈楼被惊醒，见白姬、元曜回来了，起身抱拳道："白姬、元老弟，你们回来了。"

白姬道："沈君，今天有客人吗？"

沈楼道："没有。不过，胡家的十三郎来过。他好像有事，但听说你不在，又走了。他留了一句话给你，说明天午后再来造访。"

"嗯，知道了。"白姬道。她向里间走去，走了两步，又回头道："今天多谢沈君了，无以为谢，缥缈阁中，沈君喜欢什么，就请拿去，不必客气。"

沈楼急忙推辞道："举手之劳，何必言谢。"

白姬笑道："这是你的酬劳，不必推辞。"

沈楼摸了摸头道："在下是游侠，行走四方，没有防身的武器颇为不便。如果你能把墙上那把青铜剑送给在下，在下感激不尽。"

大厅南边的墙壁上，挂着一把战国时期的青铜短剑。短剑长约一尺七，宽约三寸，剑鞘上镶嵌着七色宝石。

白姬笑道："沈君喜欢，那就拿去吧。"

沈楼欢喜地道："多谢白姬。"

白姬笑了笑，转身走进了里间，上楼去了。

沈楼得了宝剑，十分欢喜，兴致盎然地拉着元曜叙说当年游历咸阳的往事。

"当年，在下在咸阳游历时，结识了许多绿林朋友，大家意气相投，情同手足……"

元曜沏了两杯茶，一杯给沈楼，另一杯自己喝，就着春雨听江湖传奇。

天色渐渐黑了，沈楼一说起当年行侠仗义的事情，就越说越兴奋，停不了口。他干脆留了下来，和元曜促膝长谈。

沈楼不知道从哪里弄来了几坛桂花酒，与元曜在烛火下对饮。

沈楼慷慨激昂，击盏而歌："忆昔少年，初入江湖。侠义在胸，快意恩仇。抱剑兰台，义气峥嵘冲冠怒；饮马长河，侠情崔嵬狂啸歌。一襟青云，两袖白雪。仗剑天涯，游踪萍寄。"

小书生也吟了一首诗唱和："刀光剑影江湖梦，展卷挥毫泼墨浓。三尺秋水无情碧，十里东风断肠红。西京歌楼弹长铗，北邙冷雨湿荒冢。古来多少豪侠事，落笔一笑云烟中。"

两个人把盏对饮，相视而笑，言谈甚欢。

桂花酒虽然甜淡，但是元曜酒量不怎么好，喝了几杯就昏昏欲睡了。

"沈兄，明天再说吧，小生困了……"元曜打了一个哈欠，睡倒在寝具上。

"唉，在下正说到精彩的地方，元老弟你怎么就睡了？"沈楼失望地道。他推了推元曜，小书生已经开始呼呼地打鼾了。

沈楼只好也躺在元曜身边睡了。可是，他太兴奋，翻来覆去，睡不着觉。突然，沈楼坐起身来，对着黑暗自言自语地道："人生如蜉蝣寄羽，朝为青丝，暮成白发，不可蹉跎，在下要游历去！"

沈楼摇醒元曜，说道："元老弟，人生苦短，不可蹉跎，在下要游历去，你说可好？"

元曜睡得迷迷糊糊，随口应道："游历？挺好，去吧，去吧……"

"元老弟，你可愿意与在下同去？"

"小生就不去了。不然，离奴老弟会骂小生偷懒不干活……"元曜迷迷糊糊地道。说完，他又扑倒在枕头上睡了。

沈楼下定了决心，握拳道："在下这就去向白姬辞行。"

沈楼走向了里间，元曜趴着呼呼大睡。

不知道过了多久，又有人拍元曜，喊道："元老弟醒醒，元老弟醒醒……"

元曜迷迷糊糊地睁开眼，一只灰色的蛤蟆人立在他的枕边，正伸出蹼趾拍他的脸。

元曜揉着眼睛坐起身来。

蛤蟆背着一柄青铜短剑，向元曜抱拳，说道："元老弟珍重。后会有期。"

"哎？"元曜一头雾水。

背剑的蛤蟆一蹦三跳，消失在了缥缈阁中。

"哎？！"元曜再次一头雾水。

不过，元曜很困，也懒得理会太多，倒头又睡下了。

天亮之后，元曜起床，沈楼已经不见了。

"沈兄？沈兄，你在哪里？"元曜在缥缈阁中找了一圈，没有找到沈楼，心中有些惆怅。

元曜回到大厅，望着酒坛中喝剩的桂花酒，努力地回想昨夜的事情。他依稀记得曾有谁向他辞行，好像是一只蛤蟆？！

元曜洗漱妥当，打开了店门，阳光照进了缥缈阁里。

吃早饭的时候，元曜问白姬道："沈兄去哪里了？"

白姬扶额，说道："沈楼不是被轩之撺掇着游历去了吗？"

"小生哪里有撺掇沈兄去游历？"

白姬喝着瓷杯中的桂花酒，说道："也许没撺掇吧，但是沈楼说和轩之一席畅谈之后，就想去游历了。生如蜉蝣寄羽，春夏秋冬，转瞬即逝，想做的事情，应当及时去做，不可蹉跎。"

元曜闻言，也有些感慨，说道："希望沈兄能够快乐地、尽兴地游历。"

白姬叹了一口气，说道："沈楼是快乐地游历去了，什么也不管了，可是我怎么向胤交代？如果胤醒来，发现沈楼不在了，情况就不妙了。"

"胤是谁？沈兄走了，为什么要向胤交代？"

"胤是沈楼的哥哥。因为某些情况，胤不方便露面，一切事情都是沈楼帮胤处理。沈楼走了，胤会生气的。"

"那该怎么办？"

"既然是轩之把沈楼掸掇走了，那就轩之去道歉吧。"白姬拿出一把钥匙，递给元曜，说道，"顺便把沈楼留下的这把钥匙交给胤保管。"

"这关小生什么事？"元曜不想去，只见白姬望着他，黑瞳幽深，眼神莫测，只好接过了钥匙，说道，"好吧，小生去就是了。胤在哪里？"

"井底。"白姬笑道。

"井底的仓库里？"元曜问道。

白姬摇头道："不是仓库里，是井底。"

"井水里？"

"嗯。"

元曜冒着冷汗道："可是，小生不会游泳……"

"不会游泳也可以去。"白姬诡笑。

"白姬，胤到底是个什么东西？"

"蜃。"

"什么是蜃？"

"简单来说，一只大蛤蜊。"

"胤会送小生珍珠吗？"

"不会，但胤会送你一场美梦。"

"真的？"

"真的。"

"沈兄也是蜃吗？"

"不是，沈楼是一只蟾蜍。不过，沈楼一直认为自己是胤的亲弟弟，也是一只蜃，所以你千万不要当着沈楼的面提'蟾蜍''青蛙''蛤蟆'，不然沈楼会很不高兴。"

"小生知道了。"

白姬笑了。

"小生这就去吗？"

白姬笑道："过几天吧，等月圆的时候。那时候，胤才会醒来。"

"嗯，好。"

白姬、元曜无声地坐在廊下吃东西，院子中的绯桃树繁花盛开，落英缤纷。

白姬喝了一口桂花酒，若有所思地道："轩之，你好像一直在缥缈阁里蹉跎光阴呢，难道你没有什么想做的事情吗？"

元曜挠头道："想做的事情？好像没有，小生只想一直待在缥缈阁里。"

"为什么？"

"因为待在缥缈阁里很有趣，很快乐。"

"轩之，你真是一个容易满足的人。"

"古语云，知足者常乐。"元曜笑道，接着又道，"白姬，如果你能给小生涨一点儿工钱，小生就会更快乐了。"

"休想。"白姬笑眯眯地道，"轩之，古语云，知足者常乐。"

小书生闷闷地啃了一口樱桃毕罗，把"真是奸诈贪财的龙妖"这句话连同毕罗一起咽进了肚子中。

中午过后，元曜正拿着鸡毛掸子给古董掸灰时，胡十三郎来了。

火红色的小狐狸走进缥缈阁里，端正地坐下，说道："元公子，好久不见了。"

元曜笑道："啊，是十三郎呀。好久不见了。"

小狐狸怯生生地道："白姬在吗？某昨天约好，今天来见她。"

元曜笑道："白姬在后院晒太阳，小生带你去。"

"有劳元公子了。"小狐狸怯生生地道。

元曜带小狐狸走向后院。

后院中，芳草萋萋，三春的阳光如一抹橘色鲛绡，明亮却微凉。

白姬躺在美人靠上，舒服地眯着眼睛晒太阳。

"白姬，十三郎来了。"元曜道。

白姬回过头，坐起身来，笑道："十三郎怎么有空来缥缈阁玩？"

小狐狸在白姬面前坐下，彬彬有礼地道："某不是来玩的，某有一件令人困扰的事情无法解决，特来拜托白姬。"

白姬望了小狐狸一眼，说道："十三郎的脸色好像有些憔悴。"

小狐狸伸爪揉了揉脸，说道："唉，某离家出走，已经一个多月了。这一个多月里，某露宿在荒郊野地，寄居在农人的屋檐下、寺庙的祠堂中，苦不堪言。"

白姬好奇地问道："十三郎为什么要离家出走？"

小狐狸又揉脸，说道："事情说起来，话就长了。"

元曜沏来两杯茶，拿来一些点心，胡十三郎一边喝茶、吃点心，一边娓娓道来。

九尾狐王年轻的时候就多愁善感，年老之后，因为操心九尾狐族的兴衰，操心儿女的婚姻归宿，操心孙儿们是否能够健康长大，更加郁郁寡欢，闷闷不乐。狐狸们都劝九尾狐王想开一点儿，儿孙自有儿孙福，不必操心太多，九尾狐王也不能释怀，仍旧愁闷。

去年夏天，胡三娘和夫婿去南海游玩，遇见了一只蜃。蜃正在做梦，胡三娘踏入了蜃梦中。蜃梦中仙山缥缈，美如梦幻，山林河泽中生长着各种奇花异草，奔跑着各种珍禽异兽。胡三娘行走其中，惊喜地看见了一棵茂盛的大树，树枝雄伟，树叶翠绿，树上开满了金色的花朵，密密麻麻，花色香艳。远远望去，像是一件件金色的袈裟挂在树上。这棵金色的大树给人以美丽、安详、圣洁、光明、愉悦的感觉，让人心旷神怡，烦忧顿消。

胡三娘曾在《因果经》里见过这种树，这种树名叫无忧树。相传，如来佛祖就诞生在无忧树下。无论是人还是非人，只要坐在无忧树下，就可以忘记所有的烦恼，变得无忧无愁，快快乐乐。

胡三娘想起了忧郁的父亲，就偷偷地摘了一颗无忧树的果实。

从南海回到翠华山之后，胡三娘将无忧果送给九尾狐王，说道："父亲，这是无忧树上结出的果实，将它埋入土中，待它发芽、长大，就会长成无忧树。据说，无论是人还是非人，只要坐在无忧树下，就可以忘记所有的烦恼，变得无忧无愁，快快乐乐。如果拥有了无忧树，您就再也不会苦恼忧愁了。"

"太好了！"九尾狐王大喜，扫视了众儿孙一眼，说道，"你们谁愿意替我种无忧树？"

一只火红色的小狐狸走了出来，怯生生地道："某虽不才，但愿意为父亲效劳。"

老狐王很高兴，说道："哈哈，十三，还是你最孝顺了。你素来勤谨心细，交给你，为父也放心。"

老狐王又夸赞了一番胡十三郎，别的狐狸有些不高兴了，窃窃私语。

"十三这家伙真狡猾，又抢先了一步。"

"十三最爱装乖卖巧，讨老头子欢心。"

"哼哼，十三一定是想做下一任的九尾狐王。"

"十三真讨厌……"

小狐狸觉得有些委屈。小狐狸只是想为父亲分忧，报答父亲的养育之恩而已，从来没有过别的私心。

老狐王维护十三郎，呵斥众狐狸道："你们啊你们，十三不过是为我做一点儿事情，让我高兴，你们就这么不待见十三、猜疑十三，真是气死我了！如果将来哪一天，我不在了，你们怎么能够团结友爱，让九尾狐族更加繁荣昌盛？只怕那时候，九尾狐族将会因为你们互相猜疑、不团结而分崩离析、没落衰败，非人界再无九尾狐族的立足之地！"

老狐王说到伤心处，拍着胸口，老泪纵横。

"唉，一想到这样的局面，叫人怎么能不发愁？！愁煞人也，愁煞人也！！"

众狐狸顿时不敢再说半句话。

胡十三郎种无忧树的事情就定了下来。

胡十三郎在九尾狐族居住的翠华山中挑选了一处土壤肥沃的山谷，开始种无忧树。胡十三郎把无忧树的果实埋入土中，浇上山泉水，不眠不休地守候着、祈祷着，静静地等候发芽。

一个月之后，土壤中破出了一点儿绿芽，小狐狸高兴得又蹦又跳，冲入家中告诉老狐王无忧树发芽了。老狐王很高兴，夸赞小狐狸很能干。众狐狸有些不高兴。

小狐狸更加细心、更加卖力地照顾无忧树。两个月之后，树芽长到了三寸长，多出了四片翡翠色的嫩叶。小狐狸高兴得直揉脸，又回家告诉了老狐王。老狐王非常高兴，又一次夸奖了小狐狸很能干。众狐狸面面相觑，又不高兴了。

小狐狸继续悉心照料无忧树。可是，有一天，小狐狸从紫竹林里取来山泉水，准备浇灌无忧树时，无忧树不见了。

小狐狸很着急，找遍了山前山后、山上山下，都没有找到。最后，小狐狸只好泪汪汪地回家，去向老狐王禀报这个不幸的消息。

老狐王奇怪地道："好好的，无忧树怎么会不见了呢？"

十三郎怯生生地道："某也不知道，恐怕是被谁偷走了……"

老狐王叹了一口气，捶着胸发愁，说道："我九尾狐族的地盘，居然有人能够神不知鬼不觉地闯入，这还得了？！真是愁煞人也，愁煞人也——"

狐狸们纷纷道："都怪十三玩忽职守，才让人偷走了无忧树。"

"九尾狐族的地盘有九重结界，外人绝不可能闯入，八成是十三偷懒，把无忧树种死了。十三害怕父亲责罚，故意说是有人偷走了无忧树。"

"对，一定是这样。"

"十三，你怎么能说谎呢？"

"不管怎么说，都是十三的错。"

众狐狸纷纷数落胡十三郎，胡十三郎满腹委屈，却是百口莫辩，只能流着泪，小声地解释道："某没有把无忧树种死，无忧树真的不见了！"

众狐狸表示不相信并认定是胡十三郎把无忧树给种死了。

狐狸们吵闹作一团，老狐王见了，捶着胸口叹气道："真是愁煞人也，愁煞人也——"

最后，虽然老狐王相信胡十三郎没有说谎，但是众狐狸都不相信，明里暗里指责胡十三郎。胡十三郎既委屈，又生气，一气之下，离家出走了。

小狐狸揉着脸道："无忧树一定是被人偷走了。无论如何，某一定要找回被偷走的无忧树，大家才会相信某没有说谎，家父也才会快乐无忧。"

白姬沉吟了一会儿，说道："翠华山是九尾狐族的地盘，遍布九尾狐族的结界，无论是非人还是人类都无法闯入其中，你们不可能不知道吧？"

小狐狸耷拉下耳朵，说道："事情就是这么奇怪，某完全没有感觉到有人入侵，但无忧树确实不见了。而且，神不知鬼不觉地闯入了结界中的，不是非人，是人。"

白姬奇道："此话怎讲？"

小狐狸凝重地道："脚印。事后，某回到种无忧树的山谷中，仔仔细细地查看了一遍，发现了人类的脚印。"

"人类的脚印？"白姬奇道。

小狐狸点头："人类的脚印。"

白姬喝了一口茶，说道："如果留有脚印，那也一定会留下气味，循着气味追踪，不难找到偷走无忧树的人。"

小狐狸揉脸，说道："那人没有留下任何气味。"

白姬笑道："怎么会？世界上怎么会有没有气味的人？"

小狐狸道："真的没有留下气味。某猜测，要么是此人道法高深如李淳风[①]，要么就是有法力高深的非人隐去了他的气息。"

白姬道："这也不无可能。"

小狐狸愁眉苦脸地道："这些日子以来，某四处奔波打听，连玄武也问

---

① 李淳风，唐代杰出的天文学家、数学家、易学家、道士，著有《宅经》《六壬阴阳经》《金锁流珠引》《太上赤文洞神三箓注》，被尊为风水宗师、六壬祖师。

过了，始终没有打探到无忧树和贼人的下落，甚至连一点儿线索都没有，真是愁死某了。白姬，缥缈阁能够实现任何愿望，某特意来请你实现某的愿望，替某找到无忧树。"

白姬沉吟了一会儿，说道："好。我替你找无忧树。不过，你用什么做报酬呢？"

小狐狸羞涩地道："这个……这些年来，家父也曾零零碎碎地了某一些钱，但某都用来买点心吃了，没有攒下什么积蓄……"

白姬笑了，抬眸道："听说，十三郎的厨艺很好。"

小狐狸羞涩地道："称不上好，略会做菜罢了。家父对美食很挑剔，常常爱换口味，某为了家父能够吃得开心，常常去皇宫中的御膳房、大酒楼的后厨中潜伏，偷偷学做各种菜式，然后回去做给家父吃。"

白姬笑眯眯地道："如果十三郎留在缥缈阁做两个月的杂役，我就替你找到无忧树。"

小狐狸怯生生地道："只要您能帮某找到无忧树，洗刷某的冤屈，某在缥缈阁做一辈子杂役也没关系。只是，那只黑猫恐怕容不下某……对了，今天怎么没有看见那只臭黑猫？！"

白姬道："离奴去山里了，两个月后才会回来。离奴一走，缥缈阁里颇缺人手。"

"这样啊。"小狐狸想了想，羞涩地道，"如果白姬不嫌弃，那某就留在缥缈阁了。"

"太好了。"白姬笑眯眯地道。

小狐狸怯生生地望着白姬："那无忧树的事情，就拜托您了。"

白姬点头笑道："没问题。缥缈阁从不拒绝任何人的愿望，无论是善良的愿望，还是邪恶的愿望。"

春日的暖阳下，绯桃花瓣纷飞，白姬的笑容有如梦幻般不真实。

第四章　蛛　丝

小狐狸留在了缥缈阁。因为太累了，小狐狸吃了一些点心之后，就蜷在绯桃树下睡觉。

白姬穿戴整齐，出门了。元曜猜测，她可能是去打探无忧树的下落了。

元曜坐在柜台后，托腮望天，浮想联翩。无忧树，无忧树，世上真的有能让人忘记烦恼、快乐无忧的无忧树吗？如果有的话，他也真想去无忧树下坐一坐。

"元公子，已经申时了，你怎么不叫醒某呢？"一个怯生生的声音将元曜从遐想中拉回了现实。

元曜四处一看，空荡荡的大厅中没有人。他将目光下移，才看见了胡十三郎。

胡十三郎坐在地上，身边放着一只竹篮。

元曜笑道："小生见你睡得香甜，就没有吵醒你。"

小狐狸揉脸道："某是来打杂的仆役，可不敢偷懒，元公子请一定要对某严格一些。刚才，某去厨房转了一圈，发现除了咸鱼，已经没有菜了。集市应该还没散，某去买些菜回来，准备做晚饭。元公子请给某一吊钱。"

"啊，好。"元曜赶紧从柜台后翻出一吊钱，放入小狐狸的竹篮里。

小狐狸怯生生地问道："请问，白姬的口味是怎样的？她喜欢吃重口的，还是清淡的？喜欢吃甜的，还是咸的？喜欢吃荤菜，还是素菜？有没有什么最爱吃的？有没有什么忌口？"

元曜想了想，说道："白姬不怎么挑食，没有特定的喜好和忌口。她什么都吃，你不必担心。"

"那元公子你呢？"

元曜笑道："小生也是什么都吃，十三郎不必特意费心。"

小狐狸羞涩地道："那就好，某去买菜了。"

小狐狸用嘴叼起竹篮，向缥缈阁外走去。

元曜想起了什么，急忙道："十三郎，等一等。"

小狐狸回头，放下菜篮。

"元公子还有什么吩咐吗？"

"你……你……你就这样去集市吗？"元曜觉得，胡十三郎就这样去集市，一定会被众人当妖怪追打。当然，胡十三郎本来也是妖怪。

小狐狸一拍脑袋，说道："某差点儿忘了，去集市要化作人形。"

小狐狸话音刚落，蓦地化作了人形。

一个纤细白皙、眉目如画的俊俏少年出现在元曜眼前。少年足踏乌皮靴，身穿红绲袍，一双丹凤眼眼角微微上翘，眼神温柔而妖媚。

"十三郎？！"元曜大吃一惊。

胡十三郎的脸微微一红，胡十三郎羞涩地道："正是某。某容颜丑陋，吓到元公子了吧？"

"不，不，小生只是吃惊，没想到十三郎如此风流俊俏，一表人才，和离奴老弟差不多呢！"

胡十三郎有点儿不高兴，说道："请不要把某和那只自大、丑陋的黑猫相提并论！"

"呃，好。"元曜不敢再多言了。

胡十三郎去集市买菜了。

日头偏西的时候，白姬挽着一只柳叶篮回来了，口中还哼着轻快的小调。

元曜问道："白姬，你怎么这么高兴？莫非你知道无忧树的下落了？"

白姬将柳叶篮放在柜台上，笑道："九尾狐族最擅长寻物，连九尾狐族都找不到无忧树，我怎么会找得到呢？"

"你找不到无忧树，那为什么还答应十三郎，说会实现十三郎的愿望？"

"因为缥缈阁正缺一个做饭的人嘛。"

"难道你在骗十三郎？"元曜有些生气，这条奸诈的龙妖不会是骗纯善的小狐狸替她做白工吧？

白姬笑道："我怎么会骗十三郎？我现在虽然还不知道无忧树在哪里，但是过几日，就知道它在哪里了。"

"为什么要过几日才会知道？"元曜好奇地问道。

白姬神秘地笑道："到时候，轩之就知道了。"

元曜知道白姬虽然行事诡异，但是一向稳妥无差错，也就不再问了。他低头望向柳叶篮，看见半篮子彩线，有血赤色、黄金色、荷叶绿、孔雀紫、墨玉蓝、月光白、棕褐色。七色彩线极细、极滑，莹润而透亮，不像是亚麻线、棉线，也不像是蚕丝。

元曜奇怪地问道："这是什么？"

白姬笑道："我买的蜘蛛丝。"

"你买蜘蛛丝做什么？"

"刺绣。"

"刺绣？！"

"对，我打算送轩之一条手绢。"

元曜闻言，脸突然红了。

"你为什么要送小生手绢？"

白姬诡笑道："嘻嘻，到时候轩之就知道了。轩之，你喜欢什么图案？"

元曜挠头道："梅、兰、竹、菊都可以……"

"那就绣一丛青菊吧。"

"能把离奴老弟也绣上吗？多日不见，小生怪想离奴老弟的，以后睹帕如见离奴老弟。"

"好。"

"把十三郎也绣上去吧。十三郎和离奴老弟总打架，绣在手绢上，十三郎和离奴老弟就不会打起来了。"

"好。"

"把丹阳也绣上吧。"

"好。"

"把小生也绣上，可以吗？"

"可以。"

"把你也绣上吧。"

"咦，为什么连我也要绣上去？"

"把大家一起绣在上面，更热闹。"小书生开心地道。

"嗯，可以。"白姬答应了。

"白姬，绣这么多东西，你不觉得麻烦吗？"

白姬诡笑道："没事，绣得越多，到时候越安全。"

傍晚时分，白姬、元曜、胡十三郎在后院吃饭。

胡十三郎做了生羊脍、葫芦鸭、杏酪，还炖了一锅香浓的乌鸡汤。菜肴色、香、味俱全，勾人食欲。元曜狼吞虎咽，赞不绝口，这还是他第一次在缥缈阁吃到不是鱼的晚餐。白姬也吃得很欢快，也对十三郎的手艺赞不绝口。

小狐狸羞涩地道："多谢白姬、元公子夸赞。"

小狐狸在缥缈阁住下来了。小狐狸把寻找无忧树的事情交给了白姬，每天只在缥缈阁里勤劳地打杂，用心地做美食。自从小狐狸来打杂之后，小书生动得少了，吃得多了，觉得自己明显胖了许多。

小狐狸喜欢花花草草。小狐狸把大厅中、里间中、回廊中，甚至厨房中都摆上了盆栽的花花草草。小狐狸喜欢风铃。小狐狸在屋檐下挂了许多小狐狸自己磨的贝壳风铃，风一吹过，"丁零零"作响。

元曜记得，离奴不是很喜欢花草，因为花粉会让离奴打喷嚏。离奴也很讨厌有响声的东西，响声会让离奴受惊、烦躁。

元曜猜测，离奴回来了，看见缥缈阁变成这样，一定会很生气。

小狐狸坚决不睡离奴的寝具，说道："那只臭黑猫用过的被子脏死了，某还是和元公子一起睡吧。"

于是，元曜终于不用再独自提心吊胆地睡在大厅里了。小狐狸蜷眠在元曜的枕边，或打呼噜，或说梦话。这情景虽然也有些诡异，但是元曜还是安心了许多。

这些天来，白姬晚上很少出门，白天也待在缥缈阁中。她在用蜘蛛丝绣花。

白姬似乎完全没有去找无忧树的意思，小狐狸也不催促，也不着急。

"十三郎，白姬好像根本没有替你去找无忧树。"元曜担心地道。他总担心奸诈的龙妖是在骗纯善的小狐狸做白工。

"放心吧，元公子，缥缈阁在千妖百鬼中口碑很好，信誉也很好。白姬是一个说一不二的人。她说会替某找到无忧树，就一定会替某找到。"小狐狸并不担心。小狐狸坐在一个火炉边，火炉上放着一个瓦罐，瓦罐里煨着鸡汤。小狐狸问道："鸡肉似乎已经熟了，元公子来尝尝咸淡？"

"啊，好。"元曜喝了一碗美味香浓的鸡汤之后，也就把担心给忘记了。

这一日是农历十五，阳光明媚，云淡风轻，生意冷清的缥缈阁居然次第来了几名买古玩的客人。

白姬忙着绣花，没工夫宰客，让元曜去招呼客人。元曜没有宰客的恶趣味，老老实实地卖了东西。客人满意地离去了，他也很开心。

元曜送走客人，刚回到柜台后，又来了一位客人，声音倨傲。

"白姬在吗？本公子要买东西。"

元曜抬头一看，居然是张昌宗。

元曜笑道："白姬在楼上绣花。她交代小生招呼客人。张公子想买什么，告诉小生就可以了。"

张昌宗厌恶地望着元曜，仿佛在看一件污秽的垃圾，不满地道："去叫白姬卜来，本公子可不愿意和丑八怪说话。"

元曜心中生气，但念及他是客人，忍下了气。

"张公子稍候，小生这就去请白姬。"

元曜走进里间，小狐狸正在擦屏风。小狐狸见元曜走进来，说道："某听见有客人来了，元公子怎么不在大厅里招呼？"

元曜郁闷地道："有位张公子，嫌弃小生貌丑，要见白姬才肯买东西。"

小狐狸安慰元曜道："元公子一点儿也不丑，那张公子想必是眼拙了。不劳元公子移步，某去楼上请白姬吧。"

元曜刚要说自己去就可以了，小狐狸已经放下抹布，飞快地上楼了。

小狐狸实在是太勤快了，从扫地、擦灰，到做饭、跑腿，什么事情都抢着做，不让元曜操心。将懒散而倨傲的离奴整天对自己呼来喝去的日子和现在清闲享福的日子比起来，元曜顿时觉得感慨万千。不过，不知道为什么，他还是非常想念离奴，哪怕离奴不如小狐狸温柔勤快，总是无理取闹，对他呼来喝去。

元曜回到大厅里，张昌宗在货架边徘徊。

元曜道："白姬一会儿就下来，张公子请先随意看看好了。"

张昌宗没有理会元曜。

元曜回到了柜台后，低头看书。

过了片刻，张昌宗问元曜："丑八怪，这个多少银子？"

元曜愣了一会儿，才意识到张昌宗是在和他说话，心中十分生气，但又不敢反驳。他举目望去，张昌宗手中拿着一个雕漆小盒，盒子中装着一支碧玉簪。

"八两银子。"元曜没好气地道。这支碧玉簪成色一般，雕工有些过于夸张了，不是顶好的东西，张昌宗的眼光可真不怎么样。

一阵香风袭来，环佩叮咚。

白姬袅袅娜娜地走了出来，怀里抱着一只火红色的小狐狸。

张昌宗放下玉簪，迎了上去，深情地道："白姬，你真美，本公子没有一时一刻不在想你。"

白姬放下小狐狸，和张昌宗执手凝望，流泪道："六郎，一日不见，如隔三秋，相思让人柔肠寸断。你上次买的口脂和香粉这么快就用完了？"

张昌宗也举袖抹泪，说道："一日作三秋算来，你我已有百年未见了，相思磨人，肝肠寸断。本公子不是为买口脂和香粉，最近皇宫里的宴会多了，本公子做了几件新衣裳，想买一支相称的玉簪。上次那支玉簪，哥哥很喜欢，本公子送给他了。"

白姬好奇地问道："皇宫中为什么宴会多了？"

张昌宗道："因为太平公主突然变得开朗快乐了，公主心情一好，武后也心情大悦。武后心情大悦，皇宫中的宴会自然就多了。"

白姬微微一怔，说道："太平公主……变得非常快乐？！"

"是啊，公主以前郁郁寡欢，喜怒无常，与她相处，让人无端觉得恐惧压抑。如今，她容光焕发，笑容满面，简直像是换了一个人。武后见了，非常高兴，说这一定是公主年初去感业寺吃斋，蒙受了佛祖的庇佑。"

白姬笑道："也许，真是佛祖庇佑吧。六郎想买什么样的玉簪？"

张昌宗转身，拿起之前放下的雕漆小盒。

张昌宗刚拿起雕漆小盒，白姬就笑赞道："六郎真是慧眼识珠，这支碧玉簪可是举世难寻的珍品，玉质通透无瑕，成色极佳。玉簪的造型优雅而高贵，雕工细致完美，六郎用来簪发，更显龙章凤姿，风度翩翩。"

张昌宗听了，明显很满意。他抚摩着玉簪，问道："多少银子？"

白姬以袖掩唇，深情地道："我对六郎一往情深，也就不报虚价了，二百两银子，这是最低的价钱了。"

张昌宗的嘴角抽搐，他指了指元曜，说道："刚才这个丑八怪说只要八两银子。"

白姬眼神微变，但脸上的笑容还是灿烂如花。

"呃！"元曜顿时冷汗湿襟。他虽然一向不赞成白姬宰客，但是更讨厌张昌宗叫他丑八怪，顿时没好气地道："小生刚才说的是匣子的价钱，不知道张公子问的是玉簪。"

张昌宗生气地道："本公子买匣子做什么？本公子问的当然是玉簪！"

元曜没好气地道："您惜字如金，小生难以意会。"

"对着你这个丑八怪，本公子当然惜字如金了。和丑八怪多说一句话，本公子也会变成丑八怪的！"张昌宗厌恶地道，同时把目光转向了白姬。仿佛多看一眼元曜，他就会变丑。

元曜很生气，觉得张昌宗真是不可理喻。

白姬笑眯眯地道："玉簪两百两银子，盒子八两，六郎买的话，盒子就送给你了。玉石有美颜的功效，以这支玉簪束发，会让六郎的容颜更加美丽。"

白姬的声音缥缈如梦，充满了让人无法抗拒的魔力。

张昌宗听到"更加美丽"四个字，仿佛着了魔一般，急忙点头："好，好，这支玉簪，本公子买下了。"

白姬开心地笑了。

"轩之，把玉簪给张公子包好。"

"更加美丽，更加美丽，更加美丽……"张昌宗"喃喃"地念叨，如同中了邪。

元曜觉得有些恐惧。

元曜送张昌宗出了巷子，待他乘上马车，才回到缥缈阁。

里间中，白姬坐在青玉案边飞针走线地刺绣，口中哼着轻快的小调。小狐狸沏了一杯香茶，放在青玉案上，然后安静地坐在一边看白姬刺绣。

元曜也在白姬对面坐下，看她刺绣。

白姬笑道："轩之今天也变聪明了。看来，轩之也很有宰客的天分。"

元曜生气地道："小生才不会宰客，小生只是不喜欢张公子叫小生'丑八怪'而已。古语云，君子爱财，取之有道。白姬，你这样宰客图利，有违古人的教诲。"

白姬笑道："我又不是君子，我只是一个非人。"

"不管是君子，还是非人，宰客图利都不对。白姬，你要改掉这个坏习惯。"

"轩之的话是没错，可是千年如一日地待在缥缈阁里，实在太无趣了，我总得要找点儿乐子吧？不宰客了，我就没乐趣了。"

"你可以绣花、读书、养养花草。"

"绣花太伤眼，读书太费脑，养花草太耗神。"

"宰客难道不费脑耗神吗？"

"不会啊，对我来说，宰客轻松愉快，水到渠成，一点儿也不费脑耗神。"白姬笑眯眯地道。

元曜被噎住了。奸商果然是天生的。

白姬飞针走线地绣花。

小狐狸蜷缩在白姬的脚边小憩。

元曜坐在白姬对面，看茶烟氤氲，听风铃"叮当"。

半个时辰之后，白姬放下了针线，吐了一口气，说道："终于绣完了。"

白姬将一方手绢递给元曜，问道："轩之，你看怎么样？"

"小生看看。"元曜笑着接过手绢，展开一看，一滴冷汗滑落额头。

手绢是雨过天青色，长宽半尺有余，右下角绣了一丛青菊。青菊边，并排坐着一只黑猫、一只红狐，再往左边，是一个手持书卷的青衫书生、一个手拿折扇的华衣公子。这两人两兽绣得十分简单粗犷，有些漫不经心的意味，只占了手绢的三分之一。占了手绢三分之二的图案是一条栩栩如生、盘旋在天空中的白龙。白龙精气神十足，生猛而美丽。白龙的绣工极其精细逼真，连盘旋如珊瑚的犄角、须张如戟的鬣鬃、光澈如琉璃的鳞甲上的每一处细节都处理得惟妙惟肖、生动细腻。衬托白龙风姿的云雾袅绕飘逸，也绣得十分用心、十分细致。

"轩之，绣得好看吗？"白姬笑眯眯地问道。

元曜冒冷汗，指着手绢上的白龙道："这白龙绣得也太用心了吧？！"

"因为绣自己，不知不觉就用心了。"

"可是，为什么离奴老弟、十三郎、小生、丹阳绣得这么敷衍了事？"

白姬以袖掩面，说道："这个嘛，绣白龙的工艺太复杂了，时间又有限，顾不上一些无关紧要的背景了。"

元曜挫败。原来，离奴、十三郎、韦彦和他都是无关紧要的背景。这条龙妖不仅奸诈、懒惰，还非常自恋、自大。

怎么看，这幅绣图的背景都应该是白龙吧？！元曜在心中咆哮道。

"怎么？轩之不喜欢这条手绢吗？"白姬见元曜嘴角微微抽搐，问道。

"不，挺好的，多谢白姬，小生很喜欢。"元曜赶紧道。算了，算了，不管怎么说，这手绢好歹也是白姬辛苦绣出来的，不好太苛责，辜负了她的一番心意。

白姬高兴地道："轩之喜欢就好。记住，要随身带着。"

"嗯。好。"元曜的脸莫名其妙红了。

第五章　海　市

月圆如镜，花枝纷繁。一阵夜风吹过庭院，屋檐下的风铃"丁零零"作响。

元曜正睡得迷迷糊糊，忽然被风铃声吵醒。他揉了揉眼睛，坐起身来。风铃声中，似乎有谁在叫他。

"轩之，来井边。"

元曜起身披衣，走向了后院。

大厅中，寝具上，只剩小狐狸蜷缩在被子的一角，睡得正香甜。

月光如银，清辉遍地。

夜风吹过庭院，青草起伏，桃花纷飞。

桃花树下，站着一个白衣黑发的女人。她身姿婀娜，雪白的披帛拖曳在地上，如水流动。她微微仰头，望着一枝满是花苞的桃花，似乎在等待桃花盛开。

元曜以为是女鬼，有些害怕，转身想回大厅继续睡觉。

女鬼叫住了他，说道："轩之，既然来了，怎么又要回去？"

元曜听到声音，才放下了心，转身走向桃树，说道："原来是白姬，吓死小生了。这么晚了，你怎么还不睡觉？"

白姬笑道："我在等轩之。"

"你等小生做什么？"

白姬掩唇笑道："今夜是月圆之夜，轩之必须去井底呀。"

元曜一拍头，想起来了。

"是呢，小生还得去井底呢。"

白姬诡笑道："嗯，轩之是要去井底呢。"

"那小生这就去了。"元曜走到井边，就要往下跳。

白姬急忙拉住元曜，说道："轩之且慢。"

"嗯？"元曜回头。

"喀喀，轩之见到胤，除了交代沈楼的去向、转交钥匙，还请帮我问一件事情。"

"什么事？"

"无忧树的下落。"

元曜奇道："无忧树的下落，为什么要问胤？"

白姬笑道："无忧树来自蜃梦中，自然只有蜃才知道它的下落。"

"哦，好。"元曜答应了。原来，白姬不去找无忧树，是在等月圆之夜，去井底问蜃。不，是让他去井底问蜃。元曜想了想，又问道："胤是怎样的一个人？"

"胤是一个温柔而优雅的人。"

"你曾经说过，蜃会送小生一场美梦吧？"

"嗯，梦是一定会有的。不过，白色是一场美梦，红色是一场噩梦，就看轩之的运气了。"

"什么意思？"元曜奇道。

白姬没有回答元曜，问起了别的。

"轩之，钥匙和手帕带了吗？"

元曜摸了摸胸口，答道："都带了。"

"嗯，去吧，轩之。"

"好。"

元曜站在井边，望向井中，水井幽深不见底，一阵寒气扑面而来。元曜又不敢跳了，踌躇道："小生……小生……有些不敢下去……"

白姬笑道："那我帮轩之一把吧。"

"好。你怎么帮小生？"

白姬伸手，从元曜身后将他推入了井中。

"就这么帮啊。"白姬笑眯眯地道。

"啊——"元曜的惊叫声从井底飘上来，回音荡漾。最后，"扑通——哗啦——"两声响起，井底就再也没了声音。

白姬站在井边，对着满月打了一个哈欠。

"春日宜眠。困死了，我还是睡觉去吧。"

白姬飘去睡觉了。

庭院中空剩桃花绽放，纷纷如雪。

元曜掉入井水中，如同一枚秤砣沉入了井底。他的口中吐出一串串水泡，虽然大量井水灌入口鼻中，他却没有难以呼吸的感觉。

元曜吐着水泡漂荡在水中，水中有幽蓝色的光线，倒也隐约能够看清周围的情形。四周一望无际，感觉不像是井底，倒像是海底。水草摇曳，珊瑚丛立，不时有尾鳍上发着荧光的游鱼从元曜身边经过。小鱼们钻进元曜的衣袖中，又从他的衣领钻出来，飞快地游走了。

元曜觉得很有趣，就跟着鱼群一起游。元曜游了一会儿，眼前出现了一片绵延的宫室。华美的宫室中隐约散发出七彩光晕，照彻了黑暗的水底。

一名童子站在巍峨的宫门外，穿着一件五彩斑斓的衣裳，梳着双髻，手里提着一盏橘红色的灯笼。

小童看见元曜，笑着招呼道："肯定是元公子了。"

元曜奇道："你怎么知道小生姓元？"

小童笑道："之前，白姬大人传信，说是元公子今夜要进入海市造访我家主人。我家主人特意命我在此迎接。"

"你家主人是胤吗？"元曜问道。

小童笑道："正是呢。元公子请随我来吧。"

元曜跟随提灯的小童进入宫门，一路穿过了九重华丽气派的宫殿，两边还有无数宫殿无限延伸。一路所见，白玉为阶，黄金做壁，云母砌屏，明珠引灯，水晶、玛瑙、琥珀、珍珠、珊瑚、象牙、翡翠、猫眼石、祖母绿弃掷满地，堆积如山。

元曜不由得咋舌，这只蜃也太富有了吧？！不过，一路上不见半个人影，这偌大的宫室就只有这只蜃独自居住吗？

小童领元曜来到最深处的一座宫殿，在殿门处停下了脚步。

元曜从殿门望进去，只能看见一座八折云母屏风。透过屏风之间的缝隙，隐约可以看见一个绰约的身影。

小童并不踏入宫殿，站在门槛边，垂首道："主人，元公子来了。"

"请元公子进来吧。"一个温柔的男声在屏风后响起。

小童向元曜做出一个"请"的手势，说道："元公子请进吧。"

元曜踏进了宫殿中，小童退下了。

元曜走入宫殿中，转过屏风。他已经做好了会看见一只大蛤蜊或者一个奇形怪状的人的心理准备，但是，在他看见胤时，还是不由得张大了嘴，并且无法移开视线。

胤穿着一身孔雀紫的华丽服饰，厚重的华服一层一层地拖曳在地上，上面绣着繁复的图案，幽暗而繁丽。

胤的容颜十分美丽，肤如珍珠，鼻如悬胆，五官如同手艺高超的匠人精心雕刻的杰作，完美得无可挑剔。

胤的眼眸是紫罗兰色，温柔而清浅。胤的头发很长很长，白如冰雪，披散在幽丽的华服上，盘旋在地上，看上去十分诡丽。

元曜从未见过这么美的人，一瞬间看得怔住，忘了说话。这个人真美，美得如此不真实，仿佛一场虚无的梦境。

胤笑道："我叫沈胤，元公子请坐。胤本该站起来迎接，才合礼数，但是胤不良于行，只好坐着了，元公子勿怪。"

元曜这才回过神来，说道："啊，哪里哪里，胤兄客气了。小生姓元，名曜，字轩之。胤兄就叫小生轩之吧。"

原来，这么美丽的人竟无法行走。元曜觉得有些悲伤。白姬说沈胤因为某些情况将一切事情都交给沈楼打理，这个"某些情况"大概就是指沈胤不良于行吧。

沈胤温柔地道："那轩之请坐。"

"好。"元曜在沈胤对面坐下。

元曜拿出钥匙，交给沈胤，将沈楼去游历的事情和盘托出。

沈胤捧着钥匙，泪流满面地道："轩之，你为什么要撺掇小楼去游历？江湖凶险，人世艰难，我就这么一个弟弟，万一小楼路上有个三长两短，叫我一个人怎么活得下去？"

元曜赶紧解释道："小生没有撺掇沈兄去游历，小生睡了一觉，沈兄就不见了。"

沈胤没有继续责怪元曜，只是长吁短叹，紫罗兰色的眼眸中流露出温柔的悲伤。

沈胤温和知礼，很好说话，为什么白姬会犯愁不知道该怎样跟沈胤交代呢？元曜暗暗奇怪，想起了白姬交代的另一个任务，开口道："胤兄，白姬托小生问你一件事情。"

"什么事情？"沈胤问道。

"事情是这样的……"元曜向沈胤说了九尾狐王得到无忧果后，胡十三郎栽种无忧树、弄丢无忧树的经过。

"无忧树也许是被人窃去了，至今不知下落，白姬想向你打听无忧树的下落。"

沈胤道："无忧树确实是蜃梦里的东西。既然白姬想知道，那我就帮她找一找吧。"

知道无忧树的下落，胡十三郎一定会很开心。元曜高兴地道："如此，小生先谢过胤兄了。"

沈胤笑道："轩之不必客气。"

沈胤从衣袖中拿出一个紫色的水晶球，双手虚托在球下。水晶球缓缓浮上半空，发出柔和的光晕。

元曜望着水晶球，水晶球中浮现出日月星宿，山河大地，泉源溪涧，草木丛林，天堂地狱，一切大海，须弥诸山，最后画面定格在一棵枝繁叶茂、金花灿烂的大树上。

那就是无忧树吗？好美！元曜吃惊地张大了嘴。不过，这棵美丽的金色大树位于茫茫大海中，四周云雾缭绕，看起来不像是在长安。

"这是蜃梦中的无忧树，胡三娘就是从这棵树上摘走了无忧果。借由这棵无忧树的气息，可以得知流落人间的无忧树的下落。"沈胤一边缓缓地道，一边闭上了双眼。

在沈胤闭上双眼的刹那水晶球上倏然睁开了一只眼睛，紫瞳灼灼如妖，说不出地诡异。

"娘呀！"元曜吓得连退三步，指着水晶球，颤声道，"球长眼睛了！球长眼睛了呀！"

"喀喀，轩之，那是我的眼睛。"沈胤闭着眼睛道。

"啊！胤兄，你的眼睛怎么跑到水晶球上去了？吓死小生了！"元曜惊魂未定。

沈胤答道："我在找无忧树。"

水晶球上紫光闪烁，球中的场景开始变化，从海洋到陆地，穿过山峦、平原、沼泽、河流，最后定格在了一座繁华的城市中。

元曜仔细看去，这座城市无比眼熟，正是长安。

水晶球中的画面不再变化，那只紫瞳幽光灼灼，十分慑人。

元曜等待沈胤找出无忧树的具体位置。但是，不知道为什么，沈胤光洁的额头上开始渗出汗水，唇色也渐渐变得苍白。

突然间，没有任何征兆地，水晶球上的眼睛消失了，长安消失了，变得一片空白。

"胤兄，怎么样？无忧树在哪里？"元曜问道。

沈胤虚弱地道："无忧树的气息在长安，但我用尽力量也无法找到它。"

"怎么会这样？"

"不知道，我依稀能感到一股非常强大的灵力隔绝了无忧树的气息……"沈胤的脸色越来越苍白，光洁的额头上有青筋渐渐凸起，他看起来非常难受，似乎在忍耐着极大的痛苦。

"胤兄，你怎么了？不舒服吗？"元曜担心地道。

沈胤艰难地道："不好了，要出来了！轩之，快离开这座大殿，快——快——"

沈胤银白如霜雪的长发以肉眼可见的速度渐渐变成血红色，如同燃烧的火焰。

"哎？"元曜吃惊，不明白发生了什么事情。

沈胤猛地睁开眼睛，紫罗兰色的眼睛变得血红，美丽的脸庞也变得狰狞而扭曲。

沈胤怒视元曜，之前温柔的声音变得粗犷而凶恶，仿佛换了一个人。

"太可恶了！太可恶了！你这书生，竟敢骗走小楼？！"

元曜不明所以，赔笑解释道："胤兄，刚才小生已经解释过了，沈楼兄去游历，不关小生的事。"

沈胤笑得阴邪，语气凶狠地道："哼！诡词狡辩！如果不是你这家伙调唆，小楼怎么会去游历？你把小楼骗走了，那你就留下来代替小楼吧！"

元曜赔笑道："胤兄不要开玩笑，小生不能留在井底……"

沈胤笑容狰狞，恶狠狠地道："哼！那可由不得你！"

元曜一怔，沈胤怎么像变了一个人似的？

元曜正在疑惑，宫殿四周突然涌出大片白雾。白雾源源不断，迅速地包围了元曜和沈胤。

沈胤美丽的脸庞突然扭曲，五官错位，嘴唇豁裂开来，露出尖利的獠牙。沈胤伸出血红的舌头舔舐嘴唇，口涎四溢："吃了你，你就会留下了……"

元曜眼睁睁地看着一个优雅的白发公子变成了一个可怖的红毛魘怪，顿时觉得头皮发麻，双腿发抖。

元曜拔腿想逃，但地上的白雾幻化成一只只苍白枯瘦的手，死死地抓住他的脚踝，让他无法动弹。

红毛魘怪爬向元曜，舌头伸出，口涎四溢。

"好想吃人，好想吃人，美味的人类……"

元曜怕得要死，却又跑不掉，只好哭丧着脸赔笑道："小生太瘦，不好吃……胤兄，你不要吓唬小生了，这个玩笑一点儿也不好笑……"

红毛魘怪恶狠狠地道："哼哼，谁和你开玩笑？！你的头骨形状倒是不错，我正好缺一个烛台，看来还不能嚼烂了！"

随着红毛魘怪靠近，一股极腥膻的味道涌入了元曜的鼻中，恶心得他想吐，吓得他几乎昏厥。

元曜拼命地抬脚，脚却无法动弹。他心中恐惧至极，叫道："救——救命——"

元曜话音刚落，他胸口的位置闪烁出五彩光华，有两人三兽浮现在了半空中，一条白龙、一个青衫书生、一个华衣公子、一只黑猫、一只红狐。他仔细看去，他们都是手帕上绣的图案。

白龙神气活现，盘旋飞舞，卷向红毛魘怪。红毛魘怪往后退了三步，摆出了攻击的姿势，箕踞在地，张大了嘴，发出一声如钝器击墙的声音。

白龙生猛地盘旋飞舞，也张开大口，发出一声雄浑震耳的龙吟。

元曜吓得魂飞魄散，僵立着无法动弹。他眼看着魘怪和龙妖对峙着，互不相让，大战一触即发。

白龙吟啸着卷向魘怪，魘怪眦目，张开大口，将白龙吞入了口中。

元曜流泪，叫道："白姬，你死得好惨！"

元曜话音未落，白龙散作蛛丝，从魘怪的齿缝中溢出，一圈一圈地缠上了魘怪的身体。不多时，魘怪就被蛛丝缠成了一个大茧，无法动弹。

与此同时，元曜脚上的束缚消失了。线绣的青衫书生、华衣公子、小黑猫、小红狐绕着蜃怪转圈。

蜃怪在蛛丝中愤怒地挣扎，叫道："太可恶了！太可恶了！啊，我要吃了你们——"

青衫书生、华衣公子、小黑猫、小红狐一哄而散，向殿门逃窜而去。

元曜怔怔地站在白雾弥漫的大殿中，见线绣的人和兽都逃走了，才反应过来，拔腿追了出去。

"哎，你们不要丢下小生，等等小生啊！"

元曜跟着线绣的人和兽跑出大殿，在长廊中疾走。

"太可恶了！太可恶了！啊，我要吃了你们——"蜃怪愤怒的嘶吼被抛在了后面，渐渐模糊。

一路跑去，眼前的景象让元曜大吃一惊，白玉为阶、黄金做壁，云母砌屏，明珠引灯的华美宫殿都不见了，眼前只有一片断壁残垣、荒烟蔓草的废墟。之前，华殿中弃置成堆的金银珠宝全都变成了白骨堆、腐尸堆，让人头皮发麻。

元曜提心吊胆地往外走，感觉迷路了，找不到出口，不由得害怕。在转过一个弯的时候，元曜和一条五彩斑斓的鱼撞了一个满怀。

元曜吓了一跳，那五彩鱼也吓了一跳，但看清是元曜，五彩鱼舒了一口气，口吐人言。

"原来是元公子。"

元曜一听声音，竟是之前带他去见胤的小童，不由得张大了嘴。

五彩鱼打量四周，叹了一口气，说道："唉，看这情形，红色的主人又醒了，恐怕又要闹腾许久。元公子，您还是赶快离开为妙。"

元曜苦着脸道："小生好像迷路了，找不到回去的路……"

五彩鱼道："那您请随我来。我送您去海市的出口。您是缥缈阁来的客人，可不能被主人给吃了。"

"好，好，多谢鱼老弟。"元曜忙不迭地答应。

五彩鱼带领元曜往外走去，线绣的青衫书生、华衣公子、小黑猫、小红狐围着两个人转圈。元曜不时能踩到骷髅和腐尸，害怕得连衣袖都在微微发抖，问道："鱼老弟，这里怎么这么多白骨？小生刚才进来时好像没看见……"

"啊，这些呀，这些都是被红色的主人吃掉的人。"五彩鱼不以为意地道。

"红色的主人？难道你还有几种颜色的主人？"元曜奇道。

五彩鱼道："我有两种颜色的主人，元公子今夜不是也见到了吗？白色的主人美丽优雅、善良温柔。白色的主人醒着的时候，海市就是一片华美如梦的宫殿。嘿嘿，连我都变成了可爱的小童。红色的主人残暴恐怖，喜欢吃人。红色的主人醒着的时候，海市就是一片堆满白骨的废墟。唉，红色的主人一醒来，连我也得东躲西藏。"

"啊，原来有两个胤兄？"元曜咋舌。他想起白姬说过的话："梦是一定会有的。不过，白色是一场美梦，红色是一场噩梦，就看轩之的运气了。"元曜不由得生气。原来，那条奸诈的龙妖怕下来遇见红色的蜃怪，就推他来送死。

五彩鱼道："不，主人只有一个，只是有时候性情温柔，有时候性情残暴。"

说话间，五彩鱼带着元曜离开了海市，周围又变成了一片无垠的幽蓝色。

在一处山丘状的地方，五彩鱼停下，说道："元公子，出口就是这里了。"

元曜四下张望，疑惑地道："哪里有出口？小生怎么没看见？"

五彩鱼道："元公子，您抬头往上看。"

元曜抬头，一片无垠的幽蓝中，浮现出一轮皎洁而美丽的满月。

五彩鱼道："那里就是您下来的井口了。"

元曜手搭凉棚一望，犯愁了。

"那么高，小生怎么上去？"

元曜话音刚落，线绣的青衫书生、华衣公子、小黑猫、小红狐散作了蛛丝，蛛丝飞快地结扣，盘作悬梯。一条悬梯缓缓向上延伸，直奔满月而去。

当悬梯最下端的一段梯格也上升到空中时，反应迟钝的小书生总算明白他必须爬上去，才能回到缥缈阁。

元曜苦着脸道："小生不擅长爬梯，又有些恐高，敢问鱼老弟，可还有其他回缥缈阁的捷径？"

五彩鱼摇头道："没有捷径呢。要回缥缈阁，只能爬上去，元公子加油。"

元曜无法，只得深吸一口气，双手抓住蛛丝，踩上了悬梯。元曜硬着头皮往上爬，爬了十来步时，低头一看，五彩鱼还在原地目送他。

元曜挥手道："鱼老弟，小生告辞了，你也请回吧。"

五彩鱼在下面挥鳍，大声道："好。元公子再见，下次还来海市玩！"

元曜差点儿一脚踏空。无论如何，打死他，他也不敢再来这吓死人的海市了。

第六章　太　平

元曜踩着蛛丝悬梯，一步一步向上爬去。他累得气喘吁吁，只敢向上看，不敢往下瞅。四周的颜色也渐渐变化，由幽蓝色变成深蓝色、莹蓝色、浅蓝色。眼前一片绚烂的白光过后，"哗啦"一声，元曜离开了水面，回到了空气中。

借着月光望去，元曜发现自己置身在逼仄幽冷的井底，身子一半探出水面，一半泡在水中，全身都湿透了。不过，幸运的是蛛丝悬梯仍然向上延伸，他只要再爬二十来步，就能出井底了。

元曜顾不得疲乏与寒冷，急忙向上爬去。他只想赶快回到地面，换上干净的衣裳，喝上一杯热茶。

元曜疾步向上攀去，看见最后一步梯格时，泪流满面。因为蛛丝不够，悬梯的顶端离井口还有半米。那条自恋自大的龙妖只顾着绣龙，对其余的图案马虎了事，导致现在蛛丝不够长，悬梯够不到井口。

元曜被悬在了半空中，不上不下，干着急。

是就这么等天亮，待白姬来拉他，还是冒险跃出井去？元曜思前想后，左右为难。

一阵寒风从井底腾起，元曜打了一个哆嗦的同时，也拿定了主意。他一只手抓着悬梯，另一只手探向井沿，试图攀上去。

从悬梯到井沿不过半米高，换成身手灵活的习武之人，一个翻身跃起就上去了。但是元曜是个书生，又胆小，畏首畏尾地折腾了半天，还是上不去，不过双手勉强攀住井沿了。

大厅里，胡十三郎醒了两次，元曜都不在。第一次，小狐狸以为元曜如厕去了，没有在意。但第二次醒来时，小狐狸还是没有看见元曜，不由得有些担心。

小狐狸起身，沿着回廊往后院一路找寻元曜。

"元公子……元公子……"

碧草萋萋，树影斑驳，庭院里安静如死。小狐狸虽然有些害怕，但又担心元曜，还是走进了碧草中，轻声地呼唤道："元公子在后院吗？元公子，你在哪里？"

水井中传来"窸窣"的响动，小狐狸猛然回头，但见水井中爬出一个湿漉漉的、披头散发的黑影，冲着小狐狸幽幽地道："十……三……郎……"

"啊！"小狐狸吓得双眼一翻，晕了过去。

元曜好不容易从井中爬出来，看见胡十三郎在后院，本想叫胡十三郎拉他一把。谁知，他刚开口，小狐狸就吓晕了。

元曜挣扎着爬出井口，赶紧爬到小狐狸身边，喊道："十三郎……十三郎……"

小狐狸倒在草丛中，口吐白沫，不省人事。

元曜摇晃小狐狸，流泪道："十三郎醒醒，你不要吓唬小生！"

小狐狸没有反应，昏迷如死。

元曜只好把小狐狸抱回大厅，放回被子上。元曜换下湿衣服，又哭了一会儿，太累了，也就睡下了。

第二天早上，小狐狸还是僵卧不醒。

白姬看了，摇扇道："看这情形，恐怕是被吓走了魂。"

元曜流泪自责道："都是小生不好，吓到了十三郎。"

白姬安慰元曜道："事到如今，轩之自责也没用。"

"那小生去请个大夫来？"

白姬摇扇道："弄丢了魂魄，请大夫来也没用。"

"那小生去江城观请个道士来给十三郎作法收魂？"

白姬摇扇道："道士来了，会把十三郎给收走。"

元曜愁眉苦脸地道："那该怎么办？"

白姬想了想，说道："我记得，太平公主有三粒回魂丹，是世间不可多得的灵药。你去向她讨一粒来，给十三郎吃下，十三郎就能醒过来了。"

元曜犯难了，说道："太平公主尊贵无双，小生一介平民，怎能轻易得见她的玉颜？更何况，这样珍贵的宝物，太平公主怎肯赐给小生？"

"无妨，我给轩之一张拜帖，你拿着拜帖去太平公主府，她一定会见你。至于她给不给回魂丹，就看轩之的造化了。"

元曜还是犯难道："虽然有拜帖，但是小生两手空空地去拜会，似乎不合礼数。"

按照唐朝的礼数，持帖去拜会他人，尤其是地位尊贵的人，总要随拜帖赠送一些礼物才合规矩。对方身份越尊贵，礼物就应该越贵重。元曜的目的是去讨回魂丹，礼物应该更贵重丰厚。元曜没有礼物能送，想让白姬破财送礼。

"啊，送礼啊，那就去后院折一枝桃花吧。轩之再配上一首写春日的小诗，既风雅，又别致。"一毛不拔的奸诈龙妖如此道。

元曜只好去后院折桃花。他折了一枝桃花回来，稍微修剪了一下，又铺纸研墨，写了一首小诗："啼鸟归江岸，枝头绿芽短。残雪积虚阁，红萼未宜簪。"

白姬坐在青玉案边看元曜忙碌，神色有些凝重。

"轩之，胤真的说自己无法找到无忧树？"

元曜已经把昨夜入海市发生的事情都告诉了白姬。

元曜一愣，点头道："没错。胤兄说，自己能感到无忧树的气息在长安，但是一股非常强大的灵力隔断了无忧树的气息。"

白姬神色凝重，说道："长安城中，具有能让胤都觉得强大的灵力的非人屈指可数，如果真是它们中的一个窃走了无忧树，即使我出面，要拿回无忧树也不太容易。"

"咦？离奴老弟不是总说你是长安城中最老的、最强大的非人吗？原来，你也有忌惮的非人？"

白姬笑道："轩之，人外有人，天外有天，没有谁堪称最强大。长安城中，每一个非人都有自己的势力范围，互相不可越界，这是约定俗成的规矩。如果强行越界行事，无论是谁，无论成败，都要付出代价。"

元曜挠头道："听起来，好像很复杂。小生还以为你最老、法力最强大，所以无所不能呢。"

"喀喀，轩之，我不是最老，而是活得最长。"

元曜挠头道："最老和活得最长不是一回事吗？"

白姬摇扇，笑了："对于女性非人，这二者还是有着微妙的区别。"

元曜一头冷汗，这条老得不能再老的龙妖也讨厌被人说老吗？看来，女人和女非人，骨子里都是一样。

"白姬，听你说起来，似乎找回无忧树很困难。"

白姬摇扇道："再困难，我也会找回无忧树。因为这是十三郎的愿望。"

"你不害怕比你更强大的非人吗？"

"有轩之在，我不怕。"

莫名其妙地，元曜的脸红了。

"为什么小生在，你就不害怕？"

白姬笑眯眯地道："因为遇见危险，我会先派轩之出马。"

"白姬，非人之间的斗法，请不要拿弱小的人类去做无谓的牺牲！"元曜生气地道。

"嘻嘻。"白姬诡笑。

元曜弄好了花枝和诗笺，拿着拜帖准备出门。

"白姬，你不和小生一起去太平公主府吗？"

白姬喝了一口茶，轻轻地道："不了。我得出去一趟，去弄清楚无忧树在不在屈指可数的那几个非人手中。"

"那小生就去太平公主府了。"元曜离开了缥缈阁。

元曜走在路上时，还在担心太平公主不在府中，但是来到太平公主府外，就放心了。

太平公主府外人来人往，络绎不绝，许多人拿着礼盒和拜帖等着进去拜会。太平公主权倾朝野，涉足政治，官吏、士人无不巴结奉承她，以求仕途显达。

元曜一看这架势，就猜到太平公主在府中了，顿时松了一口气，但同时又犯愁，拜会的人这么多，他得等到什么时候？

念及小狐狸昏迷不醒，生死未卜，等着回魂丹救命，不能耽误，元曜就硬着头皮、厚着脸皮挤上前，将拜帖、花枝和诗笺塞给门口的管事，说道："小生从缥缈阁来，请求拜见太平公主。"

众人见元曜递上来的礼物是花枝和诗笺，顿时"哈哈"大笑。世人皆知，太平公主奢华无度，性喜靡费，前来拜会者无不呈上丰厚的财物、珍贵的异宝，越贵重越容易得召见。这穷书生拿一枝诗花和诗笺就想进太平公主府，未免太可笑了。

管事并没有笑，躬身道："公子请进。"

"哎？"元曜吃惊，他以为怎么都要等上几个时辰，才能进太平公主府里。

管事客气地道："公主吩咐过，持缥缈阁拜帖来的客人，随时可以引见入府。"

门口等候的人纷纷不满，有人小声地抱怨。

"不是说太平公主玉体抱恙吗？怎么这个书生倒能进去？"

"我们等了三天，都不许入府，为什么这个小子一来，就让他进去？"

"你才等了三天，老朽都等了十几天了！"

见众人开始喧哗，一名威武的护院头领站出来，怒喝道："敢在公主府外喧哗者，乱棍打走！"

众人闻言，不敢作声了。

元曜跟着管事走进太平公主府里，穿过重楼叠阁、山石亭台，来到他上次到过的水榭前。

管事在水榭前站住，对元曜道："公子请稍候，小人进去通报。"

"有劳。"元曜道。

元曜等了一会儿，管事和两名梳着堕马髻、穿着榴红色宫装的侍女出来了。

管事道："公主请公子进去相见。"

"有劳了。"元曜笑道。

管事行了一礼，径自去了。

两名侍女对元曜道："公子请随奴婢来。"

"有劳两位姐姐带路。"元曜道。

两名侍女带元曜穿过长长的浮廊，进入水榭中。

元曜远远望去，只见太平公主穿着一身松烟色华服，懒洋洋地倚坐在美人靠上。她手里拿着一枝桃花、一张诗笺，正在"哈哈"大笑："哈哈——哈哈哈——"

元曜一头冷汗，太平公主在笑什么？是嫌弃一枝桃花太寒碜，还是嫌弃他写的诗太糟糕？

元曜紧张地走上前，作了一揖。

"小生参见公主。"

太平公主美眸微抬，望了一眼元曜，"哈哈"大笑："你就是上次跟祀人来的那个妖缘公子吧？哈哈哈——"

"小生叫元曜，字轩之。"元曜纠正太平公主错误的记忆。

"哈哈，不管叫什么，反正就是你——哈哈哈——"

元曜再次冒冷汗，他说的话有什么好笑的？她的笑声真让他毛骨悚然。

太平公主道："妖缘，你来太平公主府干什么？哈哈哈——"

元曜纠正道："是元曜。是这样的，小生的一位朋友受了惊吓，失了魂魄，昏迷不醒。白姬说公主您有回魂丹，小生特意来求一粒。"

"哈哈，回魂丹何等珍贵，本公主为什么要给你？哈哈哈——"太平公主冷漠倨傲的话语和开怀的笑容有着微妙的违和感。

元曜道："小生希望公主慈悲为怀，救救小生的朋友。"

"哈哈，要本公主给你回魂丹也不难，按照缥缈阁的规矩，一物换一物，你拿什么和本公主交换？哈哈哈——"

元曜实话实说："小生没有任何东西足以与公主交换回魂丹。"

太平公主看了一眼桃花上附的诗笺，"哈哈"大笑："这是你写的吗？诗才不错嘛。哈哈哈——"

"公主谬赞了。"元曜谦虚地道。

"本公主要和上官昭容开百诗宴，如果你写一百首诗呈给本公主，本公主就赐你一粒回魂丹。哈哈哈——"太平公主一边说话，一边乐不可抑。

元曜想了想，只能答应。

"小生遵命。"

"妖缘，给你三天时间。三天后，拿一百首诗来太平公主府，本公主就给你回魂丹。哈哈哈——"

"是元曜。"元曜纠正道，继而又恳求道，"三天后，小生一定将诗呈上。不过，小生的朋友还昏迷着，命悬一线，救人如救火，如果公主现在就给小生回魂丹，小生感激不尽。"

"不，你拿诗来，本公主才给你回魂丹。哈哈哈——"太平公主乐不可抑。

太平公主这么说了，元曜只好从命，不敢再多言了。

"哈哈，哈哈哈——"太平公主捧腹大笑。

太平公主的笑声让元曜心中发怵，他壮着胆子问了一句。

"敢问公主在笑什么？难道小生的行止有什么可笑之处？"

"哈哈，不是妖缘你的缘故。不知道为什么，本公主就是想笑，抑制不住地想笑。哈哈哈——"

"不是妖缘，是元曜。"元曜再次纠正道。

"哈哈，不管是什么，反正都是你。哈哈，哈哈哈——"

"公主，您这样笑不累吗？"元曜斗胆问道。太平公主这么不停地大笑，他光是看着，都觉得累。

"哈哈，是很累，可是停不下来。本公主这些时日笑得比过去二十多年加起来还要多，感觉好累、好乏。哈哈哈——"

元曜直冒冷汗。

虽说笑口常开是好事，可怎么看，太平公主这么笑都有些诡异。

"那小生告辞了。"元曜垂首道。

"稍等，哈哈哈。"太平公主唤侍女拿来一个匣子，递给元曜，说道，"这是上次那幅刺绣，祀人当时说想要，你替本公主带给她。哈哈哈——"

"是。"元曜接过木匣，应道。他记得上次白姬讨要刺绣，太平公主明明说不给，她嘴里说不给，但绣好之后还是给了。看来，她和白姬应该是关系很好的朋友吧。

太平公主似乎看穿了元曜的心思，冷冷地笑道："本公主不是特意替祀人绣的，只是闲来无事，多绣了一幅。哈哈哈，所以，你千万不要以为本公主和祀人是朋友。哈哈哈——"

"你们不是朋友吗？"元曜奇道。

"祀人最讨厌人类，本公主最讨厌非人，我们怎么会是朋友？哈哈哈——"

元曜愕然。太平公主从小被恶鬼折磨，生活在恐惧的阴影中，讨厌非人他能理解，但白姬为什么会讨厌人类？从白姬平常的言行举止中，他没有看出她讨厌人类。如果她讨厌人类，那他是人类，她岂不是讨厌他？

想到白姬可能讨厌自己，元曜有些难受，问道："白姬为什么讨厌人类？"

"祀人因为人类，才会遭受天罚，不能入海，不能成佛。哈哈哈——"

"哎？！"元曜吃惊。

"本公主是听母后说的，不知道其中隐情，妖缘感兴趣的话，可以自己去问祀人。哈哈哈——"

"不是妖缘，是元曜。"元曜生气地纠正道。

"都一样嘛。哈哈哈——"

元曜告辞离开了太平公主府。

第七章　百　诗

元曜回到缥缈阁时，缥缈阁中冷冷清清的，白姬还没回来，小狐狸仍然昏迷不醒。

元曜把木匣放下，拿了文房四宝，沏了一壶茶，坐在里间写诗。

两个时辰过后，元曜凑了十来首诗，肚子也饿了。小狐狸昏迷着，没人给做饭，元曜只好拿了几文钱，去集市吃了一碗馄饨。回来时，他又买了两斤毕罗，做他和白姬的晚餐。

　　夕阳西下，白姬还没回来，也没让人捎消息来。元曜只好自己先吃晚饭。元曜独自坐在后院的长廊下，木案上放着冰冷的毕罗，四周冷冷清清的，让人觉得凄凉。

　　白姬去打探无忧树的下落，不知道会不会有事？离奴在山中躲避天劫，不知道现在是否平安？十三郎躺在里间昏迷不醒，生死未卜，让人担心。元曜一边啃着冷硬的毕罗，一边流下泪来。为什么人世间总是有那么多忧心的事情？即使有无忧树，人又怎么能够真的无忧无虑？

　　掌灯时分，白姬还没回来，元曜更担心了。他想出去找她，却又不知道去哪里找。

　　夜深了，白姬还无踪影。

　　元曜在缥缈阁中走来走去，心急火燎，泪流满面。白姬从来不曾不打招呼就离开缥缈阁这么久，一定是出事了。此刻，那条龙妖是被法力更高深的非人吃了，还是暴尸荒野，无人埋骨？

　　元曜又担心，又害怕，又焦急，像是热锅上的蚂蚁，心中无法安宁。

　　元曜在缥缈阁中踱来踱去，煎熬了整整一夜，流了一整夜的泪。一想到白姬可能不在了，他就觉得很伤心。

　　天刚蒙蒙亮时，料定大街上没有禁军了，元曜冲出了缥缈阁，想去找白姬。他想：如果碰见一个非人，就打探白姬的消息，一直问下去，那一定会有她的下落吧。反正，他妖缘深厚，不愁碰不到非人。

　　元曜刚冲出缥缈阁，昏暗的天色中，有一个男声焦急地道："元公子快止步，不要踩俺！"

　　"呃！"元曜把即将踏地的脚移开，定睛望去，地上有一只蜗牛。

　　"是你在说话吗？"元曜问蜗牛。

　　蜗牛道："是俺。"

　　"你怎么知道小生姓元？"

　　"你刚从缥缈阁出来，又呆头呆脑的，肯定是元公子呀。'呆头呆脑的，就是轩之了'，白姬是这么说的。"

　　"白姬？！你见过她吗？她现在在哪里？"元曜急忙问道。

　　"白姬现在在哪里俺不知道。但是，昨天下午，俺在朱雀门大街遇见白姬，她让俺来缥缈阁给元公子带个话。俺爬了一天一夜，可算爬到缥缈

205

阁了。"

"什么话？"

"白姬说，她这几天可能不回缥缈阁了，让元公子不要担心，好好看店，小心火烛。"

元曜放心的同时，觉得有些虚脱，有些生气。

"她……她居然让一只蜗牛报平安？！真是坑死小生了！"

亏他还以为她已经有什么三长两短了，一整夜忧心焦虑，还流了一衣袖的泪。

蜗牛不高兴了，说道："元公子这是什么意思？难道你瞧不起蜗牛吗？俺为了传话，不敢有片刻耽误，路上也不曾休息片刻。俺不眠不休地爬过来，没有功劳，也有苦劳，你怎么能瞧不起俺？！"

元曜哭笑不得，赶紧赔礼道："蜗牛兄误会了，小生不是这个意思。不管怎么样，谢谢蜗牛兄了。"

见元曜赔礼，蜗牛消了气，说道："元公子客气了。话传到了，那俺就告辞了。"

元曜挽留道："蜗牛兄一路辛苦，不如进来喝杯茶再走？"

蜗牛道："不了。俺还得去延康坊给佘夫人传信，佘夫人的小儿子前天早上被东市蛇肉店的胡人抓住了，要拿来做汤喝。小佘让俺传话给佘夫人，让佘夫人去救小佘。这可是性命攸关的大事，不赶紧去不行呢！"

呃，蜗牛即使赶紧去，恐怕也已经迟了吧？元曜一头冷汗，觉得小蛇一定是吓糊涂了，才会找蜗牛传十万火急的救命信。

"那蜗牛兄走好。"

"嗯。好。"蜗牛缓缓而去，渐行渐远。

元曜回到缥缈阁，虽然天已经亮了，但他一夜未眠，觉得很累，就倒在胡十三郎身边睡着了，一梦香甜。

这两日，元曜绞尽脑汁地作诗，想早点儿凑齐一百首，好去太平公主府换回魂丹。所幸，他以前零零碎碎地写了不少伤春悲秋、感古叹今的诗，如今前拼后凑起来，竟差不多有一百首了。

第三天，元曜整衣洁冠，捧着一百首诗去拜访太平公主。

太平公主府外又是车来人往，络绎不绝，一片喧嚷。从众人的闲谈中，元曜得知太平公主生病了，不会见客人。但元曜呈上拜帖之后，管事还是把他领进府里了。

路上，管事道："公主近日有疾，你有话简短地说为好。"

"哎？！"元曜吃惊，太平公主生病了？

"公主患了什么病？小生记得三天前公主还安然无恙。"

管事道："公主玉体染恙，我等下人岂能得知详情？不过，听说公主似乎得了怪症，浑身发痒，痛苦难耐，太医来过几次了，煎了许多药汁沐浴，也不见好转。"

说话间，元曜和管事来到了水榭外。

一番通禀之后，元曜跟随两名侍女进了水榭里。太平公主躺在一张大床上。床的四周垂着鲛绡帘，鲛绡帘随风飞舞。

"哈哈——哈哈哈——"太平公主躺在床上"哈哈"大笑，乐不可抑。

在太平公主开怀的笑声中，侍立的四名侍女脸上露出了担忧之色。

元曜对着太平公主作了一揖，说道："小生参见太平公主。"

太平公主道："妖缘，又是你……哈哈哈……"

"是元曜。"元曜纠正道。

"不管是什么，反正就是你。哈哈哈——"

元曜不想再纠结名字的事情，开门见山地道："小生作好了一百首诗，特来呈给公主，请公主赐小生回魂丹。"

太平公主闻言一愣，笑道："哈哈，诗已经作好了吗？"

元曜把诗呈上，侍女接过，拿入了鲛绡帘内，呈给太平公主。太平公主随手翻了翻，十分满意，吩咐侍女取来回魂丹，递给元曜。

元曜接过回魂丹，感激涕零。

"多谢公主。"

太平公主沉默了一会儿，开口道："妖缘，你回缥缈阁后，让祀人来太平公主府见本公主。"

"哎？！"元曜有些奇怪，但还是答应了。

"小生遵命。可是，白姬这几天都不在缥缈阁，她正在忙一件要紧的事情，也不知道什么时候才会回来。"

太平公主掀开床上的纱幔，露出了脸庞，她的眼眸漆黑如夜鸦之羽，红唇勾起一抹冷笑："告诉她你看见的，她就肯来了。哈哈哈——"

元曜抬头向太平公主望去，顿时头皮发麻。

太平公主的脸上布满了奇怪的金纹，像是凸出的血管，密密麻麻，层层叠叠，这让她美丽的容颜显得有些狰狞。而且，不止脸上，太平公主的脖子上、手上，乃至全部皮肤上都爬满了金色的图案，触目惊心。

元曜张大了嘴，说不出话来。

太平公主伸手挠脖子上的金纹，似乎很痒，说道："你去告诉祀人，本公主被恶鬼附身了。她就会来了。哈哈哈——"

两边的侍女阻止太平公主，急道："公主，请不要挠，会伤了皮肤。"

元曜吓得背脊发麻，只能应声道："是。等白姬回来，小生会转告她。"

"哈哈，哈哈哈——"水榭中回荡着太平公主空洞的笑声。

元曜回到缥缈阁，白姬还没回来。元曜将回魂丹喂给小狐狸吃了，等了半天，小狐狸还是没有醒来，他不禁有些着急。十三郎为什么还不醒？难道回魂丹没有效果？

元曜十分担忧，又悲伤了一下午。

傍晚时分，夕阳西下。

元曜孤独地坐在长廊中啃毕罗，心中凄凉，泪流满面。

"轩之，你在哭什么？"一阵香风拂过，环佩叮咚。

元曜下意识地擦干眼泪，反驳道："小生才没有哭。"

一瞬间，元曜反应过来，回过头去，又哭了，说道："白姬，你终于回来了，小生一直担心你回不来了。"

"我怎么会回不来？轩之就爱瞎操心……啊，饿死了！"白姬坐下来，就着元曜的手，咬向他手中的毕罗，一咬就咬掉了一大口。

元曜生气地说道："不要偷吃小生的毕罗！"

白姬笑眯眯地道："怎么叫偷吃？我这明明是抢！"

元曜还没反应过来，手中的毕罗已经被白姬抢了去。她津津有味地吃着。

元曜不敢抢回来，只好另拿了一个。

"白姬，你这几天去哪里了？"

"我去曲江池和玄武下棋了。"

"下棋？你不是去打探无忧树的下落了吗？"

"四处奔波多累，问玄武就好了。玄武对长安城中所有非人的动向都了如指掌，问玄武也就能间接地知道无忧树的下落了。"

"那你打探到什么了？"

"无忧树不在任何非人手中。"

"那无忧树在哪里？"

"不知道。"

"你出去了三天，就得到了'不知道'这个结果？"元曜有些失望。

"不，我还得到了一篮红菱角。玄武下棋输给我的。轩之剥了，让十三郎做成菱角汤，一定很美味。"白姬笑眯眯地指着放在一边的一篮子红菱角。

元曜一听到十三郎，又流泪道："十三郎还没醒，小生从太平公主府讨来了回魂丹，也给十三郎吃下去了，可十三郎还是昏迷不醒。这是怎么回事？"

"你什么时候给十三郎吃下的回魂丹？"

"两三个时辰前。"

白姬眼珠一转，笑了。

"轩之没有喊魂，十三郎怎么会醒？"

"喊魂？什么喊魂？"元曜一头雾水。

"丢了魂之后，即使吃下回魂丹，也必须喊魂，魂魄才会回归身体。"

"小生去哪里喊十三郎的魂？"

"十三郎在哪里丢了魂，轩之就要去哪里喊呀。"

"怎么喊？"元曜问道。

白姬促狭地笑了，对着元曜耳语了一番。

"不……不，这也太为难小生了……"元曜连连摆手，拉长了苦瓜脸。

白姬挥指弹泪，说道："可怜的十三郎，轩之不肯替你喊魂，看来你只能永远昏迷下去了。"

"好吧，好吧，小生去喊魂就是了。"元曜苦着脸道。

夕阳西下，碧草萋萋，在胡十三郎吓掉魂魄的地方，元曜穿了一身白底绣牡丹的裙子，头梳倭堕髻，手里拿着两枝桃花做跳舞状徘徊，尖着嗓子喊魂："十三郎，魂兮归来……十三郎，魂兮归来……"

白姬坐在回廊中远远地望着，嘴角抽搐。

一只火色的小狐狸沿着长廊走过来，在白姬身边坐下。

白姬侧头，笑道："十三郎，醒了？"

"嗯。"小狐狸羞涩地道，疑惑地望向远处草丛中疯魔状的人，揉脸道，"那是哪位姐姐在跳舞？怎么还在叫某的名字？噢，居然是元公子。他疯了吗？！他跳舞跳得好难看！"

白姬叹了一口气，喝了一口茶，说道："哎哎，轩之穿女装真不好看，舞跳得也不好看。"

正在草丛中卖力地跳舞喊魂的小书生永远也不会知道，即使他不喊魂，胡十三郎在服下回魂丹三个时辰后也会醒来。

209

掌灯时分，元曜换回了青衫，见小狐狸醒来，高兴得直落泪。

元曜为吓到小狐狸而道歉，小狐狸原谅了他。

小狐狸知道元曜为了救自己，两次去太平公主府，还作了一百首诗去换回魂丹，非常感激。

"元公子真好。能和元公子做朋友，某实在开心。啊，某偷懒了几天，实在太惭愧了，某这就去做菱角汤给白姬和元公子喝。"

"小生来剥菱角。"元曜笑道。

"多剥一些，我饿死了。"白姬笑眯眯地道。

"你刚吃了那么多毕罗，连小生的份也吃了，怎么又饿了？"元曜生气地道。

"一听见十三郎要做吃的，我就饿了呀。"白姬笑道。

元曜无语。

小狐狸去厨房生火了，元曜一边剥菱角，一边轻声问白姬。

"你不知道无忧树的下落，怎么跟十三郎交代？十三郎在缥缈阁勤勤恳恳地干了这么久的杂活，为的就是无忧树呀。"

白姬叹了一口气，拿了一个剥好的菱角吃，说道："我明天再去找找吧。"

元曜想起了什么，说道："对了，太平公主请你去太平公主府走一趟。她说她被恶鬼附身了。"

白姬一怔，闭目掐算了一番，笑了。

"没事，不必理会。"

"哎？"元曜道，"小生看见公主的脸上、身上都布满了奇怪的金纹，她也笑个不停，让人毛骨悚然。难道不是恶鬼作祟，要害她吗？"

白姬拿了一个菱角，咬了一口。

"结界未破，玉坠完好，不会是妖鬼作祟。她脸上、身上的金纹大概是自己画上去的吧？"

"何出此言？"

白姬睨目回忆，说道："轩之有所不知，太平公主常常做类似的恶作剧。她还是一个小女孩儿的时候，我刚与她结下契约，因为我是非人，她对我有很深的敌意，就用各种方法把我骗去皇宫，让术士伏击我。后来，渐渐地，她对我的敌意消失了，但还是常常会恶作剧，把脸上画上花纹，说是妖魅作祟，在身上弄一些伤口，说是恶鬼袭击，骗我去见她取乐。久而久之，我也习惯了，懒得理会了。所以，轩之也大可不必理会。"

元曜惊愕，原来太平公主喜欢恶作剧捉弄白姬。那么，她这次也是恶作剧？那诡异的金纹、悚然的笑声都是恶作剧？虽然说白姬不会弄错，但他感觉好像还是有些不对劲。

"对了，太平公主还给你送来了一幅刺绣，小生放在柜台下了，要去拿来看看吗？"

白姬又摸了一个菱角吃，懒懒地道："不必了，改日有空了再看吧。"

元曜道："白姬，你让蜗牛兄送信也太坑人了，害得小生白白提心吊胆了一个晚上。下次遇上紧急情况，你能让脚程快的非人送信吗？"

"脚程快的？那就是'飞头蛮'了。一个人头倏地就飞到了，一路上还有鲜血滴落。下次，我让'飞头蛮'来送信？"白姬笑道。

元曜想象了一下，万籁俱寂的黑夜中，一颗血淋淋的人头飞来他的枕边叫醒他，给他传信，顿时冷汗湿襟，说道："不，不，还是蜗牛兄吧，小生觉得蜗牛兄挺好的。"

白姬又拿了一个菱角，笑道："就是嘛，蜗牛虽慢，但终归也尽了全力，将信送到了。轩之不能苛求太多。"

"白姬，不要小生剥一个菱角，你就吃一个，十三郎还要拿来做汤呢。"元曜生气地道。

"哎哎，轩之剥快一点儿不就行了。"白姬还想伸手拿。

元曜赶紧把篮子藏到身后，说道："不许再吃了。等十三郎做好汤之后再吃。"

"轩之真小气。"白姬没拿到菱角，不高兴地去后院了。

第八章 胡 粟

第二天，白姬丢下了一句"轩之留下看店，不要低价乱卖东西"，就出门了。

中午时分，下了一场雨。雨停之后，天空湛蓝如洗，小巷中的青苔也格外幽翠，还带着水珠。

大厅中，元曜捧了一杯茶，坐在柜台后看书。

小狐狸坐在一边砸核桃，剥核桃仁。它打算晚上做一盘琥珀核桃。

元曜正看书入迷，突然听见一个少年的声音。

"十三，你果然在缥缈阁！"

十三郎道："栗，你怎么来了？"

"父亲让我来找你回家，快跟我回去。"

"某才不回去。某要找到无忧树才回去。"

元曜抬起头，没有看见人。他站起身来，才看见一只栗色的小狐狸走进了缥缈阁里，正在和胡十三郎说话。

元曜奇道："这位是……？"

胡十三郎介绍道："这是某的四哥，栗。栗，这位是元公子。"

元曜笑道："原来是栗兄弟。小生姓元，名曜，字轩之。"

"去！谁是你兄弟？！我们狐狸说话，你少插嘴！"栗火气十足地道。

元曜只好闭了嘴。

栗对胡十三郎道："十三，你不要这么任性，惹父亲生气。种死了无忧树也不是什么大不了的事情，向父亲认个错，父亲一向对你很好，不会责怪你，大家皆大欢喜。"

胡十三郎道："某没有把无忧树种死！如果不找到无忧树，洗刷冤屈，某就不回去！"

栗不耐烦了，伸爪拍向胡十三郎的小脑袋，将胡十三郎按在地上，凶恶地威胁道："不许再废话！老老实实地跟我回去，向父亲赔礼道歉！"

小狐狸挣扎，说道："某没有种死无忧树，为什么要道歉？！"

栗使劲地按住胡十三郎的头，凶巴巴地道："少啰唆！我叫你回去道歉，你就回去道歉！"

栗经常欺负胡十三郎，胡十三郎有些怕栗，也没有栗力气大，挣扎了半天也无法挣脱，眼泪汪汪。

元曜看不下去了，过去拉栗，劝道："栗兄弟，有话好好说，你不要欺负十三郎。"

"去！谁是你兄弟？！我们狐狸说话，你少插嘴，滚一边去！"栗露出长长的锋利的爪子，狠狠地挠向元曜。

栗这一爪子如果挠中了，小书生铁定开膛破肚。然而，栗的利爪在离小书生的胸口还有半寸时，一道白光从小书生的怀中闪过。一丛线绣的青菊飞出，碰上栗的利爪，散作蛛丝。蛛丝沿着栗的利爪攀向栗的身体，死死地缠住了栗。

栗被蛛丝缠缚，倒在地上，无法动弹。

元曜从怀中拿出白姬送的手绢，发现上面什么图案都没有了，空空如也。

元曜用手绢擦汗的同时，暗叹真险。幸好，在井底海市中，还留了这丛青菊没有用。

胡十三郎恢复了自由，站起身来，抖了抖身上的毛，舒了一口气。

栗拼命地挣扎，吐出狐火，蛛丝没有被烧断。栗念咒语，术法被反弹，蛛丝反而越缠越紧。

栗放弃了反抗，破口大骂。

"臭龙妖，居然躲在暗处偷袭？你这算什么英雄？有本事出来和我一决高低！将来，我做了九尾狐王，一定带领狐族踏平缥缈阁，扒你的龙皮，抽你的龙筋，让长安城的千妖百鬼分食龙肉！"

元曜听了，生气地道："明明是你要对小生行凶，怎么反倒血口喷人，蛮不讲理？！"

胡十三郎也很生气，说道："栗，不许对白姬无礼！父亲还健在，什么叫你做了九尾狐王？这样大逆不道的话你也敢说？！"

栗满不在乎地道："有什么不敢说？父亲已经老糊涂了，又总是郁郁寡欢，愁容满面，是时候让出狐王的位置了。放眼九尾狐族，谁有我法力高深？谁有我勇敢无畏？谁有我智慧无双？谁有我有王者之风？谁有……？呜呜……"

元曜已经听不下去了，拿了两颗核桃塞进了栗的嘴巴里，说道："大丈夫生于天地之间，当以'孝''仁''信'为立身之本。你连'孝'的意思都不懂，空有法力和蛮勇又有什么用？依小生看，十三郎都比你更像大丈夫，更适合当狐王。"

"呜呜……"栗含着核桃，说不出话来。

元曜对胡十三郎道："如果你不介意，小生将栗丢出缥缈阁了。"

小狐狸走过来，说道："某也来搭把手。"

元曜和胡十三郎合力将栗抬出缥缈阁，丢在了大柳树后，不再管栗。

回到缥缈阁，小狐狸羞涩地问元曜道："元公子真的觉得某像大丈夫吗？"

元曜闻言一愣，继而回过神来，回答道："当然，十三郎孝顺、仁爱、守信义，很有大丈夫的风范。"

胡十三郎很高兴，但又羞涩，揉脸道："某觉得，某还是更像小狐狸。"

黄昏时分，白姬没有回来，元曜和胡十三郎先吃晚饭。一人一狐一边吃饭，一边推心置腹地聊天，还喝了半坛桂花酒。

胡十三郎有些醉了，说道："都说无忧树能让人忘忧，但自从某开始种无忧树，好像忧心的事情越来越多了，甚至连白姬和元公子也都不快乐了。"

"也许，快乐不快乐，其实和无忧树无关。"元曜道。有了无忧树，未必快乐。没有无忧树，未必不快乐。

小狐狸揉脸，说道："可是，大家都相信无忧树能让人快乐无忧。大家都相信的事情，应该不会有错吧。"

元曜道："虽然是这么说，可是小生还是不能相信。"

元曜和小狐狸吃完晚饭，他们担心栗饿了，就给栗准备了一盘鸡肉、一些米饭。

元曜给栗端去吃的。

栗躺在柳树底下闭目小憩。栗还很生气，不理元曜。

元曜替栗取出口里的核桃，栗狠狠地瞪元曜，咬元曜。

元曜的手被咬出了一串齿痕，才取出了核桃。

元曜把鸡肉和米饭放在栗嘴边，说道："栗兄弟，多少吃一些吧。"

"哼！"栗不领情，闭着眼睛装死。

元曜只好随栗去了。

深夜，白姬仍旧未归，小狐狸因为喝了酒，睡得很沉。元曜担心白姬，辗转难眠。他实在睡不着，轻轻地起身、披衣，轻轻地打开缥缈阁的大门。

夜色中，小巷幽深冷寂，草上夜露凝霜。元曜静静地在门边坐着，等蜗牛来传信报平安。

黑暗中，传来"叽里咕噜"的声音。

元曜侧耳一听，声音好像是从柳树下传来的。

天边的弦月发出昏暗的光芒，元曜壮着胆子走到柳树边，定睛一望。

柳树后，一只栗色的小狐狸正在狼吞虎咽地吃鸡肉和米饭。听见元曜的脚步声，栗抬起头，眼神凶恶，但嘴角还粘着一粒米饭。

"哎，栗兄弟，你还是吃了呀。"元曜很高兴。

被元曜撞见正在吃东西，栗非常尴尬，继而恼羞成怒，用嘴把盘子摔开，米饭、鸡肉撒了一地。

"哼！谁吃东西了？我乃将来的九尾狐王，岂会吃人类施舍的东西？！"

"栗兄弟，吃了就吃了，你就不要不好意思了，你嘴边还粘着饭粒呢！"

栗伸舌一舔，果然在嘴角舔到一粒米饭。栗更加恼羞成怒了，一边四处乱喷火，一边破口大骂道："谁要吃你送的饭？！这饭难吃死了！鸡肉又硬又难嚼！难吃死了！难吃死了！"

"呃！"元曜急忙躲狐火。

栗闹出的动静太大，吵醒了胡十三郎。胡十三郎跑了出来，看见栗在乱发火，有点儿生气，说道："栗，你安静一点儿。这大晚上的，会吵到街坊四邻！"

栗蛮不讲理，继续吵闹，一会儿大骂白姬，一会儿威胁胡十三郎，一会儿鄙视元曜。

元曜和胡十三郎没有办法，只好扑上去按住栗，想再把栗的嘴堵住。胡十三郎扑住了栗，元曜奔去厨房找核桃，但核桃已经没有了。

元曜四下一望，火炉边有一条手绢。

元曜拿起一看，是太平公主的手绢。之前，他从街上拿回来，就一直随菜篮放在厨房里了。小狐狸可能觉得手绢漂亮，做饭时拿它擦脸擦手什么的。

元曜也顾不得许多了，拿了手绢奔向外面。

元曜和胡十三郎合力，用手绢捆住栗的嘴，让栗不再吵闹。

不知道为什么，栗看见手绢的一瞬间，就变得安静了。栗的眼睛蓦地瞪大，栗似乎非常吃惊。

栗被手绢扎住了嘴，安静地趴在柳树下，默默地想心事。

元曜和胡十三郎见栗安静了，也就进缥缈阁里睡觉去了。

元曜梦见蜗牛来报平安，嘴角露出微笑，一梦香甜。

第二天上午，白姬回来了。她看见栗色的小狐狸被蜘蛛丝捆住，被手绢扎住嘴，狼狈地趴在柳树下，"哈哈"大笑："哎呀，这不是狐狸家的栗吗？"

栗有点儿害怕，但还是恶狠狠地瞪了白姬一眼。

白姬也不给栗松绑，拎起小狐狸，进了缥缈阁里。

缥缈阁中，元曜正坐在柜台后面看书。

白姬笑眯眯地对元曜道："轩之，我给你做一件狐皮短袄过冬吧。你喜欢这个颜色吗？"

栗的眼睛瞪大了，满眼恐惧。

元曜抬起头，笑了。

"夏天都还没到，过什么冬？白姬你不要吓唬栗兄弟了。"

白姬将栗扔在地上，笑得阴森。

"那就先养着，等秋天了，再剥皮。"

栗吓得微微发抖，但仍倔强而凶恶地瞪着白姬。

胡十三郎化作人形，提着篮子要去集市买菜，看见白姬回来了，十分高兴，倏地又变成小狐狸，跑回去沏了一盏香茶送上来。

"白姬，为了无忧树，害你这些日子四处奔波，劳心劳力，某真过意不去。"

白姬笑道："十三郎不必客气。无忧树既是你的愿望，也是你我的'因果'。我找无忧树，也是为了'果'。"

小狐狸揉脸，说道："不管怎样，某都很感谢你。"

白姬笑道："如果十三郎真想感谢我，那就多做一些美食吧。"

"好，某这就去集市买菜。"小狐狸叼起菜篮，高兴地一溜烟跑去买菜了。

"人形！人形！十三郎。"元曜在后面喊道。

胡十三郎走后，白姬手指微动，捆住栗的嘴巴的手绢解开了。

栗望着胡十三郎离去的大门，生气地道："居然给一条龙妖做吃的，真是一个不成器的弟弟，丢尽了九尾狐族的脸！"

白姬望着栗，笑了。

"我昨天去了翠华山，和老狐王闲聊了一会儿，也去十三郎种无忧树的山谷中转了转，发现了一件有趣的事情。"

栗眼神闪烁，说道："什么事情？"

白姬喝了一口茶，说道："你比十三郎优秀、勇敢、聪明，可是老狐王不喜欢你。老狐王更喜欢和疼爱十三郎。大家都说，你常常无端地欺负十三郎，捉弄十三郎。"

"哼！那是老头子眼拙！我没有欺负十三，十三那家伙太弱了，我只是怕十三丢九尾狐族的脸，偶尔用武力训练十三变得强大一些而已。"

白姬喝了一口茶，缓缓地说道："于是，趁十三郎去紫竹林取泉水时，打开九尾狐族的结界，放人类去偷无忧树，害十三郎蒙受不白之冤，逼十三郎离家出走，这也是你训练十三郎变得强大一些的方法？"

栗一惊，眼神有些瑟缩，但还是梗着脖子道："龙妖，你休要血口喷人！你这么说有什么证据？"

"证据就是这个。"白姬摊开手，吹了一口气，一根栗色的狐毛飞落在地上，"这是在种无忧树的地方发现的。"

栗直冒冷汗，"喃喃"道："怎么可能？！我明明没有过去，只是远远地看着那个女人过去摘了无忧树。"

栗话音刚落，意识到自己说漏了嘴，冷汗如雨。

元曜张大了嘴，说道："栗兄弟，原来……原来竟是你偷了无忧树……"

栗咬了咬牙，狠狠地瞪向白姬，说道："不可能，我的毛不可能在种无忧树的地方！"

白姬望了一眼地上的栗色狐毛，突然拊掌。

"哎呀，弄错了。"

白姬再次摊开手掌，吹出一根红色的狐毛，笑眯眯地道："这才是在种无忧树的地方发现的狐毛。十三郎的。这根栗色的毛可能是刚才拎你进来时，不小心粘在手上的，一时没注意，弄混淆了，真抱歉。"

"你……"栗气得说不出话来。

元曜擦汗，好奸诈的龙妖，居然用这么奸诈的手段套出了栗的真话。

"好了，栗，我也不问你为什么要引人类去偷无忧树了。我只问你，偷无忧树的人是谁？无忧树现在在哪里？"白姬喝了一口茶，冷冷地问道。

栗道："不知道。"

"很好。"白姬笑了，眼角泪痣如血，说道，"轩之，去拿胡刀来，虽然还没到冬天，但剥一块狐皮放着，有备无患，也是好的。"

元曜一头冷汗，劝栗道："栗兄弟，都到这个份上了，你就说了吧。"

栗叫道："我真不知道！如果知道是谁，我就去把无忧树取回来，还给十三了！"

"究竟是怎么回事？"白姬问道。

栗只好如实说了。

原来，栗忌妒胡十三郎种无忧树能讨老狐王欢心，一直想去破坏，但又无法下手。因为无忧树被法术保护着，只要栗靠近，就会留下抹不掉的痕迹，一定会被人发现。

这一天，栗在翠华山中徘徊，远远地看见十三郎欢喜地侍弄无忧树。栗心情十分不好，就在翠华山中奔跑。栗跑着跑着，遇见了一个女人。女人穿着一件华丽的裙子，看她的服饰打扮，像是一位身份高贵的人。她游走在山谷中，神色郁郁。

栗大吃一惊，因为一般来说，人类很难闯入九尾狐族的结界。更奇怪的是，那女人身上没有任何气息，似乎是一股强大的力量隐藏了她的气息，保护着她。

女人漫无目的地在山谷中徘徊。

栗走近一看，又吃了一惊，女人神色恍惚，不像是清醒的状态。

栗眼珠转了转，心中有了一个主意。

栗跑了出去，发出声音，引起了女人的注意。女人被栗吸引，跟着栗走。

栗把女人引到了山谷中央，胡十三郎种无忧树的地方。胡十三郎正好离开了，四片翠叶的无忧树在地上散发着柔和的金色光芒。

女人被无忧树的金光吸引了，浑浑噩噩地走了过去。

栗不敢走过去，远远地看着。

女人走向无忧树，居然没有被法术阻拦。她弯腰摘下了无忧树，怔怔地站在原地。

栗有些着急，怕胡十三郎突然回来。栗发出了一声可怕的声音，吓唬女人。

女人果然吓了一跳，飞快地跑了。

栗望着空空如也的地面，得意地笑了。

栗道："事情就是这样。后来，十三发现无忧树不见了，大家都去找。可是，不知道为什么，没有人发现那女人来过，大家都怀疑是十三种死了无忧树。十三离家出走之后，父亲也越发愁闷，我觉得玩笑有些过火了，就想找回无忧树。可是，虽然我记得那个女人的相貌，但是没有她的气息，无法追踪她的去向。凭空在长安找一个只认得相貌的女人，不异于海底捞针，我一直没有找到。"

栗顿了一下，望了一眼地上的手绢，说道："不过，现在我能猜出她的来历了。"

白姬扬眉道："哦？"

栗道："她是缥缈阁的人。"

白姬还没说话，元曜已经忍不住笑道："栗兄弟，你又血口喷人了。"

栗瞪了一眼元曜，说道："去！谁是你兄弟？！我哪有血口喷人？那个女人如果不是缥缈阁的人，她的手绢怎么会在这里？！"栗望着地上的手绢，说道，"我记得清清楚楚，当时那女人手里拿的手绢就是这条！"

元曜吃了一惊，白姬也略微动容。她抬了抬手，地上的手绢飞了过来。

白姬打开手绢，上面绣了一幅"华枝春满，天心月圆"的图案，右下角用火线挑绣了一个名字："令月"。

白姬"喃喃"自语："难道无忧树竟然在太平公主府里？"

元曜不确定地道："也许，可能，或者，大概……在？！"

白姬道："那就去太平公主府走一趟吧。"

"小生也去吗？"

"一起去吧。反正，轩之闲着也是闲着。"

"小生也去的话，谁看店？"

白姬望了一眼栗，吹了一口气。被蜘蛛丝绑着的小狐狸缓缓升起，飞向了缥缈阁的门口。一根蛛丝飞速地抽出，绕过缥缈阁的牌匾，打了一个结。

栗被悬吊在缥缈的阁门口，像是挂了一个棕色的大粽子。

白姬笑道："栗来看店吧。"

栗生气地挣扎，叫道："谁要替你看这见鬼的缥缈阁，奸诈的龙妖，放我下来！"

白姬不再理会栗，出门去了。

元曜道了一句"有劳栗兄弟看店了"，也跟着白姬去了。

第九章　金　树

永兴坊，太平公主府。

白姬和元曜随管事去水榭的路上，发现太平公主府中的下人们脸色十分阴沉。

白姬问管事道："我多日未来拜访，公主可好？"

管事欲言又止，最后还是开口了。

"公主她……她不太好……公主似乎有些疯魔了……"

白姬问道："公主疯魔了？怎么回事？"

管事道："公主她总是不停地笑，无法控制自己。太医来的次数很多，太医煎各种汤药给公主沐浴。听公主的贴身侍女说，公主身上……身上……长出了一棵树……"

白姬、元曜有些吃惊，刚走到水榭外，就听见一阵"哈哈，哈哈哈——"的笑声。

元曜侧耳一辨认，是太平公主的笑声。空洞的笑声绵延不绝，回荡在水榭上空，说不出地吓人。

白姬笑道："我还是第一次听见她放声大笑。"

元曜道："虽然说是笑，可是听着真让人毛骨悚然。"

一番通禀过后，白姬、元曜被领进了水榭中。太平公主倚在屏风后的美人靠上，她的周围立着四名彩衣宫女。

白姬隔着屏风，笑道："公主笑得真是无忧无虑呢。"

"哈哈，祀人，你又开玩笑了，本公主这是被恶鬼缠身了，才会无法克制地笑。哈哈哈——"

白姬笑道："没有什么恶鬼，您只是无意中拿了不该拿的东西。"

"什么东西？哈哈哈——"

"无忧树。"

太平公主奇道："什么无忧树？"

"您最近有没有碰一棵带着金光的树芽？"

"哈哈。树芽？让本公主想一想……"

回忆了片刻，太平公主才道："好像有。年初，本公主在感业寺吃斋时，一次午睡，做了一个梦。在梦里，本公主稀里糊涂地来到一片山谷，怎么走，也走不出去。本公主正焦急时，一只栗色的狐狸出现了。栗色的狐狸好心替本公主带路。本公主跟着栗色的狐狸走，走着走着，远远地看见了一片金光。本公主很好奇，就走了过去。原来，那里有一株散发着金光的树芽，树芽有四片翡翠色的叶子，非常漂亮。因为树芽很漂亮，本公主不由自主地摘下了它。本公主正拿着树芽发愣时，突然传来了恐怖的声音，像是野兽，又像是厉鬼。本公主心中害怕，不知怎的，就把树芽吞进了腹中，慌不择路地逃了。本公主醒来后，人躺在感业寺的禅房里，似乎是做了一场梦，鞋底上却沾了泥土，难以分辨是现实还是梦境。本公主让感业寺的惠真师太解梦，她说这是佛光普照的好兆头，非常吉祥。从此以后，本公主就常常梦见一棵大树。"

白姬问道："怎样的大树？"

"一棵枝繁叶茂的、开满金色花朵的大树。一梦见它，本公主就感觉烦恼顿消，说不出地愉快。本公主把它绣下来了，还让妖缘拿去给你了，你没有看见吗？"

白姬道："这几天出门了，我还没有看过绣图。"

太平公主笑道："没有关系，你过来屏风这边，我给你看那棵大树。哈哈哈——"

白姬走了过去，元曜也跟了过去。一名侍女见元曜也过来了，要去阻拦，太平公主摆手道："没有关系，哈哈哈——"

白姬、元曜来到太平公主身前，均有些吃惊。太平公主梳着飞天髻，斜簪一支孔雀点翠金步摇。她穿着一身雨过天青色束胸长裙，挽一袭半透明的烟霞色披帛。她的脸上、颈上、身上都布满了金色的图纹，看上去诡异而恐怖。

元曜不由得心中发怵。

太平公主从美人靠上站起身，褪下披帛，露出了线条优美的后背。她白皙光洁的后背上也布满了金色的图纹，密密麻麻，层层叠叠，像是树叶。

太平公主解开束胸丝带，褪下了抹胸和长裙。她一丝不挂地站在地上，如同一朵刚出水的芙蓉花。她的皮肤凝脂般白皙，但是爬满了奇怪的密密麻麻的金纹。远远一看，仿佛谁在她的身上用金色的笔墨描绘了一棵大树。她修长的双腿是树干，纤细的腰肢是树身，沿着腰部往上，则是枝繁叶茂的树枝，长满了层层叠叠的树叶、花朵。她的身上散发着金色的光芒，让人无法逼视。

虽然，女体上长出一棵树是一件诡异的事情，但是这棵金色的大树并不给人以恐惧感，反而给人以美丽、安详、圣洁、光明、愉悦的感觉，让人心旷神怡，烦忧顿消。

元曜不由得张大了嘴，痴痴地盯着太平公主。

白姬也目不转睛地盯着太平公主。

太平公主转了一个圈，"哈哈"大笑。

"祀人，就是这棵树，哈哈哈——"

白姬笑赞道："真美，太美了，这还是我有生以来第一次看见无忧树。"

元曜回过神来，红着脸侧过了头，说道："白姬，现在不是赞美无忧树的时候……"

"轩之，任何时候，都要懂得欣赏美丽的事物。你侧头干什么？"

元曜没好气地道："这棵树长在公主的玉体之上，小生能不侧头吗？"

坊间传言，曾有登徒子在路上看了太平公主一眼，太平公主一怒之下，剜掉了对方的眼睛。

太平公主向元曜保证道："哈哈，妖缘，你放心，本公主不会剜掉你的眼睛，哈哈哈——"

"是元曜。"元曜满脸通红地纠正道。他还是不敢再回头，以袖遮脸，道了一句："古语云，非礼无视，非礼勿行。小生固然不该看，但公主也不该突然赤身露体，让小生不及回避，这不合礼数。"说完，他就急忙奔去屏风外了。

"嘻嘻。"

"哈哈。"太平公主和侍女们忍不住好笑。

白姬也笑道："轩之一向迂腐，公主勿见怪。"

元曜面红耳赤地站在屏风外，脑海中还残留着太平公主曼妙的胴体和那棵美丽如梦幻般的无忧树。

屏风另一边，白姬和太平公主低声说了几句话后，就进内室去了，许久没出来。

侍女给元曜端来香茶和点心。元曜喝了一口茶，等得心焦，又很好奇，问侍女道："请问这位姐姐，公主和白姬在里面做什么？"

"奴婢也不清楚，元公子可以自己进去看看。公主和白姬又没说不让您进去。"

元曜实在很好奇，想进去看，又担心撞见"非礼勿视"的场面，又问了一句："敢问姐姐，公主已经穿上衣裳了吧？"

侍女掩唇笑道："已经穿上了。"

元曜这才放心地走进去。

雅致的内室中，一张缀金火毯上，白姬和太平公主相对而坐，相隔三尺有余。

白姬口中吐出一粒白光闪烁的珠子。

珠子飞向太平公主，太平公主张口吞下。

元曜能够清楚地看见，白色的龙珠沿着太平公主的喉咙滑下，有光芒停留在她的胸口。

白姬闭目坐在蒲团上，唇色苍白如纸。

太平公主胸口的珠子炽如白日，发出耀眼的光芒。她的脸上、手上、脖子上的金色花叶图纹渐渐消失，皮肤恢复了正常。

与此同时，白姬的脸上、手上、脖子上迅速地被奇怪的金纹覆盖，诡异而恐怖。

太平公主张开嘴，一粒白焰灼灼的珠子飞出，珠子中隐约可见一株碧色的三叶细芽被龙火吞噬，焚作劫灰。

白姬张口，龙珠飞入了她的口中。

白姬吞下龙珠的瞬间，元曜听见了一声雄浑而悠长的龙吟。

白姬蓦地睁开了眼睛，眼眸金光莹莹，眼角泪痣如血。她满脸、满身都是金色的花叶图纹，密密麻麻，层层叠叠，看上去触目惊心，十分恐怖。

元曜倒并不觉得害怕。他走上前去，关切地问道："白姬，你没事吧？"

白姬笑道："我没事。"

太平公主恢复了正常。她看见白姬满脸、满身的金纹，也有些担忧。

"祀人，你没事吧？"

白姬道："公主不必担心，我没事。无忧树是非人界的灵物，你吞下了它，它也不会死去，它会汲取你的血肉精气成长，直到有一天，从你的体内破体而出，化为人世的妖魔。到那时，一切就晚了。人类的身体难以承受无忧树的灵气，逐步叠加的巨大喜悦感会让人慢慢癫狂，直至死亡。唯一的办法，就是在无忧树尚未破体而出之前，毁灭它。"

人类的身体无论如何也毁灭不了无忧树，白姬就以龙珠为媒介，将无忧树从太平公主的体内移入自己的体内，以龙火毁灭。

太平公主起身，走到铜镜前，望着自己恢复正常的脸，高兴地笑了。蓦地，她感到有些奇怪，疑惑地道："咦，无忧树已经不在本公主的体内了，可是为什么本公主还是会笑，甚至会感到一丝愉悦的心情？"

白姬笑道："我留下了一片无忧树叶。公主的笑容很美，公主多笑笑也无妨。"

太平公主低头，发现她的左手背上，有一片小小的金色叶子没有消失。

白姬道："这片叶子不会给你造成任何伤害，却能让你心情愉快，就当作是你赠我刺绣的回礼吧。"

太平公主神色阴沉，冷冷地道："我讨厌笑。"但是，继而她又笑道，"算了，偶尔笑笑，似乎也不错。祀人，难得你送本公主回礼。"

白姬也笑道："啊，不要把我说得这么小气，我以前不是不给您送回礼，而是送公主礼物的人太多了，公主也不缺少我的回礼。我一向喜欢雪中送炭，不喜欢锦上添花。"

"不要为你的一毛不拔找好听的借口！！"太平公主和元曜异口同声地吼道。

"唉！被人误解，真伤心。"白姬忧伤地叹气。

休息了一会儿，看天色不早了，白姬和元曜告辞离开了太平公主府。

回缥缈阁的路上，元曜问白姬道："无忧树已经毁了，你怎么向十三郎交代？"

白姬道："车到山前必有路，会有办法的。我想，我得重新给太平公主做一个护身符了。"

"为什么？"元曜好奇地问道。

白姬神色凝重地道："之前，我只考虑到非人的恶意袭击，没有考虑到灵物的无意接近。人类实在是太脆弱了，机缘巧合时，没有恶意的灵物也会置人于死地。如果不是今日恰好发现了，再晚几天的话，太平公主就没救了。"

"白姬，小生想问你一个问题。"

"轩之问吧。"

"太平公主曾说你讨厌人类，是真的吗？"

白姬笑了，没有回答，却问道："哦？她还说什么了？"

"她还说，你因为人类，才会遭受天罚，不能入海，不能成佛。"

"啊啊，这应该是武后告诉她的吧。"

"咦，你怎么知道？"

"因为这个版本，我只对武后说过。"

"啊？难道你的过去还有几个版本？"

"对啊，不同的版本应对不同的人。我觉得以武后的性格，会相信这个版本，所以就对她说了这个版本。嗯嗯，以轩之的性格，应该会相信煽情版。"

元曜一头冷汗，生气地道："小生不要听煽情版！如果可以，能告诉小生你遭受天罚，不能入海，不能成佛的真正原因吗？"

白姬一愣，沉默了一会儿，才道："时间太久了，我记不起来了。不过，不能成佛的原因是我还没有收集到足够多的'因果'。"

元曜道："恒河沙数的因果？唉，你一定被骗了，连小生这么笨的人，也知道根本就不可能收集到那么多的'因果'。"

"不试试看，怎么知道不可能？轩之，做人要勇于尝试，挑战不可能。"

"可你是非人……"

"做非人也要勇于尝试，挑战不可能。"

元曜感到挫败。

白姬、元曜正走在大路上，行人都被白姬满布金纹的脸吓跑了。

白姬走在前面，大声道："轩之，其实我不讨厌人类。"

元曜叹了一口气，说道："可是，今天人类好像不喜欢你。白姬，你脸上、身上的金纹不会一直都在吧？"

白姬道："不会，过几天就会消下去了。唉，早知道，在太平公主府就该找公主要一个鬼头面具戴着。"

"那样更吓人！"元曜吼道。

白姬和元曜回到缥缈阁，栗还被吊在牌匾下，胡十三郎正站在门口，仰头和栗说些什么。

听见脚步声，胡十三郎和栗侧头，看见白姬脸上的金纹，都吓了一跳。

胡十三郎关切地问道："白姬，你的脸怎么了？"

白姬笑道："没什么，十三郎不必担心。"

栗幸灾乐祸地道："龙妖，出去一会儿就毁容了，真是报应。"

"我如果毁容了，一定剥一张美丽的栗色狐皮遮脸。"白姬走进缥缈阁里，手微微抬起，蜘蛛丝断了，栗"砰"的一声摔在地上，痛得直叫唤。

白姬让元曜解开栗，叫上胡十三郎，坐在里间谈话。

牡丹屏风后，青玉案边，白姬、栗、胡十三郎坐着，元曜站在旁边。

胡十三郎道："难道找到无忧树的下落了？"

白姬对栗道："你是自己向十三郎坦白，还是让轩之说。"

元曜嘀咕道："这关小生什么事……"

栗想了想，虽然很不愿意，也只好向胡十三郎坦白了自己引太平公主去偷无忧树的事情。

胡十三郎很生气，也很伤心。

"栗，你怎么能这样？！"

栗强词夺理地道："无忧树那么显眼，还发着金光，即使我不引那女人去，那女人在山谷中乱走一气，也会被金光吸引过去吧？"栗又瞥了一眼白姬，说道，"说不定，那女人本来就是受了某人指使去偷无忧树的，十三你到了贼窝喊捉贼，还帮贼人干活，真是笑掉人的大牙。"

"栗，你不要胡说！"胡十三郎生气地道。

白姬倒是没有生气。她望着胡十三郎道："拿走无忧树的女人，确实和我有关。"

"哎？"胡十三郎瞪大了眼睛，有些难以置信。

栗"哈哈"大笑道："看吧，看吧，终于露出狐狸尾巴了吧？"

元曜望着栗色的小狐狸，冒着冷汗，说道："栗兄弟，小生觉得这句话从你口中说出来，听起来实在有点儿奇怪。"

栗瞪了元曜一眼，元曜急忙闭了嘴。

白姬对十三郎道："事情是这样的……"

第十章　蜃　梦

白姬将太平公主梦入翠华山，误食无忧树以及今天在太平公主府发生的事情告诉了胡十三郎。

小狐狸听了，张大了嘴，继而失望。

"那么，无忧树已经回不来了？"

白姬遗憾地道："没办法。如果不毁去无忧树，太平公主就会死去。我不能看着她死。"

栗不高兴地道："那你就把我们的无忧树给毁了吗？区区一个人类的性命，哪里比得上无忧树贵重？"

胡十三郎道："栗，你住口！人命和无忧树比起来，自然是人命比较重要，更何况还是一位尊贵的公主的性命。"

虽然无忧树没了，让胡十三郎很伤心，但是不管怎么样，知道无忧树丢失的原委，胡十三郎也可以堂堂正正地回去跟父亲和族人交代了。

白姬对元曜道："轩之，去把太平公主送的刺绣拿来。"

"好。"元曜应声去了。

装刺绣的木匣放在货架的角落处，上面已经落了一层薄薄的灰了。元曜拿了木匣，回到里间。白姬从元曜手里接过木匣，吹去灰尘，摆放在青玉案上，掀开了匣盖。

木匣中，静静地躺着一幅卷轴样的绣图。

白姬微微抬手，卷轴浮上了半空中，缓缓打开。

随着绣图打开，元曜、胡十三郎、栗不由得睁大了眼睛。

这幅绣图上绣着一棵美丽的金色大树，花朵繁密叠缀，如同金色的火焰，又如一件一件金色的袈裟。太平公主绣得十分用心，每一朵花、每一片叶子都栩栩如生，整棵大树散发着一股让人宁静愉悦的气息。

白姬微微一笑，伸手触碰绣图。

"这就是无忧树了。无忧树又名甄叔迦树。《过去现在因果经》中说，如来佛祖出生在无忧树下，无忧树乃佛诞之树，为佛光普照。人或非人只要坐在无忧树下，就会忘记所有的烦恼，无忧无虑。"

白姬的手指触上绣图的刹那她手上、身上、颈上、脸上的金纹缓缓流向绣图。绣图上的无忧树瞬间散发出万道金光，夺人眼目。

白姬、元曜、胡十三郎、栗仿佛站在一棵亭亭如盖的大树下，树上有无数金色的花朵缓缓绽放，花瓣随风纷飞。

一花一世界，一叶一菩提。

红尘染明镜，无忧心中觅。

白姬道："十三郎，这幅绣图出自太平公主之手。她曾经吞下无忧树，又曾梦见无忧树，她绣出的无忧树也会有灵气。我没能替你拿回无忧树，就把这幅绣图送给你吧。"

胡十三郎道："这么美丽的绣图，真的可以送给某吗？"

白姬笑道："当然可以。"

胡十三郎高兴地道："谢谢白姬。"

栗不冷不热地道："用绣图冒充真正的无忧树，真是奸商。"

白姬笑了，望着栗道："无忧树不是人间的东西，即使种出了树芽，在凡间的土地上，也无法长成大树。"

栗不再作声了。

白姬道："十三郎很久没回家了，老狐王一定很想念你、牵挂你，你不必再留在缥缈阁里干活了，拿着绣图和栗回家吧。"

胡十三郎也很挂念父亲，给白姬和元曜做了晚饭之后，就和栗回家了。

月圆如镜，清辉万里，白姬和元曜坐在后院赏月。

"唉！"元曜望着月亮，叹了一口气。

"月色这么美，轩之为什么叹气？"白姬问道。

"就是因为月色太美了，才让人忍不住想叹气，担心以后的月色还会不会这么美。"

"轩之多虑了。千百年以前，月色就这么美，千百年以后，月色还是会这么美，美丽的东西永远不会变。"

"唉！"

"轩之又叹什么气？"

"月色的美丽虽然亘古不变，但是千百年后，小生不知道在哪里了。"

白姬喝了一口茶，说道："轩之还真是多愁善感。"

元曜摇头吟道："人生不满百，常怀千岁忧。"

白姬笑着接道："但赏眼前月，莫任韶光流。"

"话是这么说，但是小生还是很忧愁……"

"轩之真是庸人自扰。"白姬摇头叹道。

元曜长吁短叹，白姬悠然喝茶，远处绯桃树下的水井中突然发出七色光晕，一个个水泡从水井中飞出，小的如珍珠，大的如拳头，飘飞在夜风中、月光下，非常美丽。

"啊，蜃君传信来了。"白姬笑了，伸出手指，虚画出一个半弧，一串串水泡飞过来，融合成一个大如铜镜的圆面。

水镜中，一名衣饰华丽的美男子坐在地上，他的四周是金碧辉煌的宫殿。他的身边，侍立着一名身穿五彩衣的小童，正是优雅温柔的沈胤和五彩鱼。

"白姬，好久不见了。"沈胤彬彬有礼地道。

白姬也笑道："一弹指，又是十年了。"

"不，是一百年了。"

"啊，有那么久了吗？"

"是那么久呢。"

"啊哈，时间过得可真快。"

"是啊，一不留神，就会忘记时间了。小楼去游历的事情我知道了，我会让阿彩去找小楼回来。钥匙就先放在我这里吧。"

白姬点头，笑道："有劳蜃君。"

沈胤对元曜道："轩之，上次朱胤吓到了你，真是不好意思。"

元曜笑道："小生没事，胤兄不必歉疚。只是，那位红色的仁兄有些太……太热情好客了……"

沈胤还是十分过意不去，说道："我送轩之一件小礼物，权作赔礼吧。"

元曜道："胤兄不必客气。"

一个拳头大小的水泡飞向元曜。元曜伸出手，水泡落在他的掌心上，"啪"的一声破了。一粒大如鸡蛋的夜明珠出现在元曜的掌心上，晶莹圆润，光华耀眼。

沈胤笑道："小小礼物，不成歉意。"

元曜道："这……这礼物太珍贵了，小生恐怕没有回礼相赠……"

沈胤笑道："轩之下次再来海市陪我说说话，就是最好的回礼了。"

元曜笑道："那好，小生下次再去看望胤兄。"

沈胤道："白姬，我也有一份小礼物送给你。"

白姬感兴趣地道："啊哈，我最喜欢礼物了，是什么好东西？"

一个水泡飞向白姬，白姬伸手接住。水泡破灭之后，一粒金色的东西躺在她莹白的掌心中，像是什么植物的果实。

白姬嘴角挑起一抹笑："啊哈，无忧果？确实是好东西。多谢蜃君了。"

"不必客气。上次你让我找人间的无忧树，我没有找到，甚感抱歉。这枚无忧果，送给你做弥补吧。"

"那棵无忧树已经不在人间了。"

沈胤并不吃惊，笑道："人类要种出无忧树，难于登天。无忧树要在苦厄的人间成活，也难于登天。"

白姬拈起无忧果，对着月亮，说道："或许，将来会有有缘人，将它买去并种出无忧树，这也不是完全不可能的事情。"

"但愿有吧。"沈胤笑道。

与元曜又寒暄了几句，约定了下个月十五来海市一聚之后，沈胤蓦地停止了说话。

元曜正在奇怪，沈胤的雪发飞快地变红，嘴唇倏地裂开，又变成了红毛蜃怪。五彩鱼见状，吓得一溜烟跑了。

红毛蜃怪对元曜吼道："太可恶了！太可恶了！你这臭书生居然将我绑起来，我要吃了你，吃了你——"

虽然知道只是幻影，元曜还是吓得牙齿打战。

白姬衣袖一挥，水镜骤然龟裂，朱胤恐怖的脸渐渐消失，水泡也都一个一个地破灭了。

白姬叹了一口气，说道："唉，朱胤的脾气还是这么糟糕。"

元曜咽了一口唾沫，默默地打消了再去海市的念头。

"白姬，胤兄到底是怎么回事？胤兄怎么一会儿温柔有礼，一会儿吓死个人？"

"有两个胤在同一个身体里，有时候是白胤主宰身体，有时候是朱胤。"

"那井底的海市又是怎么回事？一会儿珠宝成山，一会儿尸骨遍地，到底哪一个是真的？"

"都是真的，也都不是真的，人间的海市只是蜃梦中的幻象，无论是井底，还是海上，还是沙漠中。不过，东海之底，有一个真实存在的海市城，那里是一个神奇而美丽的地方，水神、龙族、鲛人、水灵往来其中，有各种奇珍异宝，有各种奇妙景色，非常繁荣热闹。说起来，倒有点儿像是海底的长安城。"

"啊，真的吗？小生真想去看看。"

白姬有些悲伤地说道："海是我的来处。如果可以，我也想带轩之去海市看看，可惜我无法回去，也只能回忆它的美丽。"

元曜安慰白姬道："终有一天，你会回去的。"

"嗯，等我收集到了足够的'因果'，我就能够回去了。"

元曜有些悲伤地说道："那时候，小生恐怕早就不在了。小生一想到此生永远看不到海市，不知道为什么，心中有些遗憾。"

"轩之不要伤心，将来我回去时，一定把你的骨灰也带去，撒在海市中。"

元曜冒着冷汗道："那个……小生讨厌迁徙，也不喜欢水葬，你还是让小生入土为安吧。"

坐了一会儿，圆月偏西时，元曜捧着夜明珠睡觉去了。

白姬独自坐在院子里，抬头望着天上的圆月，回忆缥缈的海市，回忆遥远的往事。良久，她低头望着手中的金色果实，"喃喃"道："无忧啊无忧，谁又能够无忧呢？"

白姬和元曜吃了两天毕罗之后，胡十三郎又回来了。

小狐狸彬彬有礼地道："某回去解释清楚之后，大家都相信不是某种死了无忧树，也向某道了歉。家父十分喜欢那幅刺绣，让某来向白姬致谢，'一切都是栗那个不孝逆子的错，有劳白姬四处奔走，实在过意不去。听说缥缈阁暂时缺人手，那就让十三去帮忙吧'。某反正在家也是闲着，就来继续给白姬和元公子打杂，直到那只黑猫回来吧。"

"太好了。"元曜很高兴，终于不用啃毕罗了。

白姬也很高兴，说道："多谢狐王美意，也谢谢十三郎了。"

胡十三郎道："白姬不必客气。那幅刺绣果然有忘忧的魔力，自从得到刺绣之后，家父的心情也变得好了许多，家父也常常开怀大笑了。"

白姬笑道："老狐王心情变好，也许和十三郎平安回家也有关呢。"

小狐狸惭愧地道："之前，某真不该一气之下离家出走，害父亲担忧。下次，无论发生什么事，某再也不离家出走了。"

胡十三郎在缥缈阁中勤劳地打杂，栗也跟了来。因为老狐王下令，让栗向胡十三郎道歉，直到胡十三郎原谅栗为止。胡十三郎不肯原谅栗，栗只好一直跟着胡十三郎来缥缈阁，继续道歉。

栗一开始还算礼貌，后来烦躁了，就直接一爪子把胡十三郎拍倒在地上，按着胡十三郎的头，凶恶地威胁道："十三，你到底原不原谅我？"

元曜见了，有心去说栗几句，但是想到手帕上已经没有蜘蛛丝了，又不敢去了，只好私下劝胡十三郎原谅栗算了。

被栗拍倒威胁了三次之后，胡十三郎也只好原谅栗了。可是，栗还是不走，赖在缥缈阁里蹭吃蹭喝，说是要等胡十三郎一起回去。

元曜婉转地劝栗也稍微干一点儿活，哪怕是给古董擦个灰、给花草浇点儿水之类的小活儿。栗立刻扑上去咬元曜，吼道："我乃将来的九尾狐王，不是缥缈阁中打杂的！"

元曜很生气，却也没有办法，只好忍耐。

第十一章　尾　声

这一天，风和日丽，白姬应邀去太平公主府了，栗在后院中睡觉，胡十三郎在厨房里炖鸡汤，元曜捧着茶坐在柜台后看书。

突然，有一个声音在门外大笑道："哈哈，爷终于回来了！书呆子，快出来帮爷拿东西，爷带了好多好东西回来！"

元曜愣了片刻，才蓦然反应过来是离奴回来了。

元曜丢下书本，飞奔出去。一只黑猫神采奕奕地站在外面，瞳孔尖细，毛光水滑。黑猫的身边有三个大包袱。

元曜跑过去，抱住黑猫，热泪盈眶。

"离奴老弟，你终于回来了。小生真想你！"

黑猫打量元曜，说道："书呆子，你怎么好像长胖了一些？一定是爷不在，你一天到晚都在偷懒吧？"

"小生没偷懒，是胡……"元曜刚想说是胡十三郎的厨艺太好了，胡十三郎每天做许多美食，所以他长胖了一些，但是离奴打断了他。

"没偷懒就好。闲话少说，先替爷把包袱拿进去吧。"

"好。"元曜拎起三个包袱中最大的那个包袱。

包袱看起来不大，但是有几百斤，元曜提不起来，奇道："离奴老弟，这里面装的什么？怎么这么重？"

黑猫抖了一下胡子，说道："你拎的这包是鱼干，那红色的包袱中装的是野果，蓝色包袱装的是野味。爷度劫的地方有一条河，鱼特别多。爷闲来无事，就天天抓鱼，抓了鱼又不能吃，只好晒成鱼干。今天回来，爷就都打包带回来了。野果是给主人的，今天早上才摘的，很新鲜。野味是给书呆子你的。你上次说想吃烤羊肉，爷就给你捕了一头野山羊，还找了一些野蜂蜜，今晚做烤羊腿给你吃吧。"

"谢谢离奴老弟。不过，今天的晚餐胡……"十三郎已经在做了。元曜话还没说完，又被离奴打断了。

"主人在吗？"

"白姬去太平公主府参加百诗宴了。"

"唉，爷身在深山中，心却在缥缈阁里，总担心主人和你吃不上饭，饿瘦了。幸而老天保佑，爷平安度过了天劫，如今回来，一定天天做各种鱼给你们吃。来，来，书呆子，搭一把手，我们先把鱼干抬进去。"

"哦，好。"元曜应道。

元曜和离奴合力把装着鱼干的包袱抬进缥缈阁里。

元曜笨手笨脚，不小心在门槛上绊了一下，跌散了包袱。

一件奇怪的事情发生了，随着包袱散开，一大堆一大堆的鱼干涌了出来，越来越多，越来越多，几乎堆了大厅的一半。

元曜张大了嘴巴，说道："离奴老弟，你到底抓了多少鱼？"

一股极大的鱼腥味四散蔓延，让人难受，离奴却极享受，翕动鼻翼，嗅着美妙的鱼味，说道："一天少说也要抓十几条吧。这些鱼够吃大半年了。"

元曜站在鱼海中，捏着鼻子叫道："作孽呀，你抓了这么多鱼，杀了这么多鱼，怎么就没被天雷劈中？！"

黑猫抖了抖胡子，说道："度天劫时，爷一条鱼都没吃，天雷劈爷干什么？"

元曜愁闷地道："这一大堆鱼干堆在大厅里，还怎么做生意？这股腥臭味到处都是，白姬回来一定会很生气。离奴老弟，你倒是想个办法呀。"

黑猫灵巧地跃上柜台，喝了一口元曜的茶，悠闲地坐下，慢悠悠地道："包袱是书呆子你跌散的，自然由书呆子你来善后。你从厨房中拿一个竹筐出来，一筐一筐地把鱼干搬进去。爷觉得鱼干很香，到处是鱼香味也没什么不好，但是主人可能不喜欢。你搬完鱼干之后，再拿几个香炉出来，燃几把檀香，四处熏一熏，去一去味道。"

元曜道："这么多鱼干，小生只有两只手，搬到天黑也搬不完啊！离奴老弟，你也来搭一把手吧。"

黑猫伸了一个懒腰，盘在了柜台上，盯着元曜，露出利齿，说道："爷赶路累了，想休息一会儿。你自己干，不要一天到晚就知道偷懒！"

元曜无奈，只好屏住呼吸，埋头收拾鱼干。

"元公子，你来尝尝鸡肉的咸淡……啊，好臭，什么东西这么腥？"小狐狸欢快地奔来大厅，却被鱼腥味呛得连连后退。

元曜站在鱼干中，对胡十三郎苦笑道："是离奴老弟带回来的鱼干……"

离奴本来已经卧下了，一见胡十三郎，蓦地立起来了，露出了尖牙。

"胡十三郎，你怎么会在缥缈阁？！"

胡十三郎道："某这些天一直在缥缈阁打杂。你这臭黑猫回来了也就罢了，还带这么多臭鱼干回来干什么？臭死人了！"

离奴炸毛，说道："不许说爷的鱼干臭！！"

"臭猫，臭鱼干！臭猫，臭鱼干！某说了又怎样？"胡十三郎毫不示弱。

离奴蓦地化作九尾猫妖，口中喷出青色火焰，猛地扑向胡十三郎。

胡十三郎躲避不及，被扑了一个正着。

元曜发现妖化的离奴身形似乎比以前大了一些，额上还多了三道云纹，九条尾巴在身后招展，威风慑人。

离奴用利爪掐住胡十三郎的脖子，口中吐出碧火，獠牙森森。

"敢再说一遍，爷就吃了你。"

元曜赶紧劝道："离奴老弟，你不要较真。十三郎，你少说两句。大家和气为贵，和气为贵！"

胡十三郎拼命地挣扎道："臭猫，臭鱼干！！"

离奴大怒，伸出镰刀般的利爪，狠狠插向胡十三郎的头。

胡十三郎十分恐惧，却又挣扎不开。

元曜大惊，顾不得许多，冲上去阻止。

"离奴老弟，你快住手！！"

可是，元曜被鱼干绊倒了，摔倒在地上。

眼看胡十三郎就要丧命在离奴的爪下，一道栗色的光倏然闪过。离奴被一股巨大的力道掀翻，滚了开去。

元曜定睛望去，一只巨大的九尾狐妖站在大厅中央，栗色的尾巴迎风招展，身姿矫健，威风凛凛。栗色的九尾狐妖口中喷出蓝色火焰，眼神凶恶地盯着离奴，说道："十三这家伙虽然不成器，但也不能让你吃。猫妖，敢伤了十三一根狐毛，我撕碎你！"

离奴大怒，口中喷出碧色妖火。

"又是一只碍眼的臭狐狸！爷正好饿了，今晚一起蒸了吃。"

离奴猛扑向栗，一道寒光闪过，鲜血四溅，栗的肩膀被离奴抓出一道伤口。

趁离奴攻击栗的刹那胡十三郎挣脱，蓦地变大，化为了一只火红色的九尾狐妖。

火红色的九尾狐妖挥爪扑向离奴，说道："臭猫妖，休要口出狂言！"

栗被抓伤，大怒，凶恶地道："十三，今晚喝猫汤吧。"

栗色的九尾狐妖也猛扑上去，和离奴厮打。

两只狐妖、一只猫妖混战在一起，妖火来，利爪去，血光四溅，阴风阵阵。大厅中的货架倒塌了一半，古董碎了一地，墙上的字画也都烧毁了，连地上的鱼干也烤熟了几条。

元曜冒着危险，大声劝止道："离奴老弟、十三郎、栗兄弟，不要再打了。今晚喝鸡汤、吃烤羊腿就好了，小生不想吃蒸狐狸，也不想喝猫汤……"

战圈之中，一道妖火飞出，将小书生喷出了缥缈阁。

元曜跌坐在缥缈阁外，浑身酸痛。他怀疑是栗想烧死他，但也许是离奴也说不定。

元曜不敢再进去，心乱如麻。坐了一会儿，元曜决定去太平公主府找白姬，让她赶紧来阻止猫和狐狸的厮杀。他站起身来，才发现刚才跌出来时，脚崴了。

元曜每走一步，脚踝就钻心地疼。他挣扎到巷口，就无法再行走了。

元曜扶着老槐树坐下，不知道该怎么办才好。

突然，有人道："哎，这不是元公子吗？"

元曜抬头，四周没有半个人影，不由得疑惑。

那人又道："是俺。俺在地上。"

元曜低头一看，一只蜗牛正在缓缓爬行，经过槐树下。

"原来是蜗牛兄。"元曜恍然道。

"元公子怎么垂头丧气？"蜗牛问道。

元曜道："唉，缥缈阁发生了一些事情，小生必须去永兴坊的太平公主府，叫白姬赶快回来。可是，小生脚崴了，无法行走。"

"原来就这点儿事情呀，俺去替你传信吧。反正，俺受了委托正要去给永兴坊的严先生传信，刚好顺路。"蜗牛仗义地道。

"这……这不敢有劳蜗牛兄。"元曜赶紧道。蜗牛实在是太慢了，等蜗牛走到太平公主府，白姬恐怕已经回来了。

"元公子莫不是嫌弃俺走得慢？俺一直在为传信四处奔走，不曾停步片刻，更不曾偷懒片刻，你怎么能嫌弃俺？"

元曜赶紧赔笑道："小生不是那个意思。如果蜗牛兄愿意传信，那就有劳了。请去太平公主府告诉白姬，'离奴老弟平安回来了，但是离奴老弟和十三郎、栗兄弟一言不合，起了争执，打起来了。小生劝说不住，被赶了出来，为免闹出人命，请快点儿回来劝止'。"

"明白了，俺这就去。"蜗牛接下了元曜的委托，缓缓向东爬去。

元曜坐在槐树下，看着蜗牛渐行渐远，愁容满面。以蜗牛的速度，不知猴年马月，蜗牛才能走到太平公主府。

元曜坐了许久，终是不放心缥缈阁，又一瘸一拐地回去了。

缥缈阁四门大开，安静如死。

元曜提心吊胆地走进去，大厅中一片狼藉，鱼干遍地，货架全部倒了，玉器、瓷器碎了一地，墙上的字画也都烧煳了。

一只黑猫坐在柜台上舔爪子，黑猫的头上、身上都是抓伤，鲜血淋漓。但是，黑猫的眼神十分骄傲自豪，像是一个刚打了胜仗的大将军。

元曜心中一寒，问道："离奴老弟，十三郎和栗兄弟呢？"

不会已经被离奴蒸在蒸笼里了吧？！

黑猫抖了抖胡子，说道："打不赢爷，逃了。那两只可恶的臭狐狸，下次如果再敢趁爷不在，跑来缥缈阁兴风作浪，把缥缈阁弄得乌烟瘴气，爷就剥了那两只臭狐狸的皮！"

"离奴老弟，人家十三郎是来帮着干活的。大家都是朋友，你又何必与其针锋相对？俗话说，与人为善，自己也得善果；与人为恶，自己亦难善终。你看看你，弄得自己也一身是伤。"听见狐狸兄弟没事，元曜松了一口气，去里间翻药箱，替离奴涂上金疮药。

离奴道："爷就是看不惯九条尾巴的狐狸，尤其是那个红毛的胡十三郎，太讨厌了！喵——书呆子，你轻一点儿，疼死爷了！"

元曜望了一眼四周，说道："这些摔碎的古董、烧毁的字画怎么办？白姬回来，一定会很生气。"

"这些东西，大概一千年吧。"黑猫含糊地道。

"什么一千年？"元曜不解。

离奴也不解释，等元曜替自己涂好金疮药，就撵小书生去搬鱼干。

元曜生气地道："你自己为什么不去搬？小生脚崴了，疼着呢。"

离奴大骂小书生一天到晚只知道偷懒不干活。小书生生气地反驳了几句，拿了一本书，一瘸一拐地去后院了。

离奴见元曜的脚真的崴了，也就不再逼迫他干活了，但口里还在絮絮叽叽。

元曜坐在草地上，扯了一把草，揉碎，塞进了耳朵里，安静地看书。

最后，离奴怕被白姬骂，还是自己化作人形，一筐一筐、一趟一趟地把鱼干搬进厨房里。离奴还在四处摆了香炉，燃了一些香料，驱散腥味。

傍晚时分，白姬回来了。她见了缥缈阁中的光景，也没有责骂离奴，只是笑眯眯地在离奴的卖身契上又加了一千年。离奴不敢反对。元曜觉得，只要胡十三郎多来缥缈阁几次，离奴铁定永世不得翻身。

离奴把胡十三郎炖的鸡汤倒掉了，做了红烧鱼干和蜂蜜烤羊腿给白姬和元曜吃。元曜觉得鸡汤很可惜，但也不敢多说什么。也许是很久没吃离奴做的鱼了，他居然觉得味道也很好。

晚上，月上柳梢头。

白姬、元曜、离奴坐在后院赏月，离奴说了自己在山中度劫的生活，鸡零狗碎，杂七杂八。白姬和元曜听得很有兴趣，但是都表示离奴不该抓那么多的鱼，还带回缥缈阁。时节已经近初夏了，鱼一时间也吃不完，怕是会放坏。

白姬想起了大厅中一片狼藉的样子，心疼毁掉的古董和字画。她叹了一口气，说道："真是愁煞人也——"

元曜望着裹了纱布的脚踝，担心以后几天会受罪。他叹了一口气，说道："真是愁煞人也——"

离奴想着堆了大半个厨房的鱼干，担心吃不完坏掉。离奴叹了一口气，说道："真是愁煞人也——"

与此同时，长安月下，一只蜗牛还在努力地爬向永兴坊的太平公主府，要去给白姬送信。蜗牛望着漫无尽头的大路，叹了一口气，说道："真是愁煞人也——"

长安城外，翠华山中，两只受伤的小狐狸坐在草丛中休息，望着月亮发呆。

栗想到自己居然打不过一只猫，威风扫地，就觉得心中憋闷。栗叹了一口气，说道："真是愁煞人也——"

胡十三郎想到尚未向白姬和元曜辞行就被迫逃了出来，觉得很失礼。胡十三郎想回缥缈阁去正式辞别，又怕和离奴再打起来。如果不辞别，就这么回家，自己又很失礼。胡十三郎左右为难，不知道该怎么做好，只好叹了一口气，揉着脸道："真是愁杀某也——"

第五折　来世草

第一章　夜　客

微醺的夏夜，碧草萋萋，铃虫微鸣。

缥缈阁，廊檐下。

白姬、元曜、离奴正在赏月，玛瑙盘中堆着一串串紫红的葡萄，水晶盘中摆着精致的糕点，夜光杯中盛着醇香的美酒。

今夜无事，月色极美，白姬让元曜从仓库中拿出了她珍藏的两种好酒，一名滤渌，一名翠涛①。据白姬说，这两种酒是贞观年间魏徵酿造的，乃是珍酿。元曜打开酒罐时，发现放置至今酒液也没有腐坏。

元曜尝了一口滤渌，入口烧喉，非常霸烈。他酒量不好，只喝了三口，就不敢再喝了。

白姬却一杯接一杯地喝，还抱怨道："最近这一个月，一个'因果'也没有，我实在太伤心了，让我醉死好了。"

元曜一边吃葡萄，一边道："没有'因果'，你也不必跟酒过不去。对了，今天下午，丹阳给小生带了一些江州的糕点，小生放在青玉案上，等擦完地板回来，怎么就不见了？"

韦彦去江州公干，前天才回长安。今天他来缥缈阁淘宝，顺便给小书生带了一些江州产的糕点。小书生随手放在青玉案上，等忙完回来，准备享用时，居然不见了。

元曜对正在吃点心的黑猫看了一眼，怀疑是黑猫偷吃了或者扔掉了。

黑猫瞪了元曜一眼，说道："别看爷，爷可不爱吃三石酥和桂花酥糖。"

---

① 滤渌、翠涛，魏徵酿造的两种酒名。魏徵有造酒的手艺，他所造的酒以滤渌、翠涛两种最为珍奇，将上述酒置于罐中贮藏，十年不会腐坏。唐太宗非常欣赏魏徵的酒，题了一首诗赐给魏徵："滤渌胜兰生，翠涛过玉薤。千日醉不醒，十年味不败。"

白姬仰头喝酒，说道："三石酥不好吃，桂花酥糖还不错，又香又酥，满口余香。可惜我们已经全都吃完了，不然轩之也可以尝尝。"

元曜生气地道："果然是你们偷吃了！古语云，不问而取，是为盗也。你们的作为，有违圣人的教诲，乃是偷盗。"

白姬瞥了一眼元曜，笑道："哪有偷盗？我和离奴这是助人为乐，轩之忙着干活，我们就帮轩之吃点心。助人，果然是一件快乐的事情呢。"

元曜生气地道："吃点心这种事情，小生能够应付得来，不需要你们帮助！"

"哎呀，轩之，你生气了吗？"

元曜很生气，不理白姬。

白姬又叫了两声"轩之"，元曜还是不理她。她只好继续喝酒赏月了。

过了一会儿，白姬突然"哈哈"大笑起来。她站起身，赤足踏碧草，水袖翻飞，且歌且舞。

"忆梅下西洲，折梅寄江北。单衫杏子红，双鬓鸦雏色。西洲在何处？两桨桥头渡。日暮伯劳飞，风吹乌桕树①……"

白姬歌声婉转，舞姿翩跹，回眸一笑，惊鸿一瞥。

元曜一时看呆了，过了一会儿，才反应过来，问在一边吃点心的黑猫道："离奴老弟，白姬这是怎么了？"

离奴抬头看了一眼，说道："应该是喝醉了。这滤渌、翠涛酒果然厉害，主人很少喝醉呢。"

元曜不由得笑道："原来，白姬喝醉了，就会唱歌跳舞。她的歌声真好听，她的舞姿也好看。"

离奴道："跳着跳着，她就该飞去乱降雨了。上次主人喝醉了，飞去乱降雨，倾盆大雨下了两天两夜，电闪雷鸣不断，把金光门都冲毁了。"

---

① 此诗歌为《西洲曲》，南朝乐府民歌名，最早录于徐陵所编《玉台新咏》。全诗如下：
忆梅下西洲，折梅寄江北。单衫杏子红，双鬓鸦雏色。西洲在何处？两桨桥头渡。
日暮伯劳飞，风吹乌桕树。树下即门前，门中露翠钿。开门郎不至，出门采红莲。
采莲南塘秋，莲花过人头。低头弄莲子，莲子清如水。置莲怀袖中，莲心彻底红。
忆郎郎不至，仰首望飞鸿。鸿飞满西洲，望郎上青楼。楼高望不见，尽日栏杆头。
栏杆十二曲，垂手明如玉。卷帘天自高，海水摇空绿。海水梦悠悠，君愁我亦愁，
南风知我意，吹梦到西洲。

元曜一头冷汗："天雨岂能乱降……？"

"采莲南塘秋，莲花过人头。低头弄莲子，莲子清如水。置莲怀袖中，莲心彻底红。忆郎郎不至，仰首望飞鸿……"白姬一个回旋，就欲乘风而去。

元曜吓得一下跳起，奔过去扯住白姬。

"采莲就好了，千万不要去降雨，会害死人的。离奴老弟，你还不去拿醒酒石来，再去煮一碗酸汤解酒！"

黑猫懒洋洋地道："主人难得醉一次，她想做什么，就由她去做吧。只要主人高兴就好了。"

元曜生气地道："这可不能由着她高兴，会害死很多人的！"

白姬望着元曜，醉眼蒙眬，笑了。

"离奴，你拉着我干什么？"

元曜道："不是离奴老弟，是小生。"

白姬醉醺醺地道："唉，离奴，你什么时候变'小生'了？"

元曜无力和一个喝醉了的人解释，拉着白姬走向回廊。

"你先过来坐一会儿。"

元曜打算先把白姬稳住，再去找醒酒石。

白姬道："可是，我还想跳舞……"

"待会儿再跳。"元曜扶着白姬坐下。

白姬脸泛红晕，醉眼迷蒙，她望了一眼正在吃点心的黑猫，笑道："轩之，在吃点心呀。"

黑猫抖了抖胡子，想要反驳，但终是没有作声。

白姬靠近离奴，抓住离奴的脖子，将离奴拎起来，和离奴大眼瞪小眼。

"轩之，你还在生气吗？"

黑猫在半空中挣扎，说道："主人，我不是书呆子！你放下我。"

白姬还是拎着黑猫，笑了。

"轩之，你不生气了？"

黑猫侧头对元曜道："书呆子，赶快去拿醒酒石来。"

元曜急忙去拿醒酒石。

大厅中，元曜点燃烛火，端着烛台在柜台后找醒酒石。突然一阵阴风吹过，烛火一下熄灭了。

"咚咚——咚咚咚——"大门外有人敲门。

元曜心中一惊，摸出火折子，点燃了烛火。

缥缈阁中十分安静，烛火照不到的地方黑暗而幽深。

"咚咚——咚咚咚——"敲门声又响起来了。

元曜有些害怕，但还是壮着胆子去开门了。

"吱呀"一声，元曜打开了缥缈阁的大门。

大门外，月光中，一只棕褐色的黄鼠狼蹲坐着，正伸出右前爪敲门。黄鼠狼颈长，头小，体形细长，四肢很短，尾巴蓬松。黄鼠狼的鬃毛在月光下泛着浅淡的光泽。

元曜松了一口气，说道："请问，有什么事吗？"

黄鼠狼缩回了爪子，礼貌地道："奴家来找白姬，想实现一个愿望。"

黄鼠狼的声音是娇滴滴的女声，婉转如黄莺。

原来，是来买"愿望"的客人。

元曜道："请进。白姬在后院，小生带你去。敢问姑娘怎么称呼？"

黄鼠狼走进缥缈阁里，侧身一拜，说道："奴家姓黄，小字盈盈。公子怎么称呼？"

"原来是盈盈姑娘。小生姓元，名曜，字轩之。"元曜一边回答，一边关上了大门。他再回过身来时，黄鼠狼不见了，一个身穿棕褐色衣裳的少女站在烛火中。

少女很瘦，纤腰不盈一握。她梳着乐游髻，长着一张瓜子脸，弯月眉，樱桃口。她脸色很苍白，眉宇间有黑气，神色十分疲倦，不是大病初愈，就是沉疴已久。

元曜走向后院，说道："盈盈姑娘请随小生来，白姬在后院。"

"有劳元公子带路。喀喀喀——"黄盈盈跟在元曜身后，走向后院。一阵穿堂风吹过，她以手绢捂唇，咳嗽了起来，脸色惨白。

"盈盈姑娘，你没事吧？"元曜回头，关切地道。他吃惊地发现，黄盈盈拿开嘴唇的手绢上，赫然有咳出的血迹。

元曜大吃一惊。年少咯血，怕不是长寿之兆。

黄盈盈见元曜吃惊，勉强笑了笑，开口道："奴家得这痨病已经许多年了，眼看着身子一天不如一天，也不知道哪天就去了。"

元曜有些悲伤，有些同情，这么年轻又这么美丽的一个少女，偏偏疾病缠身，真是造化弄人。

黄盈盈似乎看穿了元曜的心思，说道："喀喀，元公子，奴家不算年轻了，奴家已经活了两百年了。其实，奴家的真容是一个满脸皱纹的老太婆，但是奴家一向爱美，讨厌变作老婆子，故而化作美貌的少女。喀喀喀，生老病死，乃是常态，元公子不必为老身，不，奴家感到遗憾。"

元曜冒冷汗。不过，不管怎样，这只黄鼠狼看起来都有些可怜，不知道这只黄鼠狼来缥缈阁是为了什么愿望。

元曜和黄盈盈来到后院，白姬还在发酒疯，不仅抱着黑猫跳舞，还把黑猫扔来扔去。

"哈哈，轩之，我们一起跳舞……哈哈哈……"

黑猫已经被折腾得眼冒金星、晕头转向了。

一滴冷汗滑落黄盈盈的额头，她问元曜："请问，白姬这是怎么了？"

元曜也冒冷汗，解释道："白姬今晚喝醉了，让你见笑了。白姬，有客人来了，这位盈盈姑娘来买'愿望'。"

白姬把晕过去的离奴扔在草地上，开心地舞了过来，笑道："啊哈，终于又有'因果'了。"她醉眼蒙眬地望着元曜，笑道："盈盈姑娘，你有什么愿望？"

"小生不是盈盈姑娘！"元曜生气地道，然后指着黄盈盈，"这才是盈盈姑娘。"

白姬揉了揉眉心，再睁开眼睛时，金眸灼灼。她望着黄盈盈道："你有什么愿望？"

黄盈盈道："说起来，话有点儿长……"

"那坐下来，慢慢说吧。"白姬示意黄盈盈坐下。

白姬、黄盈盈在回廊中坐下。

一阵夜风吹来，黄盈盈又以手帕掩唇，剧烈地咳嗽起来："喀喀，喀喀喀——"

白姬望着黄盈盈的脸色，皱眉道："你似乎是身带沉疴呢，怕是……"

"老身明白。"黄盈盈接过白姬的话，从容地道，"在你面前，老身也就不化虚形相见了。"

黄盈盈的话音刚落，容颜也发生了变化，乌发渐渐变得斑白，身形渐渐变得佝偻，光滑的皮肤渐渐生出皱纹，饱满的樱唇渐渐凹陷下去。转眼之间，一个花容月貌的少女变成了一个鹤发鸡皮的老妪。

元曜吓了一大跳。

白姬并不吃惊，望着黄盈盈缓缓地道："你究竟有什么愿望？"

黄盈盈缓缓地道来："事情是这样的……"

很久以前，某一年春天，在长安西郊的山岭里，有两只黄鼠狼相遇了，这两只黄鼠狼一见钟情，互生爱慕。这两只黄鼠狼，另一只叫玉郎，一只叫盈盈。玉郎带了丰厚的聘礼上门向盈盈小姐求亲。

盈盈虽然也喜欢玉郎，但是出于少女的矜持与骄纵，提出了三个有些苛刻的条件。

盈盈想考验玉郎对自己的诚心，盈盈的第一个条件是让玉郎去天山之巅采一朵优昙花。玉郎花了三年的时间，采来了。

盈盈想考验玉郎对自己的爱意，盈盈的第二个条件是让玉郎去龙海之渊找十粒鸽卵大小的黑珍珠。玉郎花了三年的时间，找来了。

盈盈想考验玉郎的勇气，盈盈的第三个条件是让玉郎去阎浮图取鬼血石。

阎浮屠位于长安南郊的一座峡谷中，是地狱道①与人间的交界处。地狱道中的恶鬼盘踞于此，行人、走兽、飞鸟一旦误入其中，都不能活着出来。阎浮屠附近方圆数里，荒无人烟，一片死寂。地狱道中的狱鬼的血落在地上，就化作了鬼血石。因为狱鬼们会彼此残杀，阎浮屠中乃至附近到处都是鬼血石。玉郎只要走到阎浮屠附近，就可以捡到鬼血石，并无太大的危险。关键是玉郎敢不敢去。这是盈盈对玉郎的考验。

玉郎去了，但是再也没有回来。

盈盈十分后悔。盈盈一直喜欢玉郎，对玉郎提出苛刻的条件，也只是为了让两个人的爱情更加浪漫和坚贞。可是，盈盈没有想到，玉郎竟一去不复返。玉郎是在阎浮屠中被恶鬼杀死了，还是没有去阎浮屠，远走高飞了？

盈盈一直在等待玉郎，一年又一年。转眼过了一百多年，盈盈已经白发苍苍，行将就木。盈盈一直等待着玉郎来娶自己，和自己相守一生。但是，玉郎一直没有出现。

白发老妪泪流满面，哭泣道："玉郎临走前曾说，自己一定会带着鬼血石回来娶奴家。我们约好了，此生白头到老，不离不弃。玉郎不回来，一

---

① 地狱道，六道轮回中其中一道。在六道之中，以地狱道之痛苦为最甚。"地狱道"只是一个统称，其实它可被细分为八大热地狱、八大寒地狱、近边地狱及孤独地狱四大部分。地狱道的众生并不由母胎所出，也不是因卵胎而出，而是化生而出。在八大热地狱中的众生，受着各式各样的大苦。在有些热地狱中，众生会互相砍杀，但不会死去，只能经年累月地忍受着不断被杀害的痛苦，完全无法逃离。

定是已经殒命在阎浮屠了。"

"那么，你的愿望是……？"白姬问道。

老妪流泪道："奴家身患沉疴，已经时日无多了，唯一放不下的就是当年的承诺。奴家只想在今生再见玉郎一面。"

元曜忍不住道："如果那位玉郎已经殒命在阎浮屠了，你怎么能见到玉郎？"

"如果玉郎已死，奴家想与玉郎的魂魄相见。如果玉郎的魂魄已经投胎转世，奴家想与玉郎的转世相见。无论怎样，奴家也要与玉郎再见一面，才能瞑目。"老妪坚定地道。

白姬道："如果玉郎已经转世，玉郎未必记得你，未必记得那个承诺。玉郎也有新的人生，你见到了又如何？"

老妪固执地道："奴家虽然明白这个道理，但是还是想见一面。这是奴家的愿望，临死前的愿望……喀喀喀……"

元曜觉得等了玉郎一辈子的盈盈很可怜，心生怜悯。

"白姬，盈盈姑娘只是想见一下曾经的恋人，这个愿望并非恶念，你就帮盈盈姑娘实现了吧。"

白姬的金眸中还有醉意，白姬笑道："离奴，你说话的口气怎么像轩之的？"

"小生不是离奴！白姬，你的酒还没醒吗？"元曜生气地道。

白姬揉了揉太阳穴，对黄盈盈道："你先稍等，我去取一件东西，如果玉郎已经转世的话，它可以助你找到玉郎。"

"那太好了！喀喀，喀喀喀……"黄盈盈喜极而泣。因为情绪突然变得激动，黄盈盈又咳嗽起来。

白姬大声对着昏死在草丛中的黑猫喊道："轩之，跟我去楼上取东西。"

这龙妖喝醉了酒，居然就不认得人了。

元曜流着冷汗道："那个……白姬，小生在这里。"

白姬回过头，捧着元曜的脸看，疑惑地道："咦，怎么有两个轩之？"

元曜叹了一口气，说道："小生只有一个。"

白姬飘向二楼的仓库，元曜在旁边引路，怕她会飘错了地方。

第二章　仙　草

二楼，仓库。

元曜举着烛火，白姬在木架旁走动，眼神四处睃巡。

在仓库中转了一圈，白姬没有找到要找的东西。在经过通往不存在的三楼的木梯时，白姬恍然道："啊，来世草在三楼。"

白姬向三楼飘去。元曜想跟她去，但是抬脚踏向楼梯时，踏了个空。元曜又抬脚试了几次，还是走不上去。楼梯明明就在那里，但他的脚怎么也踏不上去。

不一会儿，白姬飘下来了，手里拿着一个木盒子。她抱怨元曜道："离奴，你怎么站在下面不上来？"

元曜已经无力解释了。

去后院的路上，元曜问白姬道："你手里拿的是什么东西？"

"来世草。"

"来世草是什么？"

白姬醉眼蒙眬地道："来世草，又叫三世草，是长在三生石上的一种仙草。有了它，可以知道一个人的前世、今生、来世。这可是仙家的宝物，不能随便给六道中的人或非人。"

元曜有些纳闷儿地道："既然是仙家的宝物，不能随便给六道中的人或非人，你拿出来做什么？"

白姬没有听见元曜的话，已经飘远了。

元曜急忙跟上去。

后院中，回廊下，白发老姬孤独地坐着，仰头望着夜空中的明月，看上去十分孤独。

白姬走到黄盈盈身边，坐下。

"进了缥缈阁里，任何愿望都可以实现，无论是善良的愿望，还是邪恶的愿望。你的愿望，我可以替你实现。"

白姬将木盒子推向黄盈盈，说道："这是来世草，长于三生石上，乃是仙界的宝物。有了它，可以知道前尘后事，可以知道一个人的三世轮回。"

黄盈盈伸出枯槁的手，打开了木盒子。一株紫色的草静静地躺在木盒子中，发出莹润的光泽。

黄盈盈的脸上露出难以置信的表情，黄盈盈说道："白姬大人，您真的将来世草给老身？"

白姬笑眯眯地道："当然。实现客人的愿望，是缥缈阁存在的意义。"

黄盈盈激动地道："那么，老身该用什么交换？"

"暂时什么都不需要。时候到了，我自会去拿我要的东西。"

黄盈盈再三道谢之后，又化作美貌的少女，拿着来世草走了。

元曜送黄盈盈出缥缈阁，衷心地道："希望盈盈姑娘能够找到玉郎。"

"谢谢元公子。"黄盈盈笑道，侧身拜了三拜，消失在了小巷中。

元曜关上大门，回到后院。他暗自庆幸，白姬在和黄盈盈应答时还算清醒，没有露出醉态。

白姬正怔怔地望着月亮，听见脚步声，回过头来，望了元曜一眼，醉眼蒙眬地道："离奴，轩之哪里去了？"

元曜生气地道："小生不是离奴！你怎么还没清醒？！"

"啊，我的头好沉，我好想睡觉……"白姬话音未落，已经化作一条手臂粗细的白龙，盘卧在走廊上。

不一会儿，白龙就发出了一阵轻微的鼾声。

元曜把晕死的黑猫也抱了上来，放在白龙身边。虽是夏夜，但更深露重，还是有一些冷。他去取了一席薄毯，盖在了白龙、黑猫身上。

"唉！"元曜叹了一口气。他究竟作了什么孽，要被卖来缥缈阁，整天累死累活不说，还常常担惊受怕，总是被欺负，有时候更是气得要死。不过，不知道为什么，他还是挺喜欢缥缈阁，挺喜欢和白姬、离奴在一起，哪怕他们总是使唤他、捉弄他。

元曜收拾好酒坛、夜光杯、玛瑙盘以及残余的点心水果，也取了枕头来后院睡觉。一人、一龙、一猫并排躺在廊檐下，一觉睡到了天明。

阳光温暖，鸟语花香。

吃过早饭之后，白姬在大厅里走来走去，神色有些凝重。

"轩之，我昨晚真的把来世草给了一只黄鼠狼？"

"是啊。"元曜一边拿着鸡毛掸子给古董扫灰，一边道，"那位黄鼠狼姑娘自称叫盈盈，不过后来又变成了一个白发苍苍、满脸皱纹的老婆婆。"

"完了，完了，轩之你完了。"白姬"喃喃"道。

元曜奇道："小生怎么完了？"

"因为我完了，所以轩之你也完了。"

元曜冒着冷汗道："白姬，即使你完了，小生也还没完。不过，你这话是什么意思？"

"来世草是仙家的东西，不能随便给六道中的人或非人。我昨晚喝醉了，误把来世草给了黄盈盈，只怕会惹出麻烦。"

"什么意思？"

"偷窥一个人的前世今生，这不是世间常态，会错乱阴阳、破坏天罡。"

"能说得浅显一些吗？小生不太明白。"

"说得浅显一些，就是六道轮回乃是天机，被人看破会有灾难。不仅盈盈姑娘会有灾难，我也会有灾难。来世草只能给天赋异禀或者福泽深厚、可以化解灾殃的人和非人。盈盈姑娘显然不是这种人，我昨晚一时糊涂，竟把来世草给了黄盈盈姑娘，怕是会有灾难临头。"

"白姬，你真糊涂……那现在该怎么办？"元曜焦急地问道。

白姬沉吟片刻，说道："有两个办法，一是把轩之做成驱灾避祸的符咒，挂在缥缈阁的门口挡灾。二是轩之去找盈盈姑娘，把来世草要回来。"

"为什么要小生去？"

"因为昨晚轩之明知我喝醉了，神志不清，却没有阻止我将来世草给盈盈姑娘，以致酿成隐患。"

"这关小生什么事？明明是你自己的过失！"元曜叫道。

白姬瞪了元曜一眼。元曜立刻闭了嘴，说道："好吧，小生去找盈盈姑娘也就是了。"

"缥缈阁很少卖错东西，你代我去向盈盈姑娘赔礼，只要能够拿回来世草，可以答应黄盈盈姑娘的一切要求。"

"小生明白了。盈盈姑娘住在哪里？小生什么时候去？"

"盈盈姑娘还是第一次来缥缈阁，我也不知道她的住处。我会让离奴去打听，有了消息轩之再去吧。"

"好。"元曜应道。

定下了解决问题的方法，白姬不再走来走去了，随手拿起一面铜镜，倚在柜台边簪花。

一阵脚步声逼近，一个人影飞快地卷进了缥缈阁里。

白姬抬头一看，笑了。

"韦公子来得真早。韦公子今天是来淘宝贝，还是来送点心？"

韦彦穿着一身窄袖胡服，踏着鹿皮靴子，手上戴着护腕，腰上悬着箭壶。他走到柜台边，拍下一锭银子，笑道："白姬，今天天气好，轩之借我一天，我带他去打猎。"

白姬笑道："今天天气好，轩之不外借，要借也得二十两银子。"

韦彦奇道："之前借轩之一天，不是十两吗？为什么涨到了二十两？"

白姬笑眯眯地道："因为今天天气好呀。"

韦彦嘴角抽搐。他开口道："下次来，再补给你十两，今天轩之我带走了。"

"走，轩之，我们打猎去。"

元曜苦着脸道："丹阳，小生从未打过猎，也不会拉弓……"

韦彦拍着元曜的肩膀，信誓旦旦地道："轩之放心，我是神箭手，我教你打猎。"

白姬也笑道："轩之，去吧。不要整天待在缥缈阁里，偶尔也出去走走，多看看'人'。"

元曜换了一身白姬的男装胡服，跟韦彦去打猎了。

缥缈阁中生意冷清，白姬闲坐在柜台后簪了一天的花。离奴上午出门去打听黄盈盈的住处，下午才回来。

傍晚之后，宵禁之前，元曜提着一只被羽箭穿心的野山鸡回来了。

离奴给元曜留了半条鱼、一碗米饭。元曜虽然已经和韦彦吃过晚饭了，但是怕离奴生气，只好又吃了一次。

掌灯时分，元曜换下胡服，穿上了自己的青衫。

他坐在廊檐下，望着死去的野山鸡发呆。

白姬见了，奇道："不过是一只野山鸡，轩之总盯着它干什么？"

元曜叹道："小生生平第一次拉弓，第一次射箭，居然就射中了一只野山鸡。小生总觉得很不可思议。"

"啊？！连轩之都射中了，想必那山林里一定到处都是野山鸡吧？韦公子呢？他的收获一定更丰盛。"

"哪里，丹阳什么都没射中。"

这次一起去打猎的除了韦彦和元曜，还有一位裴将军、一位许大人，再加上一些随从和武士，一共有三十多人。

韦彦夸口说自己是神箭手，其实他射箭的技艺很臭，要射树干，却总是射到石头，要射左边，却总是射到右边。

韦彦每射一箭，即使落空了，他的侍从也都爱拍马屁。

"公子真乃神箭手，只是那只鹿跑得太快了！"

"公子好箭法，只是那只野兔太狡猾了。"

元曜射中了，侍从们就冷嘲热讽。

"一定是巧合！"

"哈哈，那野山鸡太笨了，居然自己撞到了箭上！"

虽然，元曜也觉得可能确实是巧合或者山鸡太笨了，但是被随从们这么一说，也不由得有些生气。

一群人奔波了一天，就只有韦彦什么也没有猎到。韦彦有些气馁，也有些不好意思。

许大人倒是一个好人。许大人安慰韦彦道："可能今天运气不好，韦贤弟不要在意。"

那裴将军却"哈哈"大笑，嘲讽韦彦道："什么神箭手？太可笑了！丹阳，你这不是神箭手，是神空手，箭箭射空，哈哈哈——"

裴将军的侍从们也都笑了起来。

韦彦非常生气，和裴将军相约明天继续打猎，一定要猎到猎物。

元曜叹了一口气，说道："丹阳明天还要拉小生去，小生实在有些不太想去……"

"为什么轩之不想去？"白姬奇道。

"小生不太擅长骑马射箭，今天是勉强应付过来的，总觉得看着那些动物四处奔逃、被箭射死，心里很难过。"

"轩之真善良。"

"其实，是小生太没用了。小生害怕看到杀戮的场面。明天小生不想去了。白姬，你有没有办法替小生婉拒丹阳？"

"这简单。"白姬笑眯眯地道，"明天借轩之，一百两黄金。韦公子就会多考虑一下了。"

"你怎么不去抢？！"元曜吼出了韦彦常说的话。

白姬摊手，笑道："我是良民，不是山匪。"

坐了一会儿，白姬又开口了："轩之，今天离奴出去打听了，盈盈姑娘住在七里坡。你今晚就去拿回来世草？"

元曜苦着脸道："能等明天吗？今天奔波了一天，小生实在太累了，腿也很酸疼。"

白姬倒也没有勉强元曜，说道："好吧，那轩之今晚休息，明晚再去吧。"

第二天，韦彦果然一大早就来缥缈阁找元曜去狩猎。

白姬摇扇笑道："借轩之一天，一百两黄金。"

韦彦愤愤地道："你怎么不去抢？！"

白姬笑道："轩之是读书人，借他去狩猎，自然要贵一些。借他去郊游、写诗、饮酒、玩乐，倒还是原价。"

韦彦咬牙："早知道，就不把轩之卖给你了。"

白姬笑眯眯地道："赎回轩之，一万两黄金。"

"你干脆去抢吧！"韦彦愤愤地离开了。

元曜虽然觉得有些对不起韦彦，拂了韦彦的盛情，但是元曜确实不喜欢打猎，不想去，也就只能在心里对韦彦说句抱歉了。

元曜在缥缈阁中忙活了一天，一如平常。

月上柳梢头时，白姬催促元曜去七里坡。元曜不敢一个人夜行，想要白姬陪他一起去，但白姬因为卖错了东西，不好意思去见黄盈盈。

"啊，离奴，你陪轩之去吧。"

白姬拿了一壶梨花白，去后院喝酒赏月了。

于是，离奴就陪元曜去了。

一人一猫来到七里坡时，已是月上中天。山林中一片寂静，只有风吹过树叶的"沙沙"声。

离奴带元曜走进一片乱石岗中，四周荒烟蔓草，乱石嶙峋。上一瞬间明明什么都没有，但一个晃眼间，元曜眼前出现了一座草堂。

草堂坐落在乱石岗中，屋前竖着篱笆，种着花草，四周白雾缥缈。

离奴道："应该就是这里了。书呆子，去吧。"

元曜道："为什么只叫小生去？离奴老弟，你不一起来吗？"

离奴挥舞着拳头，凶巴巴地道："爷像是低头哈腰、给人赔礼道歉的人吗？叫你去你就去，不许啰唆！"

元曜只好去了。

他站在竹篱笆外，大声道："请问，盈盈姑娘在家吗？"

元曜连喊了三声，没有人回应，就推开竹篱笆门，走向了草堂。草堂的门没有关紧，只是虚掩着。元曜推开门，走了进去。草堂中一片漆黑，没有人在。

元曜退了出去。

离奴倚在一棵香樟树下，嘴里叼着一根草，无聊地等着元曜。

元曜走过来，对离奴道："草堂中没有人，盈盈姑娘大概是出门了。我们是在此等候盈盈姑娘回来，还是先回缥缈阁，下次再来？"

离奴想了想，说道："那先等一会儿吧。"

元曜和离奴等了许久，直到草上都凝了夜露，黄盈盈还是没回来。

离奴不耐烦了，吐出嘴里的草，说道："冷死了。我们不等了，回去吧。"

元曜巴不得离奴说这话，说道："也好。我们明天再来，也不迟。"

元曜、离奴结伴回去。

离奴想早点儿回缥缈阁睡觉，化作九尾猫妖，就要先走。

"爷困死了，先回去睡了，书呆子你在后面跟着。"

元曜拖着离奴不让离取走，央求道："离奴老弟，驮小生一程吧，你可不能留小生一个人在这荒郊野岭。"

离奴本来不想驮元曜，但是又怕他在荒郊野岭被野兽或者妖鬼吃了，以后没有可以使唤的人。

"书呆子，爷只驮这一次，下不为例。"

元曜欢喜地道："有劳离奴贤弟了。"

"少废话。"离奴不耐烦地道。

离奴驮着元曜，飞奔在荒郊野岭中。

也许是因为视角变化了，元曜一路上看见了许多奇形怪状的非人行走在山林中，行色匆匆。

一条长长的巨蛇静伏在山林间，张开大口，双目如灯笼。一些非人被"灯笼"的光芒吸引，闯入了蛇口中，被巨蛇吞下了肚子。

头发很长、舌头也很长的女人坐在树上，对着元曜笑。

元曜对离奴道："这山林中看似冷清，其实却很热闹。"

离奴道："月圆之夜更热闹。"

元曜望见右前方的一处地方不断有黑气涌出，周围荒无人烟，一片死寂。那个地方远远地传来让人汗毛倒竖的声音，仿佛有许多人在撕心裂肺地哀号、挣扎。

元曜感觉很不舒服，觉得那块地方蔓延着无边的黑暗与绝望。

元曜道："那里是什么地方？为什么那么死寂、荒凉？"

离奴道："那里是阎浮屠，地狱道与人间的交集处，是恶鬼麇集的地方。"

元曜惊道："啊，那里就是玉郎一去不复返的地方？"

"谁去阎浮屠，都有去无返。书呆子，你要是总是偷懒不干活，爷就把你丢进阎浮屠里！"离奴威胁道。

如果要丢偷懒的人，离奴老弟你应该先把自己丢进去！当然，这句话小书生没敢说出口。

元曜、离奴回到缥缈阁时，白姬还没有睡，在等他们回来。

离奴回禀道："主人，我们今夜去得不凑巧，那只黄鼠狼不在。我和书呆子等了许久也不见那只黄鼠狼回来，只好先回缥缈阁，改日再去了。"

白姬"喃喃"道："我觉得有些心神不宁，希望不会因为来世草而惹出事情。"

白姬、元曜、离奴去睡了，一夜无话。

第二天，白姬出门去了。元曜猜她是去七里坡了。白姬回来时，神色郁郁，"喃喃"道："还是不在家……"

一连数日，白姬、元曜、离奴又接连去了七里坡几次，黄盈盈始终不在家。元曜惊奇地发现，白天去的时候，黄盈盈的家是乱石岗中的一个洞穴，晚上去的时候，则变成了草堂。

白姬虽然悬心来世草，但是因为同时又有一个"因果"需要费心，分身乏术，也只好静静等待黄盈盈出现。

第三章　平　康

夏日炎炎，万里无云。

这天下午，韦彦走进缥缈阁里，脸色有些憔悴，眼圈青黑。

白姬一见，笑了："韦公子的精神似乎不太好，韦公子是来缥缈阁淘宝散心，还是来借轩之解闷？"

韦彦一展洒金折扇，愁眉苦脸。

"白姬，先给我找几件辟邪的宝贝。然后，我再借轩之出去散散心。"

白姬摇着牡丹团扇，笑道："真是奇了，韦公子一向只买招邪的玩物，这还是第一次来买辟邪的宝贝。"

元曜关切地道："丹阳，你这是怎么了？怎么脸色这么憔悴？"

韦彦叹了一口气，说道："我也不知道是怎么了，最近好像是撞邪了。睡觉时，总有人摇醒我，不让我睡。我睁开眼睛一看，四周一个人都没有。

等一闭上眼，又有什么东西压在我身上，用被子蒙住我的脸，让我没办法呼吸。我挣扎起来一看，四周还是一个人都没有。反反复复，我就是没法安枕。还有，走路时我也常常被东西绊倒或者被瓦片、木头之类的东西砸到头。一连数日都是这样，再这样下去，我真是没办法活了。"

白姬道："怪了，按理说韦公子命数特异，不该遇上邪祟。"

韦彦道："唉，可我确实遇上这些怪事了。"

元曜道："大概是燃犀楼里奇奇怪怪的东西堆得太多了吧？丹阳，你丢掉一些人骨啊，尸油啊，猿臂啊之类的东西，也许秽气就没了。"

韦彦道："燃犀楼里的宝贝是我花了大量时间、钱财、精力才辛辛苦苦收集起来的，都是我的命根子。无论如何，我绝对不会丢掉它们。白姬，卖给我几件驱邪的东西吧。"

"好吧。"白姬笑眯眯地道。

白姬卖了一串雕了佛像的檀香木珠、一柄朱砂画符的桃木短剑、一尊玉石材质的地藏王菩萨像给韦彦，价格虚高到元曜忍不住想告诉韦彦不要受骗。韦彦一向挥金如土，倒也不在意，叫随行的南风包好，先拿回韦府。

韦彦对白姬道："今天，我要借轩之一夜，去平康坊看歌舞。"

元曜道："平康坊？那个文人墨客麇集的平康坊？"

白姬看着元曜，摇扇而笑，说道："也有很多色艺俱佳的温柔美人，还有许多高鼻雪肤的妖娆胡姬。看来，轩之也很向往平康坊啊。"

元曜的脸一红，他说道："小生哪有向往平康坊？小生不过是久闻盛名罢了。"

白姬笑道："轩之不必解释。花天酒地、纸醉金迷乃是令人愉悦的人生享乐，平康坊是一个寻欢作乐的好地方。轩之来长安这么久，还没去过平康坊，感受一下风月旖旎，倒真是一大遗憾。韦公子，今天给五两银子就行了。"

韦彦奇道："怎么只要五两？通常，借轩之一天，不是要十两银子吗？"

白姬喝了口茶，说道："还有五两，给轩之吧。五陵年少争缠头，去风月之地，哪能不花银子？怎么说也得买一点儿脂粉钗环送给喜欢的姑娘，才合礼数。"

元曜道："小生没有喜欢的姑娘！"

韦彦笑道："白姬，五两银子，轩之怎么够花？不是每个人都是大受欢迎的'龙公子'，去平康坊不是花钱，而是赚钱。"

白姬喝茶，说道："那轩之再去柜台后取一吊钱好了。"

韦彦愤愤不平地道："一吊钱？你也好意思给？你当轩之是去平康坊买菜吗？"

元曜道："等等，什么叫大受欢迎的龙公子？白姬，你不会常去平康坊吧？！"

白姬顾左右而言他，说道："天气真热，饮一杯凉茶，可真是通体舒泰。"

离奴也来插话，说道："主人，离奴突然想去平康坊了。我好久没去看玳瑁了，不知道玳瑁现在过得怎么样。既然书呆子要去平康坊，那我也顺便去一趟吧。"

白姬笑道："去吧，自己小心。"

"嗯，谢谢主人。"离奴欢喜地道。

韦彦打了一个哈欠，说道："现在还早，我先在缥缈阁里躺一会儿。几天没合眼了，我太困了。"

韦彦也不见外，直接躺在里间的屏风旁睡了。不一会儿，响起了均匀的鼾声。

白姬盯着韦彦身畔看了两眼，取了一串桃木珠，戴在了韦彦的手腕上。

元曜小声问道："丹阳没事吧？"

白姬笑道："是有什么东西一直跟着他，但那东西没有进缥缈阁里。"

离奴化作黑猫，过来蹭白姬的手，说道："主人，你也给离奴一吊钱吧！我想买些香鱼干送给玳瑁。"

元曜奇道："离奴老弟心仪的姑娘叫玳瑁？"

黑猫冲过来，狠狠挠了小书生一爪子，吼道："玳瑁是我妹妹！"

白姬抚摩黑猫的头道："道不同，不相为谋。只怕，玳瑁又不会见你。即使见了，你们也又会吵起来。"

黑猫的眼神一黯，黑猫说道："离奴明白。不过，爹临死前交代过，让离奴好好照顾妹妹。虽然这些年来，我们道不同，不相为谋，一见面就吵架，但离奴偶尔也想去看看妹妹。"

"平康坊百鬼伏聚，饿鬼肆虐，自己小心一些。"白姬神色凝重。

"嗯。"黑猫应道。

元曜捂着脸，疑惑地道："听起来，平康坊好像很可怕似的。"

白姬笑眯眯地道："越可怕的地方，越有趣呀。"

元曜心中惊悚。

申时，韦彦、元曜、离奴乘坐马车去平康坊。下街鼓响起的时候，马车才驶入平康坊。

平康坊，又称为"平康里"，位于长安最繁华热闹的东北部，当时的歌舞艺伎几乎全都集中在这里，酒楼、旗亭、戏场、青楼、赌坊遍布。青楼无昼夜，入夜闭坊之后，平康坊中仍是灯火通明，春意盎然，俨然一处"盛世不夜天"。

离奴一进平康坊里，就带着香鱼干向韦彦告辞，去找妹妹去了。

临走前，离奴低声叮嘱元曜："书呆子，如果有穿红鞋的女人、男人向你搭讪，无论他们说什么，你都不要跟着他们走，知道了吗？"

"为什么？"元曜不解。

"那是饿鬼道中的非人在猎食，食人五脏，勾人生魂。你不要给主人和爷找麻烦。"

"哦，知道了。"元曜道。

离奴挥手，说道："书呆子，明天上午在这儿见。"

"好。"元曜答道。

离奴离去后，元曜和韦彦又走了一条街，来到了一座规模很大的青楼前。元曜抬头望去，青楼的名字叫"长相思"。

韦彦对元曜笑道："轩之这是第一次来吧？这长相思中，有几名色艺俱佳，精通琴棋书画的绝色美人儿。她们最爱结交文人雅士，可以引为红颜知己。"

元曜道："如果小生还可以参加科考，踏入仕途后，也许会需要来平康坊投红纸，行'赞见之礼'①。如今，小生也不需要了，来此只当是开眼之游，免得辜负了白姬的一吊钱。"

在唐朝，科举中的新进之士，少年学子中的佼佼者，会常常游走在章台青楼之中，投递红笺，结交当红的艺伎，然后通过名妓的引介提携，进见、结交豪门贵族和高官权要。文人骚客更常常醉卧温柔乡中，让歌舞艺伎传播自己的诗作，增加才名和声望。这是唐朝一种不成文的习俗和规则。

---

① 赞见之礼，投红纸"名片"求见当红艺伎。新科进士赞见的并不只是红牌艺伎，而是希望通过名妓的提携引见，达到得以进见豪门巨族、高官权要的目的。这是一种具有强烈政治目的的社交活动。

"唉，轩之还在怪我卖了你吗？当时，我也是迫不得已。"韦彦叹了一口气，举袖抹泪，又信誓旦旦，"等我将来有了万金之资，一定为轩之赎身。"

元曜摆手，说道："罢了，罢了，回想起来，都是小生自己的过失，丹阳无须自责。今夜是来为丹阳散心解闷的，就别提那些不开心的往事了。"

"轩之真好。"韦彦笑道，拉了元曜的手，一起走进长相思里。

天色已经黑了，长相思中纱灯耀夜，玉烛煌煌。十二曲阑中，有妙音歌女浅斟低唱，丝竹迭奏，王孙公子则在觥筹交错中，笑语不绝。舞榭歌台上，有高鼻雪肤的胡姬踏歌而舞，身姿曼妙，风情万种，达官贵人醉卧软榻，笑赞声不绝。

长相思的老鸨花姨看见韦彦，笑着迎上来，说道："哎哟，韦公子来了？真是贵客临门，今晚长相思真是蓬荜生辉。"

韦彦笑了，取了一锭金子塞进花姨的手中，说道："今晚我还带了一位朋友来，他喜欢雅静，找一间最好的雅室，上最醇的美酒，琴师要阿纤，舞娘要夜来。我这位朋友是个读书人，喜欢吟诗作赋，也请雅君姑娘来作陪吧。"

花姨看见金子，笑得眼睛眯成了一双月牙。她望了一眼元曜，笑赞道："这位公子真是一表人才，俊逸不凡，腹有诗书气自华，好一个优雅得体的读书人！请问公子怎么称呼？"

这还是元曜生平第一次听见别人这样称赞他，虽然明知道这位花姨和白姬一样，都是见了利就嘴里跑马车的商人，她的话只能信两分，去掉水分，就是在说"这位公子真是一个读书人"。但是，元曜还是很受用那些虚华的称赞，觉得很顺耳、很舒心。他向花姨作了一揖，笑道："多谢这位大婶称赞。小生姓元，名曜，字轩之。"

"大婶……"年过半百却打扮得花枝招展的老鸨嘴角抽搐，一脸黑线。

"噗！"韦彦忍不住笑了。

花姨有些闷闷不乐。韦彦又在她的手中塞了一锭金子，说道："我这位朋友不善辞令，又是初来，花姨请别见怪。带我们去雅室吧。"

老鸨见到金子，心情又好了，笑道："请随我来。韦公子，今夜阿纤可以调琴作陪，但夜来、雅君已经在陪客人了，脱不开身。"

韦彦不以为意地道："哦，什么客人？去找个借口，把雅君拉过来。"

老鸨笑了："这个客人，韦公子比我熟，您自己去拉人吧。"

"谁？"

"令尊，韦尚书。"

韦彦流汗，说道："我父亲今夜也来了吗？"

"下午就来了，韦尚书此刻正和刘侍郎、张大人，还有几名新进的举子在三楼开夜宴呢。"

三楼隐约传来管弦声、笑闹声、吟诗声，韦彦只好作罢，说道："算了，算了，不用叫雅君，叫两名胡姬来陪酒就可以了。"

老鸨带韦彦和元曜来到一间雅室中，说了几句场面话，就离开了。

雅室分为内外两间，窗户大开，对着庭院，布置得十分雅致。

韦彦和元曜脱了外衣，坐在冰凉的竹席上，有穿堂风吹过，十分凉爽。

不一会儿，穿着彩衣的丫鬟们端来了冰镇的鲜果，还有各色点心、几坛罗浮春。又过了一会儿，一名绿衣女子、一名橘衣女子袅袅而来，盈盈下拜。

"阿纤见过两位公子。"

"夜来见过两位公子。"

韦彦对着橘衣女子笑道："夜来，花姨不是说你不能来吗？"

橘衣女子幽幽地道："韦公子来了，奴家怎么能不来？"

韦彦"哈哈"大笑。

元曜却觉得有点儿不对劲。夜来的声音有些熟悉，他似乎在哪里听过。元曜向夜来望去，但见她黛眉杏眼，脸若皎月，十分陌生，以前不曾见过。

韦彦笑道："阿纤、夜来，你们先敬这位元公子一杯酒吧。他今夜第一次来长相思。"

阿纤、夜来笑着倒了一杯酒，敬元曜道："元公子请饮一杯相思酒。"

"多谢两位姑娘。"元曜接了，依次饮下。他有些局促不安，不敢多看两位花颜女子。

"嘻嘻。"

"哈哈。"

阿纤、夜来掩唇笑了。

又有两名卷发碧目的胡姬进来，陪韦彦和元曜饮酒，其中一名还带来了文房四宝。文人墨客们总是喜欢在品歌赏舞时写诗，然后让艺伎们在坊间传唱。

兰烛煌煌，熏香袅袅，阿纤开始演奏乐曲，夜来跳起了柘枝舞，她足穿高头红绚履，左手拈披帛，挥披帛而舞。

阿纤的琴艺佳，夜来的舞姿美，元曜诗兴大发，吟了一首诗。

"宝鼎香雾袅，瓶花绽如笑。画堂开夜宴，山珍海错肴。婉转歌白玉，娇柔唱红绡。以我墨如意，碎汝碧琼瑶。"

韦彦和胡姬都称赞好诗，胡姬还提笔写了下来，元曜觉得很高兴。一曲舞罢，阿纤和夜来也一起来饮酒，众人斗酒猜拳，笑声不绝。

酒过三巡，弦月西沉，韦彦已经喝醉了，两名陪酒的胡姬和阿纤微醺，东倒西歪地躺在凉席上。

元曜今夜运气好，被罚的酒少，倒还清醒。不过，他突然诗兴大发，想写一首长诗。于是，他搬了木案，坐在窗户边，提笔蘸墨，一边酝酿，一边写。

韦彦喝醉了，老把元曜当夜来，抱着他不放手。

"丹阳，别闹了。"元曜很生气地推开韦彦，但他又黏过来了。两个人纠缠在一起，把砚台也给打翻了。

夜来幽幽地道："奴家带韦公子去里间歇着吧，免得扰了元公子的诗性。"

元曜道："如此，多谢夜来姑娘了。"

元曜和夜来一起把醉醺醺的韦彦拖进了里间。

夜来留下来照顾韦彦，元曜出去继续写诗。

元曜离开里间时，晃眼望去，夜来橘色的裙子下面，似乎有一条毛茸茸的尾巴。

元曜赶紧擦眼，再一望，又什么都没有了。

夜来跪坐在韦彦身边，对元曜道："元公子怎么了？"

"不，没什么。"元曜赶紧退下了。

夜来怎么会有尾巴？一定是他看花眼了吧。

第四章　玳　瑁

元曜回到外间，望了一眼睡得正熟的阿纤和两名胡姬，也不打扰她们，轻手轻脚地来到窗边，坐下继续酝酿长诗。

已经是二更天，平康坊中仍然灯火辉煌，热闹非凡。夜色中浮动着脂粉与醇酒混合的香气，远处隐约传来丝竹声、笑语声。

"华殿银烛夜旖旎，千金顾笑何所惜。媚弦妖娆松绿鬓，艳歌悱恻落红衣……"

元曜提笔写了两句，然后卡壳了。他仰头望月，寻找灵感。不一会儿，灵感没来，瞌睡来了，他也就倒头睡了。

元曜做了一个梦。

在梦里，他走在平康坊的街巷中。黑黢黢的巷子深处，有影子在踽踽独行，有动物在蠕蠕爬动。

"哗啦——"元曜踏在了一片水洼里。他低头看去，吓了一跳。他的脚底，是鲜红的血浆，血水源源不绝地从小巷的高处往低处流淌。

元曜壮着胆子，走上了血水的源头。

月光虽然明亮，但是小巷的深处一片昏暗。

元曜隐约看见一名穿着玟瑰色长裙的女子跪在地上，埋首于一团黑影中，发出咀嚼东西的声音。那团黑影之下，源源不绝地涌出鲜血，浓腥味四处弥漫。

元曜走了过去，女子猛地抬起了头。她长得十分美艳，黛眉一弯，明眸流光，但瞳孔细得如同一根线。女子看见元曜，红唇勾起了一抹笑，她的左唇角有一颗黑痣，更添风情万种。本该是人耳的地方，却长了一双猫耳。

元曜吃了一惊。他再向地上望去，顿时头皮发麻。

一个赤裸裸的男人躺在地上，肚皮被撕开了，内脏流了一地。猫女正在咀嚼男人的肝脏，唇角鲜血淋漓。

猫女的周围还有三名女子，各自在啃噬一个开膛破肚的人。四具尸体的鲜血顺着小巷流下，汇聚成了一方水洼。那三名女子也十分美丽，但都不是人，一个身覆蛇鳞，一个长着鹰鼻，一个拖着蝎尾。她们埋首在尸体的内脏中，吃得津津有味。

"娘呀——"元曜赶紧回身，拔腿想逃。

猫女倏然一跃而起，几个起落间，挡住了元曜的去路。蛇女、鹰女、蝎女也都围了过来。

元曜吓得双腿发抖，哭丧着脸求饶道："四位大姐饶命，不要吃小生，小生太瘦，不好吃……"

猫女围着元曜转了一圈，翕动鼻翼，红唇挑起。

"你身上有离奴那家伙的味道……你是从缥缈阁来的？"

元曜不敢看四人，垂着头发抖。他低头望去，赫然发现四人都穿着红鞋。红鞋不知道是血水染红的，还是本身就是红色的。

想起了离奴的告诫，元曜更害怕了，不敢答是，也不敢答不是。这些穿红鞋的女人会吃了他，然后拿他的生魂去炼不死药吗？

蛇女道："玳瑁，别跟他啰唆了。吃了他。"

猫女伸出粉红色的舌头，舔了舔嘴唇。

"算了。他是缥缈阁的人，那龙妖非常难缠，饿鬼道和缥缈阁井水不犯河水，不要节外生枝了。"

猫女是四人中的头领，她说算了，蛇女、鹰女、蝎女也就不再说话了。

猫女对元曜道："你走吧。记得替我向离奴那家伙问好。"

猫女推了元曜一把，元曜一下子跌倒了，沿着小巷滚了下去。

元曜跌得眼冒金星，头撞在一块凸起的石头上，顿时昏了过去。

第二天，元曜醒来时，天已经亮了。他发现自己躺在雅室的竹席上，阿纤和两名胡姬横七竖八地睡在他周围，都还没醒。里间没有动静，估计韦彦和夜来也还没醒。

元曜暗自庆幸，太好了，昨晚看见猫女、蛇女、鹰女、蝎女食人的事情，只是一场噩梦。

昨晚酒喝多了，元曜有些内急，爬起来，穿上外衣去上茅房。元曜从茅房回来时，因为分布在走廊两边的雅间看起来都一模一样，他迷路了。

元曜走在回廊中，凭借着回忆找路。

突然，一间雅室中走出来两个人，一男一女。这两个人元曜都认识，但他们走在一起，让元曜觉得十分奇怪，好像哪里有些不对劲。

男子看见元曜，笑了，"这不是轩之吗？"

元曜也笑道："真巧，竟在这里遇见了裴兄。"

男子姓裴，名先，字仲华。裴先在朝中任武职，为左金吾卫大将军。裴先风流倜傥，一表人才，但是性格有些刚愎自用。裴先的母亲和韦郑氏是姐妹，他和韦彦算是表兄弟，两个人从小一起长大，但是非常合不来。

前些时日，一起打猎时，裴先和韦彦还互相赌气。裴先虽然不喜欢韦彦，但倒是挺喜欢元曜，觉得他满腹经纶、纯善可亲。元曜也很喜欢裴先，觉得他英武不凡，很有武将的气概。

裴先道："昨夜无事，就来这长相思看夜来姑娘的柘枝舞。早知道轩之也在，就找轩之一起饮酒赏舞了。"

元曜笑道："小生是陪丹阳一起来散心的。早知道裴兄也在，大家就在一起聚一聚了。"

"咦？丹阳也来了？"

"是啊，丹阳正和夜来姑娘睡在里间，还没醒呢。"元曜随口答道。话一出口，他的目光顿在了裴先身边的橘衣女子身上。女子黛眉杏眼，脸若皎月，不是夜来又是谁？

元曜奇道："夜来姑娘，你什么时候跑出来和裴兄在一起了？"

夜来一头雾水，说道："这位公子在说什么？从昨晚起，奴家就一直在陪着裴公子饮酒作乐呀。"

裴先也道："是啊，夜来从昨晚到现在，一直和我在一起。"

如果夜来一直和裴先在一起，那昨晚陪他和韦彦饮酒的"夜来"是谁？！

元曜的脑子"嗡"的一声，他想起了昨晚那一场血腥的噩梦。他离开里间时，似乎看见"夜来"的裙下露出了毛茸茸的尾巴。如果"夜来"和猫女、蛇女、鹰女、蝎女一样，那韦彦现在……

元曜不敢再想下去，拔腿飞奔向回廊。裴先觉得奇怪，也跟了上去。元曜一间雅室一间雅室地找过去，终于找到了他和韦彦的雅室，阿纤、两名胡姬还在睡觉。

元曜一把拉开里间的移门，眼前的景象吓得他头皮发麻。"夜来"不知去向，韦彦被一根白绫吊死在房梁上，他的身上血迹斑斑。

元曜悲从中来，扑上去抱住韦彦的腿，放声大哭。

"丹阳……丹阳，你死得好惨——"

裴先后一步赶来，见了这情形，先是一愣，但他毕竟是武将，在生死面前能够镇定下来。

"不对吧？那白绫系在腰上，没系在脖子上呀，他应该死不了。"

元曜闻言，擦干眼泪，仔细看。

原来，韦彦没被吊死，而是被白绫捆住了腰，悬挂在房梁上，乍一看，像是上吊。韦彦身上也没有血迹，而是被人用朱砂写满了字，甚至连他的脸上也被写上了。

朱砂字只有一句话，让人不寒而栗："欠命还命"。

裴先和元曜把韦彦解了下来，放在地板上。

韦彦虽然还没死，但是昏迷不醒，脸色苍白，煞是吓人。元曜发现，白姬给韦彦戴上的桃木手链已经断了，木珠撒了一地。

裴先、元曜正不知道如何是好，忽然有人闯了进来，一路悲哭。

"彦儿……彦儿，你怎么忍心叫为父白发人送黑发人？"

元曜、裴先抬头一看，竟是韦德玄。

原来，刚才元曜大哭的时候，阿纤和两名胡姬都被惊醒了。她们见韦彦挂在房梁上，元曜在哭丧，吓得花容失色，也不敢细看，就急忙跑出去向老鸨报信。不一会儿，"韦公子上吊惨死"的消息就已经传遍了长相思。

韦德玄昨夜也和几名同僚在长相思作风雅之欢，今早宿醉刚醒，就听见儿子在楼下上吊了，惊得鞋子都没穿，光着脚就跑来了。

元曜、裴先赶紧见礼。

"韦世伯。"

"三姨父。"

韦德玄老泪纵横，说道："这到底是怎么一回事？彦儿怎么上吊了？"

元曜、裴先也解释不清。

"丹阳没有上吊，只是挂在上面了。"

"大概是谁恶作剧，和他开玩笑吧。"

韦德玄看了一眼儿子，确信没死，才松了一口气。

韦德玄叹了一口气，举袖抹泪："唉，老夫造了什么孽，现今如此不省心！两位贤侄都是自己人，老夫也不怕家丑外扬，非烟那丫头不守礼教，到处拈花惹草，结交美男子，老夫已经是脸上无光。如今，彦儿竟然在青楼上吊，这件事如果传出去，老夫还怎么在长安做人？家门不幸，惹人笑话，老夫愧见列祖列宗！"

元曜、裴先安慰了韦德玄一番。韦德玄见韦彦还昏迷不醒，叫了随行的家人抬他回府，找大夫医治。

裴先告辞自去了。元曜本来担心韦彦，想和他一起去韦府，但是念及和离奴还有约，决定先回缥缈阁一趟，再去韦府看他。

元曜离开长相思，来到昨天和离奴分别的三岔路口。他等了一会儿，离奴才怏怏地走来："书呆子。"

"离奴老弟，你怎么看上去无精打采？"

"玳瑁不在家。爷等了玳瑁一个晚上，玳瑁也没回来。"

"啊？！"元曜想起昨晚那场血腥的噩梦，在梦中，蛇女叫猫女为"玳瑁"，猫女也曾让他向离奴问好。他忍不住问道："离奴老弟，令妹的左唇角是不是有一颗痣？"

"是啊！咦，书呆子，你怎么知道？"

"小生昨晚好像遇见令妹了……"元曜将梦里的情形说给离奴听，最后道，"令妹还让小生向你问好。"

离奴愁眉苦脸地道："真伤心，自从玳瑁跟了鬼王，就一直避不见爷。当然，见面了，我们也会吵起来。爷想让玳瑁也来缥缈阁，和爷一起过日子。玳瑁想拉爷入魔途，逆天道，求长生。唉，有一个不听话的妹妹，真是伤透了脑筋，爷想不管玳瑁，但是爹临死前又交代让爷照顾好妹妹。书呆子，一想起玳瑁，爷就愁苦！"

元曜也不知道该说什么，只得安慰离奴道："不管怎么说，令妹还记得向你问好，这说明令妹心里也还惦记着你这个哥哥。"

"唉——"离奴长长地叹了一口气。

元曜、离奴一起回缥缈阁。白姬给的一吊钱，元曜还没用，正巧在街边小摊上看中了几本坊间传奇小说，花了几文钱买了。

离奴一见，抢了半吊钱，也去买了一包香鱼干。元曜见离奴买了香鱼干之后，不再愁眉苦脸了，也就不和离奴计较了。

元曜、离奴回到缥缈阁时，白姬正坐在屋顶垂钓。远远望去，飞檐之上，一袭白衣静如雕塑。白姬结跏趺坐，手持一根碧竹钓竿，吊线垂在空气中，不知道在钓什么。

白姬低头，见元曜回来了，笑眯眯地道："轩之，沏一壶茶送上来，再拿一些点心。"

元曜抬头道："好。白姬，你爬上屋顶钓什么鱼？"

白姬轻声道："不是钓鱼，是钓夜光水母。嘘，小声点儿，别把水母惊走了。"

元曜手搭凉棚望去，但见一阵夏风吹过，白姬的衣袂翩跹飞舞，仿如谪仙。她手中的钓线垂在庭院中，本该是钓钩的地方，坠了一小块碎玉。

庭院中并没有看见什么水母，不过白姬有时候会收一下钓线，仿佛钓到了什么东西。她将钓上的东西放入了一个带盖子的琉璃小瓮中，重新绑一块碎玉，继续垂钓。

离奴手搭凉棚，望了一眼庭院，笑了。

"嘿嘿，今年的夜光水母也不少呢。"

元曜擦了擦眼睛，努力望去，还是什么也没看见。

离奴去厨房吃香鱼干了。

元曜放下书本，沏了一壶香茶，盛了一盘蔷薇糕、一盘羊乳酥，端到了院子里。他望了一眼坐在屋顶上的白姬，犯愁了。

"白姬，小生上不去，你还是下来喝茶吃点心吧。"

白姬摇头叹道："唉，百无一用是轩之。"

元曜没听清，问道："白姬，你说什么？"

"没什么。"怕元曜生气，不给自己送点心了，白姬赶紧道。

白姬对着西方天空的一朵白云吹了一口气。

白云缓缓飘来，飞落在缥缈阁中，铺散开来，化作云梯，从元曜的脚下延伸到屋顶。

"上来吧，轩之。"

元曜怕云朵不结实，犹豫了一下，才踏上去。云梯软软的，像是棉花，但很坚实，元曜踏了几步也就不再害怕了。

元曜来到屋顶，在白姬身边坐下，放下了茶点。碧竹竿上的钓线颤抖了一下，似乎有什么东西咬住了碎玉。

元曜定睛望去，什么也没看见。

白姬收了钓线，将钓上来的东西解下，放入了琉璃小瓮中，盖上了盖子。

元曜朝琉璃小瓮中望去，里面空空如也，什么也没有。

白姬放下钓竿，开始喝茶吃点心。

"看轩之气色不错，想必轩之昨晚在平康坊一定玩得很开心。"

元曜苦着脸道："别提了，昨晚小生和丹阳怕是遇见女鬼了。今早，丹阳还被吊在房梁上，现在仍昏迷不醒。"

元曜把昨晚发生的事情告诉了白姬。

白姬咬了一口蔷薇糕，说道："欠命还命……看来，韦公子有麻烦了……"

"啊？！"元曜十分担心，问道，"丹阳欠谁的命了？！他不会有事吧？！"

"应该是欠了非人的命了吧。韦公子应该没有性命之虞，否则他已经丧命了。对方并不想置他于死地，只是在恐吓，或者说泄愤。"

"那丹阳欠了哪个非人的命了？"

"这就不清楚了。人类每天有意无意地，都会伤害几条生命。比如无意中践踏的蝼蚁、蓄意谋杀的生灵、食案上的肉类、身上御寒的毛皮……人类不欠命，就无法存活下去。对韦公子来说，他欠的命实在太多了，可能报复他的非人也太多了。只不过，怨气达到会专程化形把他吊起来泄愤，这样的非人就不多了。韦公子一定做了一些特别的事情，才让某个非人如此记恨他。"

"丹阳究竟做了什么事？"

"这得等他醒了，才能知道。"

"白姬，今晚小生想告假去韦府看丹阳，可以吗？"

"可以呀，轩之在韦府住几天也没关系。"

"太好了。"

"不过，轩之不干活，月钱要减半。"

元曜生气地道："你这……"

白姬拿了一块蔷薇糕，塞进元曜的嘴巴里，把"也太过分了"几个字堵住了。

元曜吃完了蔷薇糕，气也消了。他抬头看天上缥缈的白云，可能是满口甜香的关系，心情也舒畅了许多。

"白姬，离奴老弟的妹妹玳瑁姑娘是怎么回事？她为什么要吃人？"

"鬼界三道中的非人，都会猎食人类，尤其是饿鬼道中的非人。它们食人五脏，摄人生魂，轩之下次见了，记得躲远一些。"

元曜不寒而栗，问道："什么是鬼界三道中的非人？"

白姬轻轻地道："天地六道，分为天界道、人间道、修罗道、畜生道、饿鬼道、地狱道。其中修罗道、饿鬼道、地狱道被称为鬼界三道。鬼界三道中的非人都十分可怕，会伤害、攻击人类，人类称之为'恶鬼'。鬼界三道和人间道有交集：阎浮屠是地狱道与人间道的交集之一，平康坊是饿鬼道与人间道的交集之一，大明宫是修罗道与人间道的交集之一。轩之看到的玳瑁、蛇女、鹰女、蝎女，都是堕入饿鬼道的非人。饿鬼道中的非人捕猎人类为食，它们食用了人尸之后，会把人类的生魂拿去献给鬼王，以炼不死之药。饿鬼道中的非人通常穿着红鞋，轩之晚上看见了穿着红鞋的人，记住不要靠近，不要搭话，更不要跟他们走。"

元曜连连点头道："小生明白了。那地狱道、修罗道中的非人呢？它们穿什么颜色的鞋子？白姬请告诉小生，也好让小生提防。"

白姬笑道："不，地狱道、修罗道中的非人很少在人间道行走，如果人间修罗横行、狱鬼四伏，那必定是生灵涂炭的乱世了。地狱道、修罗道中的非人没有特定颜色的鞋子，也不一定吃人，轩之不必费心提防了。"

"这样啊。那修罗道是指'阿修罗'吗？阿修罗不是和白姬你一样，也是八部众之一？"

"修罗道中有各种非人，阿修罗一族是修罗道中的鬼王。阿修罗众和我们龙众一样，都是八部众之一。"

"那白姬你也是恶鬼吗？"元曜颤声问道。

白姬望着元曜，嘻嘻诡笑。

"你说呢？"

元曜觉得，白姬比鬼界三道中的恶鬼加在一起还可怕。当然，这个想法他不敢说出来。

第五章　盈　盈

下午，元曜告假去看望韦彦。

元曜来到韦府时，已是黄昏光景。

从仆人口中打听到韦彦没事了，元曜松了一口气。元曜本想立刻去燃犀楼看韦彦，但是路过花园时，恰好碰见了韦德玄。见礼过后，元曜被韦德玄拉去书房说了一会儿话。等元曜来到燃犀楼时，已经掌灯了。

元曜曾在燃犀楼住过一段时间，去了缥缈阁之后，也偶尔会来和韦彦饮酒，对这里十分熟悉。仆人们也都认得他，笑着打招呼道："元公子，来看望大公子吗？"

元曜笑道："丹阳已经无碍了吗？"

"大夫来扎过针之后，大公子就已经没事了。现在，大公子应该在房间里和南风玩耍吧。"

元曜来到韦彦的房间，房门没有关上。

"丹阳，你好些了吗？小生来看你了。"元曜一边说，一边走了进去。

韦彦的房间分为内外两室，中间隔了一架水墨画屏风。韦彦的喜好比较诡异，屏风上既没有绘花草，也没有描美人，而是画了一幅地狱十殿图，狰狞而恐怖。

屏风后面，铜镜台前，一座七支烛台上燃着幽幽烛火。

一个身穿艳丽衣服的人坐在镜台前，正在用牛角梳梳理鬓角。从背影看去，那人是一名男子，但他握牛角梳的手跷着兰花指，动作充满了女子的柔媚之态。

元曜素知韦彦的书童南风比较女儿态，还以为是他，便问道："南风，丹阳不在吗？"

"元公子，又是你。"一个女子的声音幽幽地响起。

"哎？"元曜吃了一惊。

那人仍在细心地梳理鬓角，没有回头。

"南风？"元曜好奇地走过去，刚才是南风在尖着嗓子说话吗？为什么南风的背影看上去好像比平常要高大一些？

元曜绕到侧面，那人恰好转过头与元曜对视，嫣然一笑。

那人转过头来时，元曜才发现他不是南风，而是韦彦。

元曜冒着冷汗道："丹阳，你搞什么鬼？"

韦彦妩媚一笑，神色间满是女子的娇态："元公子，你不认得奴家了？"

元曜冷汗如雨，说道："丹阳……你……你的声音怎么成女人的声音了？！"

韦彦掏出一块绣花手绢，跷着兰花指，替元曜擦汗。

"奴家本来就是女人呀。元公子，你怎么出汗了？"

韦彦的声音听起来很耳熟，但是元曜一时想不起来是谁的声音。韦彦口吐女声的怪异场景，让元曜冷汗湿襟。他张大了嘴巴，再也合不上。他无意中望向铜镜，看见镜子中韦彦的脸，又吓了一大跳。

铜镜中，韦彦的脸一半是他自己，另一半是黄鼠狼。那半张黄鼠狼的脸元曜看着眼熟，他脑袋中灵光一闪，喊道："盈盈姑娘，你是盈盈姑娘？！"

"韦彦"以手绢掩唇，侧头道："元公子终于认得奴家了。"

元曜道："盈盈姑娘，这些天你去哪里了？白姬到处找你都找不到。你在韦府做什么？你把丹阳怎么了？"

"韦彦"幽幽地道："奴家已非阳世之人。奴家在韦府，是为了向韦彦索命！"

元曜惊道："啊？到底发生了什么事？"

"韦彦"眼圈一红，咬了咬红唇，无限伤心，他突然伏在元曜的怀里"嘤嘤"哭泣。

"元公子，奴家死得好冤——"

"丹阳，不，盈盈姑娘，你且慢哭，先说说到底是怎么回事吧！"

"韦彦"抬起头，泪眼婆娑，欲说还休。最后，他牵着元曜走到墙脚，指着一块悬挂在墙上的毛皮，幽幽地道："元公子可还认得这个？"

元曜定睛一看，那毛皮是棕褐色的，毛细如针，水滑如油。毛皮上还带着一颗黄鼠狼的头，正是黄盈盈。

元曜心惊，继而明白了什么，悲伤地望着"韦彦"，说道，"盈盈姑娘，你……"

原来，之前元曜不愿去的那一次狩猎，韦彦在七里坡的林子中猎中了一只黄鼠狼。他本来是想射一只獐子，但是箭法太臭，射偏了。不巧，一只路过的老黄鼠狼恰好被射中了腹部，挣扎了一下，死了。

韦彦很高兴，提着死黄鼠狼向裴先炫耀，回到韦府之后，又吩咐下人把死黄鼠狼的皮连头剥下来，留作纪念。

被韦彦射死的老黄鼠狼就是黄盈盈。黄盈盈的生命本已不多，黄盈盈等了玉郎一辈子，唯一的愿望是再看一眼玉郎。黄盈盈从缥缈阁得到了来世草，本以为可以实现夙愿，再见玉郎一面。可惜，黄盈盈还没有找出玉郎的下落，就已经命丧黄泉。

黄盈盈不甘心，化作一缕冤魂，来报复韦彦。韦彦最近不得安宁，都是黄盈盈在作祟。在"长相思"的那一晚，真正的夜来在陪裴先，是黄盈盈化作"夜来"，和阿纤一起出现在韦彦眼前，捉弄、报复韦彦。

"韦彦"对元曜道："虽说欠命偿命，但是奴家本已是风中之烛，行将就木，死在韦彦的箭下也是天命注定。奴家虽然有怨愤，但也不是真想置他于死地。奴家有一执念未了，无法瞑目，故而借韦彦的身体一用，直到执念达成，奴家才能安心离去。"

元曜道："你的执念是见玉郎吗？"

"韦彦"点头，以帕拭泪道："见不到玉郎，奴家不过奈何桥，不饮孟婆汤。"

元曜不知道该说些什么，想起白姬还在找黄盈盈便道："盈盈姑娘，白姬上次给你来世草，是喝醉之后做下的错事，有欠考虑。她酒醒之后，觉得还是拿回来世草比较好，我们最近一直在找你。"

"韦彦"道："奴家知道白姬在找奴家，但是奴家不会把来世草还给白姬。"

"韦彦"神色决绝，元曜也不敢多言，只能暗暗打算明天叫白姬来韦府，再做打算。

一整个晚上，"韦彦"一会儿哭，一会儿笑。他自称是七里坡的黄鼠狼，吵得燃犀楼的人无法安宁。大家都道韦彦中邪了，被黄大仙附体了。

韦德玄闻讯赶来，看见儿子作小女儿娇态，如癫如狂，又老泪纵横地开始哀叹家门不幸。元曜在燃犀楼中熬了一个晚上不曾合眼。第二天一早，元曜就回缥缈阁去了。

元曜回到缥缈阁时，白姬正悠闲地坐在美人靠上，津津有味地读元曜买回来的坊间小说。

元曜风风火火地道："白姬，丹阳被黄大仙附体了！你赶快去韦府看看吧！"

"韦公子被黄大仙附体了？哈哈，一定很有趣。"白姬大笑，并不急着去韦府，"轩之，先去给我沏一杯香茶来。"

元曜道："那位黄大仙，就是盈盈姑娘。"

白姬立刻站起身来，说道："轩之，去韦府吧。"

"为什么听到丹阳出事，你无动于衷，而一听见盈盈姑娘的名字，你就要马上去韦府？"

"韦公子命数奇特，此生不会因为非人而丧命。而盈盈姑娘，我必须从盈盈姑娘那里拿回来世草，才能安心。来世草是仙界之物，妖灵承受不了，盈盈姑娘也许会因为拿着来世草而丧命。"

"盈盈姑娘已经丧命了……"

去韦府的路上，元曜将事情的原委告诉了白姬。

白姬的神色有些凝重，她"喃喃"道："事情有点儿麻烦了……"

韦府，燃犀楼。

"韦彦"穿着一身艳丽的女装，坐在铜镜前涂脂抹粉，口中还哼着小曲儿。南风一脸无奈地站在旁边打扇。丫鬟仆人们在走廊里站着，窃窃私语。

"好好的，公子怎么中邪了？"

"平康坊那种地方，一向都干净。"

"这样下去不是办法，咱们得去江城观请道士了。"

"老爷最恨怪力乱神的事情，怕是不会去请道士。"

"韦彦"回头，看见白姬、元曜后嫣然一笑："奴家就知道，白姬大人您一定会来。"

白姬笑道："不来不行，我得拿回来世草。"

"韦彦"道："奴家不会把来世草还给您。"

白姬道："盈盈姑娘，您不是来世草的有缘人。我因为醉酒，错把来世草给了您，这是我的过失。您本不该猝死，来世草冥冥之中，带您入了幽冥。因为来世草，您已经失去了性命，不要再继续留着它了，也不要再执着于求不得的欲望了，去您该去的地方吧。"

"韦彦"的脸渐渐变化，生出细毛，嘴鼻凸出，变成了黄鼠狼的模样。黄鼠狼顽固地道："不，奴家不见玉郎一面，死不瞑目。"

白姬道："你拿着来世草这么多天，还没有找到玉郎吗？"

"韦彦"流泪道："不知道为什么，一直找不到。"

元曜道："盈盈姑娘，不管怎么样，请放过丹阳吧。他杀死你只是无心之过，小生代他向你道歉。"

"韦彦""嘤嘤"哭道："不，除非再见玉郎一面，否则奴家不走。"

白姬道："你曾踏入缥缈阁，也算是有缘人。我没有办法拒绝你的愿望。如果，再见玉郎一面，是你的愿望，那我就替你实现这个愿望。不过，我有两个条件。"

"韦彦"眼中露出惊喜之色，柔声道："什么条件？"

"一、归还来世草，二、宽恕韦公子。"

"韦彦"幽幽地道："奴家的愿望只是再见玉郎一面，并非想占有来世草、窥探天机。如果您能让奴家见到玉郎，奴家一定会还您来世草。至于韦公子，其实是奴家自己心不在焉，撞在了他的箭下……唉，也是命该如此，只要奴家了了心愿，奴家也不恨他了，会离开他的身体，去往幽冥。"

白姬叹了一口气，说道："你把来世草拿出来，我替你寻找玉郎。"

"韦彦"神色微黯，说道："奴家试过许多次了，来世草无法找到玉郎。"

白姬道："再试一试吧。"

"韦彦"道："奴家将来世草放在七里坡的家里了。"

白姬道："那我们去七里坡。"

"韦彦"道："好。"

元曜对韦德玄编了一个借口，说是带韦彦去青龙寺，找怀秀禅师念经驱邪。韦德玄相信了，对元曜道："有劳元世侄了。"

白姬、元曜、韦彦离开韦府，出城向七里坡而去。

三人来到七里坡时，已近黄昏。一座草堂坐落在乱石岗中，竹篱森森，白雾环绕。

"韦彦"推开竹篱，引白姬、元曜进入草堂。然后"韦彦"点燃了桌上的灯火，请白姬、元曜坐下，说道："寒舍粗陋，请白姬、元公子不要嫌弃脏乱。"

元曜借着烛光望去，但见草堂中的陈设十分雅致，竹桌、竹席、竹椅、竹帘、竹柜、竹屏风，所有的家什摆设都是竹制物，精巧而雅逸。

白姬笑道："哪里粗陋了？雅致的草堂，主人也一定是一个心思玲珑的雅人。"

"韦彦"很高兴，说道："白姬大人谬赞了。啊，您跟元公子还没吃晚饭呢，家中还有一些存粮，奴家去做饭给你们吃吧。"

"有劳了。"白姬笑道。

元曜冒出冷汗。黄盈盈顶着韦彦的身体去做饭，怎么想都很诡异。

"韦彦"换了一身家常的荷叶绿长裙，又用碎花包袱裹裹了头发。他去厨房生了火，又叫元曜去帮忙："元公子能来帮着添加柴火吗？"

元曜连忙道："好。"

"韦彦"在厨房中素手调羹汤，开心地忙碌着。

元曜一边添加柴火，一边偷眼向韦彦望去。火光之下，乍一看，唇红齿白、眉目俊美的韦彦仿佛谁家贤惠的新妇。

元曜一头冷汗。黄盈盈不仅忘记自己已经死了，更忘了自己还附在韦彦的身上。

"韦彦"做好饭菜，还温了一壶清酒招待白姬和元曜。

白姬赞道："盈盈姑娘的厨艺真好。玉郎如果娶了你，一定会称赞你是一个贤淑的好妻子。"

"韦彦"听了，起先十分高兴，但转而又悲伤得以袖拭泪。

"奴家一直梦想着做一个贤淑的好妻子。只是，此生却和玉郎无缘。"

"韦彦"的第一句话，让小书生呛出了一口蘑菇汤："喀喀，喀喀喀——"

明月高悬，夜云如烟。

月光从窗户漏入，明澈如水。夜风穿堂而过，丝丝透骨。

一张竹桌上摆放了一个铜盆，铜盆中盛满了水。

白姬、元曜、"韦彦"围着竹桌站着，望着铜盆中映出的粼粼水光。当铜盆中的水都变作月光时，"韦彦"的脸变成了黄鼠狼，"韦彦"拿出一个木盒子。元曜认得，这正是白姬喝醉那晚，给黄盈盈的装着来世草的盒子。

"韦彦"打开木盒子，取出一株紫色的草。

"韦彦"把来世草投入月光中，在心中默想玉郎的容颜，"喃喃"念道："玉郎——玉郎——"

来世草立在月光中，发出莹紫色的光芒。月光一圈一圈地荡漾开去，水底幻象丛生。元曜看到了一些奇怪的画面，枯骨之山、红莲之池、流火之地，亡魂之乡，千万个蠕动的黑影在爬向一个出口。

元曜正要细看，白姬伸手遮住了他的眼睛，说道："六道轮回，乃是天机。少看一眼，多活几年。"

元曜道："你自己不也在看吗？"

白姬笑道："天龙一族寿命很长，我折一点儿寿没关系。"

怪不得，你老做会折寿的事情！当然，这一句小书生没敢说出口。

黑暗中，元曜听见白姬和黄盈盈在说话。

白姬道："这就怪了，不该是一片混沌。"

"韦彦"道："奴家试过几次了，一直是这样，上穷碧落下黄泉，哪里都找不到玉郎。"

白姬沉吟道："如果玉郎死了，已经转世，就该看到玉郎的来世。如果没转世，也该看到玉郎的魂魄。如果玉郎还没死，应该能看到玉郎的今世。怎么也不该是一片混沌。"

"韦彦""嘤嘤"哭泣，说道："玉郎到底去哪里了？不再见玉郎一面，奴家死不瞑目，死不瞑目——"

白姬松开手，元曜睁眼看去，铜盆中只剩半盆清水荡漾，来世草已经被放回木盒子中了。

"韦彦"掩面哭泣，十分伤心。

白姬对着窗外的圆月，陷入了沉思。

这一夜，白姬、元曜、"韦彦"住在草堂中。

白姬很早就睡了，发出了轻微的鼾声。"韦彦"坐在草堂外，对着月亮哭泣。元曜被吵得睡不着，又觉得黄盈盈可怜，只好去草堂外安慰黄盈盈。

"韦彦"伏在元曜的怀里，放声大哭。

"元公子，奴家真的好想再见玉郎一面。"

元曜只好安慰"韦彦"，说了一些"再找找看，一定会找到玉郎"之类的话。

冰轮西沉，"韦彦"哭累了，就和元曜一起回草堂歇下了。

第六章　饿　鬼

第二天，白姬、元曜、"韦彦"回到了长安。

黄盈盈坚持要等白姬找到玉郎之后，才把来世草还给白姬、离开韦彦的身体，白姬也没有办法，只好答应了。于是，白姬、元曜回缥缈阁，"韦彦"带着来世草回了韦府。

白姬、元曜回到缥缈阁时，离奴正欢喜地在院子里晾晒什么东西，乍一看，像是肉干。

离奴看见白姬回来，高兴地道："主人，前几天，离奴给玳瑁送了香鱼干，今天玳瑁让人给离奴送回礼了。"

白姬笑着问道："哦，什么回礼？"

离奴拿起一片肉干状的东西，放进嘴里咀嚼，津津有味。

"鼠肉干。吃起来非常香呢。主人、书呆子，你们也来吃一点儿吧。"

白姬笑道："我刚才吃过点心了。轩之肯定爱吃，给他吧。"

白姬逃了。

元曜也想逃，说道："小生还不饿，离奴老弟请自用好了。"

离奴不让元曜逃，扑过来抓住他，硬往他的嘴里塞鼠肉干。

"不饿也没关系，这是点心。来，书呆子，尝一点儿，非常好吃。"

元曜被迫吞了两块，没嚼出什么滋味，但觉得胃部一阵翻涌，眼泪汪汪地奔到茅厕里呕吐去了。

傍晚，白姬、元曜、离奴坐在回廊下吃晚饭。

白姬从容地道："离奴，我打算去阎浮屠。"

竹筷从离奴的手中掉落，离奴望着白姬，眼神有些惊恐地道："主人，去了阎浮屠的非人，很少有谁能够活着回来。"

白姬道："我明白。可是我必须去一次，去确认一件事情。"

"那离奴陪主人去？"

"你就不用去了，也许，会回不来。"

离奴坚定地道："正因为也许会回不来，离奴才要和主人一起去。"

白姬转头望元曜，说道："轩之，你会和我一起去吗？"

元曜的脑海中闪过不断涌出无尽黑气、不断传出撕心裂肺的可怕声音的阎浮屠，他哭丧着脸道："小生就不去了吧。"

白姬笑了："轩之怎么能不去呢？"

"如果连你也回不来的话，小生去了也没有用呀。"

"谁说没用？如果我回不来，被困在阎浮屠的话，轩之还可以拿来解闷。"

元曜流泪，嘀咕："小生前世一定造了什么孽……"

白姬诡笑道："嘻嘻，轩之这么一说，我也很好奇轩之的前世。轩之放心，等来世草拿回来了，我一定替你看一看你的前世。"

"不许窥探小生的前世！请尊重小生的隐私！"元曜生气地道。如果他的前世正常也就罢了，如果他的前世比较奇怪的话，白姬又会借此提弄、取笑他吧？

白姬笑道："不窥探轩之的前世也可以，但轩之要随我去阎浮屠。"

元曜流泪道："小生突然很想知道，小生的来世会变成什么。"

白姬诡笑道："去了阎浮屠，也许会没有来世哟。"

白姬、离奴决定三天后去阎浮屠，元曜被迫决定和他们一起去。三个人约定同生共死，同进同退，但是元曜觉得死的极可能只是他一个人。

第二天一早，白姬换上一身暗绣云纹的窄袖胡服，戴了一支纹雕辟邪兽的白玉簪，拿了一柄绘着水墨山水画的折扇，化作风度翩翩的"龙公子"，拉着元曜去平康坊寻欢作乐。

元曜哭丧着脸道："都要去阎浮屠送死了，还作什么乐？"

白姬一展折扇，笑了。

"正是因为我们也许快要死了，才要及时去作乐呀。"

大厅西面的墙壁上挂着一幅百马图，白姬对着古画吹了一口气，两匹骏马发出一声嘶鸣，然后奔出画卷，来到白姬、元曜面前。

"走吧，轩之。"白姬牵了其中的一匹马走出缥缈阁，翻身骑上。

元曜牵了剩下的一匹马，走出缥缈阁。他回头望去，百马图上少了两匹马。他扯了扯马的鬃毛，想看马是不是真的。马很生气，咬了他一口。

白姬、元曜骑着高头骏马进入了平康坊，来到"长相思"外。"长相思"外车水马龙，人来人往。元曜觉得，缥缈阁一个月的客人加起来，恐怕也没有"长相思"一天的客人多。

"长相思"的老鸨花姨见了白姬，笑着迎了上来，殷勤地道："哎哟，龙公子来了，真是贵客临门，今天'长相思'真是蓬荜生辉！"

白姬一展折扇，拍了拍元曜的肩膀，说道："今天，我带了一个朋友来，花姨可要好好招待。"

花姨望向元曜，认出就是上次叫她"大婶"的人，心里有点儿不高兴，但还是露出了笑脸道："这不是前几日和韦公子来的那位元公子吗？原来，元公子也是龙公子的朋友。俗话说，物以类聚，人以群分，看来元公子也是一个贵气文雅之人了。"

元曜想说什么，白姬已抢先笑道："轩之非常文雅。他喜欢雅静，给我们最好的雅室。轩之喜欢美人儿，花姨一定要叫最美丽、最温柔的美人儿来陪我们。"

白姬说话的同时，已从袖中取出了一大锭金子。

花姨见了，急忙推却，笑道："不，不，哪能收龙公子的银子？龙公子常来坐一坐，就是'长相思'莫大的荣幸了。"花姨向左右一望，压低了声音道，"去年东楼有吊女作祟，龙公子送来的符咒很管用。青楼之地，一向不太干净。最近，雅室好像又有黄大仙作祟，前几日闹得韦公子上吊了。还好，他没死。不过，听说他回府之后，被黄大仙附体了。烟花之地，最忌言鬼。一传十、十传百，闹得没客人敢上门了。韦公子出事之后，'长相思'的客人也少了许多，真是让人发愁。"

白姬笑道："花姨不必发愁，我那里还有几道更厉害的符咒，可以驱鬼辟邪，明天我让人给你送一道来。"

花姨乐了，笑得见牙不见眼。

"太好了！龙公子的符咒最管用了！不像那些什么高僧、道长，只知道坑银子。画一道符不驱鬼也就罢了，反倒还一拨一拨地招鬼，真是让人不得不把他们乱棍打出去！"

说话间，花姨已经带着白姬、元曜来到了一间雅室中。花姨又说了几句场面话，就出去了。白姬、元曜脱了外衣，坐下。不一会儿，丫鬟们送来了水果、点心、美酒。

元曜问道："白姬，你常来平康坊做神棍，招摇撞骗？"

白姬吃了一颗葡萄，说道："轩之是指符咒吗？我的符咒很有效，在平康坊的各大青楼都很受欢迎，哪里招摇撞骗了？"

元曜黑着脸道："你一道符咒卖多少银子？"

白姬喝了一口美酒，说道："看情况而定，有时候友情价白送，通常几十两银子一道符，最贵卖到过八百两银子。"

元曜的嘴角抽搐，他说道："你也不怕折了寿？！"

白姬笑眯眯地道："天龙的寿命很长，折一点儿没关系。"

不一会儿，夜来、阿纤、雅君等美人儿联袂而来，带起香风阵阵。她们见礼之后，就围着白姬说笑，看样子很熟络，仿佛是旧交。

白姬在众女子的簇拥中如鱼得水，谈笑自如，仿佛一个风流俊俏的王孙公子。元曜在众女子的包围中，有些局促不安，说一句话就脸红半天。

阿纤调琴，夜来起舞，雅君吟诗，胡姬压酒，白姬"哈哈"大笑、左拥右抱，非常开心。元曜一点儿也不开心，因为众女子为了靠近俊美风雅、谈吐幽默的"龙公子"，而把木讷而局促的他挤到了墙角。

白姬被众美人儿簇拥着，十分快乐，叫了两声"轩之"后没看到他时，也就把他给忘了。

元曜孤独地坐在墙角。一个眉目可爱、笑容娇俏的小丫鬟见元曜被冷落，拉了他去庭院投壶①玩，陪他说笑解闷。

元曜的心情又好了起来，他问了小丫鬟的名字。小丫鬟说自己叫"碧儿"。元曜和碧儿玩得很开心。

约莫傍晚时分，白姬来庭院找元曜，说道："轩之，我们得走了。"

元曜侧耳一听，远处隐隐传来下街鼓的声音，疑惑地道："已经宵禁了，我们现在走的话，能去哪里？"

白姬道："去找玳瑁。"

元曜奇道："找玳瑁姑娘干什么？"

白姬笑道："去了你就知道了。"

元曜与碧儿依依惜别，相约下次再一起玩投壶。

白姬望了一眼碧儿，笑了。

碧儿望了一眼白姬，也笑了。

元曜跟随白姬离开。

白姬突然低声问道："轩之喜欢壁虎吗？"

元曜想了想，说道："有点儿害怕。你为什么突然问这个问题？"

白姬一展折扇，笑了。

"没什么，我随口问问。"

站在庭院中目送白姬、元曜离开的碧儿，青裙中缓缓露出一条壁虎的尾巴。

白姬、元曜离开"长相思"，走在平康坊的街道上。天色渐渐黑了，华灯初上。白姬抬头，翕动鼻翼，不知道在嗅什么。她朝一个幽深的巷子里走去，元曜跟了过去。

幽深的巷子中，一男一女紧紧地相拥在一起，难分难解。借着昏暗的

---

① 投壶，宾主双方轮流将没有镞头的箭投于壶中，每人四支箭，中多者为胜，负方饮酒作罚。投壶既是一种礼仪，又是一种宴饮时的游戏。《礼记》《大戴礼记》都有《投壶》篇专门记述。

光线望去，女子穿着一身玳瑁色长裙，脚穿红鞋。

女子听见白姬、元曜的脚步声，蓦地抬起头来。她黛眉一弯，明眸流光，瞳孔细得如一条直线。女子正是离奴的妹妹——玳瑁。

玳瑁的唇角鲜血淋漓，衬托得嘴边的黑痣格外诡艳。

玳瑁看见白姬、元曜，松开了与自己相拥的男人。男人"砰"的一声倒在地上，已经是一具尸体。他的肚皮被撕裂，脏腑和鲜血流了一地。

元曜头皮发麻，胃里一阵翻涌，俯身呕吐。

白姬一展折扇，遮住了半张脸，说道："哎呀，饿鬼道的吃相还是这么不雅。"

玳瑁袅袅娜娜地走向白姬和元曜，伸出粉红的舌头，舔去嘴角的血迹，冷笑道："饿鬼道自然不似缥缈阁风雅，玳瑁也不像白姬，杀人不见血，吃人不吐骨头。"

元曜直冒冷汗。他觉得玳瑁好像对白姬有很深的敌意。

白姬也不生气，笑道："玳瑁，你还是这么口齿伶俐、唇舌如刀。"

"哼！"玳瑁冷冷地道，"你专程过来，不是为了看我不雅地进食吧？"

白姬笑道："玳瑁真是冰雪聪明，我来找你，是为了借一件饿鬼道的东西。"

玳瑁皱眉道："什么东西缥缈阁没有，却要跑来向饿鬼道借？"

白姬红唇微挑，笑道："引魂灯。"

玳瑁奇道："你要引魂灯干什么？"

"我要去阎浮屠。"

玳瑁吓了一跳，说道："去阎浮屠？！你……你不想活了吗？"

"不，我想活着，所以才来借引魂灯。"

"引魂灯是鬼王的宝物，你找我可没有用。"

"饿鬼道中，只有你和夜叉才能随时谒见鬼王。请你去向鬼王传达，白姬想借引魂灯一用。如果白姬能够从阎浮屠归来，不仅归还引魂灯，还有厚礼相谢。如果白姬不幸，不能从阎浮屠回来，那么缥缈阁中的一切东西，任凭鬼王自取，以赔偿引魂灯。"

玳瑁笑道："条件倒是很诱人。不过，你为什么认为我会替你传话？"

白姬望着玳瑁，说道："因为离奴也会去阎浮屠。"

玳瑁一惊，有些生气："真是一个让人操心的笨蛋哥哥！"

玳瑁生气地离开了。

白姬站在原地，看着玳瑁脚踏血印，渐行渐远。

血泊中，尸体狰狞。白姬挥袖，一阵夜风吹过，卷落了不远处的一树木棉花。金红色的花朵纷纷如雨，埋葬了尸首。

白姬对元曜道："轩之，走吧，我们回缥缈阁。"

元曜道："玳瑁姑娘会去向鬼王传信吗？玳瑁姑娘好像没有答应。"

白姬笃定地道："玳瑁会的。我们回缥缈阁等消息。"

月光下，白姬、元曜走回"长相思"，在马厩中牵出来时骑的骏马，准备回缥缈阁。

元曜抚摩着骏马的鬃毛，叹道："大晚上的，骑马走在街上，心中总不踏实，如果这马会飞就好了。"

白姬伸手拍了拍马头道："马儿，马儿，轩之想要你们飞，你们长出翅膀好不好？"

骏马打了一个响鼻，没有变化。

元曜道："它们怎么没有长出翅膀？"

白姬道："它们说，长出翅膀很辛苦，轩之必须拿两吊钱出来，给它们买草料。"

元曜生气地道："它们明明是画上的马，怎么会吃草料？是白姬你想诓小生的两吊钱吧？"

白姬以折扇掩面道："听离奴说，轩之偷偷地攒了几吊钱。"

"那是小生每个月省吃俭用才从工钱里辛苦攒下的，你别想诓走！"

"马儿，马儿，轩之很小气，不肯给你们买草料。"白姬伸手拍了拍马背，两道白光闪过，马背上"呼啦啦"生出一对雪白的翅膀。

"呼啦啦——"元曜的马背上也生出了一对巨大的翅膀。

白姬翻身上马，笑眯眯地对元曜道："它们说，轩之告诉它们你为什么要攒钱，它们这次就不收草料费了。"

元曜也翻身上马，有些脸红。

"一定要说吗？"

两匹天马足踏夜风，载着白姬、元曜飞上天空。月光下，天马行空，足不履尘，长安城尽收眼底。

白姬道："当然要说。"

元曜小声地道："这几吊钱，小生想攒着将来娶妻的时候用。"

白姬笑道，"轩之想得真长远。不过，几吊钱怕是不够娶妻呀。"

元曜生气地道："所以，你就不要再打小生这几吊钱的主意了！小生会慢慢再攒一些。"

白姬问道："轩之想娶什么样的妻子？"

元曜望了一眼白姬，心中有些难以名状的情愫，但是又说不出口到底是什么感觉。

"小生也不知道。不过，希望她是一个勤劳善良、温柔贤惠的姑娘。"

白姬想了想，说道："勤劳善良、温柔贤惠？比如盈盈姑娘？"

元曜直冒冷汗，说道："白姬，小生不想娶一只黄鼠狼。"

白姬诡笑道："轩之不要太挑剔，不然会打一辈子光棍。"

元曜吼道："这和挑剔没关系！"

说话间，天马已经落在了缥缈阁的庭院中。天马回归百马图，白姬和元曜道了晚安，各自去歇下了。

第七章　阎浮屠

第二天黄昏，元曜正在擦地板，有人来敲缥缈阁的大门。元曜放下擦地板的抹布，奔去开门。

打开门，他看清楚站在外面的四个人之后，顿时吓得牙齿打战。四名妖娆美艳的女子俏生生地站在门外，一名长着猫耳，一名长着鹰鼻，一名拖着蝎尾，一名全身蛇鳞。

元曜的牙齿"咯咯"响着，他问道："四位大姐……有……有何贵干？"

玳瑁笑道："真是没有礼貌，难道让我们站在外面说话吗？"

元曜还没回答，玳瑁就伸手推开他，带着蛇女、鹰女、蝎女走进缥缈阁里。蛇女回头，对元曜嫣然一笑，吐出了分叉的舌头。

元曜头皮发麻，不敢看蛇女。他低下头去，看着四双血红色的"金莲"踏过刚擦干净的地板，留下一串串血红的脚印，顿时汗毛倒竖。

白姬在里间接待了玳瑁。

她们对坐在青玉案边，蛇女、鹰女、蝎女坐在一边。

离奴见玳瑁来了，十分欢喜，不仅沏上了最好的蒙顶茶，还拿出了自己珍藏的香鱼干，招待玳瑁。

离奴站在玳瑁旁边，一会儿拍玳瑁的头，一会儿喂玳瑁吃鱼干，俨然一个宠爱妹妹的哥哥。玳瑁非常尴尬，怕在下属面前有失体面，便把蛇女、鹰女、蝎女遣去大厅了。

元曜在大厅里擦地板，蛇女、鹰女、蝎女出来之后，到处乱走。刚擦干净的地板上，又布满了血脚印。

元曜有些生气地道："小生擦地板很累的，能劳烦几位大姐站着不动吗？"

蛇女、鹰女、蝎女听了，嘻嘻哈哈地笑，干脆在大厅里你追我赶地玩闹了起来。

元曜很生气，但又不敢发作，只好放下手里的抹布，想等四个人走了之后再擦地板。

他有些好奇玳瑁和白姬在说什么，便假装擦屏风，走了进去。

荷花屏风的另一边，白姬跪坐着，她的对面不见了玳瑁和离奴，多了一只玳瑁色的猫和一只黑猫。玳瑁色的猫正襟危坐着，和白姬说话。黑猫一会儿蹭玳瑁色的猫，一会儿伸爪拍玳瑁色的猫的头。

玳瑁色的猫道："鬼王说了，可以借你引魂灯。不过，鬼王有一个条件。"

白姬道："什么条件？"

玳瑁色的猫道："鬼王希望你不要再在平康坊货卖符咒了。"

白姬道："哎呀，我是一个生意人，如果不卖东西，怎么维持生计？缥缈阁中，三张嘴等着吃饭呢。"

玳瑁吼道："在青楼乐坊中少卖一张符咒，你会饿死吗？"

白姬笑道："在平康坊中少卖一张符咒，我倒不会饿死，只是有很多人会枉死。"

玳瑁冷冷地道："这就和你无关了。"

白姬道："如果鬼王借我引魂灯，我保证三个月内不在平康坊卖符咒。"

玳瑁道："三个月？你不是开玩笑吧？那和一直卖有什么区别？"

白姬笑道："如果我不能从阎浮屠回来，那就永远不会在平康坊卖符咒了。"

这句话让玳瑁有些动心。玳瑁遂问道："如果你回不来了，缥缈阁也归饿鬼道？"

白姬点头道："是。"

玳瑁道："那好，我回去复命了。我觉得鬼王会答应。不出意外的话，明天我就把引魂灯送来。"

白姬道："有劳了。"

玳瑁和蛇女、鹰女、蝎女告辞离去，离奴不放心玳瑁夜行，坚持要送玳瑁。玳瑁嫌离奴婆婆妈妈，骂了离奴一句。离奴生了气，也回了一句嘴。两人本来好好的，一下子又开始吵了起来。最后，玳瑁色的猫挠了黑猫一爪子，气呼呼地走了。

离奴很伤心，坐在月亮下面哭。

"爷一直想做一个好哥哥，为什么玳瑁就不能理解爷？每次见面，玳瑁总要和爷吵架……"

白姬拿着碧竹钓竿坐在屋顶上垂钓，安慰离奴道："离奴，不要伤心了。玳瑁还是很在乎你这个哥哥的。"

元曜在大厅中擦血脚印，蛇女、鹰女、蝎女踩得到处都是血污。他一直忙到月上中天才擦洗完毕，去睡觉了。

第二天下午，玳瑁拿来了引魂灯。因为包在一块锦缎中，元曜也不清楚引魂灯究竟是什么样子。

玳瑁对白姬道："等你从阎浮屠回来，我来取引魂灯。如果你回不来了，我就来取缥缈阁。"

"可以。"白姬笑道。

玳瑁问道："你究竟想去阎浮屠干什么？"

白姬道："为了去确定一件事情，实现一个客人的愿望。"

"什么客人值得你冒这么大险？"

白姬笑道："走进缥缈阁里的任何一位客人，都值得我冒这么大险。"

玳瑁望了一眼离奴，问道："我这个笨蛋哥哥可以不去吗？"

离奴欢喜地流泪，说道："玳瑁，你果然还是在乎爷的，哥哥真高兴。不过，爷还是决定和主人、书呆子一起去阎浮屠，我们说好了同生共死，同进同退。连书呆子这种胆小鬼都决定去了，爷怎么能退缩？"

元曜讪讪地道："小生没决定要去，是你们擅自做主，替小生做的决定。"

元曜的声音，小得只有他自己才能听见。

"哥哥是笨蛋！"玳瑁吼了一句，跑了。

黑猫又去后院哭："玳瑁骂爷是笨蛋。玳瑁居然骂爷是笨蛋……"

白姬拿着碧竹钓竿，坐在屋顶上垂钓，安慰离奴。

"离奴，不要伤心了。玳瑁还是很喜欢你这个哥哥的。"

第二天晚上，无星无月，阴风阵阵。

白姬、元曜、离奴准备去阎浮屠。元曜偷偷地戴了几串檀香木珠手链，又在脖子上挂了几串佛珠，还在怀里藏了一把桃木短剑、一本《金刚经》。

离奴见了，狠狠地挠了一把小书生，骂道："死书呆子，把店里的东西放下！"

元曜哭丧着脸道："我们万一回不来了，这些东西搁着也是搁着。小生只是一个普通人，去阎浮屠那种邪门的地方，九死一生，总得要拿点儿辟邪的东西才能安心。"

白姬道："轩之要拿一点儿东西才能安心的话，那就替我拿着夜光水母吧。阎浮屠中，得用夜光水母照明。"

白姬将一个封了口的琉璃小瓮递给元曜。

元曜伸手接过。琉璃小瓮看着不大，但很沉。元曜不得不把手链、佛珠、桃木剑、《金刚经》都放下，只拿着琉璃小瓮。

元曜定睛望去，琉璃小瓮中什么也没有。

白姬又将一只孔雀紫的绸缎荷包递给元曜，说道："这是夜光水母爱吃的玉屑，轩之也拿着，到时候有用。"

"好。"元曜接过，放入了怀中。

离奴幻化为九尾猫妖，健壮如虎，气势慑人。夜色中，九尾猫妖口中喷着青色的火焰，碧色的眼睛灼灼逼人。

白姬、元曜骑着猫妖去往阎浮屠，妖兽四蹄踏风，飞驰在寂静的夜色中。元曜一路上在心里不断地念着佛号，只求能够平安无事。

远远望去，即使在昏暗的夜色中，也能够看见阎浮屠在不断地涌出死亡的黑气。离奴靠近阎浮屠时，元曜的眼前变得一片漆黑，什么也看不见。他的耳边不断响起撕心裂肺的哀号，凄厉而恐怖。

黑暗中，元曜颤声问道："这是谁在哀号？"

黑暗中，白姬幽幽地道："地狱道中的非人。它们经受着各种各样的酷刑，忍受着各种各样的痛苦，众生互相残杀，互相吞噬，却不会死去。它们长年累月地忍受着被杀害的痛苦，完全无法脱离。它们非生非死，没有前世，也没有来生。"

黑暗中，离奴幽幽地道："主人，要下去了。"

白姬道："好。"

猫妖降落在地上。四周一片漆黑，伸手不见五指，让人汗毛倒竖的哀号声、嘶喊声清晰刺耳。

"啊啊——好痛苦——好痛苦——"

"嗷嗷——好烫，好疼——"

"我的腿……我的腿没了——啊啊——"

"肠子被拉断了——"

元曜的牙齿开始打战。

白姬道："轩之，打开琉璃小瓮，放出夜光水母。"

"好。"元曜答道。他摸黑扭开了琉璃小瓮的盖子，一阵冷风卷起来，好像有很多冰凉滑腻的东西擦过他的脸，琉璃小瓮的重量渐渐减轻。

元曜举目四望，还是一片漆黑，哪里有什么夜光水母？

"白姬，夜光水母在哪里？小生怎么看不见？"

白姬道："把荷包里的玉屑都撒出去，你就能看见了。"

元曜从怀里摸出荷包，解开束绳，抓了一把玉屑，但是他的手一直在颤抖，玉屑总从指缝中漏下，只好干脆抓着荷包，将玉屑全部撒出去。

玉屑在空中划出一道半弧，拖曳出一抹光尾。

玉屑的光芒消失的刹那元曜看见了神奇的一幕，嘴巴不由得张大。

以玉屑划出的弧度为起点，黑暗中亮起了一盏盏莹蓝色的灯火，如同天上繁星点点的银河。仔细看去，那一点一点的蓝光并不是灯火，而是一只只透明的水母。它们晶莹透亮，柔软如绸，像一朵朵透明的发着亮光的蘑菇，在空中悠然飘浮。

借着夜光水母的光芒望去，元曜看见了一张张狰狞扭曲的人脸，有的皮开肉绽，有的七窍冒烟。这些人脸没有身体，突兀地浮现在无尽的黑暗中，瞪着白姬、元曜、离奴。

"哐当！"元曜吓得拿不住琉璃小瓮，舌头直哆嗦，说不出完整的话："白……白……"

白姬却叉腰大笑道："哈哈，轩之，我们到地狱了！"

元曜嘴里发苦，说不出话来。一大堆人脸向白姬、元曜拥来，而离奴一跃而起，喷出青色妖火，人脸纷纷退散。

"主人，我们现在要去哪里？"猫妖问白姬。

夜光水母照不见的地方，是无边无际的黑暗。无边无际的黑暗中，传来各种各样让人汗毛倒竖的恐怖声音。

白姬道："地狱道分为八大热地狱、八大寒地狱、近边地狱、孤独地狱。我们现在应该是在八大热地狱中。八大热地狱又分为等活地狱、黑绳地狱、众合地狱、号叫地狱、大叫唤地狱、炎热地狱、大焦热地狱、阿鼻地狱。我们现在大概是在等活地狱中吧。哎呀呀，地狱太大了，要在地狱中找一个人，还真不容易呢。我们先在此等候，让纸人去找吧。"

白姬从衣袖中拿出一沓纸人放在红唇边，吹了一口气。纸人纷纷落地，化作没有五官的白衣人，四散开去。所有的纸人嘴里都发出黄盈盈的声音，在叫"玉郎——玉郎——"。

元曜直冒冷汗，对白姬道："你来阎浮屠，是为了找玉郎？"

白姬道："是看玉郎在不在阎浮屠。"

"玉郎会在阎浮屠吗？"

"不清楚。不过，来世草中看不见玉郎的前世、今生、来世，玉郎很有可能是被困在了阎浮屠里。"

元曜咽了一口唾沫，和白姬、离奴在原地等待。人脸一大堆一大堆地逼近，口中不断地滴落浓腥的液体。人脸张开了血盆大口，似乎要将白姬、元曜、离奴吞噬。

离奴不断地喷出青色火焰，阻止人脸靠近。但是，很明显，离奴的火焰阻止不了狂的人脸。

元曜哭丧着脸道："白姬，离奴老弟快撑不住了，你也喷个火吧。"

白姬在元曜的耳边笑道："龙火不但会焚尽百鬼，轩之也会被烧得灰飞烟灭呢。"

元曜流着泪，说道："现在这样下去，小生也会被这些人脸吃掉吧？"

白姬又道："站着不动，也很无趣。难得来到地狱，我们四处参观一下吧。"

离奴道："主人，如果走到无间地狱，我们就真的回不去了。"

"无妨。"白姬笑道，"有引魂灯呢。"

离奴担忧地道："离奴的意思是越往里走，狱鬼不仅会越来越多，也会越来越凶残，只怕难以脱身。"

白姬说了一句不相干的话，说道："我饿了，想吃夜宵。"

元曜生气地道："都什么时候了，你还想吃夜宵？我们都快变成这些恶鬼的夜宵了！小生上辈子作了什么孽……"

白姬笑眯眯地打断元曜道："轩之不要生气，我们先游地狱解闷吧。"

白姬对离奴道："往里走。"

"是，主人。"离奴道。

离奴驮着白姬、元曜向阎浮屠深处而去，夜光水母始终环绕在他们四周，为他们照亮周围。不照亮还好，照亮了，只让元曜吓得浑身发抖。

夜光中，许多鬼在荒野行走，这些鬼的手上长着铁爪，一遇见其他鬼，就互相抓对方。这些鬼被抓得皮肤尽烂、血肉模糊，血流尽后，倒地而卧。然而，冷风一吹，这些鬼的皮肉又长出来了，完好如初。这些鬼又站起来，向前走去，一遇见对方，又开始互相厮打，周而复始，不断受苦。

白姬笑吟吟地道："这里是等活地狱。如果不幸留在这里了，我和轩之就会变成这样，我挠一下轩之，轩之挠一下我，我再挠一下轩之，轩之再挠一下我。很好玩吧？"

元曜牙齿打着战道："一点儿……也不好玩……"

离奴经过时，狱鬼们停止了互相抓挠，转而追逐离奴。

离奴又路过了两处地狱，一处的狱鬼被烧红的热铁绳捆缚，有青面獠牙的恶鬼用斧头砍狱鬼，用铁锯子锯狱鬼。另一处有两座巨大的铁山，狱鬼麇集于铁山之间，被两座铁山挤压，骨肉碎裂，成为肉泥。

白姬笑道："这里是黑绳地狱和众合地狱，很有趣吧，轩之？"

元曜浑身哆嗦，口中发苦。

离奴路过时，黑绳地狱、合众地狱中的狱鬼纷纷向离奴追来，黑压压的一片。

离奴驮着白姬、元曜又路过了狱鬼口中被灌火浆，烧烂五脏六腑哀号不绝的号叫地狱。还有狱鬼们躺在烧红的热铁上，被大热棒从头到脚打碎成肉糜的焦热地狱。追逐离奴的狱鬼更多了，密密麻麻的一片，元曜头皮发麻，不敢回头看。

白姬、元曜、离奴三人来到了八热地狱的最后一处——无间地狱时，元曜看着眼前百鬼作乱的恐怖景象，对能够活着走出阎浮屠这件事情，已经不抱任何希望了。

元曜有气无力地道："白姬，如果我们出不去了，会变成什么样？"

白姬笑道："我们大概会被这些狱鬼吃掉，然后变成这些狱鬼中的一个，没有思想，没有灵魂，没有前生，没有来世，有的只是无尽无涯的痛苦和恐惧。"

元曜闻言，几乎昏厥过去。

白姬双手合十，结了一个法印，口中"喃喃"念了一句咒语。

黑暗中，没有纸人归来。

良久之后，一只烧得只剩半截的纸人悠悠飘来。

白姬伸出手，纸人停在她的掌心上然后燃起一团火，烧成灰了。

白姬"喃喃"道："找不到玉郎呢。看来，玉郎似乎不在阎浮屠中。"

离奴停在一处山岩上，喷出一团碧幽幽的火，逼退了拥来的狱鬼。

"主人，狱鬼越来越多了。"

白姬回头看了一眼，半空中有大堆大堆的狰狞的人脸逼近，地上也有无数或青面獠牙或身躯残缺的狱鬼拥来。人脸和狱鬼不断地从远处走来，包围了白姬、元曜、离奴。

元曜咽了一口唾沫，说道："小生有一句遗言，想先说了。"

离奴骂道："死书呆子，闭上你的鸟嘴！"

白姬道："人之将死，其言也善。轩之说吧。"

"小生上次说想娶一个勤劳善良的姑娘，后来又想了想，觉得这个姑娘懒一点儿也没关系……小生勤快一点儿，应该可以照顾她……"

"啊？！"白姬道，"轩之要说的就是这个？"

"你以为是什么？"元曜没好气地道。

"我以为，轩之会说出攒下的几吊钱藏在哪里了呢。"

"嘿嘿，爷也想知道书呆子的私房钱藏在哪里。"离奴笑道。

元曜生气地道："藏钱的地方，小生死都不会告诉你们！"

三人吵闹间，大群狱鬼已经逼近，仿佛要将三人吞没。一个巨蛇般的狱鬼张开血盆大口，吞向离奴。这个狱鬼的身上遍布着密密麻麻的人脸，人脸上皮肉尽烂，流着脓血。

离奴一个跃起，驮着白姬、元曜躲过了这一袭。但不幸的是，巨蛇一样的狱鬼擦过的瞬间，身上的一张人脸张口咬住了元曜的左脚，将他拖了下来。

"啊——啊啊——"元曜摔入了万丈深渊。

第八章　地　狱

万丈深渊之下，是沸腾的红莲火池。

元曜头朝下倒栽向红莲火池，耳畔是呼啸的风声，眼前依次掠过死状凄厉的恶鬼幻象。景象呈倒立，缥缈得犹如幻觉，但死亡似乎已触手可及。

元曜以为必死无疑，闭上了眼睛。

就在元曜闭上眼睛的刹那黑暗中发出一道耀眼的白光。一声雄浑悠长的龙吟破空响起，上震天宇，下惊黄泉。

元曜睁开眼睛一看，一条巨大的白龙浴火而飞，盘旋在地狱的上空，仰头发出了一声长吟。

白龙非常巨大，身体如灵蛇，犄角如珊瑚，利爪如镰刀，须鬣如枪戟，威猛而美丽。那巨蛇般的狱鬼在龙爪之下挣扎得如同一条蚯蚓。

白龙身上遍布金色与冰蓝色交织的火焰，照亮了黑暗的八热地狱。白龙的瞳孔金光灼灼，温柔而残忍。突然，白龙须鬣戟张，张开巨口，一阵灼热的飓风卷地而过，八大热地狱中的狱鬼皆被吞入了龙腹中。

元曜只觉得一阵滚烫的飓风将他卷起，一股巨大的力道拉扯着他，将他吸入龙口中。

"书呆子！"千钧一发之际，一只矫健如虎的猫妖掠过，用爪子抓住了元曜的后颈，将他拎开了。

猫妖拎着元曜，几个跃起，躲开龙火，来到了安全的地方。

元曜远远望去，八热地狱中的众生连同地狱的火焰一起，正源源不断地被吞入龙腹中。不多时，无间地狱只剩下一片无边无际的荒凉与黑暗。

白龙仰天发出一声长啸，震耳欲聋。白龙飞向元曜和离奴，与他们凌空对视。白龙身姿矫健，气势如虹，浑身散发着一种充满了力量的美丽。白龙在火焰中垂下头，金瞳温柔地注视着元曜，说道："轩之，趁着胃口好，我把你也吃了吧？"

元曜生气地道："休想！"

"轩之真小气！"白龙不高兴地道。

一阵金红色的火焰腾空而起，白龙在火焰中化为一名妖娆的女子，凌空踏步、环佩"叮当"地走向元曜。

白姬拍着肚子道："啊啊，吃得真饱，就是有些上火。轩之，回去之后，给我沏一杯凉茶。"

离奴嘟着嘴道："主人，你怎么全都吃了？你也不给离奴留两个。"

白姬伸手拍了拍猫妖的头道："离奴还是回去吃香鱼干吧。你暂时还承受不了地狱的红莲业火，吃下狱鬼会烧烂五脏六腑。"

元曜嘴里发苦地道："白姬、离奴老弟，闲话少说，我们还是赶紧回去吧。"

白姬道："既然玉郎不在阎浮屠，那我们就回去吧。"

白姬从衣袖中拿出一个小包袱，小心翼翼地打开。

借着夜光水母的光芒望去，元曜看见了一个千瓣睡莲形状的灯盏。

白姬伸出手指，在灯盏中心点了一下。莲花蕊上倏地冒出了一点儿金色火苗。金色的莲灯缓缓浮上半空中，夜光水母纷纷靠近，金色的灯火与蓝色荧光相互辉映，美如梦幻。

元曜望着金色灯火，张大了嘴道："这是……引魂灯吗？"

白姬笑道："是。很美吧？真有些不想还给鬼王了。"

离奴道："主人，那就别还了吧。鬼王一直觊觎缥缈阁中的宝物，还总在背后说您的坏话。鬼王这次借您引魂灯也没安好心，分明是希望您被困在阎浮屠里，永远不要再回去了。鬼王好坐享缥缈阁中您收集的宝物。"

白姬道："虽然不想还，也知道鬼王不安好心，但还是要还。做人，要守信用。"

"主人，咱们是非人。"

白姬笑道："非人也一样。"

元曜苦着脸道："我们可不可以先回缥缈阁，再讨论别的问题。"

"轩之说得有理。"白姬道。

"也好。"离奴道。

无间地狱，黄泉道上，一盏金色的明灯火浮现在无尽的黑暗中，为白姬、元曜、离奴在无边的死寂与荒凉中指引出一条道路。

白姬、元曜、离奴跟随引魂灯向前走，踏过火山、血海、尸堆，经过前世、今生、来世。三人走了许久，四周安静得只有呜咽的风声。

突然，元曜听见有谁在哭。他望了一眼四周，但只有一片无涯的黑暗，什么也看不见。

"白姬，好像有人在哭。"

白姬四下一望，侧耳倾听，什么也没听见。

"没有人在哭呀。"

"呜呜——呜呜呜——"哭声更加清晰了。

元曜道："明明有人在哭。"

"轩之，你听错了吧？"

"离奴老弟耳朵灵，你让离奴老弟听听。"

离奴侧耳一听，除了风声，什么也没有。

"哪有人在哭？书呆子，你吓傻了吧？"

"呜呜——呜呜呜——"哭声越来越清晰了，好像就在耳边。

元曜道："小生没吓傻，真的有人在哭。"

"轩之听错了。"白姬没有理会元曜，径自向前走去。

离奴也没有理会元曜，径自向前走去。

元曜仔细听去，哭声就在耳边。他低头望去，地上有一块雪白的骨头，森森白骨在灰烬焦炭中，显得格外刺目。

仿佛被一种神秘的力量吸引，元曜弯下腰去，拾起了那块白骨。

手触碰到骨头的刹那仿佛被雷电击中，元曜倒在了地上。白姬、离奴走在前面，没有发现元曜倒在了地上。他们渐行渐远。

意识不清中，元曜听见有人在哭。

元曜问道："谁在哭？"

"是我。"一个低沉而富有磁性的男声道。

"你为什么哭？"

"我在阎浮屠中困了很多年，我必须离开这里，却没有办法离开。我的未婚妻还在外面等我，我必须离开。"

元曜叹道："真可怜。你被困在阎浮屠里，日子一定很不好过。"

"你好像正要离开阎浮屠，可以带我一起走吗？"

元曜道："当然可以。我们一起走吧。"

"太好了。"那个声音高兴地道。

仿佛被钝器砸了后脑勺儿，元曜眼前一黑，一下子失去了知觉。

走了一段路之后，白姬回头道："这黄泉之路，走得可真辛苦。轩之，你觉得呢？"

可是背后空空如也，没有了元曜。

白姬奇道："哎？轩之去哪里了？"

离奴停步回头，没有看见元曜，骂道："这臭书呆子，肯定是嫌赶路辛苦，又跑到哪里偷懒去了！"

白姬道："轩之胆小，在阎浮屠中，应该不敢乱跑。"

离奴道："这八热地狱中的狱鬼都被主人吃进肚子里了，书呆子也没有理由被狱鬼捉走啊。"

白姬沉吟了一会儿，说道："回去找找看吧。"

离奴道："引魂灯只往前、不后退，黄泉之路不可以回头，否则真的会出不去了。"

金色的引魂灯一直在往前游移，没有停下。

白姬犹豫了一下，还是转头往回走去。

"离奴，你先跟着引魂灯走，我回去找一找。轩之还没还完债呢，不能把他留在阎浮屠里。"

离奴想了想，也转身跟上了白姬，说道："离奴也跟主人去，不能让书呆子躲在阎浮屠里偷懒不干活。"

白姬、离奴刚向后走了十余步，一个青衫落拓的书生浑浑噩噩地飘了过来。白姬、离奴定睛望去，那个人不是元曜又是谁？

离奴骂道："死书呆子，你去哪里了？"

元曜口中讷讷："小生刚才不小心跌了一跤……"

白姬望着元曜，金眸流转。

离奴松了一口气，说道："真是没用的书呆子。不过你幸好回来了。"

元曜见白姬盯着他，急忙垂下头，不敢与她的目光对视。

白姬红唇挑起，说道："先出阎浮屠再说吧。"

离奴望了一眼远处只剩一点金芒的引魂灯，建议道："为了避免再出意外，还是离奴驮主人和书呆子出阎浮屠吧。"

"好。"白姬道。

离奴驮着白姬、元曜追逐引魂灯，风声呼啸，狱火如炽。引魂灯引着离奴翻过了三座大山，蹚过了三条大河，经过了三片树林、三处沼泽，终于看到了一片真正的星空。他们走出了阎浮屠。

离奴放下白姬、元曜，化作了一只小黑猫。

白姬收回了引魂灯，依旧放入衣袖中。

白姬抬头，望了一眼星空，又转头望了一眼元曜。地上七零八落地散着一些鬼血石，元曜弯腰，拾起了三块。星光映照元曜的侧脸，一滴眼泪从他的脸上滑落。

黑猫跳上元曜的肩膀，伸爪拍他的头道："书呆子，你捡这破石头干什么？爷驮你出来，累得腰酸背痛，现在爷不想走路了，你抱爷回缥缈阁。"

元曜没有反应。

白姬走向元曜，伸手挑起他的下巴，用金色的瞳盯着他。

"你是谁？为什么要附在轩之的身上？"

元曜开口，声音变得低沉而富有磁性。

"我叫玉郎。"

白姬挑眉道："你是玉郎？盈盈姑娘的未婚夫玉郎？"

"元曜"点头道："没错。"

离奴一跃而下，盯着"元曜"，奇道："哎，爷驮出来的不是书呆子？！是一只黄鼠狼？！"

白姬笑道："哈哈，不愧是轩之，我踏破铁鞋无觅处，他得来全不费工夫！玉郎公子，今夜我可是专程来阎浮屠找你的呢。"

"元曜"道："你是什么人？为什么要找我？"

白姬道："缥缈阁，白姬。盈盈姑娘来缥缈阁许了一个愿望，为了替盈盈姑娘实现这个愿望，我才来阎浮屠找你。"

"元曜"流泪，"喃喃"道："盈盈……盈盈还好吗？盈盈现在在哪里？我听见了盈盈在叫我……我好像在阎浮屠待了很久很久，盈盈一定已经嫁人了吧？我对不起盈盈，没有实现承诺，带回鬼血石去娶盈盈。"

白姬道："盈盈姑娘在等你，一直在等你。"

元曜泪流满面，说道："盈盈……"

白姬问道："这些年，你一直在阎浮屠里吗？"

"是。"元曜道。他陷入了回忆。

多年以前的那一天，玉郎刚来到阎浮屠外，准备捡几块鬼血石就马上离开。谁知，突然刮起了一阵暴风，将玉郎卷入了阎浮屠中。

阎浮屠中一片黑暗，玉郎什么也看不见，心中慌乱，于是四处乱闯。一个巨蛇般可怕的怪物经过，把玉郎吞进了肚子里。

"我被一个全身都是脸的怪物吞入了腹中，我的一块骨头被怪物吐出，落在了阎浮屠中。我的魂魄化作了怪物身上的一张脸。从此，我就没有记忆了，一直浑浑噩噩，忘记了自己从哪里来，也忘记了自己要去哪里。直到今夜，我听见盈盈在叫我的名字，一声又一声，一遍又一遍，突然就想起了一些事情。我是玉郎，我有一个未婚妻在等我回去，我必须离开阎浮屠。可我又知道没有人能够离开阎浮屠，心中很悲伤，就忍不住哭了。这位好心的兄弟听见了我的哭声，停下了脚步。我求他带我离开阎浮屠，他答应了。所以，我就暂借了他的身体。"

离奴嘀咕道："书呆子真是一个老好人。"

白姬皱眉，说道："玉郎公子，你被狱鬼吞下了肚子，还曾化身为狱鬼？"

"元曜"点头。

白姬陷入了沉默。

"元曜"赶紧道："我现在已经恢复了意识，也走出了阎浮屠。"

已经是清晨时分，东方渐渐现出鱼肚白，远处隐约传来公鸡打鸣的声音。

"喔喔——喔——"

当清晨第一缕阳光照射在大地上时，白姬对玉郎道："很遗憾，玉郎公子，你无法走出阎浮屠，也无法存在于人世间。曾为狱鬼者，永远无法行走于人世间。"

"元曜"流下了眼泪，悲伤地道："不，不——我还要去见盈盈，我还要去娶盈盈，我还要去娶盈盈——"

公鸡鸣罢、天光乍白时，白姬和离奴似乎看见了一只深褐色的黄鼠狼的影子离开了元曜的身体，消失在了天地间。黄鼠狼的眼神如此悲伤，如此难过，如此无奈。

元曜晕倒在地上，手里还紧紧地握着三块鬼血石。

白姬叹了一口气，说道："六道之中，再也没有玉郎了。曾经，玉郎和盈盈深深地相爱，只差一步就可以结为夫妇、白头到老。如今，两个人碧落黄泉，互相惦念，可还是差了一步。情深缘浅，造化弄人，也只能徒叹奈何了。"

离奴道："离奴也觉得有一点儿悲伤。"

白姬道："人世间，总是有那么多悲伤的事情。过眼云烟，风萍聚散，造化使然，悲伤无益。离奴，把轩之带上，我们回缥缈阁吧。"

"又得驮书呆子了，真是倒霉！"离奴虽然抱怨，但还是把元曜弄到了自己的背上。

白姬、离奴、元曜离开阎浮屠，回到了缥缈阁。

第九章　嫁　喜

元曜醒来的时候，已经是正午光景。他四下张望，发现自己躺在白姬的床上，松了一口气的同时，又有些迷茫。幸好已经不在阎浮屠了，但他怎么躺在白姬的床上？他只记得跟着引魂灯走出阎浮屠时，听见有谁在哭泣。他弯腰拾了一块白骨，和谁说了几句话，就没有意识了。究竟发生了什么事？

元曜侧头一看，枕边放着三块红色的石头，心中又疑惑起来。

元曜坐起身，头还有点儿晕，脖子也有点儿酸。他伸手去摸脖子，又发现他的颈上挂着一块用红线穿着的骨头。仔细看去，这骨头好像就是他在阎浮屠中拾起的那块。

这时门被人推开了，离奴端着一个托盘走了进来，托盘上放着一碗米饭、一条清蒸鱼、一碟玉露团。

离奴看见元曜醒了，笑道："书呆子，你醒了？一定饿了吧？来，快来吃饭。"

元曜闻到饭菜的香味，肚子"咕咕"叫了起来。他走到托盘边，端起饭碗，开始吃饭。

元曜奇道："离奴老弟，你今天怎么对小生这么好？"

离奴笑道："今天是书呆子大喜的日子，爷自然要对你好一点儿。"

元曜夹了一块鱼，放进嘴里，问道："什么大喜的日子？"

离奴眉飞色舞地道："今天是书呆子你成亲的日子呀！快点儿吃，吃饱了好去成亲！"

"喀喀，喀喀喀——"元曜大惊之下，被鱼刺卡住喉咙了。

离奴对被鱼刺卡住似乎很有经验，挥拳在元曜的背上狠拍了几下。

"咕噜"一声，元曜把鱼刺吞了下去，缓过气来。

元曜扯着嗓子问道："成亲？谁成亲？"

离奴笑道："书呆子你成亲呀。"

"小生和谁成亲？"

"韦公子。"

元曜又咳嗽了起来，吼道："离奴老弟，你不要开这种荒唐的玩笑！"

"爷没开玩笑。主人正在楼下簪花打扮，准备去参加你和韦公子的婚礼。当然，爷也会穿戴整齐地去喝喜酒。"

离奴的话还没说完，元曜已经旋风般卷下楼去了。

里间，白姬正坐在青玉案边，手拿一面铜镜簪花。

白姬看见元曜，笑问道："啊啊，轩之，参加婚宴，是簪胭脂红的牡丹，还是簪月光色的玉兰，还是簪金步摇好？"

元曜生气地道："簪什么待会儿再说。白姬，你先说清楚，是谁跟谁成亲？"

白姬道："玉郎公子和盈盈姑娘成亲呀。"

元曜松了一口气，笑道："原来是玉郎公子和盈盈姑娘成亲。哎，玉郎已经找到了吗？刚才离奴老弟诓小生，说是小生和丹阳成亲，真是吓死小生了。"

白姬以袖掩面，说道："虽说实际上是玉郎公子和盈盈姑娘成亲，但是从表面上看，是轩之和韦公子成亲呢。轩之是玉郎公子的转世。"

元曜的脸黑了下来，他说道："白姬，你不要开玩笑！小生的前世怎么会是黄鼠狼？"

"盈盈姑娘从来世草中看见了轩之的模样，认定了轩之是玉郎的转世。她本来的愿望是再见玉郎一面，可是见是轩之，又改变了主意，说是要和轩之，也就是玉郎成亲，了了夙愿，才肯离去。盈盈姑娘寄身在韦公子的身上，玉郎的转世又是轩之，那么玉郎公子和盈盈姑娘成亲，也就是轩之和韦公子成亲了。"

"小生怎么能和丹阳成亲？！"

"轩之想着是和盈盈姑娘成亲，不就行了。"

"小生也不想和黄鼠狼成亲！"

"唉！"白姬叹了一口气，说道，"轩之，你忍心看着韦公子永远被盈盈姑娘附身，不得自由吗？轩之，你忍心让盈盈姑娘空等玉郎一生一世，临死也无法达成心愿吗？还有玉郎公子，更可怜了……"

白姬把昨晚发生在阎浮犀的事情告诉元曜，玉郎如何消失，如何遗憾，句句泣血，字字是泪。

元曜听得眼泪汪汪，觉得白姬去茶楼酒肆中说书的话，一定会博得满堂喝彩。

元曜流泪道："白姬，你不要再说了，小生这就去和丹阳成亲！玉郎已经留下遗憾了，绝不能让盈盈姑娘也留下遗憾。"

白姬叹道："轩之真善良。"

整整一个下午，白姬、元曜、离奴开始忙碌成亲的事情。

白姬笑道："轩之，你今天要成亲了，不如把攒的几吊钱拿出来作聘礼吧。"

离奴也道："书呆子，不如去买香鱼干当聘礼吧。把钱给爷，爷去替你买。"

元曜生气地道："今天是玉郎公子和盈盈姑娘成亲，不是小生成亲。那几吊钱等小生成亲时，才能拿出来用。"

"轩之真小气。"白姬道。

"书呆子真小气。"离奴道。

元曜问道："白姬，小生在哪里和丹阳成亲？是在缥缈阁，还是在韦府？"

白姬答道："是在七里坡的草堂。"

弦月东升，万籁俱寂。

白姬、元曜、离奴三人骑着天马出了长安城，直奔七里坡。

元曜脱下一身青衫，穿上一身大红色的吉服，拿着三块鬼血石作为聘礼。离奴还是一身黑衣，但在发髻上插了一朵小红花，以示喜庆。白姬也还是一身白衣，但披着一袭金色的西番莲图案的披帛，头上簪着一朵盛开的红色牡丹，以示喜庆。

元曜不放心地问道："只要一拜堂，盈盈姑娘就会安心离去，丹阳也会恢复意识吧？"

白姬以袖掩唇："也许，还要入洞房呢。"

"荒唐！小生和丹阳同为须眉男子，怎可入洞房？"

白姬笑道："只是也许而已。"

元曜生气地道："没有这种也许！"

七里坡草堂。

红烛高烧，灯火煌煌，草堂中隐约传出喜庆的乐曲声。

南风衣着光鲜，苦笑着站在篱笆外等候。他看见元曜、白姬、离奴骑着天马而来，急忙迎上前来。

元曜、白姬、离奴翻身下马，走向南风。

南风道："公子在草堂里等候多时了，几位随我进去吧。"

南风领着元曜、白姬、离奴走向草堂。他叹了一口气，说道："老爷如果知道今晚的事情，一定会气得晕过去。不过，为了让公子摆脱黄大仙，也只能这样了。"

元曜道："今晚的事情，还请南风老弟千万不要告诉韦世伯。"

南风道："这是自然。你们随我进去吧。"

快要走进草堂里时，南风低声道："那黄大仙花了一下午的时间梳洗打扮，不知黄大仙从哪里找来了几名吹拉弹唱的乐师，还找了厨师、丫鬟什么的。黄大仙一会儿问我眉毛画得好不好看，一会儿问我戴哪样首饰合适，看上去还真像是要嫁人的新妇。可怜公子毫无知觉，由着黄大仙摆布！"

白姬以袖掩唇，笑道："花了这么多心思打扮，新娘子一定很美。"

离奴笑道："离奴也要看书呆子的新娘子。"

"丹阳不是小生的新娘子！"元曜大声反驳道。

说话间，白姬、元曜、离奴、南风已经走进了草堂里。元曜走进去时，不知道是不是错觉，觉得草堂似乎比上次来时要宽敞许多。大厅中，灯火通明，四名乐师正在演奏乐曲，四个小丫鬟正在端水果、点心。

四个小丫鬟一见元曜就笑道："哎呀，新郎官来了。快去告诉小姐。"

一名丫鬟进里面去通报了。

不一会儿，一阵环佩碰撞声在屏风后响起。元曜转头望去，隐约可见屏风后面立着一个人。

"是玉郎吗？"黄盈盈的声音隔着屏风响起。

元曜道："是小生。"

白姬瞪了元曜一眼。

元曜急忙道："玉郎按照约定，带回了鬼血石，来迎娶盈盈姑娘。"

元曜呈上了鬼血石。

一名小丫鬟拿了鬼血石，绕进屏风后呈给黄盈盈。

不一会儿，屏风后面响起了黄盈盈的哭泣声。

"玉郎，你回来了，真是太好了。其实这些年来，奴家一直后悔让你去阎浮屠那么危险的地方找鬼血石。"

元曜道："盈盈姑娘不要伤心了，玉郎已经回来了。"

南风在旁边道："吉时快到了，准备拜天地吧。"

黄盈盈欢喜地道："啊，奴家还没有戴上凤冠呢。玉郎稍等片刻，奴家这就去准备。"

黄盈盈急忙进去准备了。元曜一想到玉郎，心中有些悲伤。

鼓乐齐鸣，丝竹绕耳，两名丫鬟从里面扶出了一身凤冠霞帔的"韦彦"。大红盖头下，隐约可见"韦彦"涂了血红胭脂的唇，妖娆艳丽。

元曜一头冷汗，但也没有办法，只好硬着头皮和"韦彦"拜堂。韦彦比元曜要高一点儿，壮一点儿，所以这一对新人看上去有些滑稽。

红艳艳的喜字下，南风一脸黑线地唱着："一拜天地，二拜高堂，夫妻对拜——"

一双新人拜天地，拜高堂，互相交拜。

"韦彦"的手在微微颤抖，大红的盖头下，有眼泪滑落"韦彦"的脸庞。想必，黄盈盈此刻的心情一定幸福而激动，黄盈盈盼这一刻盼得太久了。

元曜原本拉长了苦瓜脸，在僵硬地行礼。但是，他看见"韦彦"在流泪时，想起了玉郎和盈盈的爱情，心中突然万分伤感。现在他身旁的不是韦彦，而是黄盈盈，他也不是元曜，而是玉郎。

这么一想，元曜也就释然了。今晚只有玉郎，没有元曜。他是为了实现黄盈盈的愿望而来，就应该认真地扮演好玉郎的角色。

相互交拜过后，元曜拉住了"韦彦"的手，说道："盈盈姑娘，从今天起，你就是玉郎的妻子了。"

"玉郎……""韦彦"羞涩地垂下了头，心中幸福而满足，流下了眼泪。

白姬坐在宾客席上，捧茶感慨。

"真是幸福的一对啊！"

离奴道："主人，离奴突然也想娶一个新娘子了。"

白姬喝了一口茶，问道："离奴想娶谁做新娘子？"

"玳瑁。"

白姬呛住了。

"喀喀，离奴，玳瑁是你妹妹，你不能娶玳瑁做新娘子。"

"书呆子能娶他表弟做新娘子，为什么离奴就不能娶妹妹？"

"因为……因为玳瑁肯定会不愿意呀。"

离奴很沮丧，说道："玳瑁一定不愿意，我们总吵架。算了，离奴不娶玳瑁了。"

白姬道："十三郎怎么样？"

"主人，你突然提那只臭狐狸干什么？"

"没事。随口提提，有些想十三郎了。"

元曜和"韦彦"温情脉脉地站着，一阵夜风吹来，吹翻了"韦彦"的红盖头，露出了"韦彦"的脸。

韦彦修眉俊目，面如冠玉，唇似点朱。有那么一瞬间，元曜好像看见了黄盈盈的脸，而在黄盈盈清澈的瞳孔中，他似乎也看见了陌生男子的容颜。元曜想：或许，在这一瞬间，自己也变成玉郎了吧。

"韦彦"深情地望着元曜，柔声道："玉郎，来世我们还要做夫妻。"

元曜点头："好。"

韦彦伏倒在元曜的怀中，失去了知觉。元曜急忙想抱住他。但韦彦太重，元曜抱不住，两个人一起倒在了地上。

元曜听见虚空中有谁在说话："谢谢你，元公子。"

声音缥缈如风，转眼消散无痕。

元曜明白，黄盈盈已经离去了。

元曜望着虚空，露出了一个温柔的笑容。

白姬望着虚空，露出了一个满意的笑容。她的手上，多了一个木盒子。木盒子里面，装着来世草。

顷刻间，乐师变成了蟋蟀，丫鬟变成了田鼠，草堂化作了虚无。

月光下，白姬、元曜、韦彦、离奴、南风身处一片荒凉的乱石岗中。南风望着昏迷不醒的韦彦，问白姬道："黄大仙真的已经走了吗？"

白姬笑道："已经走了。韦公子没事了，我们回长安吧。"

白姬挥手招来三匹天马。

离奴道："一、二、三、四、五……五个人，三匹马，这可不好办。"

白姬道："这简单。我乘一匹，南风公子乘一匹，轩之和韦公子共乘一匹。离奴，你走路，你的脚程不比天马的慢。"

离奴嘟嘴道："离奴讨厌走路。"

元曜道："为什么小生要和丹阳共乘一匹马？"

白姬笑道，"因为你们是夫妻呀。"

元曜十分生气地道："小生和丹阳不是夫妻！今晚是玉郎公子和盈盈姑娘的婚礼！"

可是，没有人理会元曜。

白姬、南风乘上天马，说笑着走了。

离奴妖化成猫妖，也走了。

元曜只好把韦彦横放在天马上，自己也坐了上去。

天马行空，飞往长安城。

南风惊奇地望着白姬，说道："南风问一句冒昧的话，您真像坊间传说的那样，是妖怪吗？还是，只是一位精通玄术的高人？"

白姬诡笑。

"你说呢？"

元曜在旁边壮着胆子道："南风老弟，她不是高人，是妖怪！昨天晚上，她在阎浮屠一口气吃了八热地狱中的所有狱鬼！她还常常恐吓小生，说要把小生也吃掉！"

南风一头冷汗。

白姬笑道："轩之今晚头一次成亲，所以太兴奋、太激动了，竟胡言乱语起来。南风公子，你不要信他的话，我只是一个稍微懂一点儿玄术的人罢了。"

南风松了一口气，笑道："原来如此。传言都不足信，白姬这么美丽善良，救我家公子于水火，绝不可能是妖怪。"

元曜道："南风老弟，相信小生，她真的是妖怪，是天龙八部众中的龙众！"

南风笑道："元公子不要诬蔑白姬了。"

元曜欲辩无词，只好沉默。

"嘻嘻。"白姬望着元曜，掩唇诡笑。

白姬、元曜、离奴三人把韦彦、南风送入崇仁坊的韦府，才回缥缈阁。

路上，白姬对元曜道："轩之，你也是有家室的人了。从今以后，你一定要更加勤劳一些，才能对得起妻子。"

"小生还没有妻子！"元曜吼道。

"书呆子成完亲就翻脸不认账了，新娘子一定很苦恼。"离奴道。

"小生还没有成亲！"元曜反驳道。

从此以后，白姬、离奴总以元曜已经有了家室为由，让小书生更勤快地干活，养家糊口。元曜很生气，但也没有办法，只好任由他们说。

韦彦恢复意识之后，来缥缈阁的次数更加频繁了，他来取笑小书生。因为南风在对韦彦讲述事情的原委时，怕韦彦生气，谎称玉郎和盈盈的婚礼中，韦彦是新郎，元曜是新娘。韦彦就总来取笑元曜，一口一个"娘子"。

元曜非常生气，就和韦彦理论。

"丹阳，在那场婚礼中，小生是新郎，你才是新娘。"

韦彦一展折扇，"哈哈"大笑，不相信他，还是一口一个"娘子"地叫。

元曜和韦彦争吵了几次，却吵不过他，没有办法，只好忍耐。

第十章　尾　声

仲夏之夜，月光如水。

缥缈阁中，白姬、元曜、离奴在后院赏月，一只玳瑁色的猫踏着月色来访。白姬拿出一坛滤渌、一坛翠涛，招待玳瑁。

玳瑁冷冷地对白姬道："你居然能从阎浮屠回来，还吞下了八热地狱中的所有狱鬼？"

玳瑁想起了鬼王听到消息后，浑身战抖地吼道："她不是龙妖，她是魔鬼！是魔鬼！"

玳瑁心中也有些发怵。眼前这个满脸笑容的白衣女人，一定是魔鬼！一定是魔鬼！

白姬笑眯眯地道："我的胃口很好。哪天再饿了，我就去饿鬼道拜访鬼王。"

玳瑁冒着冷汗道："饿鬼道与缥缈阁井水不犯河水，你就不要去了。鬼王说了，引魂灯送给你，你也可以继续在平康坊卖符咒，条件是你不要踏进饿鬼道一步。"

白姬摇扇笑道："哎呀，鬼王真慷慨。"

玳瑁道："反正你也不打算归还引魂灯，不如索性大方地给你算了，免得多生事端、因小失大。"

白姬"啧啧"叹道："鬼王总是以己度人，以为谁都跟鬼王一样阴暗邪恶、反复无常。这引魂灯我倒是真心想遵守承诺，还给鬼王的。不过，鬼王既然愿意相送，我如果拒绝，未免太没礼貌了。"

玳瑁道："不许你对鬼王出言不逊！"

黑猫插嘴道："玳瑁，主人说的都是事实，鬼王也没少说主人的坏话！鬼王不是什么好东西！"

玳瑁生了气，狠狠地挠了黑猫一爪子。

"即使是哥哥，也不许对鬼王无礼！"

黑猫生气地挠回去，说道："我说的都是事实！"

"哥哥，你去死！"玳瑁狠狠地挠了黑猫一爪子，跑了。

黑猫很伤心，坐在月亮下面哭。

"玳瑁让爷去死。玳瑁居然让爷去死……"

白姬递给黑猫一杯滤渌酒，劝道："离奴，不要再伤心了。玳瑁有口无心。她还是很喜欢你这个哥哥的。"

黑猫喝了一杯滤渌酒，醉了。黑猫坐在月光下骂骂咧咧地说了一会儿胡话，就倒下睡觉了。

白姬一边望月，一边喝滤渌酒，似醉非醉。

元曜想起了黄盈盈。黄盈盈来缥缈阁的那一晚，白姬也在喝滤渌酒、翠涛酒，还喝醉了。

元曜问白姬道："关于盈盈姑娘的事，小生有一个疑问。"

白姬回眸道："轩之有什么疑问？"

"小生明明不是玉郎，盈盈姑娘为什么会在来世草中看见小生是玉郎的来世？"

"因为她从来世草中窥探玉郎的转世时，我稍微动了一点儿小手脚。"

"什么手脚？"

"我在轩之拾回的玉郎遗骨上施了一点儿小法术。轩之胸前挂着白骨，盈盈姑娘想着玉郎时，就会从水镜中看见轩之。"

元曜有些生气地道："你当时为什么不把玉郎的遗骨挂在你自己身上？你和丹阳成亲好了，偏偏害得小生一直被丹阳捉弄取笑！"

白姬笑道："我和韦公子成亲未免太无趣了，看轩之成亲更有趣。"

"你……你果然是为了找乐趣……"

"也是为了实现盈盈姑娘的夙愿，得到一个'因果'啊。"

元曜道："此生的最后一刻，盈盈姑娘幸福而满足，这个'因果'还算是美丽。希望来世盈盈姑娘能够和玉郎再度相遇相爱，然后双宿双飞。"

"希望如此。"白姬笑道。她没有告诉元曜，玉郎没有来世，已经永远消失了。

被白姬灌了半杯滤渌酒，元曜就醉倒了。他做了一个梦，梦见两只黄鼠狼在田野里快乐地奔跑，相偎相依，非常幸福。

第二天上午，离奴宿醉未醒，白姬和元曜吃过毕罗之后，一个闲坐无聊、对镜簪花，另一个拿着鸡毛掸子给古董掸灰。

韦彦旋风般卷了进来，大声道："娘子——娘子——"

元曜放下鸡毛掸子，生气地道："丹阳，你再乱叫，小生生气了！"

韦彦笑道："好了，轩之，我不开玩笑了。今天陪我去慈恩寺走一趟吧。虽然黄大仙已经走了，但二娘非要让我去慈恩寺上一炷香。一个人去很无聊，你陪我去吧。"

元曜望了一眼白姬，说道："丹阳让小生……"

白姬打断元曜，笑道："我听见了。去吧，轩之，替我也上一炷香。我最近肚子不太舒服，可能是之前那一晚的夜宵吃得太多了。"

韦彦笑道："白姬，你吃坏了肚子，不去看大夫或者抓几服药吃一吃，去上什么香？"

白姬笑道："我这点儿病，还是上香好得快。"

元曜冒着冷汗道："白姬，你放心，小生一定会多替你上几炷香。"

白姬吃了八热地狱中的狱鬼，一定得多上几炷香，超度被龙火焚化的幽魂。

白姬笑道："有劳轩之了。"

元曜和韦彦走了。

韦彦道："今天虚空禅师会在慈恩寺里开无遮大会阐述佛法，好像是有关前世、今生、来世的。"

元曜回头望了一眼缥缈阁，感慨道："来世，小生不知道能不能走进缥缈阁里。"

韦彦一展折扇，说道："来世啊，轩之说不定真的会成为我的娘子。"

元曜生气地道："丹阳，你不要再开玩笑了！"

白姬站在缥缈阁门口，望着元曜和韦彦渐行渐远，"喃喃"道："来世，轩之还会走进缥缈阁里吗？"

屋顶上，一只黑猫宿醉刚醒。黑猫望着平康坊的方向，流泪道："玳瑁，你一定还在生气。来世，爷一定不和你吵架了！"

一阵风吹过，檐铃"叮当"，空灵的铃声如来世般缥缈，不可追寻。

第六折　提灯鱼

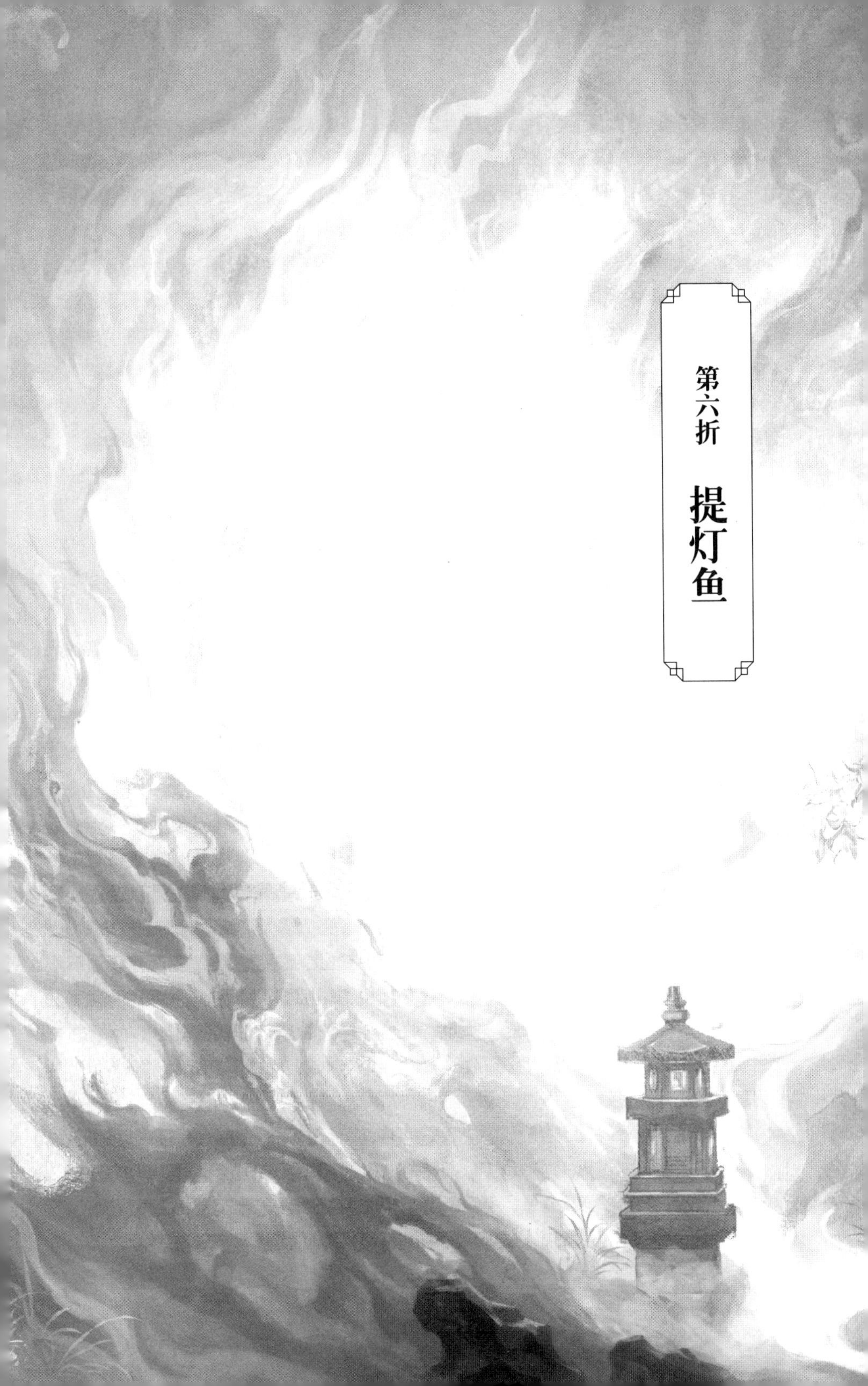

第一章　冥　灯

　　三月清明，草长莺飞。

　　缥缈阁中，元曜正在擦一只彩釉花瓶时，白姬提了两盏冥纸灯走出来，吩咐道："轩之，快到清明了，去把这冥灯挂在门口。"

　　元曜一头冷汗，说道："缥缈阁又不是坟墓，在门口挂冥灯做什么？"

　　"三月清明，亡灵夜行，冥灯可以为迷途的亡灵照路。"

　　"为什么要为亡灵照路？"

　　"照亮路途，可以让亡灵回到该回的地方，不再留在人世间徘徊。"

　　"哦，这样啊。看来挂冥灯也是做好事呢。小生这就去挂。"元曜笑着接过冥灯，然后拿了一根竹竿，出去挂冥灯。

　　元曜在缥缈阁的左边挂好一盏，又去右边挂。他刚把右边的冥灯弄上去，忽听身后有人道："挂歪了，往右边移一点儿。"

　　元曜回头看清来人，笑道："丹阳，你怎么来了？"

　　韦彦站在缥缈阁外道："我来散散心。灯还是歪了，再往右一点儿。"

　　元曜又把灯往右边移了一点儿，韦彦还是觉得歪了。元曜只好又移了一点儿，韦彦还是不满意。最后韦彦不耐烦了，抢了元曜的竹竿，自己去挂了。

　　韦彦很麻利地挂好冥灯，左右对称，非常完美。

　　他拍着元曜的肩膀笑道："轩之，我挂得不错吧？"

　　元曜道："丹阳挂得很好。不过，你不奇怪为什么挂的是冥灯吗？"

　　韦彦不以为意地道："这有什么好奇怪的，我闲来无事，也常常在燃犀楼挂冥灯玩儿。"

　　元曜不禁冒冷汗。他一直不敢恭维韦彦的恶趣味。

　　韦彦和元曜走进缥缈阁里时，白姬正在整理货架。

　　白姬看见韦彦，笑了，"今天，韦公子想买些什么宝物？"

　　韦彦叹了一口气，说道："我今天纯粹来散心，不买宝物。我被罚了三个月的俸禄，父亲也在生我的气，最近没银子花了。"

元曜关切地问道："丹阳，发生什么事了？为什么你要被罚俸禄？"

韦彦从衣袖中摸出一块粗糙的木板，说道："就是因为它。"

元曜接过木板，仔细看去。木板是杉木的，约有手掌大小，枯朽泛黄，还有些烟熏的污渍。总体来说，木板非常普通。元曜看不出韦彦为什么会因为这块木板而被罚三个月的俸禄。

白姬凑过来，翕动鼻翼道："有海水的味道。这是船板？"

韦彦点头道："确切来说，是船板的残骸。"

元曜奇道："这船板的残骸和丹阳你的俸禄有什么关系？"

韦彦叹了一口气，说道："三个月前，从扶桑来的使者东渡回国，武后派我负责他们归国的一切事宜，例如准备大唐给天武天皇①的各种赏赐以及清点使者们要从长安带回去的古书、法典、经文、器物之类的东西。我自认为做得没有缺失。谁知他们运气不好，在海上遇见了风暴，船毁人亡，无一幸存。两天前，噩耗传来长安，报丧的使者带回几块船板的残骸，武后非常悲痛，心情不好。裴先那个家伙趁机上奏，说遣唐使的船遇难，我也有不可推卸的责任，武后就罚了我三个月的俸禄。裴先那家伙太可恶了，我一定要揍他一顿出气！"

裴先是韦彦的表哥，现任左金吾卫大将军。他和韦彦从小一起长大，但是非常合不来，两个人是冤家对头。不过裴先不喜欢韦彦，却很喜欢元曜。

元曜道："仲华是武将，丹阳你揍不了他。"

韦彦恨然道："反正我不会放过他！"

白姬叹道："真是不幸。这些扶桑人终于可以回家乡了，却偏偏死在了回家乡的路上。"

韦彦道："是啊，很不幸。这次回去的是来大唐学习佛法的'留学僧'和来学习法律条文、四书五经的'留学生'，他们都在长安待了许多年了。在大唐待得最久的一名老画师，还是太宗在位时期来的，已经待了五十多年了。我记得，整装待发时，他们都非常高兴，还有人激动得哭了。尤其

---

① 天武天皇（公元631—686年），即大海人皇子，是《皇统谱》所记载的日本第40代天皇。

是那位白发苍苍的老画师，他哭得最厉害。"

元曜也哭了，眼泪汪汪地说："独自漂泊在异国他乡，说不想家、不思念亲人，那是不可能的。如今能够回去了，他们却偏偏横死在海上。他们太可怜了。"

白姬道："人有旦夕祸福，事情已经发生了，也没办法了。"

韦彦道："虽然我也为他们感到难过，但我更为我三个月的俸禄随水东流而感到难过。"

元曜安慰韦彦道："对丹阳来说，这三个月的俸禄是罚得有些冤枉，但是事已至此，也没有办法，你就放宽心吧。今天天气不错，小生陪你出去散散心？"

韦彦道："借轩之一天，得十两银子。我最近手头不宽裕，还是在缥缈阁和轩之喝茶聊天吧。白姬，有没有新茶？沏一杯好茶来。"

白姬笑道："新茶没有，陈茶倒有一些。离奴，给韦公子沏一壶茶来。"

离奴沏来了茶，韦彦坐着和元曜天南海北地聊了一下午，心情很好地回去了。

离奴不满地道："书呆子，你又偷懒了一下午。"

白姬道："下次，韦公子借轩之闲聊也要收银子。"

元曜道："你们太没有同情心了吧？丹阳刚没了三个月的俸禄，心情很郁闷呀。"

离奴道："书呆子偷懒不干活，爷也很郁闷。"

白姬道："赚不到银子，我也很郁闷。"

韦彦把那块船板的残骸丢在了缥缈阁里，白姬和离奴让元曜扔了。元曜想了想，没有扔，偷偷地把它放在了缥缈阁外柳树的树洞里。他辛辛苦苦攒下的三吊钱、胤送给他的夜明珠也都藏在这里。

元曜对着树洞倾诉了最近的烦恼之后，祈祷了一句"希望白姬和离奴老弟永远不要发现这个树洞"，就去睡了。

第二天早上，元曜起床梳洗完毕，打开了缥缈阁的大门。

清晨的阳光下，一名身穿月蓝狩衣、头戴立乌帽子的男人站在柳树旁，正抬头望着缥缈阁外挂着的冥灯。他二十四五岁的年纪，朗如玉山，清如秋水，浑身散发着一股温文尔雅的气质。

元曜一愣，先是感叹这位客人来得可真早，转而又觉得他的服饰有些奇特，好像不是大唐人。

元曜走出去，对男子笑道："这位兄台来得真早，可是来缥缈阁买东西的？"

男子从冥灯上收回了目光，问道："缥缈阁？这里是缥缈阁？"

"是啊，这里是缥缈阁。"元曜有些奇怪，冥灯旁边的牌匾上不是写着"缥缈阁"三个大字吗？难道他不识字？

男子似乎看穿了元曜的心思，微微一笑，解释道："在下是扶桑人，来贵国长安很多年了，虽然语言无碍，生活也习惯了，但还是认不得太复杂的字，让老弟见笑了。"

元曜笑道："原来是东来的贵客。不知道兄台怎么称呼？"

男子笑道："在下的汉名叫'余润芝'。老弟怎么称呼？"

元曜笑道："原来是余兄。小生姓元，名曜，字轩之。余兄叫小生轩之就行了。"

余润芝笑道："元曜……轩之，真是好名字。"

"哪里，哪里。"元曜一想到太平公主老是"妖缘""妖缘"地叫他，就很想改名字。他笑道："余兄先进来吧，不知道你想买些什么？"

余润芝走进缥缈阁里，四下一望，走到了放毛笔、宣纸的货架前。他笑道："在扶桑时，在下是天武天皇陛下的御用画师，为尊贵的陛下作画。天皇陛下很欣赏在下的画，知道在下想提升自己的画技，就遣在下来大唐增长见识，学习更高超的画技。"

元曜道："余兄的画技肯定非常棒。"

余润芝谦虚地道："在平城京时，在下扬扬自得，以为自己是丹青妙手，天下无人能及。来到长安之后，在下才明白自己是井底之蛙，贻笑大方。大唐的画师才是真正的丹青妙手，他们的着色方法、点染技巧在下闻所未闻，叹为观止。这些年来，在下如饥似渴地学习，每日不间断地练习，也曾花了十几年的时间走遍大江南北，观摩大唐的锦绣河山，拜访各地的名师。如今，在下这画技才稍微能够见人。"

元曜觉得余润芝的话似乎哪里不对劲，但也没有细想。他只是笑道："余兄太谦虚了。"

余润芝选好了两张三尺的罗纹单宣、三支质地不同的翡翠毛笔，从身上摸出了一根金条，递给元曜。

元曜摸着头，犯难了。

"这两张上等宣纸加三支翡翠毛笔不过二两银子，余兄给一根金条，怕是找不开。"

白姬昨晚夜行，此时还没回来。柜台后就只剩两三吊钱，根本没那么多银子找给余润芝。

余润芝放下金条，笑了："没有关系，金子先留下吧。等你能够找开了，给在下送来就行了。"

元曜道："也好。等白姬回来了，小生就把多出的银子给余兄送到四方馆①去。"

余润芝道："在下不住在四方馆，现在暂住在慈恩寺附近的'当归山庄'。"

余润芝说清了具体地址，就离开了。

离奴从里间走出来，睡眼惺忪。

"书呆子，大清早的，你在和谁说话？"

元曜道："一位扶桑来的画师。他来买宣纸和毛笔。"

"才辰时，这扶桑人起得可真早。咦，这儿怎么会有一根金条？"

元曜道："客人留下的。晚些时候，小生还得把多出的钱给他送去。"

离奴撇嘴道："扶桑人还真阔绰，买个纸笔也用金条。"

白姬赶在吃早饭的时候回来了。

元曜向她说了余润芝来买纸笔的事情，呈上了金条。

白姬拿着金条看了看，笑了。

"很有趣的金条。"

元曜道："金条有什么有趣的？赶紧把多出的银子找给余兄才是正经事。"

白姬随手把金条丢进柜台后的罐子里，进去取了银子给元曜，让他给余润芝送去。

元曜拿着银子出发了。

他来到慈恩寺附近时，刚过正午。慈恩寺位于长安南郊，四周青山绿水，元曜转过一条山路，看见一座规模很大的庄院，正是"当归山庄"。

当归山庄外面，站着两名穿着白色单衣的小童。

元曜说明白来意后，一名小童进去通报。

不一会儿，小童出来道："主人请元公子进去。"

---

① 四方馆，官署名。隋炀帝时置，用来接待东、西、南、北四方少数民族及外国使臣，分设使者四人，各自主管双方往来及贸易等事，属鸿胪寺。唐朝时，归通事舍人主管，属中书省。

元曜换了一双干净的鞋子之后，才被小童带进当归山庄里。

山庄中的布局格调、装饰陈设不像是大唐的风格，院落、房间、走廊、移门、屏风、木案、茶具等，极具异域风情。

小童带元曜走在回廊中，不远处的正厅内隐约传来音乐声。元曜侧耳一听，音调不像是大唐的宫商角徵羽，而是一种舒缓而简单的曲调。有男子在用异族语言和着曲子唱歌，歌声中带着一种淡淡的忧伤。

元曜随小童走进正厅里时，才发现此处正在开一场宴会。余润芝和几十名男女正在大厅中宴饮。在座男女的服饰打扮、形容举止都充满异族风情，男子们戴着立乌帽子，穿着条纹狩衣，手拿蝙蝠扇。女子们穿着华丽的十二层单衣，满头青丝乌黑油亮，如一匹光滑的缎子。她们脸白皙如凝脂，嘴唇嫣红如樱桃，朝元曜一笑时，露出的牙齿却染成了黑色。

余润芝站起身来，笑着对元曜道："轩之，你来得正好，我们正在开歌会，你也来饮一杯酒？"

元曜递上一个包袱，笑道："小生是来为余兄送回早上多余的银子的。这……这扶桑的风雅之事小生也不太懂……"

余润芝接过包袱，随手丢在一边，拉了元曜坐下。

"不懂没有关系，一起喝一杯，乐一乐吧。"

元曜不好拂了余润芝的盛情，只好坐下了。

余润芝向元曜介绍了在座的客人，都是从扶桑来大唐的遣唐使。他们中有官吏、僧人、阴阳师、文士、乐师、匠人。他们都会汉语，也都很亲切，宴会的气氛快乐而融洽。元曜和一名汉名叫吕逸仕的文人讨论三坟五典、四书五经。吕逸仕广博的学识让元曜十分佩服。

快乐的时光总是飞逝，不知不觉已经快申时了。元曜想告辞回去，余润芝挽留道："轩之即使现在离开，也赶不及在宵禁之前回缥缈阁了。不如轩之今夜就留在这里吧？在下派小童骑马去缥缈阁替你说一声。"

客人们也纷纷挽留元曜，非常热情。

元曜却不过众人的盛情，就答应了。

扶桑民歌再次响起，这一次换成了快乐的曲调，众人一边大笑，一边饮酒。

欢宴很晚才散去，大家都歇在了当归山庄。

元曜睡在客房中，耳边传来虫鸣声、风声。远处有人在吟诗："常忆故园春来早，十年霜鬓归期迟。"

约莫三更大时，元曜醒了一次，去上茅房。回来的路上，他远远地看见余润芝从外面回来，心中感觉有些奇怪。大晚上的，余润芝出门去做什么？

不过，元曜是客，也不好多问，便回去继续睡觉了。

第二天，余润芝招待元曜吃过早饭，送他离去。临别之际，余润芝道："贵店卖的宣纸非常好用，在下还想买几张。不过，在下最近不便进城，可否劳轩之送来？"

元曜道："当然可以。余兄要多少？什么时候要？"

余润芝笑道："贵店中有多少，就送多少吧。在下不急，轩之什么时候有空，就什么时候送来吧。"

元曜答应后，告辞离开了。

第二章　有　鱼

元曜回到缥缈阁的时候，白姬正坐在柜台后忙碌。

元曜走过去一看，有些奇怪。

白姬正在雕刻一个木偶。

白姬抬头笑道："啊，轩之回来了？"

元曜道："嗯，回来了。昨天因为天色已晚，小生就留宿在余兄家里了。"

"我知道。"白姬道。

元曜问道："这木头是什么东西？"

白姬低头继续忙碌着道："施行巫蛊咒术时用的木偶。汉武帝时期，皇宫里最流行用这种木偶诅咒人呢。"

汉武帝时期，巫蛊之祸非常严重，连皇后卫子夫和太子刘据都受了"巫蛊之祸"[①]的牵连而被汉武帝赐死。

---

① 巫蛊是一种巫术。当时，人们相信让巫师、祭司将桐木偶人埋在地下，诅咒自己怨恨的人，被诅咒的人就会有灾难。"巫蛊之祸"，特指汉武帝征和二年发生的重大政治事件，牵连者上至皇后太子、下至普通平民，达数十万人。

元曜冒着冷汗道："你……你做木偶想诅咒谁？"

白姬道："这是替韦公子做的，他想诅咒裴将军。"

元曜道："丹阳胡闹，你怎么也跟着他胡闹？小生决不允许你把这个害人的东西给丹阳！"

"哎呀，轩之别急，韦公子手头拮据，只出十两银子。而十两银子的木偶咒不死人，顶多让裴将军得两天风寒或者拉两天肚子罢了。"

元曜生气地道："得风寒、拉肚子也不行！这都是害人！"

"轩之，裴将军害韦公子三个月的俸禄没了，让裴将军得一点儿风寒、拉一下肚子，也算是一点儿小惩戒呀。"

"你根本就不是为了惩戒仲华，而是为了那十两银子！"

"嘻嘻。"白姬诡笑。

元曜告诉白姬余润芝要他送宣纸的事情。

白姬道："可以。你先送一张去吧。"

元曜感觉有些奇怪，问道："一张？"

白姬笑道："对，一张。"

不知道为什么，元曜从当归山庄回来之后，就染上了风寒，卧床不起。他咳嗽流涕，浑身乏力，病恹恹地躺着，十分难受。

元曜颤声问白姬道："你我往日无冤，近日无仇，你不会用木偶诅咒小生了吧？"

白姬摇扇道："轩之不要开玩笑了，我怎么舍得用十两银子的东西诅咒你？"

元曜也觉得白姬一定舍不得花十两银子诅咒他，也就相信了她。

白姬请了一个大夫来给元曜看病，大夫望闻问切之后，说他只是感染了风寒，没有大碍，给他开了几服药，让他吃药休息。

离奴负责给元曜煎药。元曜总觉得药里有一股鱼腥味，但也不好说什么，忍耐着喝了。直到他在药碗里喝到一条鱼刺，终于忍耐不住道："离奴老弟，请不要再用煨鱼汤的罐子煎药了！"

离奴吼道："臭书呆子，你不要挑三拣四，爷都没嫌鱼汤里有一股药味！"

折腾了几天，元曜的风寒倒也好了。这天上午，他想起还要给余润芝送画纸，就收拾了一下，准备出发。

元曜对白姬道："这一张纸怎么好送去？货架上还有几张，小生一起送去了吧？余兄又不是不付银子。"

白姬道："这和银子没有关系。余先生也不是想要纸，只是想再见轩之罢了。轩之送去了也是浪费，白白糟蹋了上好的宣纸。"

"啊？余兄想再见小生？"

"是啊，这是很明显的事情嘛。"

"他为什么想再见小生？"

"因为他喜欢轩之，想和轩之结交呀。"

元曜道："是这样吗？"

"是呀，轩之的名字很好，大家都很喜欢你呢。"

元曜道："小生也很喜欢余兄。他虽然是异族人，却很亲切。"

"嗯。"白姬侧头，望向缥缈阁门口的冥灯，笑了，"三月清明，有鱼提灯；溯归故里，远不可寻。三月清明，有鱼提灯；葬之半途，悲之幽魂。"

元曜奇道："白姬，你在说什么？什么提灯？什么不可寻？"

"这几天晚上，总有人在缥缈阁外唱这首歌，轩之没听到吗？"

元曜摇头道："可能是小生睡得太死了，没有听到。"

白姬进去取了一条薄毯递给元曜嘱咐道："也许今晚轩之又会留宿在当归山庄，你带着它。三月的夜里很冷，你盖上它，免得再着凉了。"

元曜道："山庄的客房里有被子，又柔软又暖和。"

白姬笑道："带上它。我可不想再花银子给你请大夫了。"

元曜带上薄毯，去往当归山庄了。

元曜来到当归山庄，一切还是和之前来时一样。小童通报之后，让元曜换上干净的鞋子，便带他去见余润芝。

今天山庄中没有开宴会，余润芝独自坐在后院的廊檐下，弹着三弦琴，唱着歌谣。他唱的歌元曜听不懂，但能够听出清泠泠的三弦曲调中，透出一缕淡淡的哀伤。

余润芝看见元曜，放下三弦琴，笑道："轩之，你来了。"

元曜道："这几天小生生病了，故而今日才来送宣纸。"

余润芝笑道："没关系，轩之可要注意身体。来，坐下，一起饮酒吧。"

元曜坐下道："不过，宣纸只有一张……"

"没有关系，轩之能来就很好了。"

余润芝、元曜坐在廊檐下饮酒聊天，院子中有一棵盛开的八重樱树，樱花重叠枝密，如锦似霞。风一吹过，淡红色的花瓣随风飘落，仿佛一场盛大而华美的梦境。不远处有池水灌满竹笕，竹笕落在石钵上，不时发出"咚咚"的声音。

元曜道："余兄刚才唱的是什么歌？"

余润芝道："是在下故乡流传的一首歌谣。在下思乡了，就唱它解乡愁。"

元曜有些好奇，问道："余兄的故乡是怎样的地方？"

余润芝望着不远处的樱花树道："在下的故乡是奈良的一个小渔村。在下的小名叫萨卡拉，翻译成汉文，也就是鱼。小时候，在下常常在河边玩耍，每到三四月份的时候，都会有一种背鳍发光的鱼逆流而上，去往它们的故乡。许多鱼一起逆流而上，河水中荧光点点，美如梦幻。春日的夜里，父母常常带着在下和弟弟妹妹们一起看鱼，弟弟妹妹们总是笑着道'哦哦，鱼提着灯回家了'。在下离家很多年之后，都还能清楚地记得那美丽温暖的场景。"

元曜笑道："小生只是听着，也觉得很美好。"

余润芝流泪道："在下来到大唐很多年了，未能侍奉父母，也未能见他们最后一面，弟弟妹妹们也与我生死不相知。每年中秋月圆时，在这长安月下，在下就觉得格外凄清寂寞。"

元曜安慰了余润芝几句，两个人喝酒聊天，消磨了一个下午。

余润芝给元曜看了他的一些画作。元曜对余润芝的画技赞赏不已。余润芝的山水画钟灵毓秀，带着一股行云流水的禅意。他画的人物图也凝练有神，栩栩如生。

余润芝就着元曜带来的宣纸，即兴画了一幅《月夜樱花图》送给元曜。

元曜提笔，在画的留白处写了一首诗："天心月轮圆，花枝缤纷繁。风过樱吹雪，春色夜缠绵。"

余润芝、元曜相视一笑，继续饮酒闲聊。

因为天色太晚了，元曜赶不及回长安，又在当归山庄留宿。

玉轮西上，春夜寂静。余润芝和元曜在后院饮酒赏樱花时，余润芝突然拿了画笔颜料，要出门去。

"轩之先去歇着吧，在下还得出去作画。"

元曜奇道："大晚上的，余兄要上哪里去作画？"

余润芝笑道："在下受慈恩寺的委托，要去画一幅五百罗汉的壁画。"

"晚上去画壁画？"

"嗯，在下白天不方便去慈恩寺。"

元曜有些奇怪，余润芝白天很闲呀，为什么不方便去？

"轩之要一起来吗？"余润芝邀请元曜。

元曜也想去开开眼界，便道："好呀。"

余润芝和元曜一起出发了。

慈恩寺离当归山庄不远，两个人走了半炷香的时间就到了。余润芝没有走前门，而是从后门入。一名小和尚提着灯笼在后门等待，看见余润芝，笑道："余施主，你来了。"

"来了。"余润芝笑道。

小和尚看了一眼元曜，疑惑地问道："这位施主是……？"

余润芝道："这位是在下的朋友，想来看在下画壁画。"

小和尚笑道："这样啊，请进吧。"

小和尚带着余润芝、元曜走进慈恩寺里。

余润芝道："最迟五日，壁画就可以完工了。宝明师父也不必每天彻夜不眠，辛苦地等待了。"

宝明笑道："哪里，哪里，余施主肯为慈恩寺画完壁画，乃是大功德。小僧为您提灯捧墨，也可沾一点儿小功德，何谈辛苦？"

说话间，宝明带着余润芝、元曜穿过佛塔林，来到了藏经阁前。借着月光望去，藏经阁所在跨院的西墙上，有一幅没有完工的壁画。整幅壁画约有五米长，宽约一米有余，五百罗汉栩栩如生。壁画差不多要完工了，只差最右边的三个罗汉还缺了眉目，一部分优昙花和莲花还没有染色。

余润芝立刻开始选画笔颜料，一切准备就绪之后，开始继续画壁画。宝明提着灯笼，在旁边为余润芝照明。

余润芝一投入作画中，就完全沉溺进去，不闻周围的动静，也忘记了元曜的存在。

元曜在旁边看了一会儿，有些腻了，就四处闲逛。

宝明轻声道："这位施主，寺里的人都睡下了，请不要乱走。"

元曜只好坐在佛塔下看月亮，消磨时光。

约莫二更天时，余润芝收了画笔颜料，对宝明道："今晚就画到这里了。"

宝明道："余施主辛苦了。"

余润芝对元曜道："轩之，我们该回去了。"

"好。"元曜道。

余润芝、元曜、宝明按原路出寺，一路上没有遇见任何人。

元曜觉得慈恩寺的僧人们有些失礼，余润芝是来为寺里作画的，他们竟连茶水、点心都不准备，只派了宝明一个人来应酬。当然，余润芝大晚上来做工，也有些不合适。不过，不管怎样，僧人们也不该如此冷落他。

宝明送到寺门口，就和余润芝、元曜道别了。

余润芝、元曜回到当归山庄时，天还没有亮。

元曜问道："上次歇在山庄时，小生看见余兄早上归来，莫非也是去慈恩寺作画了？"

余润芝笑道："是啊，这幅壁画在下画了很久，很费时间呢。"

余润芝、元曜分别去休息了。

元曜很困，一入客房，倒在席子上就睡了。当然，他没有忘记裹上白姬给他的毯子。不知道为什么，他盖上毯子之后，居然比盖上被子还暖和。

第二天，吃过早饭，余润芝将一幅画递给元曜。

"轩之，请替在下将这幅画送给白姬。在下有一件事情想拜托她。"

元曜道："好。余兄有什么事情要拜托白姬？"

余润芝道："白姬看了这幅画，就会明白了。"

元曜接过画，告辞离开了。这幅画是卷轴状的，还用红缎系着，元曜虽然有些好奇，但路上没有打开看。

元曜回到缥缈阁时，白姬正在青玉案边剪纸，嘴里还哼着小调。她哼的曲调元曜觉得有些耳熟，似乎在哪里听见过。

白姬看见元曜，笑道："轩之回来了？轩之怎么眼圈有些发青，莫非昨夜没有睡好？"

元曜道："小生昨夜根本没有睡，陪余兄去慈恩寺画壁画了。今天早上小生刚躺了一会儿就起床了。"

白姬笑道："轩之辛苦了。"

元曜走到白姬身边，见她裁了一沓黄色的油纸，剪作灯笼的形状，上面用朱砂写了"归乡"二字。

元曜不由得好奇地问道："白姬，你在做什么东西？"

白姬道："归乡灯。轩之，最近可能有一笔大生意。啊啊，一年之中，我最喜欢清明和中元了，生意总是特别好。"

元曜不禁冒出冷汗。

"白姬，余兄让小生送一幅画给你。"

"哦？什么画？"白姬颇感兴趣，接过画卷，缓缓打开。

画纸上画着一条长着手臂的鱼，鱼提着一盏灯笼。

白姬笑了："啊哈，刚才还在说呢，这会儿大生意果然来了，只是不知道何日当归。"

元曜听不懂白姬的话，想要细问，但是白姬已经上楼去拿油纸了。

元曜昨晚没睡好，十分困乏。他打了一个哈欠，搬了一个美人靠，去后院补觉了。

睡梦中，元曜听见许多人在唱一首歌谣，曲子有些耳熟，是余润芝用三弦琴弹出的调子，也是白姬剪纸灯笼时哼出的调子。歌词是汉语："三月清明，有鱼提灯；溯归故里，远不可寻。三月清明，有鱼提灯；葬之半途，悲之幽魂。"

歌谣很悲伤，元曜不觉流下了眼泪。

元曜醒来时，已经是下午，白姬还在剪纸灯笼，离奴不知道去哪里了。

元曜帮白姬剪了一会儿纸灯笼，就去集市买菜了。

傍晚时分，离奴回来了，对白姬道："三天，二百七十五。"

离奴还带回一条毯子。元曜一看，十分眼熟，好像是他昨天带去当归山庄、今天忘了带回来的毛毯。

离奴把毯子扔向元曜，气呼呼地道："书呆子，不要总是浑浑噩噩、丢三落四！"

白姬"喃喃"道："三天，二百七十五，时间还真有点儿紧迫。"

吃过晚饭后，白姬在里间燃了灯，叫元曜、离奴一起剪纸灯笼。元曜、离奴剪好纸灯笼，白姬就在每一个纸灯笼上写下"归乡"二字。

元曜忍不住问道："白姬，这些纸灯笼是做什么用的？"

白姬道："指引亡魂归故乡。"

"为什么做这么多个？"

"因为有很多亡魂要归故乡。"

白姬、元曜、离奴忙到半夜，虽然还没做完，但实在很困了，就都去睡了。

第三章　当　归

第二天，生意还算不错，来了两拨买香料的客人。白姬在大厅里宰客，元曜在后院剪纸灯笼，离奴买菜去了。

元曜剪纸灯笼剪得眼累手软，趁白姬、离奴不在，打起了瞌睡。

"啊哈，轩之在偷懒！"韦彦的声音从背后传来，吓了元曜一大跳。

元曜分辩道："小生没偷懒。只是太阳太暖和了，不知怎的，眼睛就闭上了。"

韦彦一展折扇，笑着吟道："三月奈何天，春阳暖欲眠。"

元曜接着吟道："丹阳从天降，吓破小生胆。"

两个人对视，"哈哈"大笑。

白姬袅袅走来，摇扇道："好诗啊好诗，真是一首偷懒的好诗。韦公子，今天缥缈阁很忙，轩之不外借。"

韦彦笑着坐在元曜身边道："没有关系，我就在缥缈阁里和轩之聊天。"

白姬道："反正坐着也是坐着，韦公子帮着剪几个纸灯笼吧。"

韦彦道："剪纸我最拿手了。不过，我渴了，想喝茶。"

白姬去沏了三杯阳羡茶，端了上来。

韦彦放下折扇，喝了一口茶之后，开始剪纸灯笼。

元曜喝了一口茶，提了精神，继续剪纸灯笼。

白姬一边喝茶，一边监督元曜和韦彦剪纸灯笼。

韦彦对白姬道："你卖给我的木偶一点儿效果也没有，裴先那家伙还活得好好的。"

白姬喝了一口茶，问道："怎么会没效果？一定是你诅咒的方法不对。"

韦彦道："不会吧？我对巫蛊之类的学问很在行，不可能弄错方法。"

白姬道："我的木偶绝对没有问题，一定是你的诅咒方法不对。"

白姬和韦彦开始交流巫蛊咒术，白姬兴致盎然，韦彦兴高采烈，两个人热烈地交流用巫蛊害人的心得。

元曜一头冷汗，觉得只是听了这些话，都会折寿。

最后，白姬技高一筹，说得韦彦开始怀疑自己是不是真的弄错了诅咒方法。

韦彦叹了一口气，说道："裴先那家伙不仅没有遭厄运，反而还走了运，得到了武后的重用。最近，慈恩寺出了一件怪事，他昨天被派去处理这件事了。"

元曜奇怪地问道："慈恩寺出了什么怪事？"

韦彦道："慈恩寺闹鬼了。"

韦彦一边剪纸灯笼，一边缓缓道来。

武后信佛，半年前她过寿诞的时候，曾召集了长安有名的画师们给慈恩寺画七幅壁画，计划今年内全部完工。七幅壁画中有一幅《五百罗汉图》，作画者是扶桑来的画师大川直人。大川直人来大唐已经五十多年了，他的画技很高超，在长安画坛很有名气。先帝在位时，大川直人还曾在大明宫中作过画，先帝也很欣赏他。

《五百罗汉图》画到一半时，恰逢扶桑使船归国。大川直人考虑再三，还是去大明宫向武后请辞归国。他其实也不想丢下画了一半的壁画就离开大唐，但是遣唐使船几十年才来一次，他已经七十多岁了，这一次如果不回去，此生只怕就没有机会回故国了。

武后没有责怪大川直人，准他回国。不幸的是，遣唐使船在大海中遇上风暴，沉没了。船上所有的人，包括大川直人，都葬身在了海底。

算起来，慈恩寺中发生怪事时，应该是遣唐使船沉没的第二天。

大川直人请辞之后，武后另外派遣了画师接替他画壁画。遣唐使船沉没的第二天，接替大川直人的画师在画《五百罗汉图》时，发现画中的罗汉们全都变成了哀伤的表情，并且在流眼泪。

画师吓坏了，赶紧叫僧人们来看这件怪事。僧人们也大吃一惊，围着壁画念了半天经，罗汉们才停止流泪，壁画才恢复正常。可是，从此以后，画师无法再在《五百罗汉图》上涂上一笔。紧跟着，画师就生病了，不得不辞去了这份工作。又有几名画师来接着画《五百罗汉图》，可是无论用什么方法，他们依旧无法在画上着色。并且，《五百罗汉图》上又开始发生奇怪的事情，罗汉们不仅会流泪，还会用扶桑语唱歌。

慈恩寺的僧人们又开始念经驱邪，但也没有什么用。武后下令，让众人不要再管这幅《五百罗汉图》了。

然而，大家不管《五百罗汉图》之后，更奇怪的事情发生了。不知道是谁在偷偷地画这幅壁画，每天早上，这幅壁画就会完善一点儿，一日复一日，眼看竟快要完工了。

慈恩寺的僧人们觉得很奇怪，有人半夜躲在壁画旁边偷看，竟看见了去年死去的一个叫宝明的僧人提着灯笼到处走，大家都很害怕。

眼看《五百罗汉图》就要完成了，慈恩寺的住持虚空禅师觉得妖邪之物来作佛画，未免有辱佛门，将事情报告了武后。

武后有些发愁，又无计可施。裴先自告奋勇，要去慈恩寺镇鬼。太宗在位时，曾经赐给裴先的祖父一把辟邪刀。这把辟邪刀可镇千妖百鬼。如今，辟邪刀在裴先的手中。

武后大悦，同意了裴先的请求。

元曜的脸色变得有些古怪。

白姬的神色也有些凝重。

韦彦一边剪纸灯笼，一边道："唉，如果妖鬼继续作祟就好了，如果裴先那家伙被妖鬼吃了，就更好了。"

韦彦剪了三十个纸灯笼，喝完了阳羡茶，见天色已经不早了，也就告辞了。

韦彦离开之后，白姬、元曜对坐在庭院中继续剪纸灯笼。风吹过，绯桃树落英缤纷，花瓣撒了两个人一身。

元曜道："白姬，每夜去慈恩寺画《五百罗汉图》的，好像是余兄。"

白姬"嗯"了一声，没有多言。

"他们是不是什么地方弄错了？余兄和宝明师父都是人呀。"

白姬又"嗯"了一声，没有多言。

"白姬，你除了'嗯'，不能说一句话吗？"

白姬抬起头，望着纷飞的桃花瓣道："今晚，也许会有客人来。"

"谁会来？"元曜好奇地问道。

白姬悠然道："轩之剪完八十个纸灯笼，我就告诉你。"

元曜剪完第八十个纸灯笼时，不用白姬告诉他，他也知道来的是谁了。因为来客已经到了。

元曜去开大门，来客站在缥缈阁外，一身月蓝狩衣，头戴立乌帽子，手持蝙蝠扇，脚穿浅踏，正是余润芝。

元曜很高兴，笑道："余兄，你怎么来了？"

余润芝彬彬有礼地道："在下突然遇上了麻烦，故而前来拜访白姬。"

月色极美，清辉如水。

白姬坐在廊檐下的一张木案边，继续剪灯笼。余润芝坐在白姬的对面，元曜坐在白姬的旁边，离奴端来凉茶之后，变作一只黑猫，在草丛中玩耍。

余润芝拿起一个纸灯笼，问道："这是在下订的'归乡灯'吗？"

白姬点头道："是的。已经做了一百八十盏了，后天能完工。"

余润芝道："可是，即使'归乡灯'完工，在下暂时也无法归乡。"

白姬抬眸道："是因为慈恩寺的壁画吗？"

余润芝点头道："是的。"

白姬道："非要完成壁画吗？"

余润芝点头道："毕竟待了五十多年，在下想在大唐留下一些东西。"

白姬道："三月过了，四月就不好走了。"

319

余润芝垂首道："请助在下完成壁画。"

白姬道："我只答应送你们归乡，完成壁画不包含在我们的交易之中。"

余润芝固执地道："不完成壁画，在下无法归乡。"

"唉！"白姬发出了一声微不可闻的叹息。

沉默了一会儿，白姬开口道："后天就是清明了，余先生还需要几夜完成壁画？"

余润芝道："一夜就够了。不过，那位裴将军拿着辟邪刀彻夜守候在《五百罗汉图》前，在下无法靠近。"

"明晚子时，慈恩寺外等我。"

"好。"

元曜望着余润芝道："余兄，你……你是人……还是鬼？"

月光下，余润芝的月蓝色狩衣上泛着一层淡淡的荧光，这让他看上去有些不真实。

余润芝没有直接回答元曜的问题，轻轻一笑道："在下还没告诉轩之吧，在下的扶桑名字叫大川直人，来大唐已经五十三年了。"

元曜吃了一惊，终于明白第一次见到余润芝时，为什么会有不对劲的感觉了。余润芝的口吻像是在大唐生活了很多年，阅历深厚之人，但是他的外貌明显不符合应有的年龄。

余润芝似乎明白元曜的心思，坦然道："轩之，你眼中所见的，是在下刚来大唐时的模样，那是在下风华正茂的年岁。"

元曜心中一惊，心绪有些复杂。

"那当归山庄是怎么回事？小生在当归山庄中看见的那些朋友……他们也是……鬼？"

余润芝道："他们是和在下乘同一艘船回故乡的朋友。至于当归山庄，轩之以后自会知道那是什么。"

原来，余润芝已经死了。元曜的心中涌起一种说不出的滋味，有些悲伤，有些沉闷。

白姬对余润芝笑道："啊啊，今晚的月色真好，不如把你的朋友们都叫来，大家一起唱歌喝酒吧。"

余润芝笑道："也好，他们都在外面呢。"

余润芝起身出去，不一会儿，领来了一大群扶桑人。这些人正是当归山庄中的那一群人。

白姬拿来了乐器，元曜准备了美酒，离奴烤了一些香鱼干，大家在后院中觥筹交错，载歌载舞。

月光如水，桃花纷飞，白姬和余润芝一起和着三弦琴唱歌，离奴和吕逸仕一起跳舞，大家划拳斗酒，欢声笑语。

元曜看着这群魔乱舞的场面，心情好了许多。忽然一个恍神，元曜被离奴和吕逸仕按住，硬给他灌下了几杯酒。

"咯咯……咯咯咯……"元曜被呛得直流泪，有些生气，大家却"哈哈"大笑。

欢宴一直持续到三更天才散，院子里一片狼藉，白姬、离奴、元曜东倒西歪地睡在廊檐下。余润芝、吕逸仕一行人消失在了夜色中。

第二天，日上三竿时，白姬、元曜、离奴才醒来。白姬、离奴看见满庭院的杯子、盘子、酒坛、鱼骨，不约而同地让元曜收拾。

"哎呀，真乱呀，轩之来收拾吧。"

"真乱，真乱，书呆子来收拾。"

元曜不高兴地道："昨晚的宴会你们也都有份，为什么只让小生来收拾？！"

白姬飘走，说道："因为我得去剪纸灯笼，还差一百多个呢。"

离奴跑了，说道："爷得去买菜了，再不去，大鲈鱼都卖光了。"

元曜很生气，但也没有办法，只好独自收拾后院。

下午，韦彦又来找元曜解闷。他站在回廊下，对元曜道："轩之，我实在很郁闷。"

元曜刚收拾完后院，心情不好，说道："小生也很郁闷。"

韦彦道："我想揍裴先一顿。"

元曜道："你不是已经诅咒过仲华了吗？你还没解气吗？"

韦彦恨然道："诅咒完全没有用。今天早上武后还称赞了他，因为他去慈恩寺之后，怪事就没再发生了。我真是越想越生气。"

元曜劝道："丹阳，你少想一点儿，也就不生气了。"

韦彦生气地道："不行，我还是很生气。我要报复裴先。"

白姬笑着走来："有仇报仇，有怨报怨，才是畅快的事情。韦公子，我有一个好办法，可以让你报复裴将军，一解怨怒。"

元曜哭丧着脸道："白姬，你去剪纸灯笼吧，不要火上浇油出馊主意了。"

韦彦道："又是木偶？诅咒？"

白姬白了元曜一眼，对韦彦笑道："不是，这次更直接一些。"

白姬低声在韦彦的耳边说了几句什么。

韦彦一展折扇，笑得很邪恶。

随后韦彦问道："你要多少银子？"

白姬笑道："韦公子自己动手，我就不收银子了。"

韦彦望了一眼天色，问道："现在就去？"

白姬诡笑道："现在就去。今夜，裴将军一定会过一个求生不得、求死不能的夜晚。"

韦彦也诡笑："只是想一想，我就觉得今夜真美妙。"

白姬、韦彦相视诡笑。

元曜觉得背脊发寒，颤声道："古语有云，举头三尺有神明。你们如果做下了害人的事情，老天爷不会放过你们的。"

白姬道："老天爷也不会放过轩之的。"

"为什么？"元曜不解地道。

白姬诡笑："因为轩之也要一起去做害人的事情呀。"

于是，白姬、韦彦、元曜三人一起出发了。

第四章　夜　狐

白姬、元曜乘坐韦彦的马车出了长安城，来到了慈恩寺附近。

韦彦打发马车先回去了。三人在附近的农家借了挖土的铁铲，来到了一片荒无人烟的林子里，找了一片空地，开始挖土。

韦彦和元曜挥汗如雨地挖土，白姬坐在一棵大树下观望，悠闲地吃着刚摘下的野果。

韦彦道："累死人了。白姬，我和轩之挖了半个时辰了，你不要光看着，也过来帮忙挖吧。"

白姬笑道："韦公子说笑了。我一个弱质女流，肩不能扛，手不能提，哪里挖得动土？"

韦彦生气地道："轩之乃是读书之人，手无缚鸡之力。他不也在挖吗？"

元曜生气地道："丹阳乃是富家公子，从小锦衣玉食，养尊处优，从未干过重活。他不也在挖吗？"

白姬手搭凉棚，望了一眼西下的夕阳，转移了话题。

"啊，该吃晚饭了。我去找一些吃的来吧，顺便再找几个人来帮忙。"

白姬袅袅而去，不多时，回来了。她带来了十几个穿着狩衣、踏着木屐的扶桑人。他们有的带着铁铲、簸箕、绳索，有的提着食盒、酒壶。

元曜认得这些人。这些人正是当归山庄里的客人。

韦彦不认识他们，奇道："白姬，这些人是……？"

白姬笑道："他们是住在这附近庄园里的扶桑人，非常热心，是来帮忙的。他们还为我们准备了丰盛的晚饭。"

元曜、韦彦和扶桑人互相见礼之后，白姬、元曜、韦彦坐在大树下吃饭，扶桑人开始挖土。这些扶桑人也不擅长挖土，但是终归人多力量大，比韦彦和元曜要挖得快一些。

菜肴清淡可口，清酒甘冽芬芳，再加上干活累得饿了，元曜、韦彦吃得很欢快。

白姬捧着清酒，望了一眼西沉的落日，嘴角浮起一抹笑。

月亮出来时，扶桑人燃起了火把，继续挖坑。

韦彦、元曜闲了下来，坑深达到七八米时，白姬让众人放下铁铲，去割了许多青草、树叶，丢下坑底。一切做好之后，白姬对扶桑人道："可以了。有劳诸位了。"

"您客气了。"扶桑人行礼之后，拿着铁铲、簸箕、绳索、食盒、酒壶，踏着月色离开了。

韦彦望着扶桑人离开的方向，有些疑惑，问道："我怎么觉得他们有点儿眼熟，好像在哪里见过？"

三个月前，韦彦曾经负责替这些东渡的扶桑人安排归国事宜，虽然彼此没有深交，但或多或少都见过一两次面。

如今，已是人鬼殊途。

元曜担心韦彦想起来之后会受到惊吓，赶紧岔开了，问道："丹阳、白姬，你们为什么要挖坑？"

韦彦诡笑道："这个陷阱是为裴先准备的。"

白姬也笑道："我们准备诱裴将军来此，让他跌落坑中。"

韦彦笑道："三月天寒，土坑中更是湿冷，今晚好好冻他一夜。"

白姬掩唇笑道："韦公子太邪恶了。"

韦彦得意地"哈哈"大笑，仿佛裴先已经跌入陷阱中。

元曜一头冷汗地道："你们太恶毒了。"

白姬笑道："轩之也是帮凶。"

韦彦笑过了之后，才想到了关键。

"不过，我们怎么才能诱裴先那家伙来这里呢？"

白姬道："这还不简单。韦公子，你去慈恩寺见裴将军，随便找一个借口把他骗来就行了。我会在陷阱上盖上一些树枝，掩藏好。大晚上的，他也看不清，很容易跌下去。"

韦彦思索了一下，说道："恐怕不行。一来，小时候我常常骗裴先，他对我疑心非常重，不会跟我出来。二来，裴先这家伙很负责任，他现在在慈恩寺执行武后交代的任务，一定会死守在《五百罗汉图》前，不会到处乱走。"

白姬道："韦公子去行不通的话，那就轩之去吧。"

元曜生气地道："休想让小生去！打死小生，小生也不会去害仲华！"

韦彦道："轩之不会说谎，去了反而让裴先看出破绽，产生怀疑。不如，白姬你去？"

"我去？"白姬笑道，"我又不认识裴将军，他更不会跟陌生人走了。"

韦彦诡笑道："裴先那家伙一见到美丽的女人，就像丢了魂似的。你装作狐妖去迷惑他，诱他来这里，让他跌入陷阱。当然，我和轩之会在慈恩寺外等着，等着你们出来就一直跟着你们。他如果想对你无礼，我和轩之一定会去揍他。怎么样？"

元曜拉长了苦瓜脸道："丹阳，你还有更馊的主意吗？"

白姬望了一眼夜空，月上中天，已近子时。她皱了一下眉头，居然答应了。

"这个主意倒不错。狐妖，我这辈子还没装过狐妖呢，一定很有趣。"

"那就这么定了。"韦彦高兴地道。

"不过，"白姬道，"我只引裴将军走出慈恩寺，诱他跌入陷阱的事情，就交给韦公子自己来了。"

韦彦不解地问道："为什么？"

白姬笑道："也许将来裴将军会来缥缈阁买东西，我可不能先给客人留下不好的印象。"

"也行。"韦彦道。

韦彦找了一大堆树枝把陷阱掩盖住，又在路前放了三颗小石子做记号。

白姬、元曜、韦彦来到了慈恩寺。

慈恩寺的前门大开着——自从裴先拿着辟邪刀、带着侍卫来慈恩寺镇鬼，慈恩寺的大门就彻夜不闭。

两名侍卫站在慈恩寺门口，正在打瞌睡。白姬从侍卫身边经过，径自走进了慈恩寺里，他们也毫无知觉。

韦彦、元曜远远地躲在一棵树下观望。

慈恩寺中，藏经阁外。

裴先腰挎辟邪刀，威风凛凛地站在《五百罗汉图》前。银色的月光下，他英姿挺拔的身影如同一尊战神雕塑。

裴先正神采奕奕地站着，忽然看见不远处的佛塔后出现了一名美丽的白衣女子。

白衣女子梳着堕马髻，斜簪着一支孔雀点翠金步摇。她肤白如雪，唇红似莲，左眼角下有一颗朱砂泪痣，红如滴血。她对着裴先妩媚一笑，然后朝他招手。

裴先心中一荡，惊叹着世上竟有如此美丽的女人。仿佛被一只无形的手牵住了，他不由自主地走向白衣女子，问道："你是什么人？"

白衣女子以袖掩唇，笑道："我是狐狸。"

裴先觉得好笑，慈恩寺里怎么会有狐妖？再说，妖魔鬼怪看见了他的辟邪刀，避之唯恐不及，怎么会来打招呼？这个女人一定是住在慈恩寺附近的人。

"你叫什么名字？"裴先问道。

白衣女子没有回答裴先，笑了两声，提着裙裾跑了。

"哎，姑娘，你别走，你叫什么名字？"裴先仿佛着了魔一般，拔腿就追。不知道为什么，他很想知道她的名字，也很想留住她。此时此刻，他已经忘记自己要守护壁画了。

白衣女子一边笑，一边跑。

裴先在后面追着喊道："姑娘，等一等。"

白衣女子回头，对裴先笑道："嘻嘻，再追下去，会受骗哟。"

裴先还是在后面追着喊道："只要能追上姑娘，受骗也没关系。"

"嘻嘻。"白衣女子诡笑，跑得更快了。她的身姿轻灵如小鹿，几个转弯就不见了。

晃眼间，裴先看见白衣女子出了寺门。

他毫不犹豫地追了出去。

裴先经过寺门时，两名在打瞌睡的侍卫被惊醒，说道："裴将军，出了什么事？"

裴先道："没事。你们好好守着，本将军出去一下。"

裴先追出了慈恩寺。晃眼间，他又看见白衣女子在不远处的树林里闪现了一下。他急忙追了过去。仿佛着了魔一般，他觉得如果不追上白衣女子就难以甘心。

裴先没有追上白衣女子，却在路边看见了韦彦和元曜。

裴先一愣，觉得有些奇怪。他无视韦彦，对元曜笑道："轩之，你怎么在这里？"

元曜正要回答，韦彦抢先道："我和轩之在此散步。"

裴先道："没问你。我在和轩之说话。"

韦彦道："我也没回答。我也在和轩之说话。"

"唉！"元曜无奈地叹了一口气。

裴先又问道："轩之，你刚才看见一个白衣女子经过了吗？她自称是狐狸，长得很美丽，左眼角下有一颗红色泪痣。"

自称是狐狸……元曜、韦彦一头冷汗。

元曜刚要回答，韦彦又抢先指着布下陷阱的树林道："看见了，那女人跑去那边的林子里了。"

裴先不相信韦彦，问元曜："是吗，轩之？"

元曜不愿意说谎欺骗裴先，但又不敢忤逆白姬、韦彦，支支吾吾地说不出话来。最后，他开口道："好像是去那边的林子里了，小生陪仲华去找一找好了。"

"再好不过了。"裴先高兴地道。

裴先拉着元曜走向树林，絮絮地道："不知道为什么，不找到她，我就觉得不甘心。她真美，我看了她一眼，就忍不住想一直看着她。"

元曜一头冷汗。白姬一定给裴先施了迷魂术吧？！

"仲华，佛经有云：凡所有相，皆是虚妄。你不要被外表欺骗。"

韦彦看见裴先拉走了元曜，有些不高兴，也有些担心。元曜纯善，又很笨，只怕会说漏了嘴，破坏计划。

韦彦不动声色地跟上他们，挤开元曜，走在裴先的身边，说道："裴先，轩之可不像你，见了美丽的女人就丢了魂。"

裴先推开韦彦，拉着元曜道："我和轩之说话，关你什么事？"

韦彦挡在元曜身前道："当然关我的事，轩之是我表哥，不能让你教坏了他。"

这还是韦彦第一次称元曜为表哥，元曜心中涌起了些许血浓于水的感动。

裴先道："我也是你表哥，所以表哥和表哥说话，你这个表弟就一边凉快去吧。"

裴先再次推开韦彦，这一下有些重，韦彦踉跄后退了几步，差一点儿跌倒在地上。

"裴先，你居然推我？"韦彦很生气。

"我推你又怎样？"裴先不耐烦地道。

韦彦扑上去打裴先，裴先反击，一拳打在韦彦的左眼上，两个人扭打在了一起。

元曜嘴里发苦，只好上去拉扯，劝道："不要再打了，你们不要再打了。"

元曜、韦彦、裴先三个人扭打成一团往前走，不知不觉已经到了陷阱边。韦彦没有注意到做记号的石子，裴先一脚踏在了陷阱上，跌了下去。

韦彦"哈哈"大笑道："裴先，你的报应到了——"

然而，紧跟着，韦彦也被一股巨大的力道扯了下去。原来，裴先跌落陷阱的千钧一发之际，伸手抓住了韦彦的右脚，将他也扯了下去。

"丹阳！"元曜大惊，伸手去抓韦彦。

"轩之——"韦彦的动作更快，已经伸手抓住了元曜的衣领。

于是，裴先、韦彦、元曜三人扭作一团麻花，一起滚入陷阱。三人落地时，韦彦被压在最下面，元曜被夹在中间，裴先在最上面。幸好陷阱底部铺了足够多的草和树叶，十分柔软，三人才没有被摔死，也没有受重伤。

元曜挣扎着起来，号道："哎哟哟，摔死小生了。"

韦彦奄奄一息地道："我怎么也下来了？裴先，我恨你。"

裴先怒道："韦彦，这是你挖来害我的，对不对？哈哈，报应啊，真是报应。你也下来了吧？自作孽，不可活！"

韦彦大怒，挣扎起来，又去打裴先。裴先毫不客气地还手，两个人激烈地扭打起来。

陷阱底部很狭窄，裴先和韦彦打架，元曜也躲不开，不时被谁一拳打翻或者被谁踢中脑袋。他只好苦口婆心地劝两个人不要再打了，但也没有什么用。

元曜抱着脑袋，愁眉苦脸地望着陷阱口，没想到弄巧成拙，他和韦彦也掉下来了，真是自作孽，不可活。不知道白姬会不会来救他们？她应该会来救他们的吧？

陷阱外，白姬站在一棵大树下，有些发愁。

"哎呀，轩之也掉下去了！要不要去救他呢？"

白姬摘了一朵春黄菊，开始一瓣一瓣地摘花瓣。

"救轩之，不救轩之，救轩之，不救轩之，救轩之，不救轩之……"

最后一瓣花瓣是"不救轩之"。

白姬双手合十，道了一句"天意如此，不可违逆，轩之不要怪我"，然后愉快地去慈恩寺了。

此时已经是子时，白姬昨晚和余润芝约好，今夜让他进慈恩寺里完成《五百罗汉图》。

这一夜，元曜体会到了"求生不得，求死不能"的滋味。

陷阱底部幽暗、逼仄、寒冷、潮湿，在春寒料峭的夜晚，露水沾湿了元曜的衣裳，浸骨的寒，冷得他直发抖。裴先和韦彦也差不多，他们一个挤在元曜左边，另一个挤在元曜右边，三人挨着彼此取暖。

裴先和韦彦一直在吵架，说到激烈处还会扭打起来。元曜也没有办法阻止，只能苦劝。他们互相打骂累了，又挨着元曜取暖、休息。

元曜一整夜无法合眼，又冷，又累，又痛，非常难受。裴先、韦彦分别在元曜的左边和右边睡着了。元曜的耳边还充斥着他们吵架的幻音，他无法成眠。

元曜枯坐着挨到了天亮。

第二天早上，韦彦和裴先一醒来又开始吵架、打架。元曜憋了一肚子的气，大声怒吼道："住口！不要再吵了！"

元曜这一声怒吼用尽了全部的力气，打破了清晨树林里的寂静，惊飞了林子里的鸟儿。

韦彦、裴先都吃了一惊，回头望着元曜，忘记了打架。

这时，有声音从三人头顶传来。

"啊，裴将军在这里！"

"找到裴将军了！！"

韦彦、元曜、裴先抬头望去，几名侍卫的脑袋出现在陷阱上空。昨夜裴先一去不返，他们找了裴先许久，如果不是元曜吼了一嗓子，他们可能还找不到三人。

侍卫们放下绳索，拉三人上去。

他们向裴先报告："裴将军，《五百罗汉图》完成了。"

"什么？！"裴先吃惊。

裴先、元曜、韦彦走进慈恩寺里，来到《五百罗汉图》前，只见一幅色彩斑斓的壁画已经完成，五百罗汉神态各异，栩栩如生。

慈恩寺的僧人们和来画壁画的画师们正站在一边围观。一名画师指着《五百罗汉图》战战兢兢地道："闹……闹鬼了！这是大川直人的手笔，绝对是他的手笔！"

裴先很郁闷地道："怎么会这样？"

韦彦很开心地道："裴将军玩忽职守，罪该罚俸。"

元曜的心情很复杂。

之后裴先、韦彦、元曜三人回到长安，裴先进宫，韦彦回府，元曜回缥缈阁。

第五章　返　乡

元曜回到缥缈阁时，离奴正坐在柜台后剪纸灯笼，白姬和余润芝正坐在后院喝酒谈笑。

白姬看见元曜，高兴地挥手笑道："轩之，你回来了。"

元曜本想质问白姬昨晚为什么丢下他和韦彦不管，害他们在陷阱里受了一夜的苦，但是看见余润芝也在，不好当场发作，只好下了怒气。他想起了慈恩寺中已经完成的壁画，脑中灵光一闪，白姬突然好心地帮韦彦设计裴先，真正的目的是调虎离山，遣走裴先，让余润芝完成《五百罗汉图》？！

白姬对元曜道："我昨晚看见你掉入陷阱，十分担心呢。"

元曜生气地道："既然担心，你怎么不去拉小生上来？"

白姬解释道："裴将军、韦公子也在，如果只拉轩之上来，怎么过意得去？如果把你们都拉上来，余先生就无法完成壁画了。所以，只能委屈轩之了。"

余润芝笑道:"多亏了轩之,在下才能完成壁画,了却牵挂。"

不管怎么样,余润芝能够完成《五百罗汉图》,也算是一件好事。元曜闻言,心中的怒气也消了,原谅了白姬。

"小生看见了余兄完成的壁画,画得很棒。"元曜真心称赞道。

余润芝很高兴,谦虚地道:"轩之谬赞了。在下只是想在大唐留下一点儿纪念罢了。"

余润芝邀请道:"轩之也来喝一杯吧。今天,也许是在下最后一次和轩之饮酒了。"

元曜来到余润芝身边坐下,问道:"余兄要回扶桑了吗?"

"嗯,今晚回去。"余润芝的脸上浮现出幸福的笑容。

余润芝、元曜对饮了一杯。

元曜道:"今天好像是清明节。"

余润芝笑道:"清明啊,正好归故乡。"

白姬唱道:"三月清明,有鱼提灯;溯归故里,远不可寻。三月清明,有鱼提灯;葬之半途,悲之幽魂。"

余润芝道:"这首歌用汉语来唱,也很好听。"

离奴兴奋地冲到后院道:"主人,二百七十五盏归乡灯都做好了。离奴昨晚剪了整整一夜呢。"

白姬笑道:"离奴,辛苦你了。"

离奴用布满血丝的眼睛瞥了元曜一眼,说道:"没办法,谁叫书呆子总是偷懒,只能离奴辛苦一些了。"

元曜想要反驳,但又不敢。

余润芝有些激动,以袖拭泪道:"我能回去了,终于能回去了……"

白姬笑道:"能够归乡,真的很好。世间最美丽的地方,还是故乡。"

余润芝十分高兴,十分激动。他是一个画家,表达心情的方式是作画。他铺开画纸,提起画笔,画了一幅《清明午后图》。白姬、元曜、离奴都在画上——青青碧草,夭夭绯桃,白姬、元曜、离奴坐在缥缈阁的后院中宴饮,白姬笑靥如花,元曜笑容亲切,离奴笑得见牙不见眼。

元曜很喜欢这幅《清明午后图》,白姬、离奴却不喜欢。白姬嫌余润芝没有把她画成威风凛凛的天龙,离奴觉得余润芝把自己画得太傻了。余润芝只好又单独给白姬画了一幅《龙啸九天图》,给离奴画了一幅《黑猫捕鼠图》,白姬、离奴才算满意了。

元曜昨晚一夜没睡,十分疲累。在余润芝作画时,他不知不觉睡着了。

等元曜醒来时，余润芝已经带着二百七十五盏归乡灯离开了。

春夜风清，繁星满天。

这一夜，元曜睡在寝具上，做了一个美丽的梦。他梦见了当归山庄中的樱花树，花谢花飞，落英缤纷。

余润芝、吕逸仕等人坐在樱花树下，弹着三弦琴，唱着歌谣。

一阵风吹来，花落如雪。

余润芝、吕逸仕等人化作一条条长着手臂的游鱼，提着归乡灯，游向夜空中。

樱花花瓣落入灯笼里，化作温暖的烛火，照亮了归乡的路。一群提灯鱼在夜空中向东方游去，去往扶桑。

元曜惊醒，坐起身来，心中有些惆怅。他披上外衣，走向庭院，想去吹吹夜风，散散心。

元曜来到后院时，发现白姬坐在屋顶上，正望着东方天空。

元曜奇道："白姬，你在看什么？"

白姬低头笑道："我在看提灯鱼归乡。"

"哎？！"元曜吃了一惊。

白姬笑道："上来吧，轩之。提灯鱼归乡是很美丽的场面哟。"

元曜正发愁不知道怎样上去，一阵夜风吹过，卷落了一树绯桃花。绯桃花的花瓣化作阶梯，从元曜的脚边延伸到屋顶。

元曜踏着花梯上去了，在白姬的身边坐下。

白姬指着东方的天空，对元曜笑道："看，那些鱼正提着灯回故乡呢。"

元曜循着白姬所指望去，不由得张大了嘴。一盏盏灯笼连成一条线，蜿蜒在长安的夜空中，仿若璀璨的银河。星罗棋布的灯火如繁星一般，非常灿烂绚丽。

元曜道："它们是回扶桑吗？"

白姬点头道："是。"

"余兄也在其中吗？"

"最亮的那盏灯火，是余先生的。"

元曜努力寻找最亮的那盏灯火，但是每一盏灯火都很明亮，无从比较。想到余润芝就在其中，正在离去，他心中有些惆怅地道："以后再也见不到余兄了，让人有些悲伤。不过，他能够回到日夜思念的故乡，真替他开心。"

白姬安慰元曜道："人的一生，总是在不断相逢、离别。人与人如此，人与地方也是如此。豁达一些，会更快乐。"

"白姬，人终归是要回故乡的吗？"

"嗯，故乡与一时经过的地方、一生客居的地方不一样，人终归是要回故乡的。"

元曜陷入了沉思，久久不语。

白姬问道："轩之在想什么？"

元曜道："小生在想自己将来老了、死了之后，会回到哪里。小生出生在长安，三岁时随父亲迁往襄州，一直生活在襄州，但小生的祖籍在利州。白姬，小生将来该回哪里？"

白姬道："既然轩之不知道该回哪里，那就跟我一起回大海吧。我提一盏灯，轩之提一盏灯，我们朝东方游去，一直游到海天的尽头，那里就是我的故乡了。"

元曜一头冷汗地道："这个……小生体力不济，游不了那么远，小生还是游回比较近的襄州吧。"

夜空中的提灯鱼缓缓东去，渐行渐远。

白姬道："轩之，唱首歌吧，算是为余先生送行。"

元曜想了想，唱道："三月清明，有鱼提灯；东渡故里，携手同行。三月清明，有鱼提灯；星河灿烂，叶落归根。"

渐渐地，东方的夜空月朗星稀，已经没有提灯鱼了。

白姬、元曜在屋顶坐了一会儿，就下去睡了。

第二天早上，元曜打开缥缈阁的大门，看见门口放着一个大包袱、一幅卷轴画。

元曜左右张望，没有人在附近。

元曜想了想，把包袱和卷轴画拿进了缥缈阁里，放在柜台上。包袱里不知道装的是什么，非常沉重，他提得很吃力。

元曜好奇地打开卷轴画，不由得吃了一惊。画上是一座山野中的庄院，布局陈设都不是大唐的风格。庄院中有几名艳丽的扶桑女子，或者在对镜梳妆，或者在翩跹起舞。

元曜认得这座庄院，正是当归山庄。元曜也认得画中的扶桑女子，正是他第一次去当归山庄时，在宴会中看见的那位女子。

元曜的目光下移，只见画的落款处赫然写着："大川直人"。

原来，当归山庄是余润芝的一幅画。那么，他夜宿在当归山庄中，其实就是夜宿在荒郊野外，怪不得会感染风寒。不过，余润芝昨晚已经走了，这幅画和包袱是谁送来的？

仿佛正等着回答元曜一般，白姬的声音从元曜的身后传来。

"应该是宝明师父送来的。"

元曜回头。

白姬已经穿戴整齐，笑吟吟地站在走廊边。

"宝明师父？那位去年已经死去的、每晚替余兄提灯照画的僧人？"

"是。"白姬点头。

元曜问道："宝明师父送画和包袱来干什么？包袱里装的是什么？"

"他大概是受余先生的嘱托送来的吧。包袱里是余先生给缥缈阁的报酬。"白姬笑道。

白姬走到柜台边，打开包袱，一大堆金条闪花了元曜的眼睛。

这些金条，让元曜想起了余润芝第一次来缥缈阁买纸笔时给他的那一根。

白姬笑道："啊哈，真漂亮，我最喜欢金色了。轩之，数一数是不是二百七十五根。数完之后，放入仓库里。"

元曜惊呼道："一个纸灯笼去换一根金条？你也太黑心了！"

白姬道："轩之真市侩。归乡的愿望是圣洁的、高尚的，你怎么能用金条来衡量？"

你这乘人之危、拿纸灯笼来讹钱的奸商，怎么好意思说别人市侩？！当然，这句话只咆哮在小书生的心里。

"白姬，你今天怎么起得这么早？"元曜觉得有些奇怪，平时不到日上三竿，白姬是不会起床的。

白姬道："今天我得去大明宫见武后，为余先生保留《五百罗汉图》。虽然他没有这么要求，但我觉得这幅壁画很好，留着也不错。"

离奴煮了鱼肉粥作早餐，白姬心情愉快地喝完，飘往大明宫了。

吃完早饭，元曜坐在柜台后面数金条，离奴总是来打断他，害他重数了好几次。终于数完，元曜将金条收进了一个木箱子里，准备放入仓库。

元曜正在放金条时，韦彦进来了。

韦彦看见元曜在收金条，一展折扇，笑了。

"哎呀，轩之竟攒了这么多金条？"

元曜笑道："小生只是在清账。这是白姬的，她刚卖了一批灯笼。"

韦彦笑了，走到柜台边。

"卖什么灯笼能赚这么多金条，改日我也卖灯笼去。咦，这金条……这金条……"

韦彦的神色突然变得十分古怪。

元曜奇道："丹阳，这金条怎么了？"

韦彦拿起一根金条，仔细地看了看，神色更古怪了。

"这……这是武后送给扶桑王的礼物之一！你看，每一根金条的右下角都烙着一朵牡丹的印记。牡丹象征着武后，象征着大唐。当时，还是我清点的这批金条。这些金条应该已经和遣唐使船一起沉入海底了，怎么会出现在缥缈阁里？"

元曜冒着冷汗道："这……这小生也不太清楚，你得问白姬……"

韦彦坐着等白姬回来，不知道在盘算着什么。

元曜几番欲言又止。他本想告诉韦彦金条的来历，但他也知道自己拙于言辞，怕说错话，最终还是什么也没说。

中午时分，白姬回来了。

白姬看见韦彦，笑道："韦公子又来了！今天还是找轩之聊天？"

韦彦也笑道："白姬，最近的纸灯笼可真好卖，竟然能赚到沉船里的金条。这金条可是武后送给扶桑王的礼物，你的胆子也太大了吧？"

白姬笑了两声，说道："原来，那金条被韦公子看见了。说起来，韦公子也剪了三十个纸灯笼，也应该拿一份报酬。轩之，给韦公子三十根金条。"

韦彦道："我可不敢要这金条。要是被裴先看见了，再去武后耳边乱说几句，我连小命都会没了。"

白姬笑了："那你要什么？"

韦彦一展折扇，笑道："我要三十个木偶，用来诅咒裴先。还有，以后我来找轩之，不许再收我的银子。"

白姬笑道："前一个条件好说，后一个条件不行。"

韦彦起身道："我这就进宫去告诉武后，西市中有不法之人盗取送给扶桑王的金条。不知道你会不会被诛九族？"

元曜苦着脸道："丹阳，请一定要说清楚，这都是白姬干的，和小生以及离奴老弟无关。"

"回来。"白姬对韦彦道，"除了清明和中元这两个日子前后，其他时间你来找轩之，我就不收你的银子了。"

韦彦不解地问道："为什么要除去清明和中元这两个日子前后？"

元曜替白姬回答："因为清明和中元前后，缥缈阁里比较忙。"

韦彦又一展折扇，笑了。

"也行。"

白姬给韦彦做了三十个诅咒用的木偶，封住了他的嘴。

韦彦用木偶诅咒裴先，仍旧没有什么效果。不过，裴先在慈恩寺镇鬼失败，韦彦趁机参了他一本，说他被狐妖所诱，懈怠失职，乃是不敬武后。武后那天正好心情差，一怒之下，罚了裴先三个月的俸禄。韦彦很高兴，不过，下朝回家的路上，他被裴先拦住揍了一顿。两个人的积怨更深了。

慈恩寺里的《五百罗汉图》因为是妖鬼所画，本来准备将其连同墙壁一起销毁。但是，武后忽然又改变了主意，说是连妖鬼都执着于完成佛画，更说明了佛法深远，为六道众生所敬仰。于是，《五百罗汉图》就被留下来了。从此，慈恩寺里再也没有发生怪事。

第六章　尾　声

月朗星稀，春夜寂静，缥缈阁的后院中挂满了青色的冥灯。

夜风吹过，鬼火飘摇。

白姬、元曜、离奴坐在廊檐下剪纸灯笼，非常繁忙。

元曜苦着脸道："白姬，还要剪多少个纸灯笼？"

白姬道："粟特人订的七十个完成了，波斯人订的一百二十个才剪了一半，大食人订的一百七十个还没开工，天竺人订的九十个也还没开工。今天，高句丽人也来订了。大家都要回乡呢。"

元曜擦着汗道："原来，来到大唐却无法回乡的异国人这么多。"

"九天阊阖开宫殿，万国衣冠拜冕旒。大唐的繁盛和美丽吸引着大家跋涉千里，从天之涯、地之角赶来长安。他们来到长安，非常不容易，一路上非常艰辛危险。可是人类的生命有限，很多人来到长安之后，就无法在有生之年再从长安回到故乡了。所以他们只能死后回去了。"

"唉！"元曜叹了一口气，尽管他已经很累了，但还是加快了剪纸灯笼的速度。无论如何，希望这些客死他乡的异族人能够早点儿达成心愿，回到故乡。

夜风中，不知道从何处传来了缥缈的歌声。

"三月清明，有鱼提灯；东渡故里，携手同行。三月清明，有鱼提灯；星河灿烂，叶落归根。"

夜空中，繁星点点，有如提灯的鱼群在游弋，壮观而美丽。

"真美啊。"元曜赞道。

"嗯，很美丽呢。"白姬笑道。

提灯鱼能吃吗？离奴想道。

一阵夜风吹来，卷落了一树绯桃花叶，花落成泥，叶落归根。

番外 虫宴

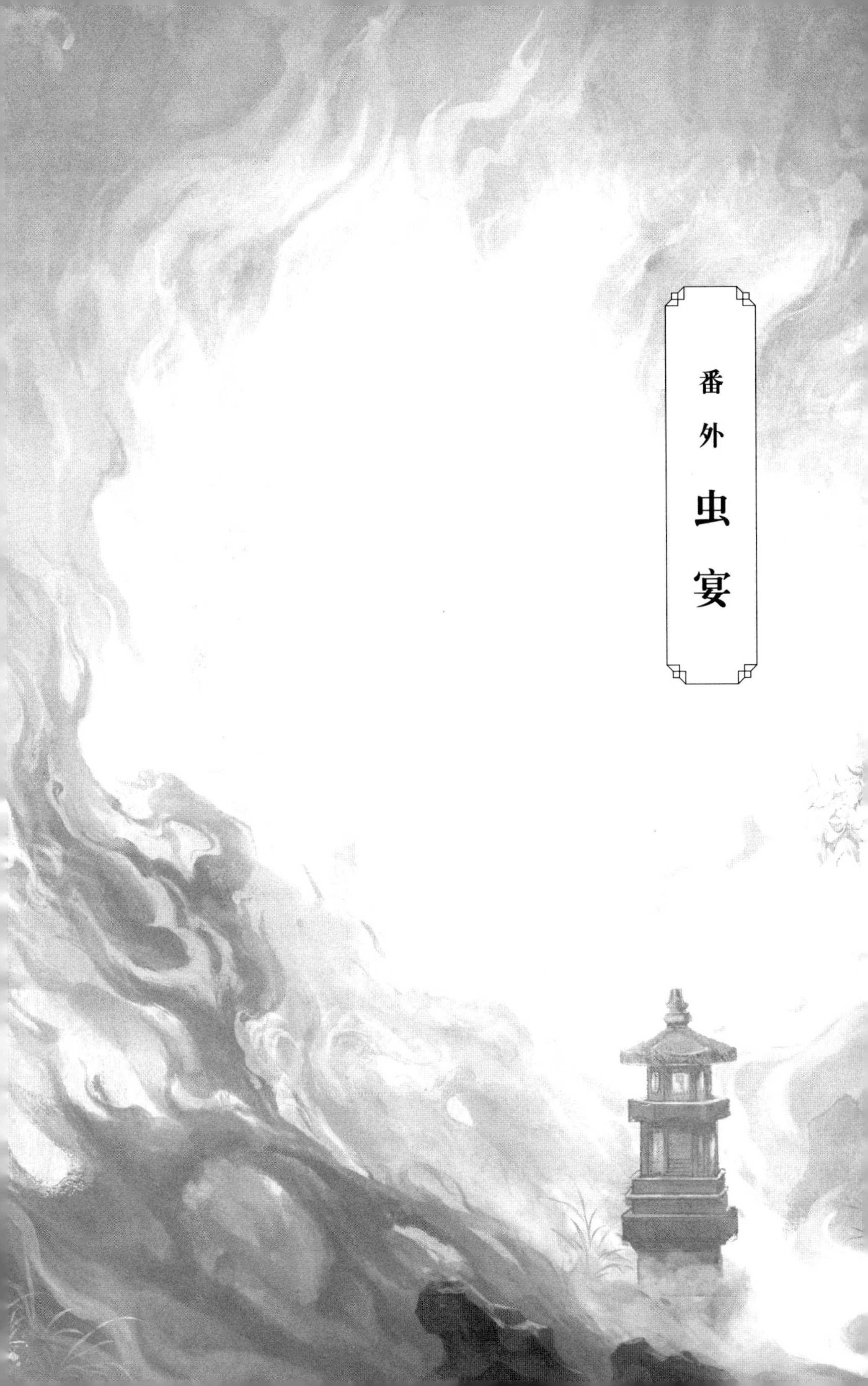

一

盛唐，长安。

夏夜，风轻。

缥缈阁的后院中，元曜、白姬、离奴正在野蔷薇旁边乘凉。

元曜抱膝坐在草地上，捧着脸望着天河发呆。白姬倚坐在美人靠上，手持牡丹团扇，眼帘半合。离奴化作黑猫，在草丛中扑流萤。

微风吹过，铃虫微鸣。

"今天是夏至。"元曜自言自语地道。

"已经夏至了吗？"白姬蓦地睁开双眸，眼角的泪痣红如滴血。

"怎么了？夏至有什么不对？"小书生奇怪地问道。

"我突然想起来，似乎该去城外收回一座房子了。"白姬站起身，拖曳在草地上的月白色披帛如水一般流动。

"什么房子？"元曜疑惑。

白姬在城外有一座房子吗？收回？难道谁在住着？谁敢住鬼宅？！自己就住在鬼宅里的小书生心念百转。

"那是我租给一户人家住的房子。去年秋末时，因为山洪来袭，那户人家的房子毁了，来缥缈阁向我借一座房子暂住。当时说好的，他们今年夏至就还给我。"白姬笑道，"走吧，轩之，我们收房子去。"

元曜苦着脸道："现在已经宵禁了，怎么出城？再说，小生还光着两只脚，今夜恐怕走不得远路了，还是等明天去买一双新鞋子之后，再陪你出城去收房子吧。"

原来，晚饭后小书生的鞋子被离奴扔到井里去了，所以他现在只好一直赤着脚。

"啊，这样啊。"白姬的嘴角勾起了一抹诡笑，她明知故问道，"轩之，光着脚走路会不会很痛？"

"当然会很痛。"小书生傻傻地回答道。

"那就……走吧。"白姬愉快地道。

小书生忘记了,他的痛苦一向是白姬和离奴的乐趣。

"好……好吧。"元曜不敢说不,只能泪流满面。

"离奴,我们去城外。"白姬呼唤黑猫。

黑猫飞奔过来,迎风变大,身形健壮得如同一只猛虎。黑猫的尾巴也变成了九条,在身后迎风舞动。

夜色中,九尾猫妖口中喷着青色的火焰,碧色的眼睛灼灼逼人。

白姬坐在猫妖的背上,月白色的披帛在夜风中翻飞,有如仙人。

"轩之,上来。"

元曜望着离奴庞大的身形和口中喷出的青色火焰,有些恐惧。

"这……这……离奴老弟……"

"臭书呆子,主人让你上来,你就上来,还磨蹭什么?!"离奴骂道。

元曜急忙跳了上去。

九尾猫妖驮着白姬、元曜向金光门而去。

月光下,猫妖四足生风,轻灵地在鳞次栉比的屋顶上跳跃。元曜坐在白姬的身后,惊奇地望着身边的景物飞速地后退,耳边呼啸生风。

金光门的城墙近在眼前,当猫妖最后跃起得几乎与夜空中的明月齐高时,他们飞出了高耸的城墙。在那一瞬间,元曜仿佛看见了月亮中的广寒宫。

猫妖稳稳地落在地上,巍峨的城墙已经在白姬、元曜的身后。

猫妖停在齐膝高的草丛中,白姬走了下来,笑了。

"今夜风清月朗,接下来,我们还是走路吧。"

白姬径自走上了荒草中的小径。

元曜光着脚不肯下地,央求离奴。

"小生没有穿鞋,烦请离奴老弟再驮小生一程。"

猫妖多毛,把元曜摔下地,朝他喷火。

"臭书呆子,不要得寸进尺,爷是你的坐骑吗?!"

元曜被妖火烧焦了头发,抹泪道:"你把小生的鞋子扔进水井里,害小生一直光着脚,现在驮小生一程,又有什么不可以?"

离奴化为人形——一个眉清目秀、瞳孔很细的黑衣少年。离奴瞪着元曜骂道:"谁叫你把那么臭的脏鞋放在爷的鱼干旁边?!"

"小生只是把擦地时弄湿的鞋子晾在树下,哪里知道离奴老弟你把鱼干藏在树洞里?"

"哼！"黑衣少年冷哼了一声，快步跟上白姬，不再理会小书生。

夜风习习，蛙声阵阵。

白姬、元曜、离奴走在田陌间，四周是一望无际的田野。夏雨平添瓜蔓水，豆花新带稻香风。夏夜的田野里，各种植物都有着蓬勃且旺盛的生命力。

"夜晚在田野里散步真是非常惬意呢。"一阵夜风吹来，白姬的雪袖轻轻舒卷，鬓发微扬。她回头望了元曜一眼，笑眯眯地道："轩之，你觉得呢？"

元曜拉长了苦瓜脸，说道："小生觉得很不舒服。我们什么时候才能到？小生的脚已经受不了了……"

田陌上有许多碎石子，石子刀子般割着元曜的脚，他的两只脚已经磨起了水泡。

白姬摸了摸下巴，拊掌道："啊，我记错路了，应该是在相反的那边。轩之，看来我们得往回走了。"

白姬转身，轻盈地往来时的路上飘去。黑衣少年又变成了一只小黑猫，欢快地在田野里跑着。

"喵——"小黑猫望着小书生，眼神幸灾乐祸。

元曜欲哭无泪，只得转身，拔腿跟了上去。这就是卖身为奴的下场，他在心中恨不得把韦彦掐死。

"轩之，你不要哭丧着脸嘛。"白姬道。

"小生脚疼得笑不出来啊！"

"离奴不是也没穿鞋子吗？离奴跑得很欢快呀。"

"小生怎么能和离奴老弟比？离奴老弟是猫，小生是人。"

"为什么不能比？人和非人，都是众生。"

"小生觉得，人和非人还是有着微妙的区别。"

"什么微妙的区别？"

"比如，穿不穿鞋子的区别。"

说话间，白姬和元曜走进了一片树林中。

朦胧的月光下，一座华美的宅院出现在两个人眼前。宅院朱门紧闭，石兽低伏，门前挂着两个大红灯笼。

白姬笑道："到了，就是这里了。"

元曜借着灯笼的光望去，只见门匾上写着几个遒劲的大字，但是已经十分模糊，无法辨认了。

元曜问道："住在这里的人姓甚名谁？是什么人？"

"这家人姓马。"白姬含糊地道。

黑猫化作黑衣少年，走到朱门前，叩了叩门环。

不一会儿，一个下人模样的年轻人打开了门。

"找谁？"

离奴彬彬有礼地道："请向马老太君转达，我家主人按照约定来收回这座宅院了。"

马府下人疑惑地问道："你家主人是……？"

白姬笑了笑，答道："缥缈阁，白姬。"

"啊！"马府下人似乎吃了一惊，急忙道，"您稍等，小的这就进去禀报老太君。"

白姬、元曜、离奴三人在门外等候，不一会儿，里面传来了急促的脚步声。

"吱呀"一声，两扇朱门被人打开了，出来的人除了之前开门的下人，还有五名穿着褐红色衣服的男子。看五人的服饰和气度，似乎是马府的主人。五人的模样长得很相似，似乎是兄弟。

年龄最大的男子约莫五十岁，白面微须。他向白姬拱手道："不知白姬大人您来了，马大有失远迎，还请恕罪。"

白姬掩唇笑道："我来探望老太君。她老人家近来身体可好？"

"母亲她身体康健，烦劳牵念。母亲正在大厅里等您，请进，请进。"马大请白姬、元曜、离奴三人进府。

元曜走进马府里，心中吃惊。

马府非常大，借着月光望去，崇楼叠阁，驭云排岳，若非人间帝王宫廷，便是天上琅嬛仙府。

一路行去，更让元曜吃惊的是，马府中到处都是人。假山边，亭台中，阁楼上，水榭旁，无不站满了人。这些人全都穿着一模一样的褐色短打，正在忙忙碌碌地搬运东西。元曜留神看他们搬运的是什么，但看不真切，感觉似乎是吃的东西，却无法辨认。

白姬看了马大和他的四个兄弟一眼，轻轻地道："我记得上次相见时，你们不止五位吧？"

马大叹了一口气，老泪纵横。

"初夏时，为了新房子能够早日完工，老六、老七、老八、老九、老十冒雨去河边搬运泥沙，河中涨水，他们都被水冲走了，至今生不见人，死不见尸，呜呜……"

"呜呜……"想是老大勾起了伤心事，马家其余四兄弟也哭了起来。

白姬安慰道："吉人自有天相，既然没有找到尸体，他们说不定还在某处活着呢。"

马大擦干眼泪道："我们也是这么想的，如果不这么想，真是悲伤得活不下去。"

"新房子完工了吗？"白姬问道。

"原本计划立夏时完工，可是因为老六、老七、老八、老九、老十出了事，耽误了工程。不过，也可以赶在芒种时完工了。您瞧，大家正在搬东西去新房子，今晚就可以空出这所宅院了。"

"嗯，那我明早就将这座宅院带回缥缈阁。"白姬随口应了一声。

元曜恍然大悟。原来，这些人忙忙碌碌的，竟是在搬家。可是，白姬未免也太急了吧，让人家多住两日又有什么关系，非得大晚上来把人家赶走？等等，将这座宅院带回缥缈阁？这偌大一座宅院，怎么能带回缥缈阁？

马大带领白姬、元曜、离奴来到一间富丽堂皇的大厅。

大厅中灯火通明，布置得十分华丽。一个极富态的、穿着暗红色金纹长裙的老太太笑眯眯地坐在罗汉床上，一群仆役簇拥着她，如同众星捧月。元曜觉得奇怪，因为老太太身边的仆人都是褐衣男仆。按理说，大户人家中服侍女主人的不应该是丫鬟吗？

马大上前，跪下行礼。

"母亲大人，孩儿将白姬大人带来了。"

马老太君微微颔首，转头望向白姬，笑道："老身身体不便，就不起来迎接了。请坐。"

马老太君实在太富态了，她的身躯庞大如山，堆积的赘肉几乎占了整张罗汉床。看样子，她不仅很难站起身来，只怕连挪动一下也会很吃力。

"老太君不必客气。"白姬笑道。

仆人搬来一张胡床，白姬坐下了。元曜和离奴站在她身后。

马老太君对白姬道："去年秋天，家族罹灾，多亏白姬借了我们这座宅院，老身和孩儿们才能有一瓦栖身，实在是感激不尽。"

白姬笑道："老太君，您客气了。"

马老太君笑道："白姬的恩情老身无以为报，今夜是我们在这座宅院中的最后一夜，又恰逢您前来，不如开一场夜宴招待您吧。"

白姬脸色微变，似乎想推辞。

"这……不必……"

"有镜花蜜哟！"马老太君笑眯眯地望着白姬。

"那就恭敬不如从命了。"白姬笑着改口。

元曜感觉有些奇怪。看白姬的神色，她明显不想参加这场夜宴，但是一听说有镜花蜜，就改口了。镜花蜜是什么东西？能让这条奸诈的白龙动心？

马老太君对马大道："吩咐下去，在花厅设宴，招待客人。"

"是，母亲。"马大领命而去。

在等待开宴的空闲中，马老太君和白姬开始闲聊。有些话，元曜能听懂；有些话，元曜听得一头雾水。

白姬问马老太君道："不知老太君您的新宅建在哪里？"

马老太君笑道："就在此宅附近，有一棵老槐树的地方。"

元曜心中奇怪。刚才来的时候，他是在树林里看见了一棵老槐树，可是哪里有房子？！

白姬笑道："如此甚好，搬运东西倒也方便。"

"是啊。不过，主要还是因为这里的风水不错，老身舍不得搬走。"

"老太君福泽本就深厚，加之此地的风水为助，一定会更加子孙兴旺，家族繁盛。"

"哈哈，借您吉言。"马老太君非常开心。她望了白姬身后的元曜一眼，忽然怔住，颤声道："这位后生是谁？"

白姬笑道："这是缥缈阁新来的杂役。轩之，还不快过来见过马老太君。"

元曜闻言，来到马老太君身前，作了一揖。

"小生元曜，字轩之，见过老太君。"

马老太君忽地拉住元曜的手，望着他，滚下泪来。

"这后生长得真像老身的九儿。我那苦命的九儿啊，自从在河边被大水冲走，至今下落不明，生死未卜……"

马老太君哭得伤心，一口气没提上来，晕了过去。服侍她的男仆们吓了一跳，急忙围上来，端水的端水、捶背的捶背、掐人中的掐人中，忙作一团。

"老太君，您醒醒啊！"

343

"老太君，您不要伤心了！"

"老太君，您要保重身体……"

元曜吓了一跳，不知道这到底是怎么回事。

马大一边抹泪，一边解释道："我们兄弟十人中，母亲最疼爱九弟。自从九弟被河水冲走之后，她老人家就茶饭不思，整日垂泪。仔细一看，元公子你和九弟长得颇像。母亲年迈，有时候会犯点儿糊涂，肯定是把你当成九弟了。"

不一会儿，马老太君悠悠醒来，泪眼迷蒙地向元曜招手。

"九儿，你终于回来了！快过来，让为娘仔细看看你……"

元曜踟蹰。

白姬小声道："老太君既然误认为你是九儿，你就装成九儿，宽宽她老人家的心吧。治愈人心，也是一种积福的功德。"

马大用哀求的眼神望着元曜，恳求道："元公子，你就装作是九弟，宽慰一下母亲她老人家吧。"

元曜素来心善、耳根子软，从来不会拒绝别人。况且，眼前这个丧子的慈祥的老妇让他想起了自己过世的母亲，也就向马老太君走了过去。

马老太君一把搂过元曜，将他抱在怀里，一边哭泣，一边"九儿九儿，我苦命的九儿……"地呼唤。

元曜陷入马老太君的怀抱，只觉得被一团软绵绵的肉包围，无法呼吸，更无法挣脱。

就在元曜窒息得快要晕过去的瞬间，马老太君松开了他，伸手捧着他的脸，泪眼迷蒙。

"九儿，你瘦了，瞧这一把骨头，都不像以前白白胖胖的九儿了。你一定在外面吃了不少苦，我苦命的九儿啊……"

马老太君一边心肝儿肉地叫着大哭，一边又把元曜抱在怀里使劲揉来揉去。

元曜被马老太君揉得奄奄一息，无力地冲白姬道："救……救命……"

白姬以袖掩唇。

众人正在闹着，有仆人进来禀报道："老太君，花厅中已经准备好夜宴了。"

马老太君闻言，对白姬道："那咱们现在去花厅？"

"客随主便。"白姬笑道。

马老太君舍不得放开元曜，把他拉到自己的身边坐下，笑道："九儿陪着为娘。"

元曜被揉得奄奄一息，靠着马老太君坐着，看什么东西都恍恍惚惚。

八名身强力壮的男仆走到罗汉床边，弯下腰，连床带人地抬着马老太君和元曜走向花厅。

白姬、离奴、马氏五兄弟跟在后面。

元曜光着的脚在床边晃荡着，马老太君见了，宠溺地笑道："九儿，你总是改不了喜欢光着脚的毛病。你不穿鞋子，仔细路上的碎石子割伤了脚！"

马老太君一句简单的关切话语，让元曜心中一酸一暖，想起了自己的母亲。

"孩儿以后会记得穿鞋，母亲不必挂心。"元曜笑着对马老太君道。

马老太君闻言，眼眶一红，又抱着元曜揉了起来，哭道："九儿九儿，我苦命的九儿……"

二

众人来到花厅，花厅中灯火辉煌，瓶花绽笑。一张长约七米、宽约两米的梨花木桌放在花厅中央，桌上摆满了山珍海味。

男仆将马老太君的罗汉床放在了上首。马老太君对白姬、离奴笑道："白姬请坐，离君也请坐。"

白姬和离奴在客座上依次坐下，马氏五兄弟坐在下首相陪。

元曜坐在马老太君身边，望着眼前的珍馐，心中有些奇怪。这些装在精美食器中的佳肴散发着诱人的香味，但看起来既不是鲜蔬海味，也不是六畜八珍，完全看不出来它们是用什么食材烹饪的。

珍珠帘后，几名穿着褐色衣衫的乐师捧着乐器演奏乐曲，曲调轻缓而悠扬。

马老太君对白姬笑道："食物粗陋，请不要嫌弃。"

"老太君客气了。菜肴如此丰盛，怎么会粗陋？"白姬笑道。可是，她几乎不动箸，只是喝着琥珀杯中的镜花蜜。

离奴倒是举箸如飞，吃得很欢快。

马老太君笑道："今年的镜花蜜味道如何？"

"很美味。"白姬笑道，"春分那一晚，我也本想去月之湖取一些，可惜有事耽误了。第二夜我再去月之湖时，镜花蜜已经没有了。"

"镜花蜜是好东西，长安城里的千妖百鬼每一年都在等着春分之夜、镜花盛开时，去月之湖取蜜。僧多粥少，你去晚了，自然没有了。老身今年去得早，取了不少，明日送你一些带回缥缈阁吧。"

白姬笑道："如此，多谢老太君。"

元曜很好奇地喝了一口镜花蜜，橙黄色的蜜汁，入口清冽如水，但是带着一种说不出的甘甜，让人神清气爽。

元曜刚要喝第二口，马老太君爱怜地看着他，说道："我的儿，你都瘦成这样了，怎么还一个劲儿地喝稀的？来，来，张开嘴，要多吃一些肉……"

马老太君夹了一些肉菜，一个劲儿地往元曜的嘴里塞。

元曜抵不过马老太君的热情，全都囫囵吞到了肚子里。一股极腥、极腻的味道，充溢着他的嘴。

元曜疑惑地道："这些都是什么菜？怎么这么腥腻？"

马老太君笑眯眯地道："儿啊，这些都是你平日喜欢吃的菜呀。"

马老太君端起一个荷叶纹六曲银盘，里面装着白花花的肉，晶莹雪白。她用银勺剜了一块肉，喂进元曜的嘴里，笑道："这个清蒸肉芽不腥。来，来，我的儿，再吃几口……"

白肉入口即化，软软的，果然不腥腻，似乎还有点儿清甜。元曜又吃了几口，很是受用。

马老太君又端起一个六瓣凸花银盘，里面盛着油炸的金黄酥脆的东西。她用象牙箸夹了，塞进元曜的嘴中，笑道："我的儿，你都瘦得皮包骨了。可怜见的，你这次回来，一定要多吃一点儿……"

说着，老太太又流下泪来。

元曜心中一酸，不忍伤老人的心，张口就吃了。这道菜不知道是什么，金黄的外皮裹着黢黑的肉，吃着很腥。

元曜吃了三个，实在吃不下去了，但是老太太还要给他夹。元曜胡乱从桌上端起一碗汤，说道："孩儿还是更爱喝汤。"

因为担心马老太君还喂给自己那炸得金黄的东西，元曜急忙喝了一口汤，把嘴巴填满。汤的味道十分鲜美，所以他又吃了几个汤里的乌色丸子，口感像是鹌鹑蛋，但蛋白是乌的，蛋黄是黑的。

马老太君看了，又抹着泪，说道："我的儿，你还是改不了贪吃珍珠汤丸的毛病，那东西吃了积食，要少吃一些。"

夜宴中，马老太君把元曜当作失而复得的爱子，一个劲儿地给他喂食。元曜心善，怕马老太君伤心，也就一个劲儿地吃。

看着马老太君开心的笑容，元曜虽然肚子撑得难受，但心里很开心。能让一个失去儿子的老人展颜欢笑，他多吃些东西，又有什么关系？

白姬一边喝着镜花蜜，一边听乐师演奏乐曲。离奴和陪坐的马氏兄弟猜拳斗酒，笑声不绝。

月色清朗，瓶花绽笑，夜宴的气氛十分融洽欢乐。

夜宴进行到尾声时，元曜已经撑得神志不清了。他隐约听见马老太君对白姬道："夜已深了，恐回城不便，你们不如暂且在此歇下？"

白姬笑道："也好。"

元曜又听到有人来报："禀报老太君，住在隔壁的穷书生说咱们府里太吵，让他睡不着觉，烦请老太君开夜宴时小声一点儿。"

马老太君叹了一口气，说道："可怜的孩子，老身忘了他的眼疾尚未好，吵了他休息。你去告诉他，夜宴已经开完了，让他安心休息。另外，拿点儿草药和吃食给他。"

马大道："那穷书生又酸又腐又聒噪，不如孩儿带人去将他乱棍打走，何必给他草药和吃食？"

马老太君呵斥道："住口！咱们是有身份的大户人家，怎么可以做那种仗势欺人的事情？！咱们都和那孩子做了半年的邻居了，将来还会继续做邻居，万万不可把人给得罪了。古人说得好——与人方便，自己方便。邻里之间，不论高低贵贱，都应当和睦相处，互相照应，日子才会太平，大家安乐。唉，你们这些孩子啊，要是因为年轻气盛就盛气凌人，将来迟早会因此吃大亏……"

马老太君训斥儿子的声音渐渐模糊，元曜已经被人抬入客房中休息了。

元曜睡得迷迷糊糊，做了一个缥缈的梦。

在梦里，他走在一片树林中。前面不远处，有一个小山岗，山岗上躺着一个书生，书生正在"哎哟哎哟"地叫唤。

元曜觉得奇怪，走上前去问道："这位兄台，你怎么了？"

书生一直闭着眼睛，听见有人问他，叹了一口气道："唉！我的眼睛疼得厉害。这位老弟，你能帮帮我吗？"

元曜有些为难地道："小生不懂岐黄之术，不知道怎么医治眼疾……"

"不懂医术没关系。老弟，你帮我看看，我的眼睛里长了什么东西。我疼得受不了了！"

元曜心生怜悯，便道："上半夜，小生光着脚走山路，脚很疼，还流血了。脚痛尚且让人不能忍耐，更何况是娇嫩的眼睛？兄台，小生不一定能帮得上忙，但是可以替你看一看眼里究竟长了什么。"

"多谢老弟。"书生欢喜地道，"老弟，你如果替我治好了眼疾，我就送你一双鞋子。"

元曜坐在书生旁边，让他睁开眼睛。

月光下，书生缓缓地睁开了眼睛，他的眼中没有眼珠，几株杂草从他的眼眶中慢慢长出，还有一只蚱蜢从中跳出来，诡异而可怖。

"我的眼睛里长了什么？"书生急切地问元曜。

元曜吓得两眼翻白，晕了过去。

元曜醒来时，已经是第二天的上午。此时阳光灿烂，鸟鸣山幽，他正躺在一片荒草丛中，头上是一棵如伞的树冠，没有华丽如宫阙的马府，也没有眼里长草的书生，甚至连白姬和离奴都不见了。

元曜吃了一惊，向四周喊道："白姬、离奴老弟，你们在哪里？！白姬，你在哪里？！"

"轩之，不要吵，让我再睡一会儿……"白姬懒洋洋的声音从元曜的头顶传来。

元曜循着声音抬头望去，一条手臂粗细的白龙正盘在树枝上睡觉。白龙眼帘微合，鼻翼轻轻地翕动，通体雪白晶莹，犄角盘旋如珊瑚，身体柔软如云朵。一只小黑猫也懒洋洋地睡在白龙旁边。

"白姬，马府和马老太君上哪儿去了？！还有，小生昨晚梦见了一个眼睛里长草的书生，太吓人了！"小书生激动得手舞足蹈。

"吵死了！"黑猫不耐烦地道，"眼睛里长草的书生？是不是躺在那边的那个？"

元曜顺着离奴的目光望去，离他十余步远，有一座破败的荒冢。一架雪白的骷髅暴露在阳光下，骷髅的眼眶里，长满了杂草。

"娘呀！"小书生吓得跌倒在地上。

"唉！离奴，轩之胆小，你又吓他。"白龙埋怨黑猫，可是白龙的声音听起来很愉快。

元曜定了一会儿心神，才举步朝荒冢走去。他想起昨晚书生眼疼的模样，心中又生了怜悯，想去替骷髅拔掉眼中的杂草。

元曜此时仍是赤着脚，每在地上走一步，脚就被碎石子硌得疼。

但他还是来到骷髅前，开始拔骷髅眼中的杂草。无论如何，大家都是读书人，希望书生的眼睛不要再疼了。

拔干净了骷髅眼中的草之后，元曜向骷髅作了一揖，说道："希望兄台以后眼睛不会再疼了。小生告辞了。"

骷髅用空洞的眼眶望着元曜，上下颌骨的纹路看上去像是在微笑。

元曜回到树下时，白龙和黑猫已经化作人形——一个妖娆的白衣女子、一名清秀的黑衣少年。白姬摘了一片芭蕉叶当扇子，摇"扇"道："日头出来了，天也热了，咱们还是回缥缈阁吧。"

"白姬，马府在哪里？你不是来收房子的吗？"元曜忍不住问道。

"马府就在你的脚边啊。"白姬笑道。

元曜垂头细看，凄凄荒草之中，掩映着一座华宅的木雕。木雕约有棋盘大小，宅院里三重、外三重，雕工极其精细，假山园林、亭台楼阁，一应俱全。

元曜蹲下去细看，依稀认出是他昨晚和白姬、离奴去的马府。元曜的目光移向花厅，只见花厅中央摆着一张很大的木桌，木桌上似乎还剩有夜宴的残羹冷炙。

宅院门口，一只褐色的蚂蚁缓缓地爬下台阶，往草丛中去了。

蚂蚁？马府？元曜脑中灵光一闪，黑着脸问道："白姬，我们昨晚不会是在蚂蚁群里吧？"

白姬掩唇笑道："是不是，又有什么关系？反正，昨晚的夜宴很愉快啊。"

说到夜宴，元曜这才感觉到肚子还是饱饱的，估计到明天都不会觉得饿。昨晚，他实在是吃得太撑了。

白姬道："我们该回去了。轩之，你拿着木雕，木雕可能有点儿重，不要弄坏了。"

元曜捧起木雕，终于明白了白姬来收回的房子就是借给蚂蚁住的这个木雕。元曜想起马老太君慈祥富态的面容，心中有些伤感。

"白姬，蚂蚁的新家在哪里？"

"昨晚，马老太君说是在一棵老槐树下。喏，应该是那里。"白姬指着不远处的一棵老槐树道。

白姬、元曜、离奴走到老槐树下，只见树下有一个大洞，一群红褐色的蚂蚁正在忙碌地进进出出。

元曜趴在地上向树洞里望去，一只体形庞大、黑色中带着金色的母蚁被一群蚂蚁簇拥着，躺在蚁洞深处。那就是昨夜亲切地抱着他、给他夹菜、喂菜的马老太君。

不知怎的，元曜心中一酸，流下泪来。让他想起了自己的母亲的马老太君，竟然是一只蚂蚁！

蚁洞外的槐树枝上挂着三个小灯笼一样的东西，看上去似乎是某种植物的花，花中盛着橙黄的蜜汁。

白姬开心地道："啊！这是马老太君送的镜花蜜！"

元曜擦干了眼泪，心中还是说不出的伤感。

回长安城的路上，白姬、离奴提着镜花蜜轻快地走在前面，元曜抱着木雕快快地跟在后面。他的脚上全是磨起的血泡，非常疼。忽地，元曜被一根藤蔓绊了一下。他低头望去，一双绒草编织的鞋子躺在草丛中。

"咦？这里怎么会有一双草鞋？"元曜惊喜地道。

白姬望了一眼草鞋，掩唇笑了。

"轩之，这是有人特意为你做的呢，还不快穿上？"

"老弟，你如果替我治好了眼疾，我就送你一双鞋子。"元曜想起昨夜书生的话，心中一惊。这莫不是骷髅为他编的？！

白姬催元曜穿上草鞋。元曜也实在不愿意再赤脚走路了，便硬着头皮穿上了。

草鞋很合脚，很舒服。小书生步履如风，笑容满面。白姬见了，又开始盘算新乐趣了。

"轩之啊，昨晚的夜宴，你觉得菜肴可美味？"

小书生开心地道："虽然有些菜很腥很腻，但是很美味。"

"你想知道那些菜是用什么做的吗？"白姬笑得诡异。

小书生摸着鼓鼓的肚子，好奇心上涌，问道："是用什么做的？"

"轩之最爱吃哪道菜？"

"清蒸肉芽，肥而不腻，很可口……"小书生咂舌回味道。

"那是蛆。"

"炸得酥黄香脆的黑肉……"

"那是蜘蛛腿。"

"那碗珍珠汤丸……"

"那是蚊子卵。"

在元曜弯下腰狂吐之前，离奴飞快地抢过了木雕。回缥缈阁的路上，元曜的脚倒是不疼了，但他吐得翻江倒海，几乎呕出苦胆。

白姬眨了眨眼，笑道："轩之，马老太君很喜欢你，说不定还会请你去赴百虫宴……九儿，你可要习惯吃虫呀，不然你的娘亲会伤心的……"

"小生……打死都不再去了……"元曜哭丧着脸道。

"轩之，你不要哭丧着脸嘛。"白姬道。

"小生肚子疼得笑不出来啊！"

"离奴不是也吃了很多虫子吗？离奴现在也没有吐啊。"

"小生怎么能和离奴老弟比？离奴老弟是猫，小生是人。"

"为什么不能比？人和非人，都是众生。"

"小生觉得，人和非人还是有着微妙的区别。"

"什么微妙的区别？"

"比如，吃不吃虫子的区别。"

阳光灿烂，清风徐来，白姬、元曜、离奴进入了金光门，朝西市的缥缈阁走去。